10
18

12, AVENUE D'ITALIE. PARIS XIIIe

Sur l'auteur

Siddharth Dhanvant Shanghvi, né en 1977, est un pur produit de la mégalopole indienne, Bombay. On a déjà pu lire sous sa signature de nombreux articles dans le *Sunday Times of India*, *Elle* et le *San Francisco Chronicle*. Après *La Fille qui marchait sur l'eau*, qui a obtenu le Betty Trask Award outre-Manche, il signe *Les Derniers Flamants de Bombay*.

SIDDHARTH DHANVANT SHANGHVI

LES DERNIERS FLAMANTS DE BOMBAY

Traduit de l'anglais (Inde)
par Bernard Turle

10
18

ÉDITIONS DES DEUX TERRES

Du même auteur
aux Éditions 10/18

LA FILLE QUI MARCHAIT SUR L'EAU, n° 3896

Titre original :
The Lost Flamingoes of Bombay

© Siddharth Dhanvant Shanghvi, 2009.
© Éditions des Deux Terres, 2010,
pour la traduction française.
ISBN : 978-2-264-05460-9

En souvenir de ma mère,
Padmini
(1944-2008),
lionne bien-aimée

Om tat sat
Cela qui est

NOTE DE L'AUTEUR

Les Derniers Flamants de Bombay est inspiré en partie par une série d'événements largement repris par la presse, la télévision et le cinéma indiens. Toutefois, si certains faits dans le livre se font l'écho de ces reportages, il n'en reste pas moins un roman.

PREMIÈRE PARTIE

1

« Oh non, Iqbal, s'exclama Karan Seth, lançant un regard las à son supérieur, tu m'as tout l'air de me tendre un traquenard !

— Les traquenards, ça forge le caractère, Karan.

— Se forger le caractère, ça fatigue.

— La plupart des autres photographes de l'équipe tueraient père et mère pour pouvoir tirer le portrait à ce gars-là. »

Karan sourit. « Tu m'as choisi parce que je suis le petit nouveau et que je n'aurai pas le cran de te dire non.

— Ravi que tu m'aies enfin percé à jour. »

Iqbal Syed et Karan Seth étaient assis face à face à la longue table de la cafétéria ; entre eux, de deux tasses en verre d'un *chai* brûlant émanaient des tortillons de vapeur. Des exemplaires épars du magazine pour lequel ils travaillaient, *India Chronicle*, jonchaient toute la longueur de la table.

« Le sujet de l'article, ce sont les musiciens qui ont connu une gloire internationale mais ont ensuite sombré dans l'oubli, précisa Iqbal. Je veux que tu photographies le pianiste Samar Arora. »

Karan eut l'air perplexe. Qui était donc Samar Arora ?

« Samar a donné son premier récital après avoir terminé ses études à l'Académie Juilliard, il y a une quinzaine d'années, peut-être seize, expliqua Iqbal. Il avait douze ans ou, en tout cas, il était ridiculement jeune. À l'époque, le *New York Times* a déclaré qu'une nouvelle étoile était née. Samar a à son actif de nombreux disques à succès et quantité de concerts où il était applaudi à tout rompre. Et puis, un beau jour, sans crier gare, il a tout plaqué. » Après une pause, Iqbal ajouta : « À l'âge canonique de vingt-cinq ans. Il y a trois ans.

— Pour quelle raison ?

— Personne ne le sait ; je doute qu'il le sache lui-même. Mais tu seras d'accord avec moi que Samar fournirait un merveilleux sujet pour notre article.

— Oui, il serait parfait, mais pourquoi tiens-tu à ce que ce soit moi qui le photographie ?

— Vous avez tous deux à peu près le même âge ; tu réussiras sans doute à saisir un côté de Samar que les vieux de la vieille manqueront à coup sûr. »

Iqbal n'avoua pas à Karan que son choix était motivé en outre par le fait qu'il n'avait jusque-là jamais embauché un jeune photographe quasiment formé : or Karan avait produit avec constance des photos éloquentes, percutantes, portées par un non-dit qui palpitait sous tous les angles de vue ; son travail possédait la fulgurante pulsation de la permanence. Iqbal admirait l'humour oblique, l'élégante retenue des photos de Karan ; bien sûr, il lui faudrait du temps et acquérir de l'expérience avant que l'énergie brute et féroce de son talent gagne en plénitude et en patience, mais le destin lui avait servi une belle main.

Même s'il croulait sous les commandes, Karan supposa que photographier un pianiste qui avait connu son heure de gloire serait un jeu d'enfant : « Je vais organiser un rendez-vous avec Samar Arora.

— Ne vends pas la peau de l'ours avant de l'avoir tué. Depuis qu'il a pris sa retraite anticipée, Samar n'a pas accordé une seule interview.

— Je pourrais contacter son agent. »

Iqbal sirota son *chai*. « Il a viré le sien depuis qu'il ne se produit plus.

— Et si j'écrivais à sa maison de disques pour demander un rendez-vous à titre exceptionnel ? Je pourrais même leur assurer que Samar jouirait du droit de choisir les images qu'il souhaiterait voir paraître.

— Ça ne fera aucune différence. Après s'être installé à Bombay, il y a quelques années, il a tourné ermite. À la différence près que lorsque Samar sort de sa tanière, il fait la bringue et le Tout-Bombay en parle pendant des semaines. »

À leur profond désarroi, ils furent assaillis alors par la voix cristalline de Natasha, la rédactrice mode du magazine. Elle installa son derrière charnu et provocateur sur la chaise voisine de celle de Karan : la nouvelle recrue avait retenu son attention au distributeur d'eau la semaine précédente.

De son côté, Karan l'évitait depuis le tout premier jour parce qu'elle paradait dans les bureaux avec une pochette en peau de croco, l'air d'annoncer qu'elle avait dans sa magnanimité sauvé un pauvre petit reptile du cloaque de son marécage.

« Moi, je l'ai rencontré… Samar, claironna-t-elle après qu'elle eut demandé aux deux hommes de quoi ils parlaient. Lors d'une soirée privée à Bandra. En compagnie de sa meilleure amie, il s'enfilait des Bellini sur le toit. »

Karan inclina la tête. « Vous dites... sur le toit ?...

— Un verre de plus et il aurait fait le plongeon comme une crotte d'écureuil. » Natasha passa ses doigts de prédatrice à travers ses mèches blond platine. « Apparemment, Samar prétend que la température sur les toits après minuit fait un bien inouï à son teint. Lors d'une soirée, il a fallu appeler les pompiers pour le récupérer... pin-pon, échelles et tout... Dans l'ensemble, le Tout-Bombay trouve que c'est un petit con prétentieux.

— Qui est cette "meilleure amie" dont vous parliez ? s'enquit Karan dans l'espoir qu'elle pourrait lui fournir une piste pour sa prise de contact avec le pianiste excentrique.

— Zaira, notre actrice nationale. J'ai fait la scénographie de sa séance de photos pour notre dernier numéro. Elle est tellement canon qu'à elle seule elle fait grimper l'indice national de masturbation.

— La plus grande star indienne est la meilleure amie de Samar !... » Karan dodelina de la tête. D'un coup, son assignation ne fut plus une simple comète fusant dans une lointaine galaxie d'échecs énigmatiques. « Pour quelle raison Zaira se trouvait-elle avec lui sur le toit ?

— Voyons ! Pour qu'ils puissent prendre tout le monde de haut ensemble ! L'une est célèbre, l'autre connu pour ses frasques : ils sont siamois. Tu connais l'adage : qui se ressemble s'assemble... »

Karan poussa un soupir. Il n'avait débarqué à Bombay que quelques mois auparavant et Natasha respirait le dédain impérieux engendré par la causticité des Bombayennes grand teint. Il n'était pas encore immunisé contre ses effets décourageants.

« Iqbal, comment proposes-tu que j'approche Samar ?

— Pourquoi ne pas tout simplement faire le guet devant chez lui ?

— Et il lui saute dessus quand il met le nez dehors ! » La jubilation suinta de Natasha comme une goutte de sperme précoce.

« Je suis désolé de ne pouvoir t'aider davantage. » Iqbal se leva. « Et puisque tu as un délai à respecter *rigoureusement*, mets-toi au boulot dare-dare. » Sur quoi il partit, adressant un clin d'œil à Karan, qui se décomposa à l'idée de rester sans chaperon entre les griffes de Natasha.

« Je n'y manquerai pas. »

Karan se tourna vers la virago. « Quel dommage que Samar ne fasse plus les médias ! »

Ce à quoi Natasha, effleurant le bras du jeune photographe, répliqua d'une voix lardée de suggestivité : « Heureusement, moi, j'y crois dur comme fer, aux médias…

— Dans ce cas, dit Karan, prenant son appareil photo et passant la lanière par-dessus son épaule, vous devriez y aller dare-dare, vous aussi, vous avez du pain sur la planche. »

L'expression acérée du jeune homme, son regard franc, ses yeux auburn enfoncés dans leurs orbites, sa crinière noir de jais et sa mâchoire prononcée continuèrent à exciter Natasha bien après qu'il eut disparu de sa ligne de mire. Pour un petit cul-terreux tout droit sorti de Shimla, se dit-elle à la lueur rougeoyante de sa rebuffade, il ne manque pas de culot. Mais attendons de voir où ça le mènera dans une ville qui le mâchera et le recrachera comme une chique.

Quinze jours durant, Karan tenta en vain de joindre Samar. Les coups de téléphone qu'il passa à son domicile sur le front de mer de Worli restèrent sans réponse. Comme le lui avait indiqué Iqbal, le pianiste n'avait plus d'agent pour organiser ses rendez-vous. Karan dut renoncer à la piste Zaira car il lui aurait fallu faire du charme à Natasha pour obtenir ses coordonnées. Au fil des jours, à son abattement, dû à son incapacité à entrer en contact avec Samar, s'ajouta l'inquiétude, car Iqbal lui réclamait les photos de plus en plus instamment. Mais il n'avait pas l'intention de laisser tomber son mentor.

Un soir, une semaine avant la date butoir, Karan ruminait sa situation : venu à Bombay en quête d'images qui révéleraient les histoires les plus secrètes, les plus simples et donc les plus sublimes de la mégapole, voilà qu'il se retrouvait célibataire et insomniaque, à se rompre les veines sur un simple boulot de *paparazzo*. Il savait que son désir de prospecter Bombay n'était pas d'une grande originalité, mais peut-être se distinguait-il par son enthousiasme et son intensité, fruits d'une curiosité gloutonne et d'une qualité qui ressemblait beaucoup à la compassion — sans la suffisance. Combien d'autres, songeat-il, étaient venus dans cette ville, un rêve sombre et délicieux dans leur poche et quatre mille roupies à la banque ? Combien parmi eux avaient vu leur passion se muer en indifférence, sinon en ressentiment ?

Alors que son humeur se dégradait à grande vitesse, Iqbal lui téléphona : il venait d'apprendre que Samar Arora avait été vu ce soir-là dans le resto le plus branché de Bombay, le Gatsby. Il avait beau être épuisé, Karan s'emballa comme dans une *rave*, au moment où les gens ne dansent plus sur ou contre le rythme de la musique mais *foncent* dedans, les courants des basses et l'air fusant à travers leurs corps jusque dans leurs cerveaux. Sans se soucier de changer son tee-shirt blanc froissé ou son blue-jean déchiré, il dévala l'escalier de sa chambre de Ban Ganga, rejoignit l'avenue, héla un taxi et supplia le chauffeur de le conduire à Colaba en moins de dix minutes : il ne voulait pas arriver au Gatsby pour s'entendre dire que Samar Arora venait tout juste de partir. Cependant, ajustant le cache de son Leica, il se surprit à espérer que Samar Arora soit effectivement parti, déjà perché sur un toit pour épousseter une tuile, trinquant au clair de lune qui, à cet instant même, projetait des bandes lumineuses sur la ville. Voilà qui aurait fait une photo *sensationnelle* !

Peu avant deux heures, Karan arriva au Gatsby, dissimulé à l'extrémité d'une vieille et paisible rue de Colaba, Mandalik Lane.

Devant le portail, sous un vénérable pithecolobium, des chauffeurs en livrée échangeaient des ragots juteux sur leurs patrons, et des *memsahibs* éméchées, exsudant l'infidélité de leurs époux, attendaient que des voituriers avancent leurs belles bagnoles.

Karan n'eut pas plus tôt pénétré dans le restaurant qu'il fut consumé par la gêne ; encore groggy, pas rasé, mal sapé, il avait tout de l'imposteur. Les garçons lui lancèrent des regards indifférents et le majordome hautain eut tout l'air de vouloir venir lui demander de faire demi-tour.

Karan se fraya néanmoins discrètement un chemin à travers la horde exubérante de visages maquillés, négocia une jungle de parfums onéreux, lianes de vétiver, marais de musc. Afin de ne pas se noyer dans un tourbillon de complexes, il s'attacha exclusivement à la quête de son modèle. Où se cachait le pianiste ? Karan jeta un coup d'œil circulaire sur la foule. Comment son regard ne pouvait-il pas s'égarer ? Il tomba immanquablement sur une mondaine caroténée, mise en plis aux virulents reflets argent, petits yeux de rapace et bracelets en ivoire tintant. Une clique de fêtards du genre cadres d'entreprises internationales, chauves et obèses, dégueus, était cernée par des mannequins à la maigreur d'héroïnomanes, aux expressions d'outre-tombe creusées par le dédain. Karan reconnut un cinéaste célèbre, vêtu d'un sarong orange étourdissant, royalement abrité par le bouclier d'un parapluie vert, son long poignet ondulant comme le bec d'une théière. La toile de fond musicale, *tandava* électrique destinée à permettre aux habitués de vomir leurs traits d'esprit et d'étaler leurs névroses, inonda Karan et dilua toutes ses inquiétudes. Il imagina que ces gens-là ne mourraient jamais : ils s'évaporeraient tout simplement dans la vapeur charnelle de la musique, bas-ventres entremêlés, ego et tracas abandonnés au rugissement du désir. Son regard louvoya d'un client à l'autre avant de se concentrer sur un petit groupe sous l'escalier en bois à l'extrémité opposée du bar. Ravi de voir que son insaisissable modèle était tout ce qu'il y avait de présent, il prit son souffle et plongea.

Vêtu d'un costume noir cassis, cheveux courts froissés avec art, Samar Arora parlait avec animation à Mantra Rai, la journaliste et auteure controversée.

Mantra : visage de buse encadré par une exubérante crinière de jais ; le Tout-Bombay parlait de son premier roman publié récemment, *Où sont les chiennes d'antan ?*, déballage toutes griffes dehors sur le beau monde du cru. Parmi ses nombreuses divulgations scabreuses, Mantra avait mis au jour la liaison que le philanthrope le plus respecté de la ville entretenait avec sa nièce de quatorze ans, histoire de cul que toute la charité du monde n'aurait pu désormais garder sous les fagots.

Le petit ami de Samar, Leo McCormick, venait de demander à la jeune auteure son opinion sur les récentes manœuvres du gouvernement réactionnaire de l'État du Maharashtra, visant à rebaptiser "Bombay" en "Mumbai", sa façon de donner à la mégapole un coup de badigeon.

« Dans le genre noms de villes, "Mumbai" a tout le charme de "Gonorrhée", déclara Mantra. Sans compter que le changement polluera la mémoire collective de "Bombay". »

Il ne fallut que quelques minutes au trio pour s'exciter sur cette profanation programmée, mais un autre point de vue fit irruption dans le débat lorsque Priya Das, nouvellement élue députée de la majorité incriminée, se joignit à la conversation.

« "Mumbai" était l'ancien nom de Bombay, fit-elle remarquer d'un air pincé, faisant allusion au fait que les Kolis, l'une des premières communautés à avoir habité le chapelet d'îlots, l'avaient baptisé en l'honneur de la déesse Mumbadevi. Et il s'agit de reprendre notre passé aux colonialistes. »

Mantra poussa un soupir retentissant. « Voyons, Priya, il y a un viol par heure à Bombay. Plus de la moitié de la population vit dans des bidonvilles. Des gamines de douze ans se prostituent. Les trains ne sont jamais à l'heure. Mon lait est coupé avec une eau douteuse.

— Et alors ?…

— Et alors les Rosbifs ont plié bagage il y a quarante ans. Le passé est important, mais le présent est crucial. Rebaptiser Bombay, ça ne va pas rendre la ville plus sûre ou plus propre.

— Tu n'as aucun sens de l'authenticité ! » hurla Priya.

Mantra songea que Priya avait l'aménité des bibliothécaires bourrues dont le seul salut était le gode. « Quelle authenticité ? Les Kolis l'ont appelé "Mumbadevi" vers 1800. Si c'est de l'authentique que tu cherches, il te faudra remonter beaucoup plus loin que ça. Bombay a été fondé au XIIe siècle ! »

Ce débat enflammé fut interrompu par un brusque et bruyant couinement de plaisir. « Mais, qui voilà ! Ce cher Samar Arora ! » Rédactrice en chef d'une bible de la mode, Diya Sen, émettrice de cette salutation enthousiaste, avait de longues jambes coquines et un fou rire qui brillait comme un sou neuf au soleil. Ce soir-là, elle arborait une petite robe noire et un gros rang de perles blanches. « Mon pianiste préféré ! Mon chou, quelle chance que nos chemins se croisent !

— J'attends ici depuis une éternité dans l'espoir que tu passes par là, répondit Samar à la rédactrice un tantinet pompette.

— Je vois que ton délicieux compagnon honore de sa présence nos pernicieux parages… Salut, Mr McCormick. Et ce nouveau chef-d'œuvre, il avance ?

— Une page à la fois. Lentement mais sûrement. Et votre époux ?

24

— Oh, il va très bien ! » Diya enlaça Samar, s'attirant un regard intrigué de la part de Leo. « Mais il n'est plus mon mari.

— Oh, je suis désolé… j'ignorais… » Leo rougit.

« Ne vous excusez pas, chéri ! Après quatre ans de vie commune, j'ai découvert que la seule chose que nous avions en commun était une admiration mutuelle… pour moi. Mais ça n'a pas suffi pour me convaincre de rempiler. » Déposant un baiser sur l'oreille de Samar, elle lâcha d'un ton traînant : « J'ai un nouvel homme dans ma vie.

— Fantastique ! Que fait-il ?

— Le Petit Ami en titre travaille sur une biographie de Bombay.

— Intéressant ! Bombay mérite un bon mémorialiste. Lis-tu ses brouillons ? J'aime lire les premiers jets de Leo.

— Je lui ai fourni sa phrase d'ouverture ; ce sera forcément un chef-d'œuvre, même si pour l'instant son magnum en est plus au stade du pus que de l'opus ! » Elle fit une grimace de dégoût.

« Je suis certain que tu sauras le tordre et le retordre pour lui donner la forme requise, Diya ; tu pourrais remettre n'importe quel livre sur le droit chemin.

— Je doute que nous restions ensemble assez longtemps pour ça.

— Pourquoi virer un écrivain talentueux ? lança Samar en ébouriffant les cheveux de Leo. Les prouesses littéraires jouent souvent les prolongations au lit.

— Pas dans le cas du Petit Ami en titre. Il est vrai que tous les flirts ne sont pas livrés avec un fort quotient bling-bling. Mais on m'a appris que certaines charités bien ordonnées commencent dans la chambre à coucher.

— Tu ne donnes guère sa chance à ton Petit Ami.

— Quand on sort avec un écrivain, mieux vaut se ménager une issue de secours. Sinon, avant de le savoir, il te raye de la trame. Et je ne me respecte pas assez pour devenir un chapitre clos dans le livre d'autrui.

— Quelle sévérité ! s'exclama Leo. Les écrivains ne sont pas calculateurs ; ils comprennent simplement très tôt que des coupes peuvent sauver une histoire qui traîne. »

Diya agita la main. « Le Petit Ami en titre est loin d'être aussi *fun* que ma semaine dernière à Goa : je me suis fait faire mon premier tatouage ! Vous voulez le voir ? »

Priya, femme politique sempiternellement en manque d'assurance mais pas le genre à se laisser damer le pion par une journaliste de mode, jugea bon de lever la voix : « La vérité est que toute l'affaire Bombay contre Mumbai se résume à une chose : l'opposition entre les riches et les pauvres.

— Je suis écrivain, et personne n'est plus pauvre qu'un écrivain qui débute, déclara Mantra.

— Si tu es tellement pauvre, qu'est-ce que tu fabriques ici, au Gatsby ? s'enquit Priya sournoisement.

— J'ai eu assez de jugeote pour faire un bon mariage et un divorce encore meilleur.

— Bravo ! En une seule phrase, tu viens de faire reculer la cause féministe d'un demi-siècle ! »

Depuis longtemps immunisée contre ce genre de vacheries bombayennes, Mantra lapa sans se démonter une gorgée de son whisky. « Priya, rétorqua-t-elle, je sais qu'il y en a parmi nous qui pensent que ta naissance est un argument en faveur du mouvement pour la contraception, mais n'essaie pas de nous fourguer ta camelote pseudo-progressiste si tôt dans ta carrière politique, veux-tu ? »

Diya s'impatientait. « Je veux vous montrer mon tatouage. *Maintenant !*

— Dans ce cas... » Samar agita les mains. « Qu'est-ce qui te retient ? »

D'un geste rapide et concluant, Diya tira sur la fermeture à glissière de sa robe, qu'elle laissa tomber à ses pieds, où elle atterrit en un tas incohérent. Retroussant la succulente joue gauche de son postérieur, enveloppée dans une culotte en dentelle blanche, elle déclara : « Ça représente le Capricorne, mon signe astrologique.

— Ça alors ! s'exclama Samar. Et moi qui croyais les Capricorne vieux jeu ! Tu t'es démarquée de tes semblables à pas de géant, ma poupée.

— Ce qui est insultant, c'est le fait que pas une seule fois les politiciens ne nous aient demandé notre avis. » Mantra ne lâchait pas prise, même si, à cet instant, elle avait du mal à détacher ses yeux du popotin exhibé. « Comment osent-ils prendre nos votes et notre argent, et jouer avec le nom de notre ville sans nous consulter ? C'est antidémocratique ! L'État est aux mains de fanatiques d'extrême droite. Nous avons foutu les Blancs dehors en 1947, mais quelle sorte de monstres avons-nous mis à leur place ? Le Parti du peuple hindou...

— Pour la bonne raison que les élites se désintéressent de la chose publique, dit Priya. Le véritable Bombay n'est pas ici. » Elle se demanda si Diya, aussi exhibitionniste qu'une suffragette du Mouvement des dessous roses, qui depuis un certain temps tournait en dérision la pruderie de son parti, allait remonter sa robe. « C'est très réducteur de parler du Parti du peuple hindou comme d'un groupe de fanatiques d'extrême droite. As-tu oublié que je suis l'une de ses députées ?

— Oh, *puhleez* ! Épargne-nous cette connerie de Vrai Bombay contre Faux Mumbai. D'accord, six cent cinquante millions d'Indiens vivent sous le niveau de pauvreté, mais trois cent cinquante millions ne se débrouillent pas trop mal, merci. Et certains d'entre nous, en fait, trouvent même le temps de manger un morceau chez Gatsby. » Elle fixa ostensiblement du regard la jeune députée. « Vraiment, Priya, tu ne crois pas que tu exagères en agitant avec ton parti le fanion de la pauvreté alors que tu joues des coudes ici avec la crème de la crème ? »

Alors que Priya s'évertuait à se remettre en selle, Diya Sen, exultant, tenait sa cour, telle une antique divinité païenne, avec pour seule vêture ses dessous. « Mon chéri, dit-elle à Samar, on m'a raconté que tu faisais des claquettes comme un ange et que, quand ça t'arrive, les sirènes sonnent et les projecteurs se braquent sur toi.

— Ne flattez pas Samar dans le sens du poil. » Leo accentua sa pression sur le bras de son compagnon. « Ne le tentez pas : il a plusieurs verres dans le nez. Croyez-moi, il n'a pas compté ses Bellini ce soir.

— Montre-moi ! s'exclama Diya. Laisse-moi juger par moi-même.

— Ici ? » Samar fronça les sourcils. « Il y a tellement de monde, *babe* ; mes pieds ne m'entendraient même pas si je leur demandais de faire un pas de deux !

— Le zinc là-bas m'a l'air de te tendre les bras. » Diya partit d'un fou rire.

Samar observa le comptoir de loin. La craquante rédactrice en chef n'avait pas tort. D'ailleurs, si elle avait le cran de rester là vêtue en tout et pour tout de ses grosses perles et de sa culotte à tomber par terre, la moindre des choses, c'était de lui offrir une petite démo de claquettes rien que pour lui faire plaisir.

Se dégageant de l'étreinte de Leo, il se dirigea vers le comptoir étroit et luisant. Lorsque le pianiste s'avança parmi eux au rythme d'un *accelerando* interne, les clients levèrent vite leurs verres au-dessus de leurs têtes pour le laisser passer — et, pour passer, il passa en effet, en une élégante et haletante glissade. Quelques souffles coupés, un peu moins de froncements de sourcils, deux sifflets et pas mal de *hummm* accueillirent l'initiative de Samar.

Karan eut l'impression d'assister à une scène de théâtre doublée de numéro de cirque ; il n'eût pas été étonné de voir des canaris jaillir en jacassant de la mise en pli d'une cliente, et des feux de Bengale éclater dans un coin de la salle. La prestation de Samar fut spectaculaire, mais, en outre, son public (dont le cinéaste en sarong orange, la mondaine aux reflets argent dans les cheveux qui lui descendaient jusqu'au jarret et la rédactrice en dessous blancs) lui fournit d'impromptus et improbables accessoires.

Lorsque Samar finit par se taper la tête contre une suspension, Leo lui tendit la main, avec l'aide de laquelle le pianiste accepta d'exécuter un joli petit saut pour redescendre sur terre.

Leo sourit ; s'il y avait quelque chose que son amant maîtrisait parfaitement, c'étaient ses sorties.

En quittant le Gatsby, fendant un essaim d'admirateurs médusés, Diya attira Samar à elle. « Au moins, maintenant tu sais que la beauté intérieure n'est rien de plus qu'une culotte sexy.

— Je t'aime parce que tu es assez profonde pour être superficielle. » Il lui accorda un bécot d'adieu. « Et assez futée pour connaître la différence entre les deux. »

Pourvu d'amples preuves visuelles de l'escapade de Samar, Karan rentra vite chez lui et dormit du sommeil du juste pour la première fois après une longue série de nuits d'angoisse. Le lendemain matin, il courut au laboratoire du magazine pour développer les photos. Hélas, les prises avaient beau être, comme on pouvait s'y attendre, impressionnantes (notamment celle où l'on voyait Samar évoluer sur le comptoir tandis que le cinéaste au sarong orange et à l'ombrelle verte lui adressait un baiser d'adulation), la lumière était inadéquate.

« À ton avis, il n'y en a pas une d'utilisable ? » Karan faisait les cent pas dans le bureau de son chef.

Iqbal fit pivoter son fauteuil. « La lumière est si mauvaise qu'à l'impression l'image serait trop sombre et le grain trop prononcé.

— Forcément… je les ai prises avec une pellicule 400 ASA. » Karan déchantait rapidement. « Comment vais-je réussir maintenant à me procurer des photos publiables de Samar ? Le Gatsby était ma meilleure chance.

— Pourquoi ne les lui montres-tu pas ? suggéra Iqbal. Écris-lui un petit mot : tu lui expliques que, s'il ne peut pas t'accorder un rendez-vous, le magazine sera contraint d'utiliser ces photos-là et que, même si elles sont exceptionnelles, du point de vue technique ce n'est pas du tout ça. Il s'en apercevra par lui-même. Tu verras bien…

— En somme, tu me demandes de recourir au chantage.

— En gros, répondit Iqbal en se penchant vers son employé, j'essaie de te sortir d'un mauvais pas. »

À midi ce jour-là, Karan déposa un choix de photos, accompagnées d'une lettre manuscrite, à la résidence de Samar Arora, aux bons soins de sa bonne, dans l'espoir que le pianiste serait suffisamment amusé pour lui accorder une séance de pose seul à seul.

Pour sa plus grande délectation, le stratagème réussit. Le mardi de la semaine suivante, une note arriva à l'intention de Karan Seth au bureau d'*India Chronicle*, l'invitant à venir prendre « une tasse de *chai*, un Bellini ou quoi qui vous fasse plaisir ».

En attendant ce rendez-vous, Karan rattrapa le temps perdu sur d'autres commandes qu'il avait négligées parce qu'il avait passé son temps à rechercher Samar. Il s'accorda aussi une soirée pour photographier les sublimes balustrades poussiéreuses d'anciennes demeures décaties du quartier historique de Kala Ghoda. Il fit des tirages des photos et les montra à Iqbal.

« C'est pour ton projet sur Bombay ? » Les paupières d'Iqbal papillotèrent lorsqu'il étudia la série de photos noir et blanc.

« Oui. Dans quelques années, ces vieilles bâtisses auront disparu. » À minuit passé, ils restaient seuls dans la section photo des bureaux du magazine. « Toute cette beauté que nous aurons perdue alors…, ajouta Karan d'un ton mélancolique.

— Je suis surtout frappé par ton talent. Mais je ne dirai rien de plus, sinon tes chevilles vont enfler. » Iqbal était médusé par les photos de Karan, le soin du détail, la turbulente poésie de leur noirceur.

« Quelle force ! Tu dois déjà avoir fait des milliers de photos de Bombay, non ?

— Sept mille six cent quarante et une… Mais qui tient les comptes ! Je t'avais prévenu, Iqbal : j'ai accepté ce poste à *India Chronicle* pour les roupies, le logis et le couvert, mais ce que je veux vraiment, c'est créer des archives de Bombay.

— Ton gourou, c'est Shri Atget, pas de doute. Alors bonne chance, mon garçon ; j'espère que tu capteras avec ton Leica tout ce qu'il y a à tirer de Bombay. À part ça, quand me montres-tu tes photos de Samar Arora ?

— La séance de poses aura lieu mardi chez lui, à Worli, répondit Karan, rayonnant.

— Qu'as-tu pensé de Samar quand tu l'as vu au Gatsby ?

— Un comédien de première, et un poseur. Mais c'est un merveilleux modèle ; l'objectif l'adore et il le lui rend bien. »

Le mardi matin, le bon gros soleil qui tanguait à travers d'épaisses couches de nuages révéla un ciel de la couleur de la joie. En fin d'après-midi, dans le bus qui l'emmenait chez Samar, Karan vit ce ciel bleu prairie s'assombrir, virer au gris opalescent, puis au plombé. La circulation, qui aux alentours du carrefour de Cadbury House avait ralenti jusqu'à lambiner à une allure de tortue, finit par faire du sur-place à la hauteur du sanctuaire de Haji Ali, à quelques pieuses encablures seulement de sa destination. Le bus fut tout bonnement bloqué et Karan descendit, à l'instar des autres passagers.

Levant les yeux vers le ciel qu'envahissaient des ténèbres tonitruantes, Karan se dit que celles-ci pourraient bien être les hérauts de l'Apocalypse. Un vol immense de flamants, des milliers de flamants, approchait : longues ailes amples, dentelées, pattes fusiformes à l'horizontale ; ils étiraient tant, de même, leurs cous graciles qu'on aurait dit des cordes tendues de frais sur une cithare. C'étaient des flamants blancs (à l'exception d'éclaboussures de rose sale) et l'envergure de leurs ailes en mouvement produisait un bruit assez semblable à celui d'immenses soufflets qui se seraient soulevés puis abaissés *ad infinitum.*

Des enfants pleurèrent. Des chiens hurlèrent à la mort.

Des écolières braillèrent. Des hommes restèrent bouche bée.

Karan sortit son appareil photo de son boîtier et se mit à photographier fébrilement la scène autour de lui. Il zooma sur un mendiant aveugle, chauve, vêtu d'un costume noir en lambeaux. Pivotant, il s'approcha vite d'un montreur de singe à la crinière de Méduse, flanqué d'un trio de vagabonds chantant décharnés et dépenaillés. Les trois ténors du bitume scrutaient le ciel, mains levées vers le vol de flamants, et chantaient, de leurs voix de castrats épaisses, ironiques et nasales, une chanson d'amour en hindi.

Lorsque Karan essaya de se soustraire à ces visions terrestres pour se concentrer sur le spectacle du ciel, son objectif intercepta des centaines de pétales rouges qui voltigeaient gaiement. Une marchande de fleurs avait posé sur le trottoir une montagne de roses rouge rubis, du genre chipées sur les tombes par les gamins des rues. La horde de passants avait piétiné les fleurs. En quelques instants, une violente brise marine avait fouetté les pétales, qui s'étaient mis à tournoyer follement. Pris dans cette tempête de pétales de roses, les flamants à la verticale au-dessus de son crâne, Karan songea : tel est Bombay, muse monstrueuse, mi-sorcière, mi-clown, toujours absurde, souvent charmante, ma ballade friponne ; voici Bombay, *meri jaan* : ma vie, mon amour.

S'accordant le temps de reprendre son souffle, il poussa son appareil de côté et, sous l'effet de la surprise, fit volte-face : en l'espace d'un éclair, la scène avait changé du tout au tout. Les flamants avaient quasiment disparu, le ciel était saturé de lumière et les passagers avaient repris place dans l'autobus. La circulation s'ébranla, au prix d'une énorme montée en puissance des moteurs et d'un lent glissement de roues. Le trio de chanteurs sur le trottoir mit fin à son tintouin. Le mendiant aveugle se heurta à un lampadaire et tomba à la renverse dans une mare de pétales d'un rouge lyrique. À la faveur de la cohue, le singe réussit à s'extraire de sa laisse, fila sur la chaussée et son maître, pantelant, lui courut après.

2

« Que c'est gentil à vous de venir me rendre visite ! » Samar émergea de la piscine, la peau ruisselante. Il s'approcha de Karan, qui s'était assis dans un transat sur la pelouse.

Karan se leva et tendit la main à son hôte. « J'espère que je ne vous empêche pas de profiter de votre piscine ?

— Je faisais mes dernières longueurs de la soirée. » Samar s'enveloppa dans une serviette blanche, qui dissimula son maillot bleu très moulant.

« Belle maison. » Karan se retourna pour faire face à la demeure : proprette, carrée, en briques, fenêtres aux montants blancs, une étroite véranda au premier étage ; au rez-de-chaussée, un rectangle de pelouse, une piscine, quelques amandiers. « Il reste peu de maisons de ce genre à Bombay.

— La piscine est un luxe, mais elle se révélera utile le jour où nous voudrons l'emplir de champagne et nous noyer dans l'ivresse. Vous ai-je fait attendre longtemps, Mr Seth ?

— Appelez-moi Karan. Un quart d'heure seulement. Votre bonne m'a servi une tasse de *chai*. »

Karan apprécia la cordialité de Samar tout en doutant de sa sincérité.

« Je suis content que Saku-bai vous ait bien traité. Vous avez de la chance ; il y a des années qu'elle essaie de me tuer. » Faisant une mimique de scène, Samar écarquilla les yeux.

« J'ai du mal à le croire », dit Karan. Un instant, il songea à la bonne, renfrognée et hostile ; se pourrait-il qu'elle ourdisse vraiment la mort de son patron ?

« Oh, Saku-bai laisse traîner des morceaux de vieux savons dans la baignoire, se plaignit Samar. Elle met des choses sinistres dans ma purée de lentilles. Pendant des années elle m'a nourri de papayes vertes.

— Les papayes vertes sont toxiques ? »

Plaquant ses mains contre ses joues, Samar haussa les sourcils : expression bollywoodienne de l'horreur. « Elles peuvent causer des avortements spontanés.

— Ça ne devrait guère vous poser de problèmes ; vous êtes un homme.

— Dieu soit loué ! Sinon, pouvez-vous imaginer tous les bébés que j'aurais perdus ? »

Lorsque Karan dodelina de la tête, l'air de ne plus trop savoir de quoi il retournait, Samar comprit que son penchant pour l'absurde passait au-dessus de la tête du jeune photographe : peut-être débarquait-il tout juste à Bombay, ou alors il était stupide.

Karan semblant perdre pied, Samar lui saisit le coude. « Je vous ai invité pour vous dire que vous devriez avoir honte d'avoir un tel talent.

— Je suis très honoré. » Karan rougit. Le souvenir du numéro de claquettes de Samar sur le comptoir du bar du Gatsby refusait de le lâcher, un souvenir qui confirmait le méchant commentaire de Natasha sur son compte : « Un petit con prétentieux. »

« Les photos que vous avez prises au Gatsby me donnent l'air d'un être humain, pour une fois.

— Dois-je entendre ça comme un compliment ?

— Je n'ai pas une très haute opinion des êtres humains. Je préfère de beaucoup les isatis, les dahlias et les lévriers, tous beaux et rares. »

À nouveau, Karan ne put que se taire.

Le charmant provincial empoté commençait à agacer Samar. Par bonheur, le silence gêné qui s'installa bientôt entre eux fut rompu par un lévrier nain, filiforme et blanc, qui, déboulant du salon, s'élança vers eux et se jeta sur Samar.

« Et comment se porte mon cher Mr Ward-Davies ce soir, hein ? » Samar essaya tout à la fois de retenir le chien, qui se débattait, et de se soustraire à une avalanche de léchouilles. « Veux-tu venir te promener avec Karan et moi ? »

Frais émoulu de ses montagnes, Karan n'avait jamais entendu quiconque s'adresser à un chien comme on s'adresse à un être humain ; il fut séduit moins par l'irrésistible affection qui transparaissait dans la voix du pianiste que par la dignité dansante de l'apostrophe.

Le lévrier nain regarda Samar avec des yeux d'adolescente éprise, comme si, en la présence de son maître, le monde, ses rancœurs et ses illusions s'étaient évaporés d'un coup de baguette magique.

« Il est adorable mais il paraît si fragile…

— Étant photographe, vous devez savoir que les apparences sont trompeuses ; croyez-moi, il cache une patte de fer sous ses yeux de velours. » Samar s'accroupit pour cajoler Mr Ward-Davies, dont le corps souple se tortillait sous l'effet de la douce dévastation d'une joie intolérable. « À l'âge de quatre mois, il a avalé un gros clou rouillé. Le clou s'est coincé dans ses boyaux. Son estomac s'est mis à gonfler. Il a vomi toute la nuit. Je l'ai emmené en urgence chez le vétérinaire, qui a dû l'opérer séance tenante. Il m'a conseillé de ne pas entretenir trop d'espoir. Quand je l'ai ramené à la maison, Mr Ward-Davies avait neuf points de suture au ventre. Je l'ai veillé jour et nuit. Il refusait de s'alimenter, j'ai dû le faire manger de force à l'aide d'un compte-gouttes. J'ai dormi avec lui pendant trois semaines. Après quoi, Mr Ward-Davies s'en est tiré, comme ça ! » Samar claqua des doigts. « Je me rappelle encore ce que ma grand-mère m'a dit un jour, il y a longtemps : "Ce qu'on aime vraiment, on peut le sauver." Je ne suis pas certain qu'il y ait le moindre soupçon de vérité là-dedans, mais ça m'a permis de franchir une très mauvaise passe. » Il passa ses doigts dans sa tignasse mouillée.

« Vous l'avez nourri avec un compte-gouttes ? »

Samar se leva. « Le véto m'avait prévenu qu'il refuserait de s'alimenter et que je devrais le forcer. Sans compter que Mr Ward-Davies était un cadeau de mon amie Zaira ; je n'avais pas envie de la laisser tomber, elle non plus. »

Karan tenta de ne pas laisser paraître la surprise qu'il sentit altérer son expression. Comme il avait déjà relégué Samar Arora dans la catégorie des poseurs, il était difficile et agaçant de l'imaginer passant des nuits blanches à veiller un chiot convalescent. D'ailleurs, songea-t-il, inquiet tout à coup, les bavardages, c'est bon pour un temps, mais la lumière précrépusculaire était abondante, révélatrice, parfaite pour des portraits : il était temps de se mettre au boulot. « Avez-vous besoin de vous préparer ? »

Samar sourit. « Je ne pourrais être plus prêt.

— Pas de maquillage ? » Karan n'osa pas signaler à Samar qu'il était torse nu, vêtu d'une simple serviette blanche, cheveux mouillés collés sur le crâne. Quel genre de portrait cela donnerait-il ?

« Du maquillage ? Pour cacher mes cicatrices chèrement acquises avec le temps ! Mon seul regret est que vous me photographiez alors que je suis vieux et moche ; vous auriez dû le faire quand j'étais *jeune* et moche.

— Mais vous *êtes* jeune ! Vingt-huit ans ! Vous n'avez que trois ans de plus que moi. » Karan défit le cache de l'objectif. « Pas de fausse modestie !

— Moi, jamais ! » Samar porta solennellement la main au torse. « J'ai seulement la fausseté modeste. Mais ne le prenez pas personnellement. »

Pendant les vingt minutes qui suivirent, les seuls bruits qu'on entendit furent les déclics *staccato* de l'obturateur. Regardant dans son viseur, Karan trouva difficile de ne pas admirer son modèle : les bras musclés et souples, la taille fine de jeune garçon, la nuque mélancolique au dessin classique. Mais la véritable beauté de cet homme-là est cachée, songea Karan : le lobe des oreilles, la profonde fossette moqueuse au menton, la lueur dans les yeux. Le sens certain mais discret d'une perte ineffable dansait autour de la beauté de Samar ; cela lui conférait une dignité inattendue, lancinante, comme auréolée de remords – de la profondeur autant que de la personnalité. Karan espérait qu'il réussirait à saisir dans ses photos cette humeur insaisissable.

Après un moment, Karan marqua une pause afin de changer de filtre. Samar s'assit au bord de la piscine : Mr Ward-Davies sur les genoux, il tissa nonchalamment avec ses jambes des vaguelettes dans l'eau bleue ; il avait l'air de s'ennuyer effroyablement, ce qui ne l'empêchait pas de se prêter avec grâce au jeu de la séance de pose. De temps en temps, Karan jetait un regard furtif à son surprenant modèle : il pensa aux deux histoires que Natasha lui avait racontées sur son compte, enjolivées et non documentées, qui semblaient corroborer le parfum étincelant de scandale et d'énigme dont le pianiste était auréolé.

À dix-huit ans, Samar avait notoirement « divorcé » de sa mère, Mrs Arora, une veuve ambitieuse et aigrie qui avait mis ses bijoux en gage pour envoyer Samar à l'Académie Juilliard. Elle avait été anéantie par le camouflet de son fils et, pleine de ressentiment, avait sali son nom au point qu'il avait été rejeté par le reste de sa famille. Alors qu'au début Samar avait réagi avec retenue, par la suite il avait expliqué par voie de presse que sa mère s'était violemment opposée à ses penchants sexuels ; elle était allée jusqu'à lui proposer de suivre un traitement pour se guérir. Il l'avait donc reniée, avait-il expliqué, moins parce qu'elle avait suggéré qu'il se soumette à des électrochocs et à un traitement hormonal que parce qu'elle l'avait considéré exclusivement comme un être sexuel et non comme un être humain, comme son fils. Que quelqu'un, et particulièrement sa mère, le définisse par ce qu'il faisait au lit lui répugnait tant qu'il avait préféré lui signifier son congé.

L'autre pépite de ragots à propos de Samar concernait son retrait inexplicable de la scène musicale. Un soir à Boston, il s'était levé en plein récital et avait planté là son piano sous les yeux de son public médusé. Il expliqua plus tard qu'il était sorti prendre l'air… et que, brusquement, « la musique s'était tarie ». Dans l'impossibilité de tirer un trait définitif sur le virtuose, les critiques américains ne prirent jamais sa retraite au sérieux, croyant qu'il préparait un *come back*. Mais Samar résilia le bail de son appartement en enfilade de Brooklyn, boucla ses bagages et rentra à Bombay, où il acheta le dernier cottage du front de mer à Worli ; désormais il y vivait des droits que ses disques lui rapportaient tous les ans.

Au moment où Karan allait demander à Samar s'il était prêt à reprendre la séance, il entendit les portes-fenêtres du salon s'ouvrir brusquement et vit une femme courir vers Samar, jupe de bohémienne rouge évasée ondulant dans sa course, bracelets en verre vert se bousculant sur toute la longueur du bras.

Samar se leva d'un bond et alla à sa rencontre d'un pas vif. Elle l'enlaça avec une force telle qu'il faillit perdre l'équilibre. Il l'enlaça à son tour et lui passa doucement la main dans le dos. Puis il l'entraîna jusqu'à l'extrémité de la pelouse, à l'ombre d'un immense amandier feuillu où, enlacés, ils ne firent plus qu'un, perdus, y compris chacun pour soi-même.

En y regardant de plus près, Karan fut surpris de s'apercevoir que la femme dans les bras de Samar était sa meilleure amie, Zaira, la star incontestée. Il fut tenté de les mitrailler instantanément, dans cet inéluctable moment d'une fragile affinité, mais il savait qu'il y avait des photos qu'il valait mieux ne pas prendre ; elles violaient les modèles, certes, mais davantage encore les sentiments.

« Ne t'inquiète pas, tout ira bien. »

Zaira, haletante, s'agrippa à Samar. « Tu ne peux pas imaginer ce que j'ai dû endurer.

— Raconte-moi tout alors.

— C'était horrible… » Un sanglot resta bloqué dans la gorge de Zaira.

« Tu t'en sortiras. Tu es ici maintenant. Je suis avec toi. » Samar sentit le cœur de Zaira battre contre son torse.

« Il a essayé de me tuer !

— Quoi !

— Il s'est jeté sur moi, Samar… Je te le jure…

— Malik ? »

Les sanglots insoutenables de l'actrice l'empêchèrent de répondre et Samar se contenta de la tenir dans ses bras. Il avait peine à croire que le harceleur de Zaira ait pu aller aussi loin. Dans le passé, quand ils avaient discuté du fol amour de Malik pour Zaira, Samar et elle en avaient toujours plaisanté ; à leurs yeux, il était surtout le cliché même du forcené pendu à la traîne de sa robe. Après tout, quelle actrice de Bollywood ne devait pas endurer l'indésirable privilège d'être l'objet des attentions d'un dingue ?

« Je n'aurais jamais cru qu'il pourrait descendre si bas, Zaira.

— Est-ce qu'il n'avait pas déjà montré tous les signes ?…

— Oui, je suppose, mais je crois qu'il est devenu encore plus fou depuis que son père est revenu au pouvoir l'an dernier. »

L'homme en question, Malik Prasad, était le fils de Shri Chander Prasad, le respecté ministre du Travail et de l'Emploi, politicien de haut vol, membre du Parti du peuple hindou au pouvoir à Delhi. Malik dirigeait une entreprise d'événementiel, Tiranga Inc., spécialisée dans l'envoi de stars de Bollywood au Canada pour des performances de danse. Des années plus tôt, lorsque Malik l'avait contactée, Zaira avait refusé de participer à un spectacle à Toronto et avait cru, naïvement, que son refus mettrait un terme à toute communication entre eux. Il n'en fut pas ainsi. Malik se mit à l'appeler à n'importe quelle heure de la nuit ; elle le croisait dans tous les restaurants où elle allait manger ; régulièrement, elle trouvait, insérés dans le courrier de ses fans, des poèmes d'amour de Ghalib, griffonnés dans l'écriture pataude et illisible de Malik. Suppliques polies, indifférence flagrante, rebuffades grossières : rien ne le dissuadait.

Lorsque, un beau matin, Zaira découvrit, après que Malik eut passé toute la nuit à frapper dessus, des taches de sang sur la porte de son appartement de Juhu, elle comprit que la situation dégénérait. De fait, la semaine suivante, Malik prit une cuite et l'appela, tôt le matin, l'insultant et menaçant de la battre à la « faire presque crever ». Elle voulut obtenir une ordonnance restrictive. Hélas, le père de Malik était trop puissant pour s'inquiéter d'une minable petite plainte déposée dans un bureau de police de quartier. L'affaire fut jugée et Zaira perdit.

Le juge, en déboutant Zaira – pour absence de preuves –, ne fit qu'enhardir Malik. Certain que son père le couvrirait dans n'importe quelles circonstances, il s'acharna sur Zaira avec toutes les cartes à la disposition d'un taré.

Le soir où Karan se trouvait chez Samar pour la séance de photos, la folie de Malik avait atteint de nouveaux sommets. Depuis tôt le matin, Zaira tournait avec le jeune premier du moment, Shah Rukh.

Le réalisateur terminait la dernière scène de la journée : Shah Rukh et Zaira devaient rouler sur le lit, dans un numéro torride à la A.R. Rahman. Au moment où ils avaient pris leur position sur le lit et où le réalisateur donnait ses ultimes indications, Malik avait déboulé sur le plateau, yeux humides et rougis. Tel un buffle décidé à tout briser sur son passage, il renversa quiconque se trouvait sur son chemin. Il héla Zaira tout en insultant Shah Rukh : *Saala, ma ki lauda !* Trois gardes du corps s'emparèrent de lui et le déposèrent à l'extérieur du décor. Mais Malik ne l'entendait pas de cette façon. Montant dans sa jeep, il appuya sur l'accélérateur. Et s'évertua à démolir les plateaux dont il avait été expulsé d'une façon si dégradante. Moins d'une heure après émergeait un rapport complet sur sa sinistre virée : l'électricien qui avait tenté de l'arrêter avait eu le poignet cassé ; le fauteuil du réalisateur avait été écrasé comme une pâte feuilletée ; les fausses portes avaient été brisées en deux ; les débris d'un gramophone, tombé d'une table basse, se retrouvaient par terre comme la taille d'un chèvrefeuille ; une maquilleuse, trébuchant sur le fourbi et les enchevêtrements de fils, s'était tapé la tête contre une poutre brisée en deux.

Heureusement, Shah Rukh avait immédiatement entraîné sa partenaire dans sa caravane, refusant de la laisser seule tant que Malik ruait dans les parages. Les étoiles étaient manifestement du côté de Zaira, car on découvrit bientôt, en outre, que Malik avait donné tant de coups de bélier à la caravane de la star avec l'arrière de sa jeep que ce qu'il en avait laissé était bon pour le ferrailleur. Lorsque le réalisateur, en observant la caravane démolie, avait fait remarquer plutôt vulgairement que « si elle s'était réfugiée dans sa caravane, Zaira aurait fini en garniture de hamburger », la star s'était enfuie et réfugiée chez Samar.

Auprès de son ami, dans un lieu familier, Zaira recouvra son aplomb ; tous deux se dirigèrent vers la piscine main dans la main.

C'est alors que Zaira aperçut Karan, appareil photo à la main. Elle s'arrêta net. « Qui est-ce ? s'enquit-elle, inquiète et baissant la voix.

— Un gentil garçon qui travaille pour *India Chronicle*.

— Celui qui a pris les photos de toi faisant des claquettes au Gatsby ? »

Samar fit oui de la tête. « Détends-toi. N'en fais pas une fausse couche, ma jolie.

— Samar, il a son appareil photo ! Et je viens de pleurer toutes les larmes de mon corps… » Elle s'essuya les joues pour en ôter les traînées de mascara.

« Il ne dira rien.

— Il lira cette histoire sur Malik et moi dans les journaux demain matin. Tu crois qu'il a pris une photo de nous ? Est-ce qu'il ne va pas aller parler au magazine ? Je *détesterais* qu'on apprenne que je suis venue ici pour pleurer et… » Une lumière cliquetante scintilla dans ses yeux.

Samar se leva et croisa les bras. « Regarde-le, Zaira. A-t-il l'air de se soucier le moins du monde de ?… »

Zaira regarda par-dessus l'épaule de son ami : Karan, accroupi, jouait comme un gamin avec Mr Ward-Davies. « Peut-être pas, dut-elle admettre. Mais peut-on prévoir quand les gens vont se retourner contre nous ?

— Tu es parano parce que trop de journalistes t'ont maltraitée ; crois-moi, ce garçon ne mange pas de ce pain-là.

— Tu en parles comme si tu le connaissais depuis des lustres. » Elle fronça les sourcils.

« Fie-toi à mon instinct, et tais-toi, maintenant, parce qu'il pourrait nous entendre. »

Lorsqu'il leva les yeux, Karan découvrit Zaira debout en face de lui, main tendue. « Bonjour. Moi, c'est Zaira. »

Karan ne se leva pas pour se présenter ; il était certain que s'il se mettait debout pour serrer la main de la star, il laisserait paraître à quel point il était intimidé.

« Je suis navrée… j'ai interrompu la séance de pose, *ne* ? »

Karan fit non de la tête et dut tout de même se lever. Lâché par ses capacités oratoires, il se contenta de sourire bêtement à la star. Avec sa jupe bohémienne et sa camisole en appliqué, elle avait l'air d'une princesse en fuite. « Il est arrivé quelque chose d'effroyable et je… fit Zaira.

— Tout est rentré dans l'ordre maintenant, l'interrompit Samar.

— Tant mieux. » Karan souleva son appareil photo, comme pour rappeler à Samar qu'il était en mission.

Samar raconta à Karan, brièvement, le dernier coup de sang de Malik.

« Je suis navré que vous ayez dû subir ça. » Karan se tourna vers Zaira et lui adressa un regard compatissant.

La star examina son visage net, son expression concentrée. Une veine d'ascétisme traversait sa beauté dure comme le marbre. En sa présence, son cœur devint une belle boîte sombre dont elle aurait aimé tout à coup renverser le contenu mystérieux et troublant à ses pieds.

« J'imagine que vous voudriez continuer les prises de vue ? demanda Samar.

— Si ça ne vous dérange pas.

— Si nous ne nous y mettons pas maintenant, vous n'arriverez pas à respecter vos délais. »

Karan acquiesça d'un hochement de tête. Il regarda le ciel ; le crépuscule se fondrait bientôt dans la nuit et il n'y aurait alors plus assez de lumière. « En effet.

— Donc nous devrions nous y remettre.

— Assez vite, oui. La lumière est parfaite mais ça ne va pas durer. » Brusquement, Karan céda à la panique, se rappelant que les photos de Samar chez Gatsby étaient inutilisables par manque d'éclairage ; il serait criminel que cette nouvelle série subisse le même sort.

« Je me sens coupable de vous avoir interrompus, déclara Zaira. Je vais aller à l'intérieur et t'y attendre, Samar... » Elle allait prendre la direction de la maison mais son ami la saisit par le coude.

« Et nous deux ? demanda-t-il à Karan. Est-ce que ça fonctionnerait ?

— Tu es fou ! s'exclama Zaira. Pourquoi Mr Seth voudrait-il me photographier avec toi ?

— Tu te fais prier parce que ton maquillage coule. Ne fais pas ta diva ! »

Zaira ne put s'empêcher de rougir. « Si moi, je joue à la diva, alors toi, à quoi joues-tu ?

— Oh, voyons, Zaira ! Dis oui. Si tu acceptes, je nous servirai ensuite un peu de pétillant et tout ira pour le mieux. » Il déposa un baiser sur son épaule. « Cela ne dérangera pas Mr Seth... »

Karan sourit et mit une nouvelle pellicule dans son appareil. « Ça ne me dérange pas du tout. »

3

« Je dois y aller… », dit Karan, rentrant l'appareil dans son étui. La soirée le cédait à la nuit. Les moustiques dansaient sur le troène de l'allée. « Merci de m'avoir accordé tout ce temps ; c'était une très bonne séance. Je vais faire développer ça et vous enverrai des tirages.

— Voulez-vous prendre un Bellini avec nous ? » Samar fit un geste en direction de la maison.

« Oh oui ! dit Zaira. Je vous en prie », insista-t-elle.

Karan jeta un regard interrogatif en direction de la maison. Si elle reflétait la personnalité de Samar, sans doute regorgeait-elle d'antiquités, sans doute les sièges étaient-ils recouverts de satin, sans doute était-elle baroque, décadente, somptueuse, extravagante… Puis il regarda Zaira. Sa présence rendait la proposition de Samar plutôt alléchante.

« Je ne veux pas vous gêner…, répondit-il en passant la lanière de son étui par-dessus l'épaule.

— Ne soyez pas si formaliste, répliqua Samar durement. Plus maintenant, après m'avoir vu en bikini ! »

Karan rit. « D'accord. J'adorerais prendre un verre avec vous. »

Après avoir franchi la porte-fenêtre, Karan posa le pied sur un sol frais en ciment poli rouge brique. Un gros fauteuil en rotin à l'ombre de palmiers dans de gros tonneaux en osier ; dans un angle de la pièce rectangulaire, un canapé blanc, l'air délicieusement défoncé. Des petites bougies votives, dans des récipients en verre sur des tables et dans des niches pratiquées dans le mur, éclairaient la pièce d'une lueur cognac et projetaient des ombres mouvantes au plafond. Sur une table basse : une élégante pile bien ordonnée de livres sur la peinture et la musique, et un fatras de verres en argent posés sur un plateau ancien.

Zaira ouvrit d'un coup la porte de la cuisine.

Un comptoir en pierre noire occupait toute la longueur de la pièce. Au centre : une table circulaire en teck de Birmanie, vernis sombre et pieds branlants. Karan s'assit sur un siège robuste à haut dossier en bambou et observa ses hôtes vaquer à leurs occupations. Il apprécia le calme monastique du lieu, sa simplicité fondamentale ; il n'aurait pas imaginé que Samar vivait entouré d'une telle sobriété.

« Ne devrais-tu pas dénoncer Malik ? » demanda Samar en servant des olives et des crackers sur un long plat en céramique taupe.

Zaira, tout en ouvrant une bouteille de Prosecco, lui lança un regard noir. « À quoi ça servirait, après ce qui s'est passé la dernière fois ?…

— Voyons, Zaira ! » Samar versa du Cipriani à la pêche dans trois flûtes à champagne.

Zaira se laissa choir dans le fauteuil à côté de Karan. Lorsque Samar eut déposé son verre devant elle, elle but quelques gorgées et s'enfonça dans son siège, mains croisées sur le torse. « Tu sais bien ce qu'ils ont fait la dernière fois, lui rappela-t-elle. Ils m'ont obligée à courir d'un bout à l'autre du tribunal, tout ça pour que ce foutu juge classe finalement mon affaire sans suite !

— Qu'est-ce qui te fait croire que ce sera pareil cette fois-ci ? » Samar ne pouvait comprendre pourquoi Zaira acceptait de passer l'éponge sur une agression aussi brutale.

Zaira était gênée de parler de Malik devant Karan. Et s'il allait rapporter leur conversation *verbatim* à un échotier d'*India Chronicle* ou, pire, gonfler ses côtés absurdes et vendre un scoop à *Mid-Day* ? Espérant que Samar changerait de sujet, elle répondit d'un air absent : « Les expériences passées sont un indicateur des résultats à venir.

— Tu te dégonfles ? » Il se tourna vers Karan, qu'il surprit léchant sa lèvre inférieure après avoir goûté son Bellini : sans doute son premier, songea-t-il.

« Nous parlons du fils du ministre Prasad, au cas où tu l'aurais oublié », lança Zaira. Pourquoi Samar faisait-il mine d'ignorer le fait que Malik, usant de l'influence de son père, s'était déjà sorti de nombreux procès sans aucun dommage ?

La porte s'ouvrit. Un homme, maigre, yeux bleus, crâne tonsuré, regarda discrètement à l'intérieur de la pièce.

Karan reconnut Leo, du soir chez Gatsby : c'est lui qui avait offert sa main à Samar après que la session impromptue de claquettes avait tourné court.

Leo parut hésiter à interrompre leur petit conclave, mais Samar lui tendit les bras et, quand Leo se fut approché, lui murmura à l'oreille un accueil affectueux.

« Je viens tout juste d'entendre un flash à la boîte aux idioties, dit Leo, ne quittant pas Zaira des yeux. Est-ce vrai, ce qu'ils racontent sur Malik et toi ?

— Je vais bien, merci, répondit-elle. J'ai simplement eu une prise de bec avec mon "prétendant".

— D'après ce qu'on raconte, vous n'y êtes pas allés qu'avec le bec. » Leo se pencha pour embrasser Samar sur la joue, avant de s'installer sur le bras de son fauteuil, la main sur l'épaule de son amant.

Zaira remarqua que Karan baissait les yeux : elle supposa que la marque d'affection des deux homos le gênait.

« Leo, laisse-moi te présenter le génie qui m'a photographié en train de me ridiculiser au Gatsby », dit Samar avec un mouvement du menton pour indiquer Karan.

Leo hocha la tête. « Alors vous êtes le prodige aux doigts d'or… »

Karan sentit une main glacée lui serrer la nuque ; le compliment de Leo, bien intentionné mais succinct, contrastait nettement avec l'aménité plus frontale de Samar. Leo était plutôt du genre mondaine embrassant l'air à la ronde.

Zaira : « Ses photos sont subtiles, scandaleuses, et m'ont fait regretter de ne pas avoir été là pour voir Samar dans son élément.

— Oh, je suis sûr que tu as souvent, très souvent vu Samar dans son élément », répliqua Leo, du tranchant dans la voix.

À la remarque de Leo, Zaira blêmit. « Font-ils encore toute une histoire sur Malik et moi à la télé ? se hâta-t-elle de demander.

— Toute une histoire, ma fille ! Cela dit, rien d'étonnant, ajouta Leo en lui adressant un clin d'œil : pour eux, tu vaux de l'or. Toutes les chaînes passent ça en boucle. »

Zaira se représenta aisément la horde de photographes postée devant son appartement de Juhu. « Si seulement ils pouvaient me lâcher et s'intéresser à quelque chose qui en vaille la peine !

— Allons donner une leçon à cette grosse brute ! s'exclama Leo.

— Ce n'est pas une simple brute, le corrigea Samar. Malik Prasad a l'étoffe d'un criminel confirmé. À t'entendre, on dirait un gamin qui aurait pris une bière de trop. » Puis, se tournant vers Zaira : « Tu devrais au moins parler à la presse. Il est clair que Malik Prasad souffre d'un déséquilibre chimique.

— Je ne veux pas flatter ce sale type en le débinant en toutes lettres dans la presse. »

Témoin muet, à suivre la conversation comme une partie de tennis entre les talentueux et les célèbres, Karan devina que le vrai pouvoir de la célébrité ne reposait pas dans sa propension à rendre quelqu'un instantanément reconnaissable, mais dans le fait d'imposer l'obscurité aux autres ; il eut l'impression de n'être qu'une pièce de mobilier. Pendant une brève pause dans la conversation, il annonça son intention de prendre congé.

« Merci pour le verre. Il est temps que je retourne dans ma chambre noire pour développer les photos. Vraiment…

— Ne me dites pas que notre compagnie n'est pas digne de vous, Mr Seth ! » s'exclama Zaira, faisant durer le plaisir.

Il rougit. « Je dirais plutôt que le contraire est vrai. »

Zaira baissa ses grands yeux de biche. « Pas d'histoires, prenez un autre verre ! Ça porte malheur de partir avant de prendre un second Bellini. »

Sous le charme de ses inflexions voluptueuses et des volutes mélancoliques de son regard sensuel, Karan se rappela soudain le commentaire de Natasha sur Zaira : *à elle seule, elle fait grimper l'indice national de masturbation.*

« J'ignore d'où vous tenez vos superstitions, mais je les trouve charmantes », répliqua-t-il en reprenant place.

Samar lui tendit un autre verre et la conversation revint sur l'agression de Malik.

« Les gars comme Malik, dit Leo, peuvent s'en tirer parce que le climat politique en Inde encourage le machisme des jeunes mecs. » La preuve : un article du *Times of India* le matin même qui révélait que le Parti du peuple hindou avait l'intention de faire passer une loi interdisant la masturbation. « Parce que la branlette est contraire à la culture hindoue ! » Leo était exaspéré.

« Quel texte hindou proscrit la masturbation ? demanda Zaira. Franchement, j'aimerais le lire s'il est vrai qu'il en existe un.

— J'ai entendu dire que si la loi était votée, les coupables seraient soumis à une peine d'emprisonnement ou à une amende de cinq mille roupies, dit Karan.

— Quelle idiotie : la prison est le nirvana de la planète Branlette ! » Zaira couvrit sa bouche pour glousser à son aise. « Les branleurs seraient en excellente compagnie.

— S'ils enferment tous les mecs qui se branlent, qui restera-t-il dans les rues de Bombay ! »

Karan crut deviner que ces explosions de rires chahuteurs dans la cuisine de Samar n'étaient qu'un voile cachant la nervosité des participants : l'humour ne pouvait tout dissimuler. « Tout de même, le PPH ne peut être aussi mauvais qu'il en a l'air », fit-il.

Zaira lui lança un regard de biais. Il ne se doutait pas que sa naïveté allait déclencher un sermon de la part du petit ami de Samar. À part soi, elle appelait cet exposé, qu'elle connaissait par cœur, « discours de Leo numéro 101 sur l'Inde moderne ». Comme elle l'avait craint, bientôt l'Américain se lança dans une conférence tout feu, tout flamme sur le Parti du peuple hindou, son avènement, sa montée en puissance, son hégémonie et ses exactions sans fin.

Zaira attira à elle Mr Ward-Davies et lui fit des câlins, pensant que, le temps que Leo déballe ses théories sur la politique indienne, elle pourrait réciter mentalement le texte entier de sa prochaine scène, prévoir sa garde-robe pour la semaine à venir ou, si ce n'était pas trop cruel, fermer les yeux et faire un petit somme. Frottant sa joue contre le crâne bombé de Mr Ward-Davies, elle adressa à Karan un sourire de conspiratrice qui semblait dire : À cœur vaillant, rien d'impossible, mon ami.

Le photographe, qui n'était pas au fait de l'histoire politique de Bombay, se pencha en avant pour écouter l'exposé de Leo.

Après avoir organisé des opérations à Bombay dans les années soixante, le Parti du peuple hindou, le PPH, s'était évertué à répandre son poison dans tout le pays. Au début des années soixante-dix, le parti était monté en puissance en promettant du travail aux « autochtones » de l'État du Maharashtra. Sous prétexte de défendre l'emploi des fils du terroir, il s'en était pris aux « étrangers ». En premier lieu, même s'ils vivaient dans le Maharashtra depuis des générations, les émigrés venus des États du Sud, les Malayalis à peau noire et aux traits doux, constituaient des victimes toutes désignées. Ç'avait ensuite été le tour de ceux du nord de l'Inde, coupables aussi de « voler » le travail des gens du cru. Tous les jours, on entendait parler de jeunes Malayalis poignardés en plein jour, de familles entières forcées de « rentrer chez elles » ou de ressortissants du Bihar, dans le nord-est de l'Union, battus à mort par des bandes incontrôlées de partisans du PPH.

À la fin des années soixante-dix, l'étoile étincelante du PPH pâlit un tantinet face à un spectacle de despotisme encore plus flamboyant : l'état d'urgence décrété par Indira Gandhi. Mais, du milieu des années quatre-vingt au début des années quatre-vingt-dix, la cote du PPH explosa. Surfant sur la vogue du communautarisme, sa progression fut implacable et répandit sa propagande fratricide, exacerbant les différences de caste et de religion. En guise de protestation contre la conversion supposément forcée d'hindous par des missionnaires chrétiens, un missionnaire australien fut arrosé de kérosène et brûlé vif. On invoqua les raisons les plus minces pour susciter des émeutes communautaires dans les petites villes et les villes moyennes dans les quatre coins de l'Union indienne : en quelques heures, des douzaines de familles, musulmanes et hindoues en égale mesure, furent éliminées : on incendia leurs maisons, viola leurs filles, creva les yeux de leurs fils.

Entre-temps, l'économie ouvrait grand sa gueule vorace, prompte à gober la manne déferlant de l'étranger. La plupart des partis politiques n'eurent pas le cran de critiquer l'afflux de capitaux occidentaux. Le PPH trouva toutefois une cible facile dans la *culture* du libéralisme. Ce méchant Occident, prétendait le parti avec humeur, corrompait ses enfants. Émissaires autodésignés de la mafia de la moralité, les agitateurs à demeure du PPH commencèrent leur saccage. Par exemple : ils interdirent un film censé exposer ce qu'ils qualifièrent avec beaucoup d'imagination de « tendances lesbiennes » et incendièrent les cinémas qui osèrent le programmer ; un match de cricket Inde-Pakistan auquel Leo avait espéré pouvoir assister dut être annulé pour la bonne raison que les Pakistanais étaient les ennemis naturels des Indiens, et que le match était donc, par définition, antinationaliste ; et une légende vivante de la peinture musulmane dut s'exiler après que ses tableaux furent jugés blasphématoires.

« Dans un climat culturel confus, une flambée d'hystérie suscitée par un débat sur une question de moralité ne change en rien le *statu quo* mais fait toujours son effet, déclara Leo. Les politiciens qui se battent pour préserver la "fibre morale" de l'Inde y voient un sujet facile… quoique totalement vain… visant à divertir la classe moyenne. Les politiques sont devenus des "garants de la culture indienne" fortiches en communication, mais, en termes d'efficacité politique, totalement nuls. Pendant ce temps, les vrais voyous passent au travers des filets de la loi. » Leo relia sa thèse à leur conversation : dans de telles circonstances, on pouvait comprendre que Malik, dont le père était l'un des architectes mineurs de la corruption institutionnelle en Inde, puisse croire qu'il était parfaitement normal de détruire un plateau de tournage ou de taper sur la porte de Zaira au point de se faire saigner et de maculer le bois de ladite porte. « Après tout, Malik a vu des gangsters à la solde du parti de son père traquer – pour la tuer – l'actrice qui avait osé embrasser une femme sur le grand écran ; il a vu des magasins incendiés simplement parce qu'ils osaient vendre des cartes de la Saint-Valentin. Démolir le décor du film que Zaira était en train de tourner était donc une simple broutille. »

Enfin, Leo en eut fini. Il s'enfonça dans son siège, l'air satisfait.

De son côté, Karan avait l'air d'avoir besoin d'un autre verre. Il jeta à Zaira un regard de biais, auquel elle répondit par un clin d'œil. Sur quoi elle se tourna vers Leo et, hochant la tête d'un air sérieux, feignit de réfléchir à ce qu'il avait dit. Impressionné par ses talents d'actrice, Karan sourit intérieurement.

« Bref, dit Samar à Zaira, je persiste à croire que tu devrais déposer une plainte au poste. Malik devrait être informé que tu ne te laisseras pas faire.

— Cette foutue police de Bombay ! » Zaira leur rappela que, pas plus tard que la semaine passée, un agent avait violé une étudiante dans sa cahute. « Bien sûr. Je peux être certaine qu'elle volera à mon secours ! »

Leo alla ouvrir la porte du réfrigérateur et fit mine de fouiller dans le contenu du tiroir à fromages, auquel il lança des regards noirs. Personne ne lui avait fait le moindre compliment sur la profondeur de son analyse. Personne n'avait admiré le génie avec lequel il avait lié la politique aux problèmes de Zaira. Et c'était de sa faute, à elle : qu'y avait-il de plus perturbateur que la présence d'une célébrité ? Revenant à la table avec un carré de fromage à tartiner, il l'étala sur un cracker.

« Je ne comprends pas pourquoi, dit Zaira, se tournant vers Karan, nous vous soumettons, vous, à cette histoire à faire pleurer dans les *havelis*. Vous devez mourir d'ennui.

— Non, en fait c'était agréable d'entendre tout ça… et d'écouter aux portes.

— Maintenant, apprenez-nous-en un peu plus sur vous. »

Récalcitrant, timide, Karan leur fournit une brève biographie : enfance et adolescence à Shimla ; formation dans le domaine de l'enseignement ; prof d'anglais à Delhi. « Mais, entre les cours, j'allais à Habitat Centre visiter les expositions de photos. C'est là que j'ai rencontré Iqbal, mon patron aujourd'hui. Il présentait son reportage sur les émeutes de Delhi en 1984. Quand j'ai appris qu'il recherchait un assistant, je me suis porté volontaire, pour le plaisir de changer.

— Et c'est une passion dévorante depuis ? s'enquit Samar.

— C'est devenu une obsession seulement après mon arrivée à Bombay. Jusque-là, la photo n'était pour moi qu'une activité annexe qui me changeait de la routine de mon boulot de prof.

— En quoi Bombay vous inspire-t-il ? demanda Leo.

— Quand j'ai été engagé par *India Chronicle*, je me suis demandé : pourquoi les gens affluent-ils dans cette ville ? Bombay est laid et sale ; hors de prix ; ses charmes sont limités. Mais après y avoir passé quelques semaines à peine, j'ai su que j'avais trouvé mon chez-moi. Il y avait bien *quelque chose* qui attirait les gens ici, dans cette mégapole et pas ailleurs. J'ai remarqué, par exemple, que tout le monde y fuyait la solitude ; c'était évident dans les trains, dans les rues, dans les temples, aux premières des films.

— Mais la plupart des gens ne font pas autre chose dans toutes les villes du monde à n'importe quel moment donné, objecta Samar.

— C'est vrai, mais ils le font différemment à Bombay. Sans la distraction de la beauté, sans la consolation de l'art, les gens trouvent du répit les uns chez les autres. Cela dit, une rencontre, même si elle produit des étincelles, n'est pas synonyme d'un début de relation. À Bombay, les gens se parlent peu, ils ne se touchent guère, ils se dévisagent comme des soldats, blessés, vaillants, dingues. Ils ont la chance d'être en vie, même s'ils ne sont pas particulièrement heureux. Le pouvoir de Bombay réside dans le désir fou qu'il suscite en nous de ne pas demeurer seuls. »

Samar goba une olive. « Comment réussissez-vous à saisir cette qualité-là dans vos photos ?

— Je n'en ai aucune idée. Je dois croire que, comme c'est le cas dans tout récit, il existe un point où la membrane qui sépare auditeur et histoire se déchire, où ils se rejoignent. J'attends ce moment de rupture ; j'attends de découvrir mon point d'entrée. Jusque-là, je garde l'oreille collée au sol et je scrute. J'attends. »

Zaira eut du mal à croire que ce garçon en blue-jean et chemise blanche, appareil photo cabossé sur l'épaule, propose de cette ville une analyse aussi pertinente et précise. « Je ressens la même chose dans mon métier, déclara-t-elle. Dès que je cerne mon rôle dans un scénario, je sais que je vais trouver sa voix.

— Or la voix, dit Leo, *c'est* l'art.

— Je suis d'accord, reconnut Karan.

— Retournez-vous souvent à Shimla ? demanda Samar.

— Non. Ma mère y vivait, mais elle est morte il y a quelques années de cela. Je suis fils unique. » Il ajouta qu'il ignorait où était son père.

Zaira haussa les sourcils, mais s'abstint de tout commentaire.

« Où créchez-vous en ville ? demanda Samar.

— Je loue une chambre à Ban Ganga. »

Leo, qui ne semblait pas avoir été particulièrement impressionné par l'histoire de Karan jusque-là, se redressa sur son siège. Ban Ganga le fascinait, avoua-t-il, avec ses allées étroites et brouillonnes, l'antique réservoir sacré en son sein, son air nonchalant, bucolique, à l'opposé du chaos diabolique, étouffant, galeux de Bombay. « Vous voyez le réservoir sacré de votre fenêtre ?

— Oui, et la mer aussi… si je me démantibule le cou ! » Avant de devoir répondre à une nouvelle question, il jeta un coup d'œil à l'horloge au-dessus de la porte de la cuisine. « Maintenant, au risque de violer la future loi, il est temps que je mette les bouts. »

Leo sourit ; il ne s'était pas attendu à de l'humour de la part de ce garçon – mais peut-être le Bellini lui avait-il délié la langue.

« J'espère que vous nous referez bientôt le plaisir de vous joindre à nous.

— Si j'ai la chance…

— Si vous n'avez pas été mis en taule d'ici là ! »

Zaira escorta Karan jusqu'à la porte. Mr Ward-Davies trotta à leur côté, de ses petits pas rapides et délicats.

Au portail, Karan s'accroupit pour caresser le lévrier nain.

« Il est irrésistible, *ne* ?

— Il paraît si fragile… Samar m'a dit que c'était vous qui le lui aviez offert…

— C'est un cadeau à tous les deux. » Une perte sans nom miroitait dans la voix de Zaira, cherchant éperdument qu'on la libère. « J'ai une suggestion pour votre portfolio sur Bombay. Êtes-vous déjà allé à Chor Bazaar ?

— Pas encore… N'est-ce pas un attrape-touristes ?

— On peut y acheter un fornicateur de Bombay.

— Un fornicateur de Bombay ! » Karan fut pris à l'hameçon.

Zaira esquissa un sourire espiègle. « C'est l'un des nombreux charmes de Chor Bazaar… » Elle avança la main pour remettre en place le col froissé de la chemise de Karan. « Qui sait quoi d'autre Mr Seth y trouvera ? »

Le même soir, Karan, allongé sur son lit, se sentit débraillé et paresseux. Les murs humides de sa chambrette lâchaient des écailles moisies de calcaire blanc ; il entendait les enfants chahuteurs dans la ruelle en contrebas disputer leurs matchs enthousiastes de cricket du pauvre, à la lueur des réverbères grésillants.

Intrigué par les événements de la journée, il s'évertua à en réconcilier les erratiques mais exaltantes caractéristiques. Dès qu'il fermait les yeux, il revoyait la scène de l'envol des flamants : le ciel assombri et le battement légèrement démoniaque des ailes des volatiles l'enveloppaient tel un suaire obscur. Il revoyait Samar faisant ses longueurs et revivait l'attente anxieuse et finalement l'excitation de la séance de pose dans la lumière indolente de la fin d'après-midi. Son esprit chemina vite vers Zaira, pour arriver à son séduisant frisson de panique et au moment où il les avait rejoints à l'intérieur pour prendre un verre. Il avait hésité à accepter leur invitation, croyant qu'il ne la devait qu'à de la charité déplacée. Et s'il s'était trompé ? Et si Zaira lui avait proposé un verre parce qu'elle ne voulait pas rester seule avec Samar et Leo ? Et si Samar avait insisté parce qu'il aimait réellement son travail ? (Il sourit à son corps défendant, car, alors qu'il nourrissait à l'égard de Samar une antipathie muette qu'il ne s'expliquait pas, il ne pouvait s'empêcher de se sentir flatté par cette attention.)

Cette soirée avait été spéciale, car il avait été traité comme un égal par des gens qui, par leur statut et leurs réalisations, sinon par leur talent, le dépassaient infiniment. Avant de céder au sommeil, il se dit qu'il valait mieux ne pas s'imaginer que de tels moments d'intimité, rares et éphémères, pourraient évoluer vers de l'amitié. Ayant passé quelque temps auprès des célébrités, il les savait susceptibles de se laisser aller à des confidences et à des démonstrations d'affection seulement parce que la plupart n'avaient ni famille ni amis avec qui partager et évaluer les événements d'une journée : les journalistes étaient souvent les destinataires imparfaits de leurs méditations perplexes.

Touché par l'évidente et inconditionnelle loyauté de Zaira à l'égard de Samar, Karan réfléchit à la raison de ses sentiments. Samar et elle paraissaient être les meilleurs amis du monde et leur affection réciproque témoignait des frissons de quelque chose qui ressemblait à de l'amour mais sans ses confusions collatérales. Se rappelant combien Zaira s'était calmée en la présence de Samar, Karan se dit qu'il n'avait sans doute pas su reconnaître les qualités du pianiste — au-delà du théâtre de l'absurde qu'il interprétait continuellement. Il n'avait envie de ne voir en Samar qu'un dandy, mais il réprima son impulsion, se rappelant que Samar avait veillé et nourri pendant des nuits entières son chien malade. Plus tôt dans la journée Karan s'était réchauffé les mains en caressant et câlinant Mr Ward-Davies, et voilà qu'il retrouvait la sensation dans ses doigts : il revit le lévrier nain, réaffirmation de la fragilité et de l'innocence dans une journée qui avait d'abord paru en être totalement dépourvue.

Lentement, tendrement le sommeil glissa sous ses paupières et l'entraîna loin.

Deux semaines plus tard, Karan croisa à nouveau Zaira à la première de son nouveau film. Iqbal, qui avait adoré les photos qu'il avait prises de Samar et Zaira à Worli, l'avait envoyé là pour d'autres photos de l'actrice.

Zaira n'était pas sortie de sa BMW blanche que les photographes se précipitaient sur elle comme une machine infernale et hystérique, criant son nom, qui rebondit follement dans la torpeur nocturne de Bombay.

Vêtue d'une robe blanche qui descendait jusqu'aux chevilles, à bretelles spaghetti, Zaira était ravissante, mais son sourire n'était pas exempt de tristesse. Croisant le regard de Karan, elle lui sourit, s'approchant exprès de lui pour qu'il puisse prendre une meilleure photo.

Hélas, les autres photographes tanguèrent aussi vers Karan et, dans le chaos qui s'ensuivit, l'un d'eux trébucha sur un trépied et vint s'écraser sur lui. Karan, qui n'eut le temps de rien voir venir, se retrouva à terre sous trois autres cinglés du flash qui avaient perdu l'équilibre dans la mêlée. Zaira ne put réagir ou même voir ce qui était arrivé à Karan car son agent la prit aussitôt par le bras et la fit pivoter vers une multitude embusquée de caméras de télé. Elle fut instantanément happée par le tourbillon tapageur des poncifs.

Dès qu'elle pénétra dans la salle de cinéma, elle entraîna son agent dans un coin : « Qu'est-il arrivé au photographe ?

— De qui parles-tu ?

— Du gars qui est tombé. Je le connais.

— Zaira, il est temps que tu te mêles aux invités. Il y a des gens que je voudrais te faire rencontrer...

— Hé ! Ne me prends plus *jamais* par le bras.

— Désolé, mais il est vraiment important que tu rencontres...

— Je t'ai demandé ce qui était arrivé au photographe !

— Ce genre de choses se produisent, Zaira ; ne te laisse pas emporter. Il s'en est sans doute tiré avec quelques bleus. C'est les risques du métier.

— Écoute-moi, Ravi, veux-tu que j'assiste à cette première ?

— Oui... je veux dire... tu es venue pour ça.

— Ça te ferait quelle impression que je tourne les talons et que je prenne la tangente ?

— Je dirais que ce serait de la folie.

— Exactement. Et ce serait aussi la fin de ta carrière.

— Je...

— Épargne-nous, à tous les deux, bien des problèmes, je t'en prie. Je veux que tu sortes ton cul torturé de ce tas de merde et ailles prendre des nouvelles du garçon et de son appareil. S'il n'a ne serait-ce qu'une égratignure au doigt, emmène-le chez le médecin. Sinon, reviens ici. Demain matin, j'appellerai Mr Seth, d'*India Chronicle*... c'est son nom... et je lui dirai que j'envoie un émissaire pour vérifier comment il se porte, alors ne me joue pas un sale tour, compris ? »

Karan fut un tantinet surpris lorsque l'agent de Zaira insista personnellement pour l'accompagner chez le médecin dans l'énorme BMW, avec laquelle, lorsque sa cheville foulée fut bandée et les coupures sur son coude gauche désinfectées, il le déposa aussi devant son immeuble de Ban Ganga. À la sortie de la clinique, Ravi lui apprit qu'il ne faisait que suivre les ordres de Zaira.

Karan téléphona à l'actrice la semaine suivante pour la remercier ; elle ne voyait pas pourquoi, se jugeant responsable de la bousculade.

« Au fait, êtes-vous allé à Chor Bazaar trouver quelque chose d'intéressant à photographier ? » demanda-t-elle après s'être informée de l'état de ses blessures.

Il rougit. « Hélas, non.

— Alors il faudra que je vous y emmène en personne.

— Pour créer une autre belle bousculade !

— C'est vrai... Mais ce serait une bonne leçon pour vous. Vous devriez venir à un dîner que j'organise avec Samar chez moi, reprit-elle. Ça vous plaira. Il n'y aura qu'une douzaine d'invités.

— Quand ça ? » Karan déglutit, redoutant la perspective de devoir faire la conversation avec le gratin.

« Vendredi prochain. Tard… vers onze heures. Ça ira ?

— Je pense… oui. » Qu'était-il censé répondre ? Qu'il allait vérifier sur son agenda et la rappeler ?

« Parfait.

— Merci encore une fois. D'avoir veillé sur moi.

— C'est vous qui veilliez… Moi, je ne faisais que regarder de loin. »

Toute la journée, Zaira se demanda pourquoi, sur l'impulsion du moment, elle avait invité Karan à sa soirée. Elle ne le connaissait pas et l'arrivée d'un nouvel invité, un inconnu, un homme, à sa table, ne manquerait pas de susciter des haussements de sourcils. Elle craignit que ses invités s'y méprennent ; elle n'avait aucune visée amoureuse sur Karan. Bien évidemment, elle avait été enthousiasmée par la poésie visuelle de son travail (rude, ambigu, pulpeux, habité par une grande force incantatoire), mais était-ce le principal motif de son intérêt ? Elle soupçonna qu'elle l'avait invité parce qu'il était aux antipodes de son milieu, entaché ni par la célébrité ni par la fortune. Dès l'instant où cette pensée traversa son esprit, elle fut assaillie par la culpabilité. Et si elle l'avait invité simplement parce qu'il n'était pas « un des leurs » ? Elle se serait détestée de l'avoir fait à cause de son statut de débutant de service, toujours une distraction bienvenue dans les dîners mondains. Non, se convainquit-elle, il ne s'agissait pas de cela. Elle pensait plutôt que son intérêt pour lui venait de ce qu'elle avait apprécié sa discrétion : après avoir craqué chez Samar, elle avait craint que l'incident ne se retrouve dans les journaux ; or, de toute évidence, Karan n'en avait soufflé mot à personne. La seule autre raison pouvait être une question d'empathie :

ils étaient tous deux étrangers à Bombay (elle était originaire de Hyderabad, lui de Shimla) ; tous deux y avaient émigré en quête d'un rêve, à tous deux Bombay semblait avoir permis de s'enrôler dans la vie ou, du moins, leur procurait un refuge temporaire face à ses défis les plus âcres.

Le soir du dîner, Zaira rappela au jeune photographe sa proposition de l'emmener en repérage à Chor Bazaar. Dans la pénombre de son appartement de Juhu, le timide aveu de Karan de ne pas encore avoir eu le loisir de se rendre au marché aux puces provoqua une stridente désapprobation chez la star ; il promit de réparer sa faute. Assis, pieds nus, par terre sur le balcon, sirotant un énième (un de trop) verre de vin rouge, ils couvèrent quelque chose de maladroit entre eux, à la fois tristesse et affinité : des non-dits rôdèrent sous la gaine braillarde de la musique branchée.

Zaira menaça de le bannir de sa vie s'il ne réussissait pas à trouver et photographier un fornicateur de Bombay.

Il prit un air abattu.

Elle lui ébouriffa les cheveux d'un geste ludique.

C'est seulement lorsqu'il fut rentré chez lui que Karan songea qu'elle devait déjà le considérer comme faisant partie de son univers pour envisager de l'en exclure.

4

Le jour où Karan finit par se rendre à Chor
Bazaar, il y alla seul. Depuis quelque temps, ses
inquiétudes sur son avenir de documentariste, dia-
riste et photographe de Bombay allaient crescendo.

Errant à travers le chaos étouffant du marché,
totalement dénué d'inspiration, il s'aperçut avec
désarroi que de longs mois ternes d'un labeur fasti-
dieux l'avaient empêché d'émerger du puits profond
de sa torpeur. Certes, les commandes d'Iqbal lui
permettaient d'acquérir une certaine pratique, mais
il manquait effroyablement de temps pour élaborer
son projet personnel, pour exprimer sa conception
privée et blessée de l'âge adulte, ses inquiétudes,
son innocence, la concorde et la discorde, le tout
interprété, à son rythme lent, sur la toile de fond nue
et tendue de Bombay. Il aurait tant aimé photographier les cavernes bouddhiques des forêts du parc
national, l'aube bruyante de Sassoon Dock, une soirée brûlante à Scandal Point, les gamins des bidonvilles jouant avec des toupies en bois sur le trottoir
et les *memsahibs* pomponnées d'Altamont Road,
qui lançaient des regards envieux, dédaigneux, acé-

rés comme les diamants qui ornaient leurs doigts crochus !

Il y avait tout cela. Et plus encore.

Mais le temps. Où trouver le temps ?

Karan avait besoin qu'on lui donne du temps, mais aussi qu'on le laisse s'exprimer. Certes, il discutait régulièrement de ses photos avec Iqbal, cependant son boss était souvent trop occupé pour s'étendre sur le sujet. Et Zaira n'y connaissait pas grand-chose, même si l'intérêt qu'elle portait au devenir de son nouvel ami était encourageant. Karan aimait qu'on fasse des commentaires sur ses photos, cela l'éclairait, l'encourageait, le boostait, lui donnait une direction à suivre ; il avait besoin de se frotter à d'autres esprits, de parler librement d'une photo ratée, d'un instant perdu, d'une composition catastrophique, d'une photo parfaite cueillie sur les reliefs d'un jour imparfait. Hélas, le véritable parler, le parler réel, profond, sensé, enrichissant et ardu, avec ses plages de pause et d'incertitude, lui échappait. Il s'était attendu à ce que la grande ville lui permette de jouir d'une compagnie de qualité, d'échanges intenses, or Bombay ne lui avait jusque-là présenté que des espèces variées de solitude : la solitude des fins de soirée, à l'heure où les papillons de nuit battent leurs ailes affolées contre les réverbères brûlants, où le sommeil n'est qu'une musique indistincte, perçue au loin ; la solitude de ceux qui n'ont aucune famille sur laquelle compter, aucune lettre à écrire, aucun coup de fil à passer ; et, le pire, la solitude qu'on éprouve à être avec des gens pour qui l'on ne ressent ni sympathie intellectuelle ni attrait du cœur. Karan se demanda si une compagne pourrait changer la donne, mais il craignait que les obligations liées à une relation amoureuse se mettent en travers de son véritable amour : son appareil photo et sa moisson imprévisible, incroyable. Saurait-il trouver une fille qui lui rendrait toucher pour toucher, silence pour silence, mot pour mot ? Une fille avec laquelle, au crépuscule, il pourrait partager les détails futiles de la journée passée, une fille qui trouverait en lui le gardien de son esthétique la plus intime, comme lui trouverait le sien en elle ?

Au cours des deux derniers mois, sa solitude avait été en partie soulagée par Zaira. Après le dîner à son appartement, ils s'étaient encore souvent parlé au téléphone et rencontrés, ne fût-ce que la semaine précédente chez Samar. Zaira l'avait quasiment forcé à visiter des quartiers de Bombay qu'il n'avait pas cru utile d'explorer et il était ressorti de sa chambre noire avec des photos qui constitueraient des ajouts majeurs à son corpus. Il n'alla à Chor Bazaar que parce que Zaira lui avait lancé un ultimatum.

Hélas, sa tentative pour découvrir un fornicateur de Bombay ne semblait pas destinée à être couronnée de succès. Deux marchands lui posèrent toutes sortes de questions salaces quand il s'enquit auprès d'eux ; un autre, avec des incisives comme des pierres tombales, lui indiqua carrément la direction du quartier chaud. Il s'éclipsa au milieu de rires gras.

La soirée s'évaporait dans un épais crépuscule indigo lorsqu'il comprit que ses chances de trouver l'objet de sa quête étaient épuisées ; l'abattement foula son cœur au pied. En dernier recours, il s'arrêta devant un étal pour interroger son propriétaire sur le fameux fornicateur de Bombay, lorsqu'il remarqua une femme qui l'observait de loin ; l'intensité de son regard était hypnotique et déconcertante.

« Pardonnez-moi, dit-elle dès qu'il fut à portée de voix, je viens de vous entendre parler de fornicateur de Bombay…

— Hum, oui. Cela vous dit quelque chose ? » Approchant, il pénétra dans la cosmologie privée de sa curiosité éhontée.

Assise sur un banc chinois sculpté, jambes croisées sur le côté, cheveux noir de jais étalés sur la plate-forme de ses épaules, elle manipulait une figurine : ses doigts fins et délicats paraissaient doués d'un dessein caché et d'une solide efficacité.

« Il y a toutes sortes de fornicateurs en ville. Laquelle recherchez-vous ?

— J'aimerais bien le savoir, répondit-il en rougissant.

— Je pourrais peut-être vous aider. » La peau de cette femme avait le poli luxuriant des feuilles de la jungle tropicale ; ses yeux, sous leurs paupières lourdes, se promenèrent sur le visage de Karan. Elle possédait le calme troublant d'un lac à minuit.

« Vraiment ? » Le regard de Karan s'illumina. « Vous pourriez m'aider ? Je veux dire… demander à une inconnue dans un marché aux puces de l'aide pour trouver un fornicateur de Bombay me semble absurde…

— Ce n'est pas absurde.

— Ma question ne vous a pas surprise ? »

Elle posa sur le banc le talisman qu'elle avait à la main. Karan nota que c'était un minuscule singe en laiton.

Elle se leva. « Je viens trop régulièrement à Chor Bazaar pour être surprise par quoi que ce soit.

— J'interroge les marchands depuis près d'une heure ; tous m'ont envoyé balader ou se sont moqués de moi… J'ignore ce qui est le pire. »

La femme croisa les bras ; sa robe crème, murmure d'une élégance sensuelle, flotta autour de ses chevilles immaculées de jeune fille. « Pourquoi recherchez-vous un fornicateur de Bombay ?

— Je suis photographe à *India Chronicle*. Mon amie Zaira tient absolument à ce que je déniche et photographie un fornicateur de Bombay. Le problème, dit-il en se grattant le menton, c'est que je ne sais même pas à quoi ça ressemble !

— Ils sont devenus rares de nos jours. » S'éloignant du visage du jeune homme, les yeux de la femme parcoururent toute la longueur de ses longs bras bruns, dont les courbes des muscles lui rappelèrent les méandres d'une rivière. « Peu de marchands en ont.

— Pourriez-vous me dire au moins de quoi ça a l'air ?

— Ne préféreriez-vous pas en voir un ?

— Sans doute, mais pourriez-vous me donner ne serait-ce qu'un indice ? »

Elle fronça les sourcils. « Je crois en avoir aperçu un, il y a quelques minutes à peine… Mais comment le retrouver dans ce capharnaüm ?

— Je vous en prie ! Dites-moi simplement comment c'est. »

Elle se mit à décrire l'objet, tout en regardant de loin les boutiques voisines. Karan suivit son regard.

« Vouliez-vous le photographier pour votre revue ?

— Non, pas pour *India Chronicle*.

— Alors ce doit être pour votre amie…

— En fait, c'est pour mes archives personnelles. En arrivant à Bombay, j'ai décidé de constituer des archives énormes, vraiment originales… des choses les plus insignifiantes. La mousse dans le quartier des lavandiers, Dhobi Talao. Le claquement de la queue d'un cheval galopant tôt le matin sur le champ de courses de Mahalaxmi. Les balustrades poussiéreuses d'immeubles décatis de Kala Ghoda. Tout doit pénétrer mon objectif et aller se loger dans cette espèce de bibliothèque permanente… Pour y parvenir, si je devais détruire les murs et briser les vitres, je le ferais ; je veux tout voir : brut, effroyable, parfait… J'espère créer des archives épiques de Bombay…

— Des archives épiques de Bombay ! répétat-elle, amusée.

— Je voulais dire… » Il rougit, conscient de s'être écouté parler.

« Ça m'a l'air d'être une entreprise gigantesque. Pourquoi ne pas plutôt prendre un verre avec moi ? » Elle lâcha un petit rire.

Karan sourit, l'édifice de son assurance soudain réduit à un tas de gravats. « Vous devez me prendre pour un idiot. Prétendre immortaliser Bombay avec mon modeste appareil !

— Pas vraiment idiot, non. » Elle lui adressa un sourire chaleureux ; elle trouvait son ambition sincère, surprenante, défendable. « Pas encore, en tout cas.

— Dès mon arrivée à Bombay, déclara-t-il très posément, j'ai eu l'impression de regarder ma destinée en face.

— Il est possible, dans ce cas, que vous ayez vraiment été destiné à photographier cette ville.

— Oui. » Une lueur d'excitation anima le regard de Karan. « Je n'ai aucun doute là-dessus. Bombay, cette ville, à ce moment précis, et (il désigna son appareil photo) cet appareil.

— Vous avez un goût exécrable, dit-elle en tapant dans ses mains. Et je vous approuve entièrement. »

Le timbre de l'inconnue enveloppa Karan ; on aurait aisément cru qu'à l'extrémité du couloir de sa voix se trouvait une petite pièce dans laquelle une chanteuse de blues se cachait du monde pour faire la sérénade au néant.

« Pour votre amie, j'espère que nous dénicherons le fornicateur de Bombay. Mais vous allez devoir vous fier à une vieille habituée de Chor Bazaar.

— Au point où j'en suis, je me fierais à n'importe qui.

— Ce serait une erreur. Pas d'un point de vue éthique, mais pratique. Voilà quelque chose que m'ont appris mes trente-six années de fréquentation de Bombay. »

Karan s'arrêta. « Vous avez trente-six ans !

— Dois-je être flattée par votre ton ? Ou pas ?

— Vous ne faites pas votre âge !

— Et vous, quel âge avez-vous ? » L'interlocutrice de Karan plissa les yeux ; à la manière d'un serpent, trouva-t-il.

« Vingt-cinq.

— Vous ne vous comportez pas comme quelqu'un de votre âge. »

Il fit de son mieux pour ne pas avoir l'air complètement déconfit.

« Allons-y. » Elle effleura ô combien délicatement le bras de son compagnon. « Regardons un peu partout et, pendant ce temps, racontez-moi ce que vous avez déjà vu ici qui pourrait figurer dans vos photos.

— Une sirène aux traits orientaux…

— Ah, sans doute fauchée dans un hôtel particulier de Mahabaleshwar.

— Un palanquin d'éléphant, dans lequel étaient installés…

— … trois chatons noirs…

— Vous les avez vus ?

— Comment ne pas les voir ? Ils étaient si mignons, abandonnés… Avez-vous vu cette boutique, là… spécialisée dans les bouteilles en verre anciennes ?

— Oui. » La lumière qui filtrait à travers l'amoncellement de bouteilles inondait le marchand, un vieillard à la barbe blanche comme un spectre. « On dirait une boîte disco… avec ces reflets multicolores qui pleuvent sur lui !

— Je n'aurais jamais eu l'idée de comparer ce vieux schnock à une boîte disco, dit-elle, amusée par la description de Karan, mais vous avez frappé juste. » Le digne marchand musulman sur son tabouret en bois, baigné dans des échos de rubis et de jade, ne remarqua pas l'intérêt qu'il suscitait.

À cet endroit-là, la ruelle faisait un coude : « Allons jusque là-bas ; si nous ne trouvons pas le fornicateur dans cette portion de Mutton Lane, je vous laisse et je rentre chez moi. J'ai un atelier de poterie, expliqua-t-elle. J'ai mis trois cruches dans le four. Il ne faut pas qu'elles cuisent trop longtemps. »

Lorsqu'ils s'engagèrent dans cette nouvelle portion, plus étroite, de la ruelle, leurs bras se touchèrent légèrement ; Karan ressentit une étrange excitation — une excitation forte. L'envie de toucher encore l'inconnue, de rechercher la chaleur et l'excitation de sa peau fut irrésistible.

Elle lui donna l'impression de vouloir revenir sur ses pas, de retrouver l'endroit où il lui avait semblé avoir vu un fornicateur de Bombay. S'arrêtant devant un stand de mobilier, elle se frotta les mains joyeusement. « Vous êtes verni, monsieur le passionné de photo !

— Ah bon ? »

Elle pointa l'index. « Derrière le menuisier.

— Oui ? » Karan tendit le cou.

« Au bout de la rangée d'étagères. »

Son regard emprunta la perspective indiquée par l'inconnue.

« Le siège avec les bras immenses… le paillage hexagonal… »

Karan regarda le menuisier émacié qui passait au papier de verre le pied en griffe d'une chaise longue. « Ouais…

— C'est ça. » Elle lui tapota le dos, l'invitant à avancer. « Allez regarder de plus près. »

Karan entra dans la boutique.

« C'est confortable ! s'exclama-t-il en s'installant dans le fauteuil aux longs bras. La ligne est belle. Le bois est joli. Inhabituelle, cette forme… » Mais son expression trahit sa déception : que d'histoires pour un simple fauteuil ! « Pourquoi ce nom étrange ?

— Mettez les pieds sur les bras. »

Le menuisier leva les yeux, intrigué par le ton impérieux de la cliente à la voix de miel.

Karan passa la jambe gauche sur le bras. « Comme ça ?

— Oui, et maintenant l'autre aussi. »

Karan suivit ses instructions. Quasiment allongé sur le siège, il laissa retomber ses bras sur le côté.

« Allongez encore les jambes.

— Pardon ?

— J'ai dit : allongez les jambes. »

Il en resta bouche bée.

« Bien. » Elle baissa la voix. « Encore. »

Le menuisier arrêta de passer le papier de verre et se retourna pour la regarder.

« Renversez la tête… Très bien ! Gardez les mains sur le côté. Parfait ! »

Entrejambe surélevé, jambes tendues, Karan se sentit entièrement à la merci de l'inconnue.

Le menuisier resta bouche bée : cette femme allait-elle s'approcher du jeune homme d'un pas martial, s'asseoir sur lui, bassin contre bassin, et l'attirer dans la fureur de son désir ? Mais l'inconnue ne céda pas un pouce de terrain, regardant de loin, exsudant une dignité sauvage.

« Si, déclara-t-elle, vous ne comprenez toujours pas pourquoi ce siège s'appelle "fornicateur de Bombay", vous devriez prendre le prochain train pour un monastère. »

Karan se releva, souriant comme un bébé dont on chatouille la plante du pied. « Eh bien, merci ! Mais… vous m'aviez dit de ne me fier à personne à Bombay. Pourquoi alors êtes-vous venue en aide à un parfait inconnu ?

— Vous ressemblez étrangement à quelqu'un que je connais.

— Ah oui ? Qui ?

— Oh, simplement quelqu'un que je connais bien.

— Qu'avons-nous en commun ? »

Le regard de la femme s'attarda à nouveau sur son visage, étudiant les sourcils ombreux et épais, le menton à fossettes, les oreilles fines, collées. « Plusieurs traits…

— Je suppose que ça doit vous faire une sensation bizarre.

— Un peu.

— Vous ne voulez vraiment pas me dire qui je vous rappelle ?

— C'est… quelqu'un. »

Il préféra ne pas la pousser dans ses derniers retranchements. « La ressemblance doit être troublante.

— Chacun à sa façon, nous recherchons tous des coïncidences. Comment vous appelez-vous ?

— Karan Seth. » Il se leva.

« Je m'en souviendrai. Rhea Dalal cherchera vos photos dans *India Chronicle*. »

Agitant le petit doigt dans sa direction, elle tourna les talons et s'enfonça dans le flot épais et bruyant de la foule qui arpentait la ruelle. En se dirigeant vers sa voiture, elle passa devant un *tandoor* et s'arrêta pour regarder les charbons, orange couvant au milieu du noir, cendre à la périphérie. Elle tapota ses cheveux avec affectation.

Une heure plus tard, dans son appartement, Rhea s'arrêta dans le vestibule et contempla son reflet dans le miroir ancien au cadre en argent : elle se demanda si elle connaissait vraiment cette femme. N'était-elle qu'une de ces innombrables et anonymes bourgeoises de Bombay-Sud ? Pouvait-elle vraiment prétendre être une potière, une artiste ? Ou bien n'était-elle qu'une dilettante ? Et quel était donc ce titre banal, prétentieux, surprenant, qu'elle s'était donné pour impressionner Karan : « une *vieille habituée* de Chor Bazaar » ?

De toutes les identités dont elle disposait, aucune ne définissait la personne qu'elle croyait être au tréfonds d'elle-même. Dans le salon, elle s'avachit sur le canapé et contempla les cornes de cerf suspendues au plafond, leur masse un tantinet théâtrale, retombant au-dessus du meuble à vin de son époux ; le désir qu'elle éprouva pour lui à cet instant-là l'emplit d'une douleur mate et douce. Elle songea à lui passer un coup de fil, mais sans doute était-il en réunion d'affaires.

Rhea connaissait son mari, Adi, depuis l'adolescence ; ils étaient mariés depuis seize ans. Adi passait quinze jours par mois à Singapour, où il gérait des fonds de placement. Quand il était absent, des jours comme celui-là, il lui manquait effroyablement ; s'il avait été présent, il aurait soulagé son anxiété. Elle aurait posé la tête sur ses genoux et lui aurait dit ce qu'elle avait vu à Chor Bazaar : les chatons noirs dans le palanquin d'éléphant, le porte-vermillon de jeune mariée en étain, le singe en laiton avec la longue queue recourbée comme un point d'interrogation (elle l'avait oublié là-bas !). Les souvenirs de sa journée l'auraient aidée à conférer à celle-ci une certaine réalité, à appréhender la façon dont les amants témoignent de leurs activités respectives. Seize ans de cohabitation avec Adi lui avaient appris que le mariage était un subtil et merveilleux organisme ; son mariage avait permis à son cœur de rester à l'écoute des passionnants mystères de la vie, en plus de lui donner la force dont elle avait besoin pour protéger sa solitude. Or, à sa grande consternation, elle avait découvert qu'un mariage pouvait être beau, exaltant et passionné, il n'en excluait pas pour autant l'éventualité du désespoir, l'acceptation poignante que deux êtres peuvent s'abandonner l'un l'autre sans jamais en avoir eu l'intention, leurs erreurs les plus graves demeurant inconnues, toujours impardonnées.

Le visage d'Adi flotta dans son esprit. Mais il fut vite chassé par celui de Karan, tel qu'elle l'avait observé quand il s'était retrouvé allongé sur le fauteuil à Chor Bazaar, jambes écartées, son corps athlétique de jeune lion irradiant la sensualité. Curieusement, la ressemblance troublante de Karan avec l'homme qu'elle aimait à la folie s'étendait à certaines particularités : son maintien, droit comme un piquet ; sa façon de se gratter la joue quand il était inquiet. Si la bousculade de ressemblances fortuites avait attiré son attention, c'est une ressemblance d'un autre ordre, obscure mais identifiable, qui l'avait encouragée à aider le jeune photographe dans sa quête du fornicateur de Bombay : Karan lui avait fait penser à elle-même quand elle était jeune, artiste se préparant à sa conversation avec le monde, ambivalente quant à la qualité de son travail mais pas moins dévouée à sa pratique, sérieuse, obsessionnelle, ambitieuse, anxieuse, gauche, intense. Non seulement était-il étonnant de voir à quel point Karan lui rappelait la jeune Rhea, mais elle avait aussi reconnu dans son regard le désir et l'ambition qui avaient un jour brûlé dans le sien.

Elle se leva et se rendit à la cuisine. Après avoir préparé un thé à la menthe, elle monta sur la terrasse, où se trouvait son atelier, avec un plateau chargé d'un sucrier, d'une tasse de thé et d'une assiette de biscuits au gingembre. Pendant un moment elle tenta de s'intéresser à sa poterie, mais elle comprit vite à quel point son excursion à Chor Bazaar l'avait déstabilisée. Elle sortit de l'atelier et, depuis la terrasse, contempla la cité que Karan Seth avait choisie comme sujet. Des carrés bien géométriques et éclatants de piments rouges mis à sécher sur la terrasse de ses voisins n'avaient pas encore été ramassés : dans la lumière du jour déclinante, on aurait dit des motifs sur un tapis mythique, tellement sombres qu'ils paraissaient teints dans le sang. Des chauves-souris fusaient des branches envahissantes d'un immense banian, dont les épaisses racines aériennes plongeaient jusqu'au sol, tels des tentacules. Des lumignons clignotaient sur la mer d'Oman : *dhows* manœuvrés, au loin, par d'étiques pêcheurs avinés. Ces images se fondaient en un flou de détails familiers et rassurants, ceux-là mêmes qui avaient bercé l'enfance de Rhea : pour la première fois de sa vie, sans doute, elle se demanda ce que ce spectacle aurait signifié aux yeux de qui n'aurait pas été natif de Bombay. Elle songea que, tout comme on pouvait retirer le poison des veines de quelqu'un qui aurait été mordu par un serpent au venin mortel, Karan, lui aussi, pourrait *retirer* ces images des innombrables capillarités de Bombay, afin de soulager la ville de sa splendide agonie et de son illusion iridescente.

Mais était-il bon photographe ?

Elle n'avait pas vu une seule photo qu'il avait prise, et la voilà qui attribuait sans hésitation des vertus à son travail !

Craignant de trop naïvement se fier à son instinct, elle se rendit dans la bibliothèque d'Adi, adjacente à son atelier, où elle s'assit par terre, en tailleur, afin de feuilleter quelques exemplaires écornés d'*India Chronicle*. Elle vérifia la liste des crédits photographiques. Ayant trouvé des photos de Karan, dans chacune elle reconnut ce qu'elle avait deviné lors de leur rencontre : son talent incendiaire, tellement immense et turbulent qu'il saignait de lui comme la mousson d'un ciel d'août.

Une photo, notamment, lui coupa le souffle.

Iqbal Syed avait commandé à Karan Seth des clichés pour accompagner un article conséquent sur les asiles psychiatriques pour démunis à Bombay. Karan avait trouvé son modèle idéal sur le pont de Dadar : une femme corpulente, frénétiquement royale, vêtue d'une robe en satin violet déchirée, aux épaisses boucles noires encadrant un visage incrusté de crasse. Appuyée sur le muret du pont, la femme contemplait l'étonnant chaos du marché en contrebas : marchands d'œillets d'Inde et d'oignons en gros, prostituées adolescentes aux sexes à vendre, tas luisants de piments verts et volumineux paniers de citrons à l'écorce lustrée. Le sourire de la démente paraissait ensorcelé ; les iris de ses grands yeux dépourvus de cils débordaient dans le blanc, ce qui accentuait l'impression que quelque chose, en fait, regardait à travers elle. Pressant le portrait de la folle sur sa poitrine, Rhea baissa la tête, ferma les yeux et se mit à se balancer d'avant en arrière, craignant de voir sa vie changer à jamais.

« Ne prenez pas mon commentaire trop à cœur, dit Rhea à son interlocuteur au bout du fil la semaine suivante, mais je crois que vous avez un talent fou. Vos photos sont révolutionnaires ; elles sont tendres, amusantes, puissantes… comme des chansons populaires ou de vieux arbres.

— Comment vous êtes-vous procuré mon numéro de téléphone ? » Un sourire niais avait pris possession du visage de Karan.

« J'ai appelé le standard d'*India Chronicle* ; l'opératrice a fait le reste. J'ai une proposition à vous faire. » La gêne qu'elle ressentait à lui parler passa inaperçue, sa voix demeura impassible, contrôlée, royale.

« C'est ce que je préfère le lundi après-midi, répliqua-t-il, polisson : qu'on me fasse des propositions malhonnêtes !

— Aimeriez-vous photographier les flamants de Sewri ? »

Il fit les yeux ronds. « J'en ai beaucoup entendu parler.

— Ils sont arrivés depuis quelque temps déjà. Leur groupe est donc un peu trop étoffé et brouillon, mais j'ai pensé qu'ils pourraient tout de même constituer un bel ajout à votre corpus d'images de Bombay.

— Je serais heureux de venir avec vous. » Il était ravi qu'elle ait employé le terme « corpus » : il conférait une merveilleuse importance à son travail.

« Si vous me donnez votre adresse, je viendrai vous chercher dimanche, tôt le matin. Très tôt.

— Certainement… Mais pourquoi faites-vous ça pour moi ?

— Parce que je crois à votre talent.

— D'autres ont été assez téméraires pour y croire aussi, mais ils ne m'ont jamais proposé de m'emmener jusqu'à Sewri !

— Je fais ça également pour que vous compreniez, une bonne fois pour toutes, qu'à Bombay il ne faut jamais se fier à personne. »

À l'aube, le dimanche suivant, le sombre silence dans la voiture de Rhea fut fracturé par Billie Holiday interprétant *Solitude*, avec sa voix mélancolique de mauvaise fille, instantanément évocatrice de doubles scotchs dans des bouges aux lumières tamisées.

« Qui, m'avez-vous dit, vous a renseigné sur Chor Bazaar ? demanda Rhea à son passager.

— Zaira.

— Vous ne voulez tout de même pas dire… la star ?

— Si. » Karan était impressionné par l'aisance de Rhea au volant : vive et prompte, la trajectoire d'une raie.

« Par quel biais la connaissez-vous ?

— J'ai photographié son ami Samar…

— Le pianiste…

— Oui. C'est chez lui que j'ai rencontré Zaira. Nous sommes devenus proches. » Il rougit, gêné qu'elle puisse croire qu'il aimait truffer sa conversation de noms de célébrités. « Elle est humaine, elle a le cœur sur la main. Quant à lui, il est *too much* et très rigolo.

— Mon mari aime beaucoup le travail de Leo McCormick. Je suppose que vous l'avez rencontré aussi, *ne* ? » Rhea se retint de préciser qu'elle trouvait les écrits de Leo stériles, sans âme. À vrai dire, de la merde. « Son approche de l'Inde est… hum… unique. »

Karan réfléchit, intégrant pour la première fois le fait que Rhea était une femme mariée. « Vous n'avez pas l'air de l'apprécier beaucoup.

— C'est mon mari qui aime ce qu'il écrit. » Elle remarqua que Karan s'était raidi dès qu'elle avait parlé d'Adi.

« Que faites-vous dans la vie ?

— Les bons jours, de la poterie ; je me rappelle vous l'avoir dit à Chor Bazaar.

— Et les mauvais… ?

— Je ne suis qu'artiste.

— Quelle différence entre les deux ?

— Le degré de prétention.

— Alors vous pensez que je me la pète parce que je me dis photographe ?

— Je n'impose jamais mes critères aux autres ; cela m'évite d'être jugée selon les leurs.

— Merci beaucoup.

— N'en faites pas une montagne ! » Lorsque, badine, elle donna une petite tape sur l'épaule de

Karan, une décharge de plaisir aussi vive que douloureuse remonta la colonne vertébrale de ce dernier.
Il la regarda, mais elle avait les traits détendus et
arborait une expression neutre : rien qui confirmât
ou infirmât qu'il se passait quoi que ce soit entre
eux. « Pardon ?

— Rien. » Il sentit les lobes de ses oreilles palpi-
ter d'une chaleur blanche.

Elle se gara près d'une usine : au loin, des épaves
de vieux rafiots, ancres plantées à côté ; il régnait là
une irrespirable odeur de salines et de graisse. « Eh
bien, dit-elle, le regard festoyant à nouveau sur le
visage de Karan, nous y voici, Mr Seth. »

Karan n'avait jamais rien vu de semblable aux
vasières de Sewri : sur cette vaste étendue criblée de
cratères, d'immenses mares emplissaient les creux
des ondulations de la terre saturée d'eau. Cela lui
rappela les premières photos du sol lunaire. Dans la
douce lumière d'un jour nouveau, des flamants
jusqu'à l'horizon, sur leurs échasses, avec leurs
grosses mandibules inférieures et leurs grandes ailes
aux plumes dentelées, rose fébrile à la pointe ; avec
leurs becs recourbés en crochets de pirate, ils perçaient avec diligence le limon et piochaient des
algues. Régulièrement, ils déchiraient l'air de leurs
cris d'oie peu mélodieux.

Comme attiré par un charme, Karan abandonna
Rhea et se dirigea vers les flaques nauséabondes.

De loin, Rhea admira sa démarche volontaire et
agile, ses épaules droites, sa taille fine. Elle était attirée moins par la beauté estivale du corps de Karan
(cheveux bruns et brillants de dandy, cordes brunes
et tendues de ses longs bras énergiques) que par sa
virilité, l'abondance organique et téméraire de la jeunesse ; elle l'imagina à genoux, pliant délicatement

une femme dans l'exquise détresse de l'extase, l'agrippant par la taille, plongeant profondément en elle avec des mouvements déliés et efficaces.

Au bout d'environ vingt minutes, il la rejoignit, yeux pétillants. « Incroyable ! D'où viennent-ils ?

— Qui sait ? » Rhea haussa les épaules. « Ils errent, perdus, que sais-je, avant de faire halte ici. Et sans doute pas pour la beauté du paysage !

— Je n'aurais jamais cru qu'il pourrait y avoir de la place pour des flamants perdus à Bombay.

— Qui l'aurait cru, en effet ?

— Que les choses perdues échouent ici ?

— Perdues et belles...

— Quelqu'un devrait s'occuper d'eux.

— Qu'on les laisse s'occuper d'eux-mêmes, c'est déjà bien.

— Où croyez-vous qu'ils iront en partant d'ici ?

— Où va-t-on lorsqu'on quitte Bombay ?

— Sewri ne peut être leur destination ultime !

— Peut-être n'ont-ils pas de destination précise en tête.

— Comment réussissent-ils à survivre dans un marécage... au milieu d'une mégapole qui compte toujours un million d'habitants de trop ?

— Ils ont appris à aller de l'avant, ils se sont contentés de Sewri alors qu'ils auraient pu avoir mieux. Je suppose que, tant qu'ils ne prennent rien de ce que les autres veulent, ils s'en tireront. » Rhea croisa les bras et agrippa ses épaules, comme si elle avait froid. « Ce qui, en bref, signifie que c'est une espèce en voie de disparition.

— Ne doivent-ils pas partir ? Aller quelque part... Rentrer chez eux ?

— Chez eux ? » Elle le regarda, puis cligna lentement des yeux. « Où ça, chez eux ?

— Vous savez… L'endroit d'où ils viennent, où ils sont à leur place.

— Il se peut qu'ils ne soient pas encore au courant, mais chez eux c'est ici. De toute éternité. »

Une détonation au loin – coup de fusil ou pneu qui explosait – interrompit leur conversation et affola les flamants : un ou deux agitèrent leurs ailes avec difficulté, lançant un cri perçant, mystérieux.

« Peut-être sommes-nous tous perdus, reprit Karan, l'air songeur.

— Peut-être, en effet. Mais qu'il est horrible d'être trouvés.

— Regardez ! » Tout excité, Karan pointa l'index et sortit son appareil à la hâte. « Ils s'envolent. »

Dans un concert de battements d'ailes, le vol se propulsa contre le ciel chaud et poli.

« Je suis si content d'être venu ! dit Karan tandis que les oiseaux passaient au-dessus de leurs têtes. Je les avais vus arriver il y a plusieurs mois, au moment où je me rendais chez Samar Arora pour le photographier. Je suis sûr qu'ils sont porteurs d'un présage.

— Un présage de quoi ? » demanda Rhea, sachant qu'il n'existait pas de réponse à sa question.

Karan, de fait, ne répondit pas ; il était tout à sa tâche. Son silence rappela à Rhea combien il était impliqué dans sa recherche. Prise dans une toile de terreur et de solitude, elle leva la tête et observa comme lui les volatiles. Ce faisant, quelque chose dans sa belle âme effrayée prit aussi son envol, la libérant, à l'improviste et pour l'heure, de l'ignoble gravitation terrestre.

5

Trois semaines après leur excursion à Sewri, Karan sonna à l'appartement de Rhea.

Répondant elle-même, elle eut l'air désarçonné de le découvrir sur le pas de sa porte.

« Avez-vous oublié notre rendez-vous ?

— Comment aurais-je pu ! » fit-elle (c'était un mensonge). Elle avait de la farine sur les poignets ; les pans de sa chemise bleue trop grande de trois tailles étaient noués lâchement au-dessus d'un pantalon cigarette beige. « Je préparais un gâteau pour mon mari. Il rentre de Singapour ce soir ; je suis toujours distraite quand je cuisine.

— Êtes-vous certaine que nous devrions nous voir aujourd'hui ? » Karan avait l'air d'un bon élève avec ses quatre classeurs de photos pressés contre son torse. « Si le moment est mal choisi...

— Non, puisque vous êtes là..., dit Rhea chaleureusement en l'entraînant à l'intérieur. Ce ne peut être que le bon moment.

— J'ai quelque chose pour vous. » Il lui tend une enveloppe en papier kraft.

Elle glissa l'enveloppe sous son bras. « Vous n'auriez pas dû, mais c'est gentil.

— Vous ne savez même pas ce que c'est !

— Qu'importe. ! Savoir n'est jamais le plus important. »

En se rendant à la cuisine, ils passèrent devant le salon. Karan fut ébahi par le chic de cet intérieur : les cornes de cerf suspendues au plafond, les cadres de bon goût, un ancien coffre de mariage et une spectaculaire peau de tigre montée sur un mur. Il resta bouche bée assez longtemps pour gober quelques mouches. Son admiration gêna Rhea ; elle détestait se voir rappeler les privilèges qu'elle avait acquis par son mariage. Elle fit vite passer son invité dans la cuisine, un espace rudimentaire, modeste mais savamment agencé, convivial et douillet. Des casseroles pendaient sur toute la longueur d'un rail et une fine poussière de cacao recouvrait le comptoir au-dessus en marbre.

« Vous n'avez pas eu de mal à trouver… ?

— Pas du tout. Votre appartement est au sommet de la colline… J'imagine que vous avez une vue superbe.

— Ah, quand je dis que je prends Bombay de haut, je ne blague pas ! » Attrapant un fouet, elle se mit à battre des œufs en neige.

La bonne, Lila-bai, aussi grasse que petite, pénétra dans la cuisine. Elle fusilla Karan du regard.

« Lila-bai, dit Rhea, pourquoi ne sortiriez-vous pas acheter des légumes ?… Puis vous pourrez rentrer chez vous. Le frigo est vide ; j'aimerais des aubergines pour le déjeuner de demain. »

En guise de réponse, Lila-bai émit un grognement.

Rhea lui tendit une liste et quelques billets, avant de la faire déguerpir. En sortant, Lila-bai lança un dernier regard soupçonneux à Karan.

Rhea reprit la pâte du gâteau, ajoutant farine et cacao. Karan se casa près de la fenêtre, d'où il contempla la ville à la fois laide et délicieuse qui le captivait. La vue avait beau être spectaculaire, il fut incapable de dépasser sa gêne face au luxe déroutant dans lequel il avait pénétré : le somptueux intérieur, le mari toujours au boulot, l'épouse fidèle à son devoir. Mais il savait aussi que, lorsque tout est ainsi en place, quelque chose, forcément, doit céder. Quand il la regardait subrepticement, il était irrité de voir combien cette bonne épouse était profondément absorbée par le processus culinaire, tâche routinière qui semblait diminuer la sublime opacité de son être. Pourquoi ne pouvait-elle pas tout simplement acheter un gâteau chez un pâtissier ? Manifestement, ce n'était pas l'argent qui lui manquait. Il savait que le traiteur de l'Oberoi proposait un plateau fabuleux de pâtisseries. Soudain, il ressentit un pincement de mépris pour le mari qui maintenait son épouse prisonnière de cet appartement, de cette cuisine ; puis, à contrecœur, il se dit qu'au fond elle avait peut-être choisi cette vie de préférence à une autre. Il eut alors l'impression de ne pas être à sa place, d'être de trop. Il était improbable qu'il ait un jour un appartement aussi somptueux ou qu'il gagne l'amour ardent, étincelant et tenace d'une femme comme Rhea. Cependant, dans des recoins de son être accessibles à l'autodépréciation tremblotait le désir : c'est ainsi que, se tournant vers elle lorsqu'elle eut refermé la porte du four, il se retrouva tout poltron face à son élégante négligence.

« Vous avez l'air perdu », dit-elle.

Pénétrant dans les délicats ravages de son regard, il s'approcha d'elle. « Comment pourrais-je me perdre dans une cuisine ?

— Très facilement. Ça m'arrive tout le temps. Je suis désolée que vous ayez dû attendre pendant que je m'évertuais à être ennuyeuse, mais je promets de me rattraper maintenant que j'ai terminé.

— Est-ce que vous allez me montrer votre atelier ?

— D'accord. Mais quand nous aurons fait le tour de l'appartement, nous discuterons de vos photos ; vous êtes venu travailler et je ne veux pas vous écarter du droit chemin. » Elle avait pris une voix officielle, grave.

« Ça compte beaucoup pour moi.

— Par ici. »

Elle le précéda dans la cage d'escalier étroite et raide qui montait à la terrasse. Une bougainvillée d'une éblouissante teinte lilas prenait d'assaut des treillis en bambou noircis par le temps ; des palmes rouges aux pointes brûlées se balançaient à la brise dans des pots en terre cuite. Là se trouvaient deux petites pièces séparées par un mur mitoyen, toutes deux pourvues de baies vitrées, de sorte que, de l'intérieur, on distinguait la mer d'Oman au loin.

« Bienvenue dans mon atelier. » Rhea prit la main de Karan pour l'inviter à entrer : un geste légèrement cérémonieux — et illicite.

« On dirait un temple », dit-il, émerveillé.

Les carreaux vénitiens au sol accrochaient des plaques de lumière qui filtraient par les fenêtres ; un fatras de vases et de sculptures inachevées contribuait à l'atmosphère chargée et réflexive du repaire d'une artiste. Karan songea qu'un blessé aurait pu venir se faire soigner ici.

« L'autre pièce, annonça Rhea en ouvrant une porte de communication, est la bibliothèque d'Adi. »

De larges étagères couvertes d'une quantité incroyable de livres attestaient la redoutable érudition du maître des lieux. Balayant du regard les dos, dont certains à dorures, de tous ces ouvrages qu'il ne lirait jamais, Karan essaya de dissimuler un frisson d'envie, si palpable qu'il craignit que son hôtesse ne le remarque. Il devint inévitable, alors, qu'il la questionne sur Adi Dalal.

Lorsque Rhea dévida son histoire et celle de son couple, son visage vibra d'une émotion palpitante, radieuse.

La première petite amie d'Adi s'appelait Anamika Pandit. Ils avaient commencé à sortir ensemble à l'âge de treize ans. Svelte mais plantureuse, yeux couleur de mousse, Anamika était aussi la meilleure amie de Rhea. Au bout de deux ans, Anamika et Adi s'étaient séparés de façon plutôt abrupte, à la suite d'une dispute idiote au Bombay Gymkhana. En réalité, Adi cherchait depuis quelque temps à se soustraire aux griffes de cette petite-bourgeoise de Bombay-Sud, autoritaire et égocentrique, qui deviendrait immanquablement le genre de matrone qui gifle sa bonne quand tout le monde a le dos tourné. En quelques jours, le rejet d'Adi métamorphosa Anamika en un parfait petit monstre de perfidie. Peu encline à supporter et le fait d'avoir été larguée et la disgrâce sociale que cela impliquait, elle fit croire à leurs amis et à leurs pairs que Rhea était derrière cette rupture.

Un an plus tard, les insinuations d'Anamika parurent trouver leur confirmation dans le fait qu'Adi se mit effectivement à fréquenter Rhea. Du jour au lendemain, dans leur cercle d'amis, celle-ci fut cataloguée comme la fille qui avait « chipé le petit copain de sa meilleure amie ». Douce et pleine de retenue, avec ses paupières lourdes et son regard inscrutable, Rhea fut la proie facile des affabulations maladroites de cette jeunesse ; en réalité, ses camarades devaient se reposer sur de telles fictions pour ébranler les chimères d'une illusoire innocence de leur enfance. La supposée fausseté de Rhea les projetait dans un monde adulte temporaire, hésitant, jonché d'effroyables trahisons et de dévastations amoureuses.

Consternée par l'avalanche de mensonges répandus par Anamika, Rhea se retira de leur cercle d'amis ; Adi alla la rechercher dans sa solitude, la fit sortir de sa coquille. Rhea fut transportée de joie quand elle découvrit qu'elle pouvait tout lui confier : ses disputes avec sa mère, ses règles irrégulières, l'intérêt qu'elle sentait lentement croître en elle pour la poterie ; elle s'émerveilla de l'ardeur qu'il mettait à l'écouter, lui offrant un onguent de paroles raisonnables, réconfortantes, respectueuses de tous les espaces qu'il fallait soustraire aux saccages de la langue.

Un soir, quelques semaines avant les examens de fin d'année de Rhea, Adi se présenta à sa porte, la mousson dans les cheveux et un présent dans les mains.

« Pour toi », dit-il en lui tendant un pot en verre empli de lucioles.

Elle scruta le contenu du pot, plein d'insectes, dodus, minuscules, ailes transparentes et ventres duveteux ; ils manquaient terriblement de charme.

Il lui expliqua qu'il les avait ramassés dans le parc national. Il avait défié tous les dangers, avait grimpé dans les arbres où les lucioles se cachaient sous des feuilles épaisses et poussiéreuses.

« Pourquoi clignotent-elles ainsi ? C'est étrange… »

Il lâcha un mensonge, d'un air docte : « Accouplements rituels… »

Deux nuits durant, elle s'abîma dans la contemplation des sublimes étincelles. Le troisième jour, les lucioles moururent. Observant leurs cadavres diaphanes renversés au fond du pot de confiture, elle appela Adi, la voix cassée par des tourbillons de panique. Plus tard, ce même soir, après avoir enterré les lucioles sur la plage dans une boîte d'allumettes, elle soupçonna que ce vol dans la forêt était la meilleure façon qu'Adi avait trouvée de lui déclarer son amour.

« Pourquoi vous a-t-il donné des lucioles ? s'enquit Karan après avoir longtemps hésité, répugnant à briser la rêverie de Rhea, à la fois délicate et solide comme la toile d'une tarentule.

— Je lui avais raconté que je rêvais de lucioles ; c'était bizarre, mais je ne pouvais jamais plus me rendormir une fois que je me réveillais de ces cauchemars. Mon père, dit-elle en souriant, savait analyser les rêves ; comme il m'aidait à les comprendre, Adi s'était senti exclu de la volée de métaphores qui fusaient entre père et fille. À défaut, il avait décidé d'aller me chercher de véritables lucioles pour voir comment je réagirais à leur existence dans la réalité.

— Et ?…

— Son geste eut deux conséquences. D'abord j'ai arrêté de rêver de lucioles et, en conséquence, j'ai mieux dormi. Et puis il m'a rapproché d'Adi ; pas autant que de mon père à cette époque, mais une porte s'est ouverte entre nous…

« — Adi a-t-il hérité ce penchant romantique de son propre père ?

— J'en doute.

— Que faisait M. Dalal senior ? » Karan prit un vase jaune sur une étagère en hauteur et l'étudia d'un œil admiratif.

Pendant des générations, expliqua Rhea, les Dalal avaient été propriétaires de filatures à Parel. Quand une série de grèves interminables avait fini par menacer l'entreprise, Mr Dalal père avait vendu ses parts et assouvi sa grande passion : acquérir et exposer des voitures de collection. La mère d'Adi, qui signait la rubrique mondaine de l'*Indian Express*, avait brusquement abandonné le foyer conjugal quand Adi avait quinze ans. Adi avait rompu avec Anamika cette année-là, alors que son amitié avec Rhea continuait de s'épanouir. Quelques mois plus tard, la compagnie de Rhea lui sembla désamorcer considérablement la tristesse générée par le divorce de ses parents. Sa présence robuste et dynamique le consola beaucoup ; même si elle refusait qu'il aborde de façon trop sentimentale la séparation de ses parents, elle l'écoutait patiemment quand il racontait les préliminaires tempétueux de leur amour, leurs remarquables infidélités et leurs disputes effrénées. Lorsque Adi prétendit qu'il ne répéterait pas les erreurs de ses géniteurs, elle lui rappela que la force d'un mariage ne s'évaluait pas seulement à la façon dont on le perpétuait, mais aussi à celle dont les intéressés réagissaient à la traîtrise. Rhea croyait fermement que l'amour entre deux êtres était souvent trahi pour la bonne et simple raison que, par nature, il était imparfait ; toutefois, l'acceptation de son imperfection pouvait beaucoup contribuer à assurer sa vitalité, son avenir, voire, qui sait, sa permanence.

Karan s'appuya contre le mur, ébloui par l'histoire d'amour de Rhea mais aussi par sa perception intuitive de la vie. « Et vos parents, comment étaient-ils ?

— J'idolâtrais mon père. » La voix de Rhea trahit une conviction foudroyante. Son regard suivit la main de Karan lorsque celui-ci reposa le vase jaune sur l'étagère où il l'avait pris.

La mère de Rhea travaillait pour la Bank of India et son père, le Dr Thacker, dirigeait le département de philosophie à l'université hindoue de Bénarès. Un de ses livres, dans lequel il développait l'idée que la vie était une série d'illusions interconnectées, était devenu un classique.

« Pourrais-je en voir un exemplaire ? » demanda Karan.

Rhea tritura le lobe de son oreille. « Accordez-moi un instant. »

S'étant précipitée dans sa chambre à coucher, elle revint avec une édition d'*Un divertissement divin : la déconstruction de Maya*, mauvaise reliure et pages jaunies par le temps. Karan avoua timidement qu'il ne connaissait pas grand-chose à Maya, certainement pas autant qu'il aurait aimé. En lisant la quatrième de couverture et en feuilletant l'ouvrage, il s'interrogea : si la vie était une tapisserie d'illusions, ses photos n'ajouteraient-elles pas simplement une couche à la masse déjà énorme de l'invention cosmique ? De façon plus cruciale, la vie, si on la jugeait illusoire, devait-elle échapper à toute considération morale ?

« Votre père appréciait-il Adi ?

— Ils n'ont guère eu l'occasion de se connaître. »

Après son dix-huitième anniversaire, Adi était allé à New York étudier la finance. Rhea était entrée au Sophia College, où nombre de ses semblables avaient des petits amis peintres ou musiciens ; elle entendait les filles se plaindre de leurs disputes acerbes, de leurs réconciliations enflammées, de leurs humeurs fragiles et imprévisibles. De plus en plus convaincue que les mariages entre artistes, malgré leur côté stimulant et leur tendresse, n'en valaient pas la chandelle, elle était contente d'être tombée sur Adi, qui n'entretenait aucune ambition artistique.

Consacre-toi entièrement à ton travail, lui écrivit-elle dans l'une de ses innombrables lettres. *Je prie pour toi.*

Manhattan n'était que le jumeau disparu de Bombay, répondit Adi : même ruse, même mauvais *timing* cocasse. D'un café de Spring Street, il écrivit : *Tu me rappelles le jazz ; tu es un écho de ma solitude.*

Rhea se tut.

Karan lui accorda un instant pour qu'elle rassemble ses pensées ; de toute évidence, ses réminiscences nostalgiques allaient prendre un tour sévère, inconsolable.

« Durant ma dernière année à la fac, j'ai remporté une bourse pour étudier la poterie à Berlin ; je mourais d'envie d'aller en Allemagne. Mon projet de thèse, *Vision, invu*, avait d'ailleurs attiré l'attention de deux galeristes importants. Ils voulaient acquérir mon travail et l'exposer.

— Je ne m'y connais guère en poterie, mais ce que je vois dans votre atelier est carrément spectaculaire. »

Elle rougit. Elle n'avait jamais exhibé aux murs les certificats d'excellence qu'elle avait décrochés à l'université. Un professeur avait écrit que Rhea Thacker élèverait la poterie indienne du rang d'artisanat asiatique auquel on la cantonnait d'ordinaire à la forme d'art qu'elle était en Occident. Un autre louait Rhea pour son utilisation ludique de la forme. L'une de ses créations, un pot bleu d'une grande sobriété, avait été jetée sur le tour avec une verve extraordinaire, puis recouverte d'un vernis mat et rustique ; quand on la renversait, on reconnaissait la tête de Shiva. À l'époque, son originalité, sa maîtrise du vernissage avaient suscité beaucoup de paris quant à ses futurs succès ; on murmurait son nom avec admiration dans les cercles artistiques de Bombay ; tout le monde voulait savoir ce que l'avenir lui réservait.

« À ce moment-là, j'étais très ambitieuse. » L'expression de Rhea trahit la gêne qu'elle éprouvait à révéler ainsi son passé. « Mais, comme tout le reste, cela passe.

— Doit-on vraiment renoncer à son enthousiasme ? » Karan pensa à Samar, qui, en plein récital, avait mis un terme à sa brillante carrière de pianiste.

« Non. Pas forcément. Mais nous faisons tous des compromis. Je savais que ma vie d'artiste pourrait prendre son envol... mais le prix à payer était ma relation avec Adi.

— Vous avez préféré abandonner la possibilité d'une fabuleuse carrière...

— Ne prenons pas pour acquit que j'aurais réussi rien que parce que mon avenir était prometteur... et encore, il faut le dire vite... »

Karan fit une grimace ; la modestie de Rhea était-elle feinte ?

« Cela a-t-il valu le coup ? Sacrifier votre carrière pour votre mariage ? »

Rhea poussa un soupir. « L'amour d'Adi est une bouffée d'oxygène permanente ; il vous élève et, une fois qu'il est en vous, on ne peut plus s'en passer. Je pourrais m'en envelopper les épaules comme d'un châle ou m'en servir comme d'une épée pour combattre le monde ; il pourrait me servir à me cacher, je pourrais courir avec, jouer avec, l'exhiber comme une médaille ou me recroqueviller avec, comme un chat. Il est infini, flexible, stimulant comme une source. » Rhea s'interrompit, essoufflée. « Près d'Adi, je me sens illuminée depuis un point situé au tréfonds de moi ; je me sens invincible, extravagante. »

Karan hocha la tête : cette femme vantait-elle simplement les mérites de son mari ? Ces louanges outrées, exaspérantes, amenèrent un froncement aux commissures de ses lèvres.

Comme si elle avait lu dans ses pensées, elle dit : « Il vaut mieux que j'arrête…

— Non, je vous en prie, continuez. » Il craignait que son expression ait trahi l'opinion qu'il commençait à se faire de l'Incroyable Adi, mais il ne voulait pas que sa jalousie interrompe Rhea dans le portrait détaillé de son mariage. « J'ai l'impression qu'Adi est, hum… un homme extraordinaire.

— C'est vrai, mais d'un autre côté il n'accepte guère que quoi que ce soit vienne s'interposer entre lui et moi. »

— Je vois. » Le mot *possessif* flamba devant les yeux de Karan. « Son amour a donc un prix, lâcha-t-il, soulagé d'apprendre que l'utopie de Rhea reposait sur un terrain miné.

— Oui, et c'est un prix que j'étais prête à payer. J'ai choisi le mariage. Et j'ai choisi Adi. » Elle ferma les yeux. Lorsqu'elle les rouvrit quelques secondes après, Karan ne put voir si elle avait tenté de retenir des larmes. « Parfois, l'art peut réduire la part d'humanité en nous et on se demande s'il en vaut la peine… » Rhea laissa traîner sa voix. Elle savait qu'elle se confiait à Karan plus que sa discrétion l'autorisait à le faire en temps normal ; elle connaissait à peine ce jeune homme… à moins que ç'ait été cela, justement, qui favorisait leur rapprochement.

« Vous avez choisi Adi, vous avez choisi le mariage et, ce faisant, vous avez abandonné votre carrière… »

Les traits de Rhea trahirent sa douleur. « Il m'arrive de me demander ce qui serait advenu si j'avais fait de la poterie mon métier. Si Adi avait accepté que je séjourne chez des maîtres potiers pour étudier dans leurs ateliers, mon travail aurait atteint une tout autre finesse. J'aurais exposé. Des critiques auraient écrit sur ma production. Mais je ne connaîtrai jamais cela. » Elle regarda par la baie vitrée ; l'après-midi lui filait entre les doigts. Elle savait que Karan était venu parler de ses photographies, mais elle s'était laissé entraîner par les courants turbulents de son passé. Elle comprit qu'une partie de la fascination qu'elle éprouvait à raconter une histoire résidait dans le fait qu'elle s'entendait la raconter. « Quand je vous ai croisé à Chor Bazaar alors que vous recherchiez un siège au nom absurde, j'ai reconnu dans vos yeux l'urgence et le ravissement qui avaient été les miens jadis. » Sa voix se troubla d'un mépris bougon. « Je sais ce que vous ressentez quand vous descendez dans la rue avec votre appareil en bandoulière ; je sais ce que c'est d'être de cette humeur-là, ce que c'est de vivre constamment avec cette pression. Je sais ce que c'est d'être un artiste parvenu au seuil de la révélation, de possibilités semblables à un ciel infini.

— Vous savez tout cela parce que vous avez dû y renoncer ?

— J'ai *choisi* d'y renoncer ; il n'est pas difficile de voyager dans la vie sans ticket.

— Mais… et vos professeurs qui croyaient en vous ?

— On ne peut satisfaire tout le monde, Karan.

— Les galeristes auront simplement pensé que vous avez pris le maquis.

— Si les gens considèrent le silence d'un artiste comme du mutisme, c'est leur problème. » Ils se tenaient autour du tour : elle le fit pivoter ; il prit de la vitesse avant de ralentir et de s'arrêter au bout d'un moment. « Pourquoi aurais-je dû raconter à un galeriste ou à un professeur que j'avais flanché pour une raison tout à fait indépendante de ma volonté ? » Le visage de Rhea s'assombrit. « Quelques jours après mes examens de fin d'études, mes parents sont partis dans un ashram près d'Aranangaon…

— C'est dans les alentours d'Ahmednagar, n'est-ce pas ? » Karan posa la main sur le tour qui les séparait.

« Oui. Ils ne sont jamais rentrés de ce pèlerinage. »

En milieu d'après-midi, Rhea avait reçu un coup de fil du poste de police d'Ahmednagar. Ses parents étaient morts dans un accident de la circulation. Elle avait sombré alors dans un gouffre sans lumière, dans le plus profond silence, jusqu'à ce qu'Adi rentre d'Amérique : apparition brève mais ô combien nécessaire ! Dans le havre de ses bras, elle avait pleuré avec une force démoniaque, des sanglots insonores jaillissant du puits de son inconsolable chagrin.

« Mon père disait souvent : "Tout est exactement comme ce devrait être." C'est devenu mon mantra. Accepter. Être, tout bonnement. »

Ils s'étaient fiancés avant qu'Adi ne retourne à New York ; un an plus tard, ils s'étaient mariés sur un bateau de tourisme dans la baie, sous l'anneau argenté d'une lune de décembre. « Je n'ai aucune photo de mon mariage. » Un nuage de tristesse obscurcit la voix de Rhea. « Comme s'il n'avait jamais eu lieu. »

La soudaineté du décès de ses parents et la vitesse à laquelle elle avait épousé Adi l'avaient amenée tout naturellement à une existence solitaire. Peu à peu, sa réclusion avait acquis l'intensité d'un cyclone et l'avait empêchée de se faire des amis ; notamment, marquée à jamais par les odieux mensonges d'Anamika, elle s'était toujours défiée des femmes. De toute manière, il était bien connu que Bombay décourageait les amitiés ; on n'y avait pas le temps de favoriser des affinités significatives ou de forger de véritables intimités.

Pour leur second anniversaire de mariage, Adi lui avait offert l'atelier de poterie sur la terrasse.

Elle se leva et se dirigea vers le four, dont elle ouvrit la porte. « C'est l'un des meilleurs fours électriques de Bombay. Adi l'a fait venir d'Allemagne.

— Avez-vous continué vos études ?

— Oh, la bourse ?... » La voix de Rhea sembla caresser une pensée qui lui serait venue après coup. « Non, je ne suis jamais partie en Allemagne. Adi désapprouvait l'idée que je quitte Bombay pour aller m'installer là-bas avec un groupe de potiers hippies. »

Elle jeta un coup d'œil circulaire sur son atelier. Dans sa pénombre flatteuse, il était aisé d'oublier qu'elle avait perdu ses parents et été si cruellement reniée par ses amis ; dans cette pièce, il lui était possible de se concentrer sur son art, au point d'exclure le reste du monde, sa rancœur, ses failles, ses espérances et ses regrets. Rhea dédiait la plupart de son temps libre à la transformation, à mains nues, de tas d'argile en formes identifiables, qu'elle cuisait à la perfection dans son four et vernissait de couleurs qu'elle avait vues en rêve. Le peu de loisirs qui lui restait, elle le passait à faire du bénévolat dans un refuge d'animaux en banlieue, à Parel.

« Vous devez beaucoup aimer les bêtes.

— Elles supportent la douleur avec une dignité admirable ; leur souffrance est discrète, sincère, muette. Je place cette qualité au-dessus de tout. » Elle referma la porte du four, se rappelant le jour où il était arrivé de Hambourg : l'expression tout excitée d'Adi quand l'atelier avait été installé.

« Est-il difficile de passer tant de temps loin d'Adi ?

— Pas du tout. »

Quand son époux était à Singapour, une chose manquait à Rhea : entendre les disques de jazz qu'il passait le soir ; elle aurait donné tout l'or du monde pour écouter des airs de Duke Ellington. Elle savait que là-bas Adi pensait à elle, constamment, et souffrait effroyablement de cette séparation ; il disait parfois qu'il regrettait jusqu'au tintement de ses bracelets. Mais le temps qu'ils passaient loin l'un de l'autre leur apprenait à compter sur leur absence mutuelle, à engranger la sagesse de l'éloignement. L'expression jusque-là rêveuse de Rhea fut alors peu à peu remplacée par un calme impressionnant : Karan devina que le chemin tortueux de sa réminiscence avait abouti à un cul-de-sac.

« C'est une belle histoire ; votre mari a l'air d'être une perle. » Karan décida de ne plus jamais parler d'Adi Dalal.

Rhea ne dit rien.

« Vous allez bien ?

— Je pensais au talisman que j'ai laissé à Chor Bazaar. » Elle tortilla entre ses doigts une boucle de cheveux rebelles.

« Quel talisman ?

— Un petit singe en laiton. J'en cherchais un depuis une éternité. » Le marchand lui avait dit que le talisman servait à protéger un être aimé. « Je l'ai posé quelque part dans le magasin quand je vous ai rencontré... J'ai oublié où.

— Je suis vraiment navré...

— Ce n'est pas votre faute. » L'humeur de Rhea avait changé. Soudain, elle prit conscience qu'elle en avait trop dit et qu'il ne lui était plus possible de ravaler ses paroles. Sans compter qu'elle était furieuse contre elle-même parce qu'elle ne pouvait plus nier qu'il existait entre Karan et elle une attirance frémissante, fondamentale. « Quoi qu'il en soit, je dois descendre vérifier la cuisson du gâteau dans la cuisine...

— Et il faut que j'y aille.

— Nous n'avons pas pris le temps de regarder vos photos.

— La prochaine fois ? »

Elle ne dit rien pour l'encourager à croire qu'il y aurait une prochaine fois.

Or, en descendant l'étroit escalier en spirale, Rhea manqua une marche et Karan se précipita pour la rattraper. Dans le mouvement, le corps de Rhea fit basculer Karan, ils tombèrent tous les deux et se retrouvèrent l'un sur l'autre. Se relevant en toute hâte, elle se retourna, lui fit face et lui demanda s'il n'avait rien. Karan acquiesça d'un signe de tête avant d'avancer la main pour toucher le lobe de son oreille : objet doux aux proportions parfaites. Lorsque la main du jeune photographe glissa jusqu'à son sternum, troublée par son audace, elle se mit à haleter. Son toucher était chaleureux, assuré ; elle agita la tête comme pour dire non. Mais c'était plus fort qu'eux, un désir profond comme un canyon.

Ni l'un ni l'autre n'avait fait quoi que ce soit, pourtant cela arriva, évident comme un souffle.

Roulant sur le palier, ils se battirent l'un pour et contre l'autre, à mille lieues de toute honte ou culpabilité.

La langue de Karan glissa sur la longue nuque de Rhea, sur ses doigts élégants. Les mains de Rhea lui ôtèrent son tee-shirt blanc, révélant une chair ferme et tendue, des épaules parfaites, un ventre plat. Il lui ôta son pantalon cigarette, ne laissant sur elle que ce qui était à l'évidence une chemise de travail de son époux. Lui écartant les jambes, il plongea la tête entre ses cuisses. Sa langue, humide, charnue, intéressée, fut comme des doigts écartant les pétales d'une rose récalcitrante. Rhea s'en voulut de déboutonner le jean de Karan, pourtant la retenue lui parut impossible. Caressant ses jambes, elle fut surprise de découvrir des cuisses aussi musclées : ses interminables errances dans Bombay, sans doute. Elle s'allongea de tout son long sur le palier, le tee-shirt de Karan roulé en boule sous sa tête, leurs corps inondés par le crépuscule qui ondulait sur eux à travers un vasistas. Les mouvements de Karan furent athlétiques, confiants et, une fois qu'il fut entré en elle, il bougea son bassin doucement, selon de menus cercles, comme s'il la barattait. Saisissant ses hanches, elle l'attira à lui, puis le repoussa, arrêtant son gland à l'orée de sa chose cachée.

Elle lui permit de plonger à nouveau.

Alors que jusque-là elle l'avait enserré avec ses jambes, elle relâcha la pression et les laissa retomber de part et d'autre de lui.

Elle était sous le choc, un beau choc, mais elle ignorait comment ils avaient pu en arriver là. Pour éviter de croiser son regard, elle gardait la tête tournée sur le côté. Prisonnier de ses lombes, il continua de ruer. L'esprit de sa partenaire flotta sur des détails insignifiants de l'appartement : un tableau sur le mur, un objet décoratif inutile sur le bureau, des grains de poussière bannis sous la porte. Quand elle revint à elle, quand elle reprit brusquement ses esprits, quand elle se rappela qui elle était, une femme mariée, il était sur le point de jouir. Elle la reçut en experte, son épaisse pluie d'un orage furibond.

6

Après une épuisante journée de tournage d'un spot publicitaire pour un shampooing à Film City, Zaira comptait sur une soirée à l'extérieur pour se changer les idées. Elle hésitait quant au choix de boucles d'oreilles lorsque la sonnerie du téléphone retentit – une nouvelle fois.

Quand elle décrocha, son ton fut si glacial que Karan, à l'autre bout du fil, craignit de s'être trompé de numéro.

« Je te jure que j'allais raccrocher, Zaira, dit-il, se demandant quelle mouche l'avait piquée.

— Si tu pouvais voir l'état de ma chambre ! dit-elle pour sa défense. Des montagnes de jupes et des piles de vestes : par terre, quatre châles, deux robes, un chemisier à dos nu. On dirait un stade de foot. Je n'arrive pas à décider quoi mettre ; ce qui m'a amenée à la conclusion suivante : l'un des meilleurs usages à faire d'un mec, c'est lui confier le choix de ce que tu dois porter à une soirée.

— La plupart des mecs n'entendent rien à ce genre de choses.

— Pas Samar ; je me mettrais un sac à patates sur le dos s'il me le conseillait. »

S'ensuivit un silence ; puis un long soupir décontenancé.

« Quelque chose te tracasse, Zaira ?

— Oh, rien… des appels anonymes depuis environ une heure. » Zaira tenta de chasser l'angoisse que trahissait sa voix. « Aucune inquiétude à avoir, *yaar*.

— D'accord… mais qui était-ce ?

— Pas la peine de se faire des cheveux blancs…

— Si tu dis ça, c'est exactement ce que je vais faire.

— Je suis sérieuse, Karan. Oublie ce que j'ai dit. » Zaira posa brusquement un tube de mascara sur sa coiffeuse.

« Hé, Zaira, détends-toi.

— Je suis désolée d'avoir été cassante… » Elle admirait le fait que Karan lui tienne tête ; il était ferme avec douceur. « Je ne suis pas dans un bon jour.

— Navré pour ce qui s'est passé jusque-là, mais j'espère que ça va aller mieux à partir de maintenant.

— Absolument… quand j'aurai décidé ce que je porterai pour la soirée de Samar.

— C'est à propos de ça que je t'appelais ; m'en voudras-tu effroyablement si je ne viens pas au dîner ?

— Peut-être pas effroyablement, mais disons… horriblement. Qu'est-ce qui t'arrive ?

— Un boulot. Au dernier moment. Vraiment à la dernière minute. » Iqbal lui avait demandé de couvrir une remise de prix à l'hôtel Taj Mahal.

« Viens après. »

Karan étudia sa proposition. D'un côté il aurait préféré rentrer directement du Taj chez lui et se mettre au lit, mais d'un autre côté la perspective de passer un moment avec Zaira ne manquait pas d'attrait. Elle l'intéressait, sans arrière-pensées, et c'était réciproque. Tous deux le savaient et trouvaient la situation remarquablement libératrice. « Ça va si je passe vers minuit ?

— Attends-toi à me voir totalement beurrée à cette heure-là. Bah, de toute façon on surévalue grossièrement la sobriété. » Reposant le récepteur, Zaira étudia ses rouges à lèvres, maniant précautionneusement chaque tube avant d'opter pour un somptueux rouge coquin.

Quand Karan arriva à la soirée de Samar, malgré une coupure de courant elle battait son plein.

L'obscurité veloutée et bruissante, ponctuée de bougies aux flammes capricieuses, révéla d'exubérants fêtards piétinant la pelouse. Karan n'eut pas plus tôt passé le portail qu'une main douce et chaude attrapant son bras, on l'entraîna sans autre préambule jusqu'à l'extrémité opposée de la pelouse, vers la terrasse, puis à travers le salon aux murs blancs éclatants, et enfin dans l'escalier qui menait à la terrasse supérieure.

Zaira s'allongea sur les dalles, planta une bouteille de champagne entre eux deux et contempla le fatras d'étoiles sans prononcer un seul mot. On entendait les invités remuer au niveau inférieur.

« Comment vas-tu ? demanda Karan en reprenant son souffle.

— Je suis accablée. Et toi ?

— De plus en plus câblé. »

La musique électronique, rocailleuse, saturée de graves, flottait telle une gaze de souvenirs érotiques.

« As-tu faim ?

— J'ai mangé après la cérémonie de remise des prix ; mais merci de t'en inquiéter, Zaira. Pourquoi aimes-tu traîner sur les toits ?

— Il n'y a que comme ça que j'apprécie les soirées mondaines : quand je bois seule. Avec tous ces bavardages superficiels inaudibles au loin. C'est Samar qui m'a refilé la combine il y a des années, et je n'en démords pas. Quand lui et moi montions sur les toits ensemble, les gens disaient que nous étions cinglés ou snobs. Mais comment faire autrement quand on a un trac fou ?

— Les soirées me rendent nerveux aussi. Je les évite autant que possible.

— Dans ce cas, je dois te remercier doublement d'être venu, Karan. » Elle lui toucha l'épaule. Sa compagnie l'égayait ; elle se sentit à l'abri et, soudain, heureuse. Levant les yeux vers le vaste ciel sale, elle se dit à part soi qu'il n'y avait aucun autre endroit où elle aurait préféré être.

« Monter ici sur la terrasse, ça me facilite beaucoup les choses. Mais… vous ne vous donnez plus rendez-vous sur les toits, Samar et toi ?

— Non. Un soir, Leo nous a surpris et a décrété que c'était trop dangereux. » Sans conviction, elle ajouta : « Il doit avoir raison. Au fait, pardon de m'être énervée au téléphone.

— Qui n'arrêtait pas de t'appeler ?

— Tu connais l'expression "trouduc" ? »

Malik n'avait cessé de la harceler. Il ne lui demandait rien de moins que sa main. Après qu'elle lui eut raccroché au nez pour la cinquième fois, il avait rappelé une sixième fois, fou furieux, hurlant qu'il allait lui arracher les tripes avec un couteau de boucher.

« Ah, c'est nouveau, ça, dit Karan, mais ça colle avec le personnage. » Il comprit alors pourquoi elle avait paru tellement à cran au téléphone.

« Pourquoi ne me lâche-t-il pas ? J'ai tout essayé.

— Tu devrais vraiment déposer une plainte au poste. Samar a raison depuis le début.

— J'en ai déjà déposé une… À quoi a-t-elle servi ? Tu connais les policiers de Bombay. On les achète avec quelques milliers de roupies : une broutille pour le ministre Prasad. » Elle ajouta que Malik avait la voix si empâtée qu'on aurait dit un bar ambulant.

« Et ce n'est pas que l'alcool ; apparemment, le fils de ministre prend sa coke en gros. »

Les cheveux se dressèrent sur la nuque de Zaira. « Comment sais-tu ça ?

— Un pigiste du magazine avait l'intention d'écrire un article sur les politiciens de Delhi qui se shootent un soir sur deux. Delhi regorge de types qui organisent des partouzes dans des maisons de campagne, où on sert de l'héroïne avec les *pakoras*. Eh bien, cette faune-là a débarqué à Bombay…

— *India Chronicle* a publié un article sur le sujet ?

— Non. Le ministre Prasad a eu vent de l'affaire et a ordonné aux patrons d'arrêter la publication.

— Alors tu comprends ce que je veux dire ? Cet homme peut faire ce qu'il veut. » La rage de Zaira était amputée par son impuissance.

« Tout de même, tu devrais t'adresser aux policiers, Zaira. Qu'ils fichent Malik. »

Un silence gêné, nerveux s'installa entre eux. Au bout d'un moment, Zaira se tourna vers son compagnon, tête penchée. « Et toi, la vie, ça va ?

— Rien à redire. Rien. Ou presque.

— Si je me souviens bien, elle s'appelle Rhea Dalal, c'est ça ?

— Oui. Et c'est grâce à toi que je la connais. »

Zaira lui lança un regard intrigué.

« Tu m'as conseillé d'aller à Chor Bazaar ; c'est là-bas que je l'ai rencontrée.

— Ah.

— Je doute que cette histoire nous mène bien loin ; elle est mariée et tout ça…

— Comme si c'était un obstacle…

— Nous sommes allés à Sewri photographier les flamants. Nous parcourons Bombay à la recherche de sujets pour mon projet. Elle a le regard affûté.

— Seulement le regard, j'espère… J'ai rencontré tant de bégueules en sari ! Tu ne devinerais jamais…

— Pourquoi cet air suspicieux ?

— Parce que je flaire le danger ; ne trouves-tu pas bizarre qu'elle ait décidé de t'aider ?

— Elle est peut-être assez sotte pour croire à mon travail.

— Qui ne croirait pas à ton travail, Karan ! Il est original, exceptionnel. Ce n'est pas sorcier de comprendre que tu as un brillant avenir. Quel est le problème avec son mari ?

— Il est absent la plupart du temps, à Singapour. Il gère des fonds de placement là-bas.

— Ah, une ménagère esseulée…

— Elle n'est pas esseulée ; elle aime être seule. Je suppose que l'arrangement avec son mari fonctionne pour tous les deux…

— Comment ?

— Ils ont besoin de se séparer par moments pour pouvoir rester ensemble.

— Si elle aime être seule, pourquoi veut-elle passer du temps avec toi ? »

Après avoir réfléchi un instant, Karan répondit : « Parce qu'elle a été autrefois une artiste sur le point de percer… Mais elle a tout plaqué et choisi le bonheur domestique. »

Zaira ferma les yeux. « Alors c'est ça : elle t'a rencontré à Chor Bazaar et aime ton travail. Son mode de vie lui laisse le loisir de se promener avec toi dans Bombay. Une partie d'elle-même croit qu'elle peut réaliser à travers toi ce à quoi elle a renoncé plus jeune.

— Merci, docteur Zaira ! dit Karan en riant. Ne t'est-il pas passé par l'esprit que je pourrais lui plaire ?

— Pourquoi les hommes croient-ils toujours que parce qu'une femme apprécie leur compagnie, elle doit mouiller sa culotte dès qu'elle les voit ?

— Touché !

— Je suis sûre qu'elle en pince pour toi, dit Zaira d'une voix chaleureuse. Qui résisterait ? Mais ce que j'essaie de te dire, c'est : si elle est tellement heureuse en ménage, pourquoi s'amuse-t-elle à s'envoyer en l'air avec un autre homme ?

— Est-ce ta façon de me conseiller de prendre des précautions ?

— Je te conseille surtout de vérifier dans quel guêpier tu mets les pieds. Si c'est une passade, traite-la comme il se doit ; si c'est davantage, cherche à savoir de quoi il retourne. Et vite ! Tu m'as tout l'air de t'être amouraché d'elle. »

Cette conversation gênait Karan, qui, en effet, avait appris à apprécier les charmes opaques et ambigus de Rhea Dalal. Il préféra changer de sujet. « Es-tu déjà tombée amoureuse de quelqu'un ?

— Comme toi de Rhea ? » répliqua Zaira du tac au tac, avec un sourire.

Karan rougit tant que cela dut se voir même dans le noir.

« Oui, quand j'étais plus jeune. De Sahil. Lui et moi, nous nous sommes fiancés en dernière année de fac. Il voulait que je m'installe, que je joue à la bonne petite épouse, que je fasse des bébés comme une lapine. Tu me croirais si je te disais que j'étais partante ?

— Qu'est-ce que ta famille pensait de Sahil ?

— Ma famille ? Ma mère est morte en couches. Quand j'avais trois ans, mon père s'est remarié et a préféré me renvoyer chez ma grand-mère. Elle était couturière au palais du *nawab* de Hyderabad ; j'ai grandi dans le vieux palais royal décati ; je jouais dans une cour avec des centaines de colombes. J'avais vingt ans quand ma grand-mère est morte d'une attaque.

— Est-ce que tu l'aimais ?

— Non : je la *vénérais*. Elle faisait le meilleur *biryani* du monde. Elle était là quand je faisais des cauchemars.

— Des cauchemars ?

— Les cauchemars ont été la plaie de mon adolescence ; je me réveillais en hurlant.

— Quel était ton pire cauchemar ? »

Zaira réfléchit un instant avant de répondre : « J'étais dans une pièce bondée et bruyante. Un homme me pourchassait. Personne ne semblait s'en apercevoir. J'avais l'impression d'être invisible : personne ne m'entendait hurler. Lui seul me voyait. Il m'acculait dans un coin et s'approchait tellement de moi que je sentais son haleine sur ma joue. Et puis il disait : *J'ai peur de l'amour.* Ses paroles résonnaient comme un coup de tonnerre. À ce moment-là, je me réveillais en sueur. Ma grand-mère était toujours là, elle me tenait la main quand je me redressais d'un bond sur le lit. Elle était tout pour moi… jusqu'à ce que Samar arrive et me vole mon cœur pour quatre roupies cinquante *paise*.

— Samar a fait une affaire en or. Et ta grand-mère m'a tout l'air d'avoir été une impératrice.

— Elle n'était que couturière, mais cela n'empêchait pas que son cœur était noble.

— Comment as-tu supporté sa mort ?

— J'étais avec Sahil à l'époque. Il a bien essayé de me consoler… mais j'avais besoin de solitude. Je suis allée au Cachemire. À Srinagar, il m'est arrivé quelque chose d'étrange. Je me promenais dans une roseraie quand un réalisateur m'a remarquée et m'a demandé si je voulais faire du cinéma. J'ai répondu par l'affirmative, moins parce que sa proposition était particulièrement alléchante que parce que j'aurais fait n'importe quoi pour m'ôter mon chagrin de la tête. Et s'il fallait, pour ça, danser autour d'un tronc d'arbre en papier mâché en chantant des niaiseries, j'étais prête à le faire.

— Tu as donc accepté.

— Quand j'ai donné ma réponse, Sahil a piqué une crise. Il m'a ordonné d'appeler le réalisateur pour lui annoncer que je renonçais au rôle à Bombay. *Saala*, il voulait tout régenter ! J'ai rompu nos fiançailles par principe ; j'étais prête à me marier, mais pas à devenir sa propriété.

— La rupture t'a-t-elle traumatisée ?

— Pas vraiment. J'ai déménagé à Bombay. J'ai loué un studio à Goregaon. Mon premier film était d'un ennui tellement phénoménal que, même moi, je n'ai pas réussi à le regarder jusqu'à la fin.

— Mais ton deuxième, *Murad*, a plus que compensé cet échec. » Karan avait vu *Murad* à Shimla, dans un vacarme de sifflets admiratifs ; un spectateur avait été expulsé de la salle quand on l'avait découvert en train de se masturber dans un sachet de pop-corn. « Le film a été, *dixit* le milieu, "un succès phénoménal". Tu aurais pu démarrer un feu de forêt à toi toute seule.

— Un feu de forêt ? répéta-t-elle, gênée par le compliment. La plupart du temps, je n'arrive même pas à allumer mon four !

— Ta carrière a vraiment dû s'envoler après *Murad*.

— Et comment ! J'ai voyagé dans le monde entier. J'ai été invitée dans d'obscurs festivals. J'ai dû me farcir des films français d'avant-garde. J'ai commencé à lire les critiques, je mettais à la poubelle même les plus flatteuses. Le film a été projeté dans tant de pays que je n'identifiais même pas la langue dans laquelle certains de mes fans m'écrivaient.

— Je me rappelle qu'à un moment donné on ne pouvait parcourir un kilomètre sans voir ton visage étalé sur un panneau ou acheter un magazine sans que tu sois sur la couverture.

— Désolée. Quand la célébrité vire à l'ubiquité, elle devient insupportable. Je n'ai jamais voulu être placardée partout, mais c'est l'un des risques du métier. » Zaira se caressa la nuque. « Durant les quatre années qui ont suivi j'ai tourné sept films, et puis j'ai eu l'impression que les flashes allaient m'éclater les yeux. J'ai fait un break d'un an. »

Au cours de son année sabbatique, Zaira alla au Mexique, passa un mois à Sienne pour apprendre à

cuisiner, eut une brève histoire trouble avec un danseur cubain, à la suite de quoi elle rentra dare-dare à
Bombay parce qu'il n'y avait aucun autre endroit
dont elle aurait préféré dire : « C'est chez moi. » À
l'automne de son oisiveté, lors d'une soirée à Bandra, elle tomba sur un homme en turban rouge
canaille, tee-shirt noir et jean indigo moulant, sirotant un Bellini dans son coin sous un palmier géant.

Elle demanda au petit diablotin si elle pouvait se
joindre à lui. Il fit signe que oui.

« Quand on regarde les gens sous cet angle, ils
paraissent tous merveilleusement uniques, observa
Samar, levant son verre à la foule d'invités. Comme
si Dieu avait choisi le moindre de leurs petits culs.

— Je n'ai jamais cru que les yeux étaient les fenêtres de l'âme.

— Je n'appellerais pas un cul la fenêtre de l'âme,
se hâta-t-il de clarifier. Même si certains sont emplis
d'âme, à leur manière…

— Je crains de ne pas en avoir encore croisé un de
cette catégorie ce soir.

— Tchin ! »

Ils passèrent la soirée à imaginer la vie des invités,
dotant chacun d'un destin imaginaire. Samar affirma
que le mannequin en fourreau noir était en réalité un
travesti ; quand il était pêcheur de perles au Sri
Lanka, une tortue mangeuse d'hommes lui avait
arraché quelques orteils. Désignant le peintre entur-
banné, Zaira prétendit qu'il allait mourir le jeudi suivant, s'effondrant sur sa dernière toile, la plus
significative ; tous deux se lamentèrent de la perte
du chef-d'œuvre mais pas du peintre, dont la mort
inélégante et inopportune aurait un tel résultat. Zaira
ajouta que le sang d'un démon courait dans les
veines de la plus belle créature de la soirée. Samar

confirma promptement ses propos, affirmant que, les nuits de pleine lune, elle rôdait, queue fourchue et tout, à l'affût d'orphelins malingres sur Grant Road.

Les prémices de l'aube arrivèrent tandis que le gratin de Bombay descendait des martinis en planant de plus en plus haut. Samar demanda à sa nouvelle compagne si elle voulait l'accompagner jusqu'au temple de Babulnath pour les prières du matin. Ils s'esquivèrent en douce et arrivèrent au temple à temps pour l'*aarti*. Les clochettes tintinnabulaient ; le prêtre récitait des *shlokas* ; des fidèles versaient du lait sur un lingam en obsidienne noire.

En sortant, les effets de l'alcool commençant à s'estomper, Zaira bredouilla : « Accepterais-tu de devenir mon ami ? »

Samar éclata de rire. « Personne ne m'avait plus demandé ça depuis l'école primaire !

— Ça faisait si longtemps que tu avais mauvaise haleine ? » Zaira fut ravie d'avoir suscité chez cet homme adorablement gauche un rire aussi tonitruant qu'une salve d'applaudissements.

Les premiers temps de sa relation avec Samar lui rappelaient la mousson : de violentes bourrasques avaient ouvert les portes verrouillées de son âme avec une rage titanesque, prompte à tout transformer sur son passage. Elle s'était épanouie, car elle avait enfin rencontré un homme capable de faire des claquettes, de préparer une *frittata* et d'ouvrir les bras assez grand pour qu'elle s'y sente en sécurité. Plus elle passait de temps en sa compagnie, se réveillant souvent sur son vieux canapé défoncé, plus le soulagement la pénétrait, jusqu'aux os.

Un matin, devant une tasse de café et des œufs au plat, elle dit théâtralement : « Je dois te faire un aveu.

— Tu es enceinte ?

— Oui ! » Elle rit et imita le jeu des actrices de films à l'eau de rose de Bollywood : « Je porte ton enfant !

— Oh, mon amour ! » Samar se tapa les cuisses. « J'ai déjà dit ça à une douzaine de mecs et ça ne les a pas empêchés de me quitter.

— Samar, je suis kleptomane. »

La confession de Zaira ne fit ni chaud ni froid à son compagnon.

« J'aime voler des fleurs, uniquement des fleurs. La nuit. Dans des jardins, publics ou privés.

— Tu connais Dubash House ? » demanda-t-il. Elle lui lança un regard de biais ; il avait l'air parfaitement sérieux.

On racontait que, dans le jardin de cette immense demeure de Napean Sea Road aux allures de forteresse, il y avait des jasmins sauvages, des frangipaniers et des *gulmohars* géants. « Je brûle de me faufiler à la sauvette dans ce jardin depuis mon tout premier jour à Bombay ! »

Le soir où ils volèrent des fleurs à Dubash House, elle l'embrassa sur la bouche.

« Voilà qui est très hétérotique, dit Samar en la repoussant. Je ne donne pas dans ce genre de merde. »

Devant chez lui, il lui rappela que le fait d'être temporairement sans petit ami ne signifiait pas qu'il recherchait *une petite amie*. Les traits de Zaira se délitèrent comme tombe une fine dentelle.

Ils se trouvaient dans la cuisine : par terre, de longues branches jaspées de frangipanier, dont certaines avaient égratigné les bras succulents de Zaira.

« Nous pouvons être davantage qu'amants, pro-posa Samar. Si cela te dit. »

Zaira se mit à nettoyer fébrilement la table, comme si l'exécution de gestes domestiques lui permettrait de se l'approprier.

« Le prix des tomates a augmenté, dit-il, observant les moindres mouvements de son amie.

— Qu'est-ce que le sexe a à voir avec le prix des tomates ?

— Bonne question ! Qu'est-ce que le sexe a à voir avec quoi que ce soit ? »

Elle lança une assiette dans sa direction.

« Tu as de la chance que ce ne soit pas mon service en Limoges », dit Samar calmement, quoique fort soulagé qu'elle l'ait manqué. « Mais ne te crois pas pour autant autorisée à casser ma vaisselle simplement parce que nous ne baiserons pas ensemble au cours de cette existence.

— Il ne s'agit pas de baise ! » Le cri dans la voix de Zaira ne fut pas à la hauteur de celui qui résonna dans sa tête.

« En fait, si. Or il se trouve que moi, j'ai envie d'un mec, tout comme toi. Nous sommes embarqués dans la même galère, soleil de mon cœur : alors, soit tu pagaies en rythme avec moi dans ce torrent de merde, soit tu mènes ta barque toute seule. »

Elle prit ses cliques et ses claques.

Elle retourna hanter les plateaux de cinéma. Elle éreinta ses réalisateurs tellement il lui fallait de prises pour à peu près réussir une scène. Un producteur alla jusqu'à la remplacer.

La furie de son désespoir s'étant calmée, elle comprit l'insulte qu'elle avait faite à Samar.

Un soir, elle se présenta à sa porte, si tard que même la lune s'était couchée. « Descendons ensemble ce torrent de merde, dit-elle dès qu'il eut ouvert la porte.

— Trop tard : j'ai remisé mon canoë.

— Ne fais pas le rabat-joie.

— J'ai pensé à voler des fleurs, mais ça n'aurait pas été la même chose sans toi. » Il suffit à Samar d'énoncer ce simple fait pour comprendre, le cœur comme transpercé par une douleur effroyable, combien elle lui avait manqué. « Tu ne t'es jamais demandé pourquoi tu t'es tant entichée d'un crétin de pianiste ?

— Hypoglycémie ?... Démence précoce ?... Troubles pianistiques compulsifs ?...

— Tout cela peut altérer ton jugement, en effet. » Lorsqu'il suggéra que l'explication était peut-être qu'elle se méfiait systématiquement des hétéros qu'elle rencontrait, elle se redressa sur son siège.

Il lui rappela que son père l'avait abandonnée.

Elle répondit qu'elle n'avait pas pris la chose très à cœur. Pour ajouter après un silence : « Ne te sers jamais contre moi d'une confidence que je t'ai faite.

— Si on élargit le point de vue, je m'en suis servi contre moi. »

Un jour, cet été-là, un fan arriva sur le plateau de tournage d'un film de Zaira avec une portée de lévriers nains et l'invita à en choisir un. Elle jeta son dévolu sur un chiot tout blanc, tout fragile, et elle l'emmena chez Samar.

Celui-ci fut aux anges. « Je l'appellerai Mr Ward-Davies.

— *Cool*, ce nom.

— Mr Ward-Davies était mon professeur de piano préféré à New York ; un Rosbif qui m'a initié aux plaisirs de l'absinthe.

— Contente que tu aimes le chiot, Samar.

— Es-tu certaine de ne pas vouloir l'accueillir à plein temps ?

— Je te l'emprunterai le week-end. S'il veut bien de moi. Comme je ne suis presque jamais là, je préférerais qu'il s'installe chez toi. » Ni l'un ni l'autre ne prirent alors conscience que Mr Ward-Davies était une lettre d'amour de Zaira à Samar, une lettre qu'il ouvrit et lut avec tout son cœur comme elle y avait mis tout le sien.

« Il est dans la course pour devenir mon mec en titre. »

Ce soir-là, lors d'un dîner à China Garden, Samar demanda à Zaira si elle pourrait lui présenter des hommes.

Elle tenta de ne pas paraître contrariée par sa requête. « Tu ne rencontres pas assez de garçons tout seul ?

— La plupart sont tellement débiles qu'on les croirait descendus de Delhi !

— Ah bon, à ce point ? Je ne peux pas le croire !

— Et quand ils ne sont pas barbants, ils sont égocentriques ou bien complètement à côté de la plaque.

— Les gays que je rencontre à Bombay sont rarement sortis du placard.

— Les seuls qui l'aient fait sont tellement moches qu'ils devraient y rester. Et enfermés à double tour, encore !

— Quelle langue de vipère !

— Je rôtirai en enfer pour ça… Cela dit, on m'a raconté que leurs barmen, là-bas, font un martini du diable. Alors c'est d'accord, tu vas me trouver un gars avec qui je pourrai m'amuser un peu ?

— Je ferai de mon mieux », répondit Zaira. À sa voix, on aurait pensé qu'un ressort, au tréfonds d'elle-même, s'était cassé à jamais. « Mais rappelle-toi ce que je t'ai dit : je porte ton enfant.

— C'est une affaire qui roule, ma poule ! »

Zaira prit la requête de Samar au sérieux car il ne lui avait jamais rien demandé auparavant. Elle croisait bien des gays au travail, tous candidats potentiels (costumiers, stylistes ou réalisateurs), mais aucun ne lui sembla avoir le profil requis. Elle était au désespoir, comprenant qu'elle s'était engagée dans une quête impossible, lorsqu'un architecte ambitieux lui avoua qu'il ne sortait qu'avec des mecs qui jouaient aux hétéros. Quand elle fit part de cette remarque à Samar, il fit la grimace. « Et il fera comment pour jouer l'hétéro quand je lui fourrerai ma queue dans la bouche ? »

C'est alors, juste au moment où elle pensait avoir fait chou blanc, qu'elle rencontra Leo lors d'une soirée à Delhi.

Il lui fut présenté par Dumpy Roy, une critique littéraire dont la présence faisait immanquablement penser à la moisissure sur le pain.

« Leo écrit pour le *N*... C'est un magazine en Amérique. Vous en avez entendu parler, *ne* ?

— Bien sûr. L'Amérique... c'est au sud de Calcutta, n'est-ce pas ?

— Je voulais dire le *N*... ! » Dumpy Roy avait tellement d'opinions qu'il ne lui restait plus de place pour le simple bon sens. « C'est, comment dire ?... Une publication légendaire.

— Leurs dessins comiques sont *faaabuleux*, n'est-ce pas ? »

Pendant un instant, Leo eut l'impression que l'actrice décrivait quelque chose qui sortait du cadre du magazine qui le publiait. « Il y a longtemps que j'espère vous interviewer, avoua-t-il.

— Les lecteurs du *N...* regardent donc les films de Bollywood ?

— Je préfère ne pas sacrifier au stéréotype.

— Vous avez raison, pardonnez-moi. Je dis n'importe quoi ; je ne dois pas encore avoir assez bu. Pourquoi ne viendriez-vous pas me voir à Bombay ? »

Lorsqu'ils s'y rencontrèrent, elle découvrit le parcours de son interviewer.

Leo avait été attiré par l'Inde quand il était étudiant à Berkeley, non pas sur la foi d'un quelconque engagement *New Age* cucul, mais parce qu'il faisait une thèse sur le cinéma indien contemporain. Zaira fut impressionnée par sa connaissance des œuvres romantiques de Yash Chopra, des noms des nombreux amants de Rekha, du syndicat que les figurants des ballets tentaient de mettre sur pied. Il lui dit que le cinéma intellectuel indien était en perte de vitesse ; il savait qu'à Bollywood l'affiche était un art à part entière. Lors de la sortie de son premier livre, *Vieilles Venelles*, qui lui avait procuré ses lettres de noblesse dans le milieu de l'édition, les critiques avaient salué son « acuité littéraire » et son « style aisé, gaillard et sans fard ».

Zaira n'était pas certaine que Samar et Leo soient destinés à connaître le grand amour, mais elle se dit qu'ils aimeraient passer un moment ensemble à l'heure du cocktail.

« Il est très érudit, dit-elle à Samar.

— Tu plaisantes... Un Américain !

— Ce que tu es plouc !

— Il s'imagine sans doute que le Moyen-Orient se trouve quelque part dans le Vermont. »

Elle rit, avança la main et lui donna une petite tape sur le ventre. « Arrête ! Son livre, *Vieilles Venelles*, a été nominé pour le *National Book Award*. C'est l'un des plus jeunes bénéficiaires d'une bourse Guggenheim. Son livre a été traduit en douze langues ! »

Samar l'écouta avec attention, vaguement impressionné. « Et tu me jures que ce n'est pas l'un de ces cinglés qui confient dès le premier jour qu'ils adorent la "culture indienne" et viennent de se faire aligner les chakras ?

— Je ne sais pas en ce qui concerne Leo, mais toi, tu ferais bien de te les faire aligner. Pourquoi ne le rencontres-tu pas pour juger par toi-même ? »

À la grande surprise de Zaira, Samar alla à Leo comme un canard va à l'eau. Deux semaines plus tard, il lui abandonna Mr Ward-Davies pour un mois car il avait décidé de partir avec l'Américain parcourir les campagnes du Gujarat. Zaira était contente que Samar prenne des vacances, mais elle craignit que sa soudaine affection soit inspirée par une trop longue saison d'abstinence sexuelle. À son retour, lorsque Samar lui donna un compte rendu de son aventure, elle en conclut que ç'avait été une lune de miel à l'aube d'un mariage impossible. Les deux hommes avaient couché sur de rustiques *charpoys* dans des villages ; latrines en plein air ; réveillés par le chant du coq sur fond de joue lisse d'une aube incarnate ; se régalant de baies rouge sang et discutant de livres qu'ils avaient lus tous deux dans leur adolescence. Ils s'étaient trouvé une affinité plus vaste que la somme de leurs différences.

« J'ai dit à Zaira que je ne voulais pas d'un culturiste américain en quête de mantras. »

Leo sourit. « Quelle chance que tu aies eu une si haute opinion de moi !

— Quand as-tu compris que l'Inde était ton sujet de prédilection ? s'enquit Samar sur une route en direction d'une réserve de lions.

— Vers vingt ans. Tous les écrivains ont l'intuition d'où viendra le grand livre qu'ils écriront un jour ; j'ai toujours su que le mien me serait offert par l'Inde.

— Récit de voyage, roman, essai ?…

— Comment savoir, Samar ?… Je sais simplement que l'Inde me donnera le livre que le public aimera. Et dont il se souviendra. »

Le surlendemain, dans les forêts de Gir, ils se blottirent, tremblants, l'un contre l'autre, dans une tente en toile beige, tandis qu'une lionne dévorait avec une bruyante fierté un veau qu'elle avait tué aux abords du campement – à quelques pas de leur lit de camp.

Ils passèrent la dernière semaine de leur voyage sur la terrasse d'un château oublié, prirent des bains de minuit dans le réservoir vert mousson. Samar était aux anges. Que leurs corps sentaient bon, que le vent soufflait librement sur leurs visages, et qu'elle était douce, la musique auroréenne du ruisseau torrentueux !

« Rentre avec moi à San Francisco, demanda Leo à Samar le dernier jour de leur voyage.

— J'adorerais. »

Lorsque Samar annonça à Zaira qu'il partait pour les *States* avec Leo, elle perçut dans son crâne un bruit étourdissant, comme si des chauves-souris étaient sorties d'une grotte par milliers, dans un tintamarre assourdissant, pour s'élever vers le ciel laiteux et violacé avant la tombée de la nuit.

« Je ne pars que deux mois.

— Bombay va te manquer.

— Toi aussi.

— Pourquoi pars-tu ?

— Leo passe une grande partie de l'année à Bombay ; il n'est que justice que je le suive quand il rentre sur ses terres.

— Tu vas manquer à Mr Ward-Davies. Il va mourir sans toi. »

Samar écrivit à Zaira. Il se trouvait dans l'appartement de Leo.

Vive San Francisco ! L'odeur du sexe est dans l'air : les partouzes dans les entrepôts de Portero Hill, les séminaires de fist fucking à Castro, trois Blacks déguisés en bonnes sœurs faisant du roller sur Market Street « au nom de l'amour », la femme qui couchait avec les pompiers et leur a construit un monument, une tour blanche que je vois de ma chambre. Dans les soirées, des mains vous pelotent ; le sexe, ici, c'est comme quelqu'un qui t'enlève la croûte d'une plaie. Mais il y a aussi les actions, les manifs, une indispensable introspection publique. En fin de compte, quand amour et politique se percutent, qui ne se retrouve pas à terre ?

Quelques jours après lui avoir envoyé cette lettre, il appelait Zaira pour lui avouer qu'il avait la bougeotte. En fait, il avait envie de rentrer au pays.

« Qu'est-ce qui te retient ? » Le vieux désir que Zaira ressentait pour Samar gigota d'espoir.

« Je ne veux pas laisser tomber Leo.

— Il ne veut pas revenir à Bombay ?

— Il doit rester ici pour l'instant.

— J'ai l'impression que tu me caches quelque chose. »

Elle entendit un long soupir au bout du fil. « Peut-être Leo n'a-t-il pas envie que je traîne dans les parages.

— Ne sois pas ridicule.

— Depuis qu'il est adulte, il a toujours vécu seul. J'envahis son espace, j'ai l'impression de faire intrusion dans sa vie.

— Je suis sûre que ça lui passera. Les difficultés de mise en marche, c'est le lot de toutes les relations, Samar.

— Comment se porte Mr Ward-Davies ?

— Tu lui manques tant ! Il boude dans son coin. Je dois le forcer à manger. Je crains qu'il ait décidé de tirer sa révérence sans toi.

— Alors je ferais bien de rentrer bientôt. »

Samar décida d'avoir une explication avec Leo : un soir, il lui révéla qu'il avait l'impression d'avoir fait irruption dans sa vie sans invitation.

« Tu as raison. J'ai besoin de ma solitude, avoua Leo en voyant Samar s'asseoir dans le lit, grincheux, insomniaque.

— Tu aurais dû m'en parler.

— Je ne m'apercevais pas que je tenais tant à mon indépendance ; il n'y avait aucune raison… »

Samar avait passé quatre mois à San Francisco. Le lustre des premiers temps s'étant émoussé, ils s'étaient lassés l'un de l'autre.

« Tu n'aimes donc pas que je sois ici avec toi ?

— Mais si… sauf que tu n'es pas toi-même.

— Je crois que Mr Ward-Davies me manque.

— Veux-tu rentrer pour le voir ?

— Oui. Mais si je pars, ce sera aussi parce que j'ai l'impression d'avoir envahi ton espace, Leo.

— Avant toi, je n'avais jamais vécu avec personne ; je ne sais pas comment m'y prendre.

— Parce que tu t'imagines que, moi, je m'éclate à jouer au petit couple bien propre sur lui ? »

Par la fenêtre, ils virent les épaisses tentures de brume fondre sous les premiers rais cireux de la lumière du jour.

« Je n'avais jamais passé une nuit entière qu'avec mes rencontres d'un soir ; l'anonymat est réconfortant.

— Moi non plus, je n'arrive pas à dormir avec quelqu'un dans mon lit. » Il pensa à Zaira, à la façon dont elle s'était toujours cantonnée à son canapé, une prévenance qu'il avait prise pour argent comptant.

« Je t'aime, Samar. » Leo se débattait avec les forces complexes et volatiles de ses sentiments : il avait beau apprécier la présence de Samar, il aimait aussi avoir son antre à lui tout seul.

— Ne dis rien que tu ne penses pas. »

Ils conclurent qu'il était plus raisonnable de partager leur temps entre San Francisco et Bombay : un compromis à l'amiable. Très tôt, Leo avait éliminé la monogamie de leur relation, prétextant qu'il n'avait pas envie qu'elle donne dans le « tout hétéro ». Samar avait répliqué qu'il devait accorder aux pondeurs le bénéfice du doute, forçant Leo à admettre qu'il n'était pas fait pour la fidélité. À ce moment-là, Samar avait décidé que parfois il fallait prendre ce que la vie vous donnait et faire avec ; après tout, on ne va pas changer les mecs : combien de vieilles pédales n'avaient attendu indéfiniment la grande *samosa* de leur rêve que pour se retrouver en fin de compte avec une belle collection de *plugs* qu'elles emportaient avec elles au paradis ?

Il rentra à Bombay.

Quelques semaines plus tard arriva une carte postale, au dos de laquelle Leo avait écrit : *Je pense ce que j'ai dit.*

« J'imagine qu'il existe des histoires d'amour de toutes sortes », dit Karan à Zaira.

Elle sourit dans l'obscurité chargée d'humidité. « Les plus belles sont aussi incroyablement ardues.

— J'étais loin d'imaginer la nature de tes sentiments pour Samar.

— Moi de même ! Mais il est vrai que c'est un petit gars avec un cœur gros comme une maison et sa générosité fait de lui le héros d'une pièce en un acte complètement absurde que je pourrais regarder tous les soirs pour le restant de mes jours.

— Tu t'es effacée. Tu l'as laissé suivre Leo.

— Il ne m'a jamais appartenu, je n'ai pas le pouvoir de le retenir ou de le laisser partir. » Elle frissonna et, croisant les bras sur la poitrine, s'agrippa les épaules. « Les âmes sont prisonnières des corps. L'âme a besoin d'une chose et le corps d'une autre : tant d'amour se perd dans l'espace entre les deux !

— As-tu cherché à rencontrer quelqu'un… après Samar ? »

Elle s'attarda mentalement sur la tournure de Karan : *après Samar.* Elle aurait voulu répondre qu'il n'y avait pas d'*après Samar* : elle n'était pas avant lui, non plus, et il n'était pas à sa traîne. Elle ne croyait pas que les histoires d'amour s'achevaient simplement parce que les amants prenaient d'autres amants. Même si la sagesse conventionnelle lui soufflait d'« aller de l'avant », elle n'avait pas son mot à dire en la matière : l'amour la traversait comme une rivière, touchant et transformant tout sur son chemin, mais gardant toujours l'œil rivé sur sa destination finale. « Samar a tout fait pour me maquer avec tous les gars qu'il connaissait, avoua-t-elle après un silence. Comme il était heureux, disait-il, il voulait que je le sois à mon tour.

— As-tu rencontré des candidats intéressants ?

— Des candidats intéressants ! » Elle roula les yeux. « J'ai rencontré la moitié des célibataires de Bombay, et ils m'ont envoyée direct chez le psy, je te jure ! »

Zaira raconta à Samar comment, lors de leur premier rendez-vous, un ami de Leo, compositeur, l'avait assommée avec une session de six heures *non stop* de hip-hop punjabi. Un autre de ses prétendus amis, un chef cuisinier, avait dégainé illico la pire réplique du dragueur-né : « Hé, *babe*, si on se faisait une partie de Kama-sutra ! » Elle était rentrée chez elle en chantant *L'amour au curry, si*, *l'amour au curry, non !* Elle déclara que la sélection masculine de Samar l'avait dégoûtée du sexe pour toujours.

Elle ne pouvait pas en vouloir à Samar parce qu'elle avait déjà rencontré toutes les catégories de gars de Bombay : le producteur de Bollywood au bide si proéminent qu'il n'avait pas vu sa quéquette depuis des années et qui baissait son pantalon devant la moindre bimbette bucolique aux nénés de bande dessinée ; le beau mec habitué à faire la couverture de *Stardust* qui avait une collection de pinces à seins digne de figurer dans un musée ; le fan qui écrivait « Zaira » avec son sang dans des lettres qu'il lui envoyait avec une régularité de métronome. Sans compter : des hommes qui aimaient porter d'élégants saris en soie et se faire appeler Miss Maharani, et d'autres qui hurlaient à la lune parce qu'ils avaient été dépouillés par des femmes dont ils n'auraient jamais pensé qu'elles puissent les quitter ; des grandes gueules à l'accent trafiqué ; des matamores aux trémolos dans la voix ; des hommes pleins aux as et d'autres sans un *chavanni* en banque (ceux-là écrivaient des poèmes, buvaient trop et mouraient avant d'atteindre la quarantaine, regrettés par personne, anonymes). Des hommes râblés qui vous faisaient irrémédiablement penser au blanc de baleine ; des hommes si maigres qu'ils auraient pu servir de marque-pages ; d'autres qui ne cillaient jamais, comme des lézards en costume trois pièces. Des artistes, des banquiers, des réalisateurs, des mannequins, des journalistes, des dompteurs, des plombiers, des intellos : elle avait vu défiler des mecs de tous les acabits, couleurs et odeurs, et elle avait appris à les admettre avec respect mais distance, à accepter leurs travers et célébrer leurs vertus transitoires.

Et puis, ce soir, Zaira était allongée à côté de Karan Seth, dont elle aimait encore davantage les manières gauches et délicates que les énigmatiques et mélancoliques photos de Bombay.

« As-tu jamais revu Sahil ? demanda-t-il.

— Un jour, il est venu me voir sur un plateau de tournage, répondit-elle, l'air de s'ennuyer. Il avait une femme, deux enfants. Le genre de famille qu'on voit sur les pubs pour des mutuelles d'assurances.

— Tu dois être heureuse d'avoir échappé à ça.

— Cela m'arrive. »

Les échos de la soirée finissante en contrebas détournèrent l'attention de Karan. Il se leva pour voir pourquoi les gens lançaient des hourras ; ses yeux zoomèrent sur la piscine.

« La ceinture de smoking de Samar, dit-il, fait un curieux accessoire de bain.

— Je ne prendrai pas la peine de le vérifier. »

Au milieu des invités qui commençaient à s'évaporer, une flûte à champagne s'écrasa par terre. Zaira imagina les éclats, acérés mais encore élégants ; elle savait que la flûte avait perdu sa fonction, mais, à ses yeux, les tessons étaient parés d'une beauté particulière, une beauté terrifiée, dispersée dans l'obscurité, reflétant le clair de lune et la soie rêche des rires irréguliers.

« Je veux absolument te faire visiter les églises de Bandra.

— Je n'ai pas la fibre religieuse », dit Karan, jetant des coups d'œil admiratifs à l'ondoyante robe grise de Rhea, qui accentuait les lignes de son corps anguleux.

Elle changea de vitesse, ralentissant à l'approche de feux tricolores. « Il est temps de te convertir. »

Il devina qu'elle faisait référence à autre chose qu'à leur excursion à Bandra la catholique.

Sur Carter Road, elle s'arrêta devant une chapelle et désigna les formes chantournées des anciens balcons. La chapelle n'intéressa pas Karan. Il fit volte-face et traversa la chaussée : il avait remarqué une ancienne demeure dont l'escalier de secours, hélice en métal à l'abandon, semblait interrompre abruptement son arabesque à mi-parcours. Rhea entendit les déclics rapides et excités de l'obturateur. Lorsque Karan eut terminé, il se tourna vers elle. « Je ne suis pas particulièrement attiré par la beauté.

— Que cherches-tu alors ?

— La vérité. »

Admirant la conviction de son regard, Rhea fut transportée dans son passé, notamment un après-midi studieux dans l'atelier de la fac : elle travaillait sur le tour, à jeter l'argile, à vernir des pièces. Les louanges extravagantes de son tuteur se répercutèrent dans son crâne, cercles concentriques des roulements d'un gong sur lequel on vient de frapper ; elle se rappela la galeriste parsi à la peau parcheminée qui l'avait approchée car elle souhaitait montrer son travail de fin de cycle, *Vision, invu*. Par-dessus tout, elle se rappelait avoir joui alors d'une concentration d'acier, secrètement à l'affût des impressions que pourrait laisser son art.

Ayant renié cette jeune femme ambitieuse le jour de son mariage, Rhea était réconfortée de découvrir chez Karan des échos de ses qualités d'alors ; en secret, elle espérait que l'ingénieux désordre de la quête monomaniaque de l'art ne l'abandonnerait jamais, comme il l'avait abandonnée, elle. Émergeant des vapeurs du souvenir, elle déclara : « Mais voyons, la beauté, *c'est* la vérité.

— J'essaie de voir les choses telles qu'elles sont, fit Karan d'un ton rebelle.

— C'est impossible ; rien n'est ce qu'il semble être.

— Et cet escalier de secours, alors ! Que pourrait-il être d'autre que prisonnier de sa ruine ?

— Dans sa prime jeunesse, de belles créatures devaient dévaler bruyamment son ellipse. Des amants s'attendaient là, trempés par la pluie ou abreuvés par le clair de lune. Peut-être des ivrognes ont-ils glissé sur ses marches, peut-être ont-ils fait une chute mortelle…

— Mais aujourd'hui il n'est que ce qu'il est. Et c'est ça que je veux saisir dans mes photos. »

De son talent et de sa sincérité, lequel l'emportait ? se demanda Rhea ; elle trouvait le premier admirable, la seconde pardonnable. « Ce serait chouette de mourir à Bandra, au milieu de ces épaves et de cette splendeur passée.

— Tout Bandra baigne dans un air d'impermanence ; je suis déjà venu ici, des douzaines de fois, mais tu m'as montré Bandra sous une autre lumière, Rhea.

— Tu es venu seul ?

— La plupart du temps. Mais deux fois Zaira m'a amené ici, tard le soir.

— Tu l'aimes bien. »

Il chercha une trace de jalousie dans le ton de Rhea, mais – et c'était préoccupant – il n'en trouva aucune. « C'est une très bonne amie.

— Elle semble avoir en toi une confiance sans bornes.

— Le jour où nous nous sommes rencontrés, elle était en pleine crise. Un harceleur venait de réduire sa caravane en miettes. Elle était venue trouver Samar, paniquée. Malheureusement, j'étais là, je me trouvais là pour le prendre en photo et elle était paranoïaque car elle craignait que je la photographie alors qu'elle était en pleine déconfiture. Il n'en a rien été ; les médias n'ont jamais rien su de son moment de faiblesse dans les bras de Samar. Elle m'est reconnaissante d'avoir été discret.

— Tu te serais comporté de la même manière avec n'importe qui…

— Exactement. Mais j'ai aussi été attiré par elle. Un jour, à la première d'un de ses films, la cohue était telle que, poussé par la foule, je suis tombé par terre ; elle a envoyé son agent, dans sa limousine, pour s'assurer que je sois examiné par un médecin.

Et elle apprécie sincèrement mon travail sur Bombay ; tu te souviendras peut-être que c'est sur son insistance que je suis allé à Chor Bazaar. Une ou deux fois, elle m'a même conduit en voiture voir des lieux susceptibles de m'intéresser pour mon projet.

— J'ai donc été devancée ? » Cette fois, Rhea sembla éprouver de la jalousie.

« Certes. Mais elle était obligée de m'emmener après minuit, pour des raisons d'anonymat. Je ne pouvais pas photographier grand-chose dans le noir, et quand je retournais dans ces mêmes endroits en plein jour, je les trouvais bien moins exaltants. D'ailleurs, elle est loin d'avoir ton sens esthétique.

— Et si nous allions allumer un cierge ou deux à Mount Mary ?

— Pourquoi pas ? Puisque nous sommes à côté.

— Je venais très souvent à Mount Mary quand j'avais vingt ans. Oh, comme j'y ai prié ! » Rhea s'interrompit, mains en coupe devant la bouche, les yeux emplis d'un regret qui s'y était logé comme un éclat d'obus.

« Pour quoi priais-tu, Rhea ? »

Elle avança sans répondre et acheta une douzaine de cierges fins à un jeune cul-de-jatte au regard vif, qui portait un tee-shirt frappé du sceau de Coca-Cola. Lorsqu'ils montèrent les marches du sanctuaire, elle se retourna vers Karan. « Samar vous accompagnait-il les soirs où Zaira te conduisait à travers Bombay ?

— Non. Je suis moins copain avec lui que je ne le suis avec elle. Zaira avait suggéré qu'il vienne, mais je préférais que nous soyons seuls, tous les deux. »

Après avoir allumé une poignée de cierges, Rhea les planta devant la statue de la Vierge. « Étrange que tu n'aies pas voulu que Samar se joigne à vous alors que c'est lui qui t'a présenté Zaira. » Rhea se nettoya les mains et lui fit signe d'allumer à son tour les cierges qu'elle lui avait tendus.

« Je suppose que… J'imagine que Samar et moi n'avons pas grand-chose en commun. »

Les cierges effilés, brûlant d'abord bravement malgré les coups de vent, fondirent vite, leur cire se répandant sur le plateau en métal, formant pour finir de petits monticules charbonneux et noueux.

« Samar a un petit ami… », dit Rhea.

Les cierges glissèrent des mains de Karan. Il dut se mettre à genoux pour les ramasser.

« Oui, je le sais. Je l'ai rencontré.

— C'est ça qui te gêne ?

— Non… non… Pas du tout. Chacun est libre…

— Tu n'as aucun problème avec Leo ?

Karan rougit. « Que cherches-tu à insinuer ?

— Eh bien, pour être franche, je crois que tu n'es pas à l'aise avec Samar parce qu'il a un petit ami.

— C'est ridicule ! rétorqua Karan plus fort qu'il l'eût souhaité. Il n'occupe pas mes pensées, voilà tout.

— Mais cela ne te fait rien d'aller dîner chez lui ?

— Seulement quand Zaira m'invite ; je ne le vois jamais en tête-à-tête. »

Rhea porta sur son interlocuteur un regard incrédule.

Karan tenta de justifier la gêne que Samar lui inspirait. « Il est trop extravagant, Rhea. Il cherche toujours à attirer l'attention sur lui : soit c'est un numéro de claquettes sur un comptoir de bar, soit un plongeon dans la piscine en smoking… Il fait toujours le malin, il n'arrête pas de faire de l'humour, il en fait toujours trop…

— Trop pour satisfaire tes critères ? Hé, quelqu'un devrait lui envoyer un communiqué pour l'informer qu'il ne passe pas la barre !

— Tu me cherches ?

— Je trouve navrant de devoir te chercher sur ce sujet-là. Tu crois sans doute qu'il s'assoit pour pisser.

— Je ne t'imaginais pas capable d'une telle vulgarité. » Karan souffla par la bouche ; il avait le crâne plein de rage, mais ne voulait pas que cela se voie. « Bon, où va-t-on maintenant ? Un autre quartier de Bandra ?

— En ce qui me concerne, nous sommes allés trop loin pour une seule journée. » Karan eut l'impression que Rhea lui claquait la porte au nez.

« Tu m'en veux ?

— Absolument pas.

— Je ne déteste pas Samar… je n'ai aucun préjugé contre lui.

— Et certainement pas parce qu'il a un petit ami.

— Ça t'amuse de continuer ?

— Continuer quoi ?

— De me rabaisser.

— Est-ce moi qui te rabaisse ou toi qui es trop paresseux pour faire face à tes préjugés ?

— Qu'importe. »

Karan tenta de garder son calme en se forçant à se rappeler tout ce que Rhea avait fait pour lui : comme se lever aux aurores pour l'emmener à Sewri, l'obliger à prendre le temps de l'entendre énumérer les différentes façons d'utiliser la couleur ou lui indiquer le meilleur labo photo de tout Bombay.

Rhea trouvait irrecevable la raison avancée par Karan pour justifier sa réticence à l'égard de Samar (« il est trop extravagant » !) ; elle aurait préféré qu'il assume son homophobie plutôt que tourner autour du pot. « Grandis, dit-elle. Et vite : à ce que j'entends, tu as du retard à rattraper.

— Oh, je t'en prie, Rhea, laisse tomber ! Ne me prends pas la tête avec cette folasse.

— Tu ne devrais pas tant t'évertuer à prouver que j'ai raison. » Elle se dirigea vers la voiture. « Je vais suivre ton conseil : je laisse tomber. »

Avec une étonnante promptitude, Karan se retrouva consigné au dernier tiroir de la mémoire de Rhea. En plusieurs occasions il saisit le téléphone pour l'appeler, mais sa fierté l'en empêcha. S'ensuivirent trois semaines d'un silence intolérable. Il se remit à prendre des photos, mais, après les avoir fait développer, il découvrit qu'il lui manquait désormais le lien primordial entre, d'une part, prendre des photos et, d'autre part, les comprendre ; les commentaires de Rhea les éclairaient, lui interdisaient tout excès et le poussaient de l'avant. Or il était devenu nerveux, irritable, un véritable animal en cage, prisonnier de son isolement alors que la cité continuait de lui souffler dans le dos ses gaz noirs et toxiques. En fin de compte, mourant de bavarder avec quelqu'un, Karan appela Zaira un soir après minuit.

« J'interromps quelque chose ?

— Pas le moins du monde. » Zaira fut ravie d'entendre sa voix. « Tu ne fais qu'interrompre la conversation que j'avais avec moi-même. Ce qui est ennuyeux, quand on parle tout seul, c'est de ne pas avoir un tiers pour exprimer une autre opinion.

— Alors on peut dire que tu es schizo ? » Il savait qu'il pouvait compter sur Zaira pour lui remonter le moral.

« Schizophrène ? J'ai toujours été partagée sur ce point. »

Karan ne put s'empêcher de rire. Puis, dans un murmure : « Es-tu seule ? Peux-tu parler ? » Il voulait l'entretenir de sa querelle avec Rhea.

Samar était censé venir dîner avec Zaira, mais il avait annulé au dernier moment car Leo avait d'autres projets. « Oui, bien sûr, je peux parler. Comment se fait-il que tu sois encore debout si tard ?

— Pour pouvoir m'informer sur ta vie de débauche.

— Si seulement ! » Zaira s'allongea sur son lit. « Tu m'accordes bien trop de crédit. Bien trop.

— Es-tu fâchée que Samar ait annulé ton dîner au dernier moment ?

— Pas du tout. » Elle avait voulu jouer la carte de la nonchalance, mais n'avait réussi qu'à abattre celle de la morosité. « Seulement, j'aurais préféré être avertie à temps ; au moins, je n'aurais pas préparé sept plats.

— Sept !

— Tu vois ce que je veux dire ? Tu m'accordes bien trop de crédit. » Elle se mit à glousser. « Tu parles ! En réalité, j'ai acheté un *biryani* tout fait chez le traiteur et je n'ai préparé qu'une salade, ce qui explique d'ailleurs sans doute pourquoi Samar a finalement décliné.

— As-tu mangé ?

— Je t'attendais pour entamer mon festin. »

En chemin vers l'appartement de Zaira, le ressentiment de Karan à l'égard de Samar s'accrut. Zaira avait façonné son existence autour de l'ex-pianiste afin qu'ils puissent bavarder jusqu'à l'aube, voler des fleurs à minuit, déjeuner tard dans l'après-midi et, de temps à autre, revenir – chez l'un ou chez l'autre – à leur profond silence mutuel. Or, lorsque Samar avait trouvé l'amour – un amour sponsorisé par les conventions du désir –, il l'avait tout bonnement plantée là. Peut-être Samar n'était-il pas seul responsable : se sentant menacé par l'intimité qui existait entre Zaira et Samar, Leo les avait assurément éloignés l'un de l'autre et, dès que Zaira avait remarqué une étincelle d'insécurité chez lui, elle s'était retirée. Mais ne pouvait-on espérer une plus grande allégeance de la part de Samar ?

Karan songea à la soirée où Zaira l'avait pris par la main et conduit jusqu'au toit en terrasse de la maison de Samar, où ils avaient bavardé pendant des heures tandis que le pianiste se soûlait avec ses potes dandys, avant d'entrer dans la piscine, de l'eau jusqu'à sa ceinture de smoking. Il se représenta le visage de l'actrice, sa joliesse immaculée, proscrite. Dans l'espace que Zaira occupait désormais dans son esprit, peut-être de façon permanente, il s'inquiéta de la solitude gênée, de l'isolement guindé qu'il avait perçus dans sa voix lorsqu'elle lui avait avoué qu'elle était seule chez elle un vendredi soir. Bien que Zaira eût tout loisir de se laisser consumer par la vibrante vie nocturne de Bombay – elle n'avait qu'à prendre son téléphone et des hommes apparaîtraient de nulle part, esclaves impuissants de ses charmes –, elle adhérait à un code d'une digne intimité que seuls les très célèbres peuvent suivre. Karan se reprocha de ne pas l'avoir deviné plus tôt ; il n'aurait pas dû se comporter en irresponsable et la laisser seule.

Lorsque son taxi longea la plage de Juhu et sa flamboyante débauche de panneaux publicitaires qui écharpait la tendre nuit avec ses clignotements de néons, une partie de lui-même souhaita que Zaira trouve un partenaire loyal qui réagirait à sa personnalité de façon sensée, avec une intelligence discrète, et apprécierait sa gravité à sa juste valeur. Il était ridicule qu'elle soit encore célibataire : elle était belle, riche, indépendante, connue, elle avait du chien ; et pourtant elle était coincée dans l'alcôve poussiéreuse d'une presque histoire d'amour, incapable de se dégager de son passé et de se lancer dans la grande panique des possibilités offertes par la vie.

Cela dit, les clichés sur les conditions préalables à l'amour n'offraient guère de garanties d'accomplissement.

La complexité des relations, que Karan commençait à mieux entrevoir depuis sa dispute avec Rhea, l'amena à se demander s'il valait mieux être seul qu'appeler la solitude de ses vœux. N'aurait-il pas intérêt à oublier Rhea ? Valait-il vraiment la peine qu'ils se revoient ?

Pouvait-il si aisément éliminer Rhea de sa vie ? Son désir lui venait par spasmes, avec une acuité quasiment physique : il devait inspirer profondément afin de laisser passer la douleur. Il pensa au moment où ils s'étaient retrouvés à Sewri, sous le vol des flamants ; par la suite, des journées durant, l'avènement de l'amour avait accentué les couleurs autour de lui, rendu plus racées les musiques qu'il entendait, approfondi son expérience de l'existence. Par intervalles, à la fenêtre du taxi il observait Bombay, qui ce soir semblait se moquer de lui. Les phares finirent par éclairer le chemin de Janaki Kutir, l'enceinte privée qui abritait le Prithvi Theatre, où des communistes désœuvrés, des dramaturges en manque d'amour et des apprentis acteurs se réunissaient sous les bambous de la cafétéria en plein air.

« Au bout de la rue », indiqua Karan au taxi.

Quand il se présenta à l'entrée de l'immeuble de Zaira, le gardien lui lança un regard suspicieux, avant d'appuyer sur le bouton de l'intercom pour demander à la star de Bollywood si elle attendait de la visite. Lorsqu'elle répondit par l'affirmative, l'homme parut effondré, incapable d'envisager la possibilité qu'elle ait une liaison avec un total inconnu.

« Tu es arrivé sain et sauf ! » Elle l'enlaça.

« J'ai pris un taxi. La circulation était particulièrement fluide. » Se dégageant de son étreinte, il lui tendit un gros bouquet de roses – ongues tiges à épines – acheté au feu rouge, cinquante roupies la douzaine.

« Toi et tes manières de gentleman ! Je parie que c'est comme ça que tu as conquis Mrs Dalal, coquin !

— J'ai un scoop dans l'affaire Dalal.

— J'ai hâte d'entendre ça ! Tu prendras du vin ? » Elle effleura son poignet.

Il sourit. Le soulagement qu'ils ressentaient dans la compagnie l'un de l'autre était si pur qu'il ne pouvait se manifester que par le silence : ensuite ils dîneraient, ils boiraient, ils discuteraient, mais, déjà à cet instant-là, un besoin profond, inexpressible, était satisfait.

« Ta salade est extra ! s'exclama Karan lorsqu'ils furent passés à table. Tu es une excellente cuisinière, Zaira.

— Toi, tu aimes les repas maison.

— C'est vrai. » Miss Mango, la propriétaire de sa chambre de Ban Ganga, lui interdisait d'y cuisiner et la bonne cuisine familiale lui manquait de plus en plus depuis qu'il y avait emménagé. « Je n'arrive pas à oublier la cuisine de ma mère.

— Pourquoi ne rentres-tu pas à Shimla voir ton père ?

— Zaira, il n'y a plus rien entre lui et moi. » Karan marqua une pause. « En fait, ce qu'il y a me retient ici.

— Tu ne m'as jamais rien raconté de ton enfance.

— Je n'en ai jamais parlé à personne. Je n'ai pas eu une enfance heureuse.

— Les enfances sont toujours des histoires bâclées ; j'ignore pourquoi les gens prétendent qu'elles sont merveilleuses, innocentes et je ne sais quoi. La mienne a été gangrenée et douloureuse ; il n'est pas un jour de ma vie adulte où je n'aie dû fournir un effort pour me remettre de la déception qu'elle m'a causée. »

Après un long silence, au cours duquel ils mangèrent le *biryani* du traiteur et burent du vin, Karan se lança : « Mon père était colonel dans l'armée indienne. Quand il a marché sur une mine, on a dû remplacer sa jambe gauche par un pied de Jaipur.

— Oh, mon Dieu, Karan. Je suis vraiment navrée.

— Ce n'était qu'un début. » Le vin lui déliait la langue ; il décida de tout dire à Zaira.

Pour échapper à l'ignominie de sa blessure de guerre, le colonel Seth déménagea à Shimla, appelant de ses vœux une vie tranquille et anodine dans une petite ville ; or, à son insu, le colonel aigri engagea sa femme sur le chemin de l'ennui sexuel et lui-même sur celui du whisky. Karan grandit donc sous la méchante férule d'un père alcoolique grand teint et d'une mère qui flirtait goulûment avec l'épicier du coin adolescent.

« À l'âge de seize ans, j'ai compris pourquoi mon père criait toujours après ma mère. »

Un soir, lors d'une confrontation calamiteuse, le colonel accusa la mère de Karan d'avoir l'habitude de reluquer son fils à travers le trou de la serrure quand il utilisait la salle de bains, agenouillée par terre, la main sur le chambranle de la porte. Karan pensa que son père n'était qu'un ignoble poivrot, à accuser son épouse de la sorte, mais il fut encore plus scandalisé lorsque celle-ci ne nia pas l'accusation. « J'ai décidé de quitter Shimla et de ne jamais revenir chez moi. Ma propre mère… » Des larmes glissèrent sur ses joues et restèrent en suspens au bord de sa mâchoire.

Le cœur de Zaira se tordit de douleur. « Oh, Karan… » S'approchant de lui, elle lui passa les bras autour des épaules. « Quelle situation terrible à vivre… »

Il s'essuya les joues. « Ce qui est rigolo, c'est que je n'en veux pas à ma mère ; elle s'ennuyait, elle était insatisfaite, torturée. Elle a fait ce qu'elle devait faire même si elle n'en avait pas le droit.

— Tu ne lui tiens pas rigueur d'avoir ?…

— Plus maintenant ; j'essaie de la comprendre. J'ai quitté Shimla peu après mon dix-huitième anniversaire. J'ai décidé d'entrer dans l'enseignement ; mais je me suis laissé détourner en chemin. J'ai été attiré par la photographie. Je dis toujours que j'aime la photo parce qu'il est question de différentes façons de voir, mais, au fond, Zaira, il s'agit de ma perception de la relation entre la surface des choses et notre moi intime. Quand je vois l'extérieur, je

146

contemple l'intérieur. Mais je ne regarde *jamais* en arrière. »

Observant ses joues striées de larmes, résumé de viols privés, Zaira fut très troublée. Avec quel courage Karan avait-il fui les siens, avec quelle obstination refusait-il de retourner chez lui, avec quelle violence s'était-il adonné à son art ! La fascination du jeune photographe pour Bombay et son désir de documenter ses multiples facettes n'étaient pas un simple acte esthétique, mais aussi une nécessité affective : Bombay avait colmaté la blessure de Shimla.

« Je ne peux pardonner à ma mère ce qu'elle a fait, poursuivit-il, cuirassé par l'attention de son amie, mais je peux essayer de l'oublier. » Il se mit à rire. « Merde, qui est-ce que j'essaie de tromper ? Je suppose que ce qui me maintient, c'est ce qu'elle m'a écrit dans une lettre quelques semaines avant sa mort. Pendant ma dernière année d'université ; elle avait eu une attaque et était grabataire.

— Qu'a-t-elle écrit, Karan ?

— "Les gens aiment de manières si étranges qu'il te faudra plus d'une existence pour t'y reconnaître."

— Amen. » Zaira tenta de comprendre la terrible, l'intolérable solitude et l'insatisfaction sexuelle qui avaient amené la mère de Karan à se comporter aussi mal. Elle devait être faible, mais, au moins, honnête avec sa faiblesse ; cela n'excusait en rien son attitude, cependant, qui sait, dans ses derniers jours, peut-être la conséquence de son infraction (son fils l'avait fui) lui avait-elle apporté la rédemption.

« Plus je me rapproche de Rhea, plus je découvre la vérité des paroles de ma mère. » Karan avait recouvré son calme ; il paraissait avoir dépassé le souvenir navrant de son enfance désacralisée.

« Je ne suis pas certaine de te suivre…

— Je crois que cela signifie que je dois apprendre pourquoi Rhea est attirée par moi tout en étant manifestement et follement amoureuse de son mari. Cela dit, ajouta-t-il, penchant la tête de côté, je ne suis plus certain de ses sentiments à mon égard. »

Zaira suspecta une querelle d'amoureux. Karan était décomposé ; il avait des cernes sous les yeux. Il était l'image même du désespoir amoureux. « T'a-t-elle fichu dehors ?

— Je suis venu ici te raconter notre dispute, te dire qu'elle m'avait achevé, et puis j'ai fini par te raconter Shimla… » Il hocha la tête. « Je suis idiot, Zaira. »

Retournant à sa chaise, elle se remit à manger. « Pourquoi Rhea et toi vous êtes-vous disputés ? » La curiosité imprimait des rides sur le front de Zaira.

« Elle s'est énervée après moi et m'a laissé en plan. » Il dodelina encore de la tête. « Il y a plusieurs semaines.

— Mais pour quelle raison, Karan ? Elle était tellement éprise ! Et, la dernière fois que j'ai eu des nouvelles, vous paraissiez filer le parfait amour. » Zaira était contente que Karan parle de Rhea ; la confession sur son enfance l'avait ébranlée, même si sa technique de jeu lui avait permis de cacher la profondeur de son choc.

L'expression de Karan s'était assombrie. « Ne vois-tu pas à quel point je suis chaviré ?

— Tu saignes, répondit Zaira, répliquant du tac au tac. Squelette en pièces et tout… Je vais appeler une ambulance, mais, avant, réponds-moi : pourquoi voudrait-elle abandonner un adorable garçon comme toi sous l'orage ?

— Une dispute, et… le topo habituel… Elle essayait de bien faire et moi je faisais ma forte tête… »

Il n'allait pas commettre l'erreur d'avouer à Zaira que Rhea le soupçonnait de ne pas accepter les tendances sexuelles de Samar. Il n'était pas exclu que Rhea puisse encore lui pardonner, mais Zaira, loyale à Samar jusqu'à la mort, l'embrocherait séance tenante et le ferait cuire à petit feu.

« Karan, elle n'a pas de cœur. » Zaira se leva de table. Son invité la suivit dans le salon.

Un dessin, un nu masculin, dominait la pièce carrée, chaleureuse : le modèle avait des jambes maigres et mal faites mais un beau torse ; les cheveux lui tombaient sur la nuque ; il portait le regard au loin. Sur un canapé traînait un sachet en papier fuchsia avec une étiquette de la marque Good Earth. Karan remarqua un fouillis de CD sur un guéridon entre le canapé et deux fauteuils à oreillettes.

« Peut-être a-t-elle une bonne raison de s'évanouir dans la nature. Je faisais une fixette sur mon point de vue égoïste.

— Tu ne me fournis pas assez de détails.

— Ce n'était rien du tout.

— C'est le cas, le plus souvent ; mais les petites choses font de si grands dégâts qu'on a du mal à le croire. » Ouvrant la fenêtre, Zaira posa les mains sur la rambarde du balcon, visage exposé aux courants d'une brise chaude et suave venue de la mer. Consciente que Karan ne lui relaterait pas la dispute en détail, elle se retint de fouiller davantage dans sa vie. « As-tu tenté un rapprochement depuis ?

— Son mari est peut-être à Bombay en ce moment. Je ne voudrais pas me présenter à sa porte quand il est dans les parages. Si elle préfère être seule, pourquoi la déranger ?

— Es-tu certain que ta fierté ne te joue pas des tours ?

— Elle ne l'a jamais dit ouvertement, mais je sais qu'elle recherche la solitude. Elle aime jouer en solo. »

Les éléments imprécis fournis par Karan s'agrégèrent lentement pour enfin constituer un tableau assez clair dans l'esprit de Zaira. Rhea avait reconnu le talent électrique de Karan et l'avait pris sous son aile. Elle lui avait fait visiter Bombay en voiture, avait accordé à l'esprit du jeune homme sa compagnie alerte, vigoureuse et raffinée. Mais il avait suffi que Karan montre qu'il était en demande – et, qui sait, peut-être possessif ? – pour que la féline Mrs Dalal plie bagages.

« Vous êtes amants, n'est-ce pas ?

— Amants ? » Karan déglutit.

« Elle trompe son mari avec toi. »

Les paroles de Zaira affolèrent son interlocuteur. « Je ne saurais comment décrire notre relation, répondit-il avec raideur.

— Tu ne me feras pas gober ça. » Zaira s'y connaissait trop en amours que le langage ne savait décrire ! Elle le titilla : « Peut-être êtes-vous, comme la presse spécialisée appelle ça, "simplement de bons amis" ? »

Il lui décocha un regard exaspéré.

« Laisse-lui un peu de temps, conseilla Zaira. Pour l'instant, elle ne sait plus où donner de la tête, mais elle s'en remettra.

— Tu dois avoir raison. »

Zaira effleura la joue de Karan et, dans son regard vigilant et tendre, elle devina à quel point il s'était engagé dans ce premier amour, combien il était révolté et décomposé. Ayant elle-même connu ce genre d'amour, son irrémédiable blessure, elle fut heureuse pour Karan. « Comment les gars de Bandra appellent-ils ça ? *Loveria*. La fièvre du cœur. Fais ce qu'il faut pour surmonter l'épreuve. Mange une pêche. Va te promener. Bois du gin. Fais des vœux quand tu vois des étoiles filantes. Et n'oublie pas les inhalations… » Un instant, la solitude sembla jaillir de Zaira comme une flamme qui faillit brûler Karan. « Ça marche toujours. Les inhalations. »

Bien qu'elle fût vite retournée à la routine salvatrice de son atelier, avec son éclairage en demi-teinte, Rhea se souvenait de Karan avec une régularité réprobatrice, comme une mauvaise habitude abandonnée depuis peu.

Bientôt, la solitude s'installa une fois de plus comme un mal de dent tenace. Adi était à Singapour. Elle n'avait aucune amie qu'elle aurait pu appeler. Son père lui manquait. Elle fit des heures supplémentaires au refuge d'animaux, rentrant chez elle après de longues journées éreintantes, comptant sur sa fatigue pour l'aider à s'endormir. Mais cela ne marchait pas et, une fois couchée, elle ne pouvait s'empêcher de penser à Karan.

Elle regrettait sa vision inédite de Bombay, qu'il lui avait fait redécouvrir et qu'elle avait réappris à aimer, volatil et révolutionnaire, congestionné et en colère, une ville dont elle avait depuis trop longtemps oublié qu'elle l'aimait si voracement. Si elle ne recherchait ni amitié ni passade, qu'avait-elle donc espéré retirer de son association avec Karan ?

À quelle question posée par son cœur avait-il répondu pour qu'il se rappelle autant à son souvenir ? Elle s'en voulait effroyablement d'avoir succombé à la luisance de son génie, à son charme subtil, tranquille, attachant. Alors qu'elle s'était résolue à ne plus jamais le revoir, elle ne savait plus comment elle pourrait continuer à s'accommoder de l'inertie de son mariage.

Un mois après qu'elle eut abandonné Karan dans les rues de Bandra, il reparut sur le pas de sa porte. Le désir le rendit brusquement irrésistible.

« Adi est-il à Bombay en ce moment ? demanda-t-il, prudent, lorsqu'elle lui ouvrit.

— Non, il est à Singapour.

— Es-tu très occupée ?

— Seulement occupée.

— Puis-je entrer un moment ? »

Elle le fit monter dans son atelier, où, quelques instants plus tard, en écartant les bras dans son extase, elle cassa un vase délicieux mais gâché par un défaut.

Karan la tint serrée quand elle pleura. « Pourquoi es-tu si triste, Rhea ?

— Je l'ai cassé. » Elle désigna les éclats de poterie. « Il était parfait.

— Je croyais que tu pleurais… parce que tu avais compris que tu te leurrais…

— Ne sois pas aussi pragmatique !

— Tu aimes Adi. »

Elle ferma les yeux et détourna le visage.

« Pourquoi tiens-tu à me voir ?

— La consolation dans la contradiction ?

— Sans parler du côté pratique des choses. »

Elle le gifla. « Je veux simplement que tu me laisses tranquille pendant quelque temps. »

Il ne dit rien ; l'ardeur de sa colère l'excita effroyablement.

Ils reprirent leurs vagabondages.

La route des cavernes bouddhiques de Kanheri était étroite et criblée de nids-de-poule. De part et d'autre de la chaussée, les hampes des bambous dressées vers le ciel formaient au-dessus de leurs têtes un treillage qui, refoulant quasiment toute lumière, les plongeaient dans une obscurité feuillue. Karan trouva l'air vif ; il entendit des criquets qui stridulaient dans des havres verdoyants de régénération tandis que le puzzle d'ombres changeait de forme au gré de la course du soleil.

Rhea se gara près d'un panneau avertissant les visiteurs de la présence de léopards dans les parages.

Après qu'ils eurent arpenté pendant une heure les grottes monastiques du deuxième siècle, Karan lâcha d'un ton impatient : « Ça ne m'intéresse pas, toute cette merde religieuse. » Rhea disparut dans la pénombre spectrale ; elle aurait voulu qu'Adi soit là, avec son assurance fin de siècle et sa capacité à la combler sans le lui faire sentir.

« Rhea, allons nous asseoir au bord de cette cascade.

— Si tu ne veux pas prendre de photos ici, mieux vaut repartir.

— C'est un endroit merveilleux ; merci de m'y avoir amené.

— Mais s'il ne te sert à rien…

— Rhea, les choses n'ont pas besoin d'avoir une utilité ou une fonction. »

Elle lui lança un regard stupéfait.

« Qui t'a amenée ici, *toi* ? » s'enquit-il d'un ton radouci.

L'expression de Rhea s'adoucit de même. « Adi. Pendant notre dernière année de fac. Un jour, il avait volé des lucioles dans la forêt qui jouxte les grottes pour m'en faire cadeau.

— Je m'en souviens. Tu m'as raconté ça un après-midi dans ton atelier. »

Rhea observa le visage de Karan ; sa peau tendue lui rappela la corde sur laquelle l'archer appuie une flèche empoisonnée.

« Avouerais-tu à Adi que tu es venue ici avec moi ?

— Non.

— Tu devrais.

— Je ne lui raconte pas tout ce qui se passe dans ma vie. Seulement les passages intéressants.

— Y compris ton don pour baiser deux hommes à la fois ?

— Au cas où tu ne t'en serais pas aperçu, je n'ai jamais baisé deux hommes à la fois. Mais tu me donnes une idée. »

S'ensuivirent plusieurs minutes de silence.

Un coucou aux ailes cuivrées chanta dans les branchages. Poussant des cris stridents, deux singes se jetèrent sur une branche haut perchée, faisant tomber une pluie de feuilles fines.

Rhea savait qu'elle avait blessé Karan. Elle l'attira dans ses bras.

Il repoussa son étreinte, qu'il ressentit comme une détestable charité.

Ils gardèrent le silence pendant un moment, laissant leurs regards errer sur les environs. Dans les grottes, la forêt primitive avait rattrapé les vestiges de la civilisation : Rhea et Karan eurent l'impression d'être suspendus dans la collision des deux. La splendeur intemporelle du lieu résonnait de sagesse et de traîtrise ; ils se sentirent contraints de chuchoter car le paysage n'était pas propice au langage mais à une immobilité qui les tenait tous deux comme un petit drapeau dans un poing d'enfant.

« Mon mariage n'est pas parfait. » Rhea époussetta des feuilles tombées sur ses cheveux. « Ce n'est pas ce que tu crois. »

Peu de temps après leur mariage, Adi, enthousiaste, avait suggéré qu'ils fondent une famille. « Je n'ai pas dit non. Avoir des enfants ou pas, je n'avais pas d'idées préconçues en la matière. Si cela pouvait faire plaisir à Adi, j'étais partante. » Pendant trois ans, ils avaient essayé, en vain. Ensuite, ils avaient consulté des médecins qui, peu à peu, avaient transformé leur vie en calvaire, à force d'examens, de questions gênantes et de conseils ambitieux mais impossibles à suivre.

Finalement, en paix avec elle-même, Rhea s'était résignée à la désolante et cruelle éventualité qu'elle ne pourrait jamais procréer.

« Et Adi ? Comment a-t-il pris la nouvelle ? »

Rhea plissa le front. « Il y a bien quelque chose qu'il doit tenter de noyer dans son bourbon… Un bruit dans sa tête qu'il ne peut supporter d'entendre… Alors il écoute du jazz.

— Depuis quand est-il comme ça ?

— Depuis plusieurs années déjà ; il n'est plus l'homme que j'ai épousé. Il est facile de se sentir aimé par lui, mais c'est aussi un exercice terriblement solitaire. » La tristesse d'Adi était sa maîtresse, une mégère cachée que Rhea ne pouvait ni affronter directement, ni vaincre en privé. « Je ferais tout ce qui est possible pour lui rendre sa complétude. » Ses yeux brillaient. « Tout.

— As-tu pensé à l'adoption ? » Karan savait désormais ce que Rhea avait demandé en prière à la Vierge à Mount Mary.

« Nous sommes allés voir plusieurs agences. » Mais Rhea avait deviné les réserves d'Adi : il voulait que l'enfant soit de lui. « J'ai refusé de ramener à la maison un enfant qui se serait senti comme un citoyen de seconde zone.

— Gardez-vous espoir ?

— Je pourrais encore concevoir… » Rhea fit claquer sa langue. « C'est une question de hasard, de chance, et je ne m'y habitue pas.

— Ces dernières années ont été dures pour toi…

— Et pour Adi.

— Il doit s'être résigné, depuis le temps, *ne* ?

— Si seulement… À une époque, rien n'était plus important que sa progéniture… sa chair et son sang. Ça l'a tellement… » Rhea eut du mal à trouver le mot approprié. « Il est devenu tellement… *détaché*. » Elle le revit sur son relax couleur chocolat, emmuré dans le blues, sirotant un bourbon, une douce et lente mélancolie valsant entre eux dans la salle de bal de leur vie conjugale. « Il a fait une grave dépression. Il a même dû être traité. Mais ce n'est pas une simple question de déséquilibre hormonal.

— Qu'est-ce alors ?

— Une mélancolie à l'ancienne. C'est bizarre : il est le type même du salarié d'une grande boîte internationale, on ne lui prêterait jamais une telle palette d'émotions… Mais il a aussi un grand cœur et il est tout naturel qu'il veuille le remplir avec des enfants.

— Tu accepterais d'avoir des enfants sans en éprouver toi-même le vif désir ?

— Si cela le rendait heureux, oui. »

Karan garda le silence. Rhea avait décidément accepté de faire d'énormes sacrifices pour Adi. Elle avait renoncé à sa carrière artistique parce qu'elle ne souhaitait pas compromettre la qualité de son mariage ; elle avait fait le maximum pour avoir un enfant, tout en sachant que, si elle y parvenait, il envahirait sa solitude. Karan songea à la première fois où il était allé chez elle ; bêtement, il avait été impressionné par l'intérieur exquis, alors que l'appartement n'était là que pour contenir le flegme démoniaque retenu en otage par le cœur d'Adi. Il se rappela le gâteau que Rhea préparait pour lui, il se rappela avoir pensé qu'elle aurait pu en acheter un chez un pâtissier ; il comprit que la profondeur de son amour avait favorisé l'altruisme avec lequel elle battait les œufs et saupoudrait le cacao sur le comptoir de sa cuisine.

Il repensa au mot qu'il avait associé à son comportement : *sacrifice*. Sans doute n'était-il pas question de sacrifices mais de choix qu'elle avait faits, afin de vivre sa vie avec l'homme dont elle était tombée amoureuse dans sa jeunesse. Ces mêmes choix l'avaient éloignée de la sécurité de son appartement de Breach Candy pour se rendre à Chor Bazaar et jusqu'à la fatale toile d'araignée de leur première conversation ; ses choix l'avaient amenée jusqu'au moment présent. Karan se demanda où se trouvait l'intersection entre choix et hasard, et combien Rhea ou lui-même étaient responsables de quoi que ce fût qu'ils aient fait jusque-là et feraient à l'avenir.

Son cœur tressaillit. « Je suis désolé… pour vous deux. »

Si elle avait caché les détails désagréables de son mariage (le fait qu'elle ne pouvait pas avoir d'enfant, la dépression d'Adi, l'interruption de sa carrière), ce n'était pas pour jouer à la belle mystérieuse mais plutôt parce qu'elle détestait être prise en pitié. « Qu'est-ce qui te permet de dire que tu es *désolé* pour nous ? » rétorqua-t-elle.

Il ne sut que répondre ou même s'il devait répondre ; Rhea avait l'aspect d'un ciel qui vire à l'orage.

Quand il ouvrit la bouche pour parler, elle s'était déjà éloignée de lui.

Il la suivit.

Elle parcourut à vive allure le labyrinthe de grottes, louvoyant entre les piliers, disparaissant derrière un lingam.

Il la rattrapa, s'approcha tout près d'elle.

Elle enfouit sa tête contre son torse.

Ses yeux n'étaient pas humides quand ses lèvres se hissèrent vers la bouche de Karan ; c'est alors, à cet instant précis, qu'elle vit dans son regard le loup qu'il deviendrait un jour.

Il la prit par les cheveux, fit glisser ses lèvres dans le creux au bas de sa gorge.

L'ongle du pouce de Rhea, au vernis rouge sang, traça une ligne en travers du cou du jeune homme.

8

Zaira s'affairait dans la cuisine. Une partie d'elle-même était consciente de la présence de Samar à son côté. Ils préparaient le repas, s'agitant l'un autour de l'autre, avec les gestes envoûtés, chaotiques, adeptes de l'interception, de deux individus qui se connaissent depuis bien trop longtemps.

« Merci pour le *biryani*, dit Zaira.

— Je suis sûr qu'à toi seule tu pourrais faire tourner Mahesh le Traiteur.

— *Arre, yaar*, son *biryani* est du tonnerre !

— Comment ça s'est passé au travail aujourd'hui ?

— J'ai donné une interview à *Cine Blitz*.

— Je croyais que tu ne te prêtais plus à ce jeu-là.

— Je fais la couv et mon producteur m'a suppliée d'assurer la promo un max pour ce nouveau film. » Elle roula les yeux. « Bref, voilà que cette jeune journaliste entre dans ma caravane et me demande ce que je fais de mon temps libre. Je réponds que je regarde des films et que je lis. Elle me lance un regard horrifié et me dit, interloquée : "Vous lisez ?

— Euh, oui, ce n'est pas si difficile que ça, voyez-vous…" L'air ébahi, elle insiste : "C'est vrai, vous lisez ?" À ce moment-là, quelque chose s'est brisé en moi et j'ai répondu : "Comprenez-moi : seulement quand je ne me masturbe pas comme une folle, de sorte que je ne lis pas beaucoup finalement, mais, tout de même, il faut persévérer…" »

Samar éclata de rire.

Zaira évoqua le nouveau film dans lequel elle tournait et tout ce qu'elle apprenait auprès de sa co-star, Shabana, son idole depuis l'enfance. Sur quoi, elle avoua qu'elle en avait sa claque de Bollywood et envisageait de faire une longue pause.

« Tu n'as pas l'air dans ton assiette.

— Le réalisateur est un salaud, se plaignit-elle en mettant la table, mais je m'en accommode. » C'était plutôt l'état d'esprit dans le milieu du cinéma qu'elle déplorait, les rêves de célébrité, la malveillance de tous les instants, le traitement mesquin, sexiste, infligé aux femmes. « C'est très toxique à la longue. »

Au cours du dîner, à la lueur de petites bougies de table, elle parla encore de son film. « Le rôle me plaît… mais l'un de mes partenaires me fait chier.

— Qui est ce triste sire ? » Samar était sincèrement intéressé.

Elle prononça le nom avec une moue dégoûtée : « Bunty Oberoi.

— Pourquoi n'ai-je jamais entendu parler de lui ?

— Personne n'a jamais entendu parler de lui. C'est un mannequin à deux roupies de Bangalore. Il se prend pour le coq de la basse-cour, mais, s'il y a jamais eu pire fromage dans une paire de jeans, qu'Allah me vienne en aide ! »

Bunty Oberoi, le héros masculin du dernier Zaira, ne manquait pas une occasion de faire sa pub : moins pute des médias que bordel opportuniste à lui tout seul.

« Qu'a-t-il fait pour te mettre dans cet état ? Zaira, ce n'est pas à toi que j'apprendrai que Bollywood n'est qu'une affaire de "pousse-toi de là, que je m'y mette". Tu es une vieille de la vieille ; alors pourquoi t'en faire pour un moins que rien ?

— C'est peut-être pour ça que j'ai besoin d'une pause loin de la cité des illusions.

— Une petite pause ?

— Plutôt une permission de longue durée.

— Tout ça à cause de ce Bunty ? »

Zaira ouvrit la bouche pour parler, mais ce qu'elle avait à dire était trop important et confus pour être exprimé par des mots. La célébrité, qu'elle avait fini par honnir, l'avait brisée, réduite en pièces, transformée en une série de petits codes bien confortables. Elle n'était plus que l'idée d'elle-même. Ou, plus précisément, l'idée de Zaira, quoi que cela signifiât désormais. La célébrité l'avait rapprochée des gens, à moins qu'elle l'eût plongée dans un effrayant anonymat : elle était devenue une sorte de produit générique et, si elle supportait son omniprésence médiatique, c'était par défaut, non par choix. « J'ai envie de voyager. » Son commentaire lui parut fâcheusement creux.

« Es-tu certaine que ta volonté de prendre tes distances n'a rien à voir avec Malik Prasad ?

— Si seulement je pouvais mettre la phase délicate que je traverse sur le dos de ce dingue !

— Mais ?…

— Il y a si longtemps que Malik a disparu de mon écran que je suis presque certaine qu'il m'a oubliée.

— Pas vrai !

— Je n'ai pas eu de nouvelle de ce *lafanga* depuis des semaines. Merci, papa ! »

Apparemment, le ministre Prasad avait ordonné à son rejeton d'éviter les ennuis : à l'approche des élections, la dernière chose dont le ministre avait besoin était un scandale livré clés en main, susceptible de susciter une salve de calomnies au Parlement.

« À ta place, je ferais tout de même gaffe.

— Sûr, dit-elle d'un air distrait. Il y a longtemps que je fais gaffe. À force, ça mine, *yaar*. »

Après le dîner, ils s'assirent sur le balcon ; ils contemplèrent la plage presque déserte et les flots vernissés par la nacre ondulée du clair de lune.

Zaira annonça que, pour la campagne de promotion de son nouveau film, elle s'était engagée à faire une apparition au Maya Bar, le dernier endroit branché récemment ouvert à Juhu.

« Que dois-tu y faire ? »

Zaira tenta d'esquiver la question, mais, finalement, hésitante, elle ne put qu'avouer : « Ne ris pas : je dois jouer à la barmaid ! Je sais que c'est ridicule, mais il est trop tard pour me rétracter. »

Samar parut sidéré. « Qu'est-ce qui t'a pris d'accepter ?

— Je n'ai pas voulu laisser tomber la prod. » D'ailleurs, si Zaira avait refusé, on l'aurait traitée de « salope coincée ». Un compromis acceptable était donc de faire une brève apparition, de mixer quelques martinis, de rester jusqu'à ce que les *paparazzi* aient pris leurs photos et de s'éclipser à la première occasion. « Cela dit, je vais devoir tenir le bar avec ce con de Bunty Oberoi.

— Comme je te plains !

— Il adore parader devant les flashs. Je compte sur toi pour me venir en aide, Samar.

— Je suis sûr que tu ne vas pas t'ennuyer au Maya. Leo dit que c'est un endroit génial.

— La Semaine de la mode de Bombay se termine demain : le Maya deviendra Poufiasses City. »

Le Maya Bar serait plein d'amis des propriétaires, la styliste Tara Chopra et sa mère, mondaine en diable, Nalini Chopra. Aux potes de Tara des milieux de la mode s'ajoutaient les petits camarades de Bunty Oberoi, les body-builders habitués des podiums.

« Pas vraiment ce que j'appelle une charmante soirée !

— Et tu t'étonnes que je veuille m'éloigner de Bollywood pendant un certain temps ?

— Pourquoi ne te retires-tu pas de ce truc stupide de barmaid ?

— Trop tard.

— Annule, tout simplement.

— Je déteste faire faux bond à mes producteurs.

— Quel besoin as-tu de te sentir responsable pour des âneries de ce genre ?

— Tu fais preuve de mépris à l'égard de mon métier, tu sais…

— Ah bon ? Toi, tu peux envoyer balader Bollywood et avoir envie de tout jeter par-dessus bord, mais moi, je n'ai pas droit d'appeler un chat un chat ? »

Zaira ne répondit pas. Devant sa moue, Samar préféra changer de sujet : « As-tu invité Karan ?

— Oui et, Dieu merci, il a accepté.

— Je suis surpris ; je ne l'ai presque pas vu depuis qu'il est avec cette Rhea… »

Zaira eut l'air d'avoir avalé une denrée très aigre. « Cette femme me fait froid dans le dos.

— J'ai l'impression qu'elle aime la bagarre… Est-ce que je me trompe ?

— En tout cas, c'est elle qui fixe les règles du jeu et ils ont l'air de se bagarrer plus que de coucher. Karan doute qu'elle quittera jamais son mari ; apparemment, elle en est folle amoureuse.

— C'est sans doute le cas.

— Alors pourquoi s'amuser avec notre petit gars de Ban Ganga ? » Zaira sentit son humeur changer ; la tempête était passée.

« Et si son mariage battait de l'aile ?

— J'imagine que personne ne devrait sous-estimer les charmes d'une femme mûre. Je dois d'ailleurs lui reconnaître une chose : elle a un effet certain sur le travail de Karan. » Depuis qu'elle avait vu, récemment, les dernières photos de Karan, délinquantes, hypnotiques, galvanisantes, Zaira était encore plus convaincue qu'il deviendrait une star de la photographie indienne moderne. « Mais, quoi qu'elle fasse pour son art, je n'ai pas envie de le ramasser à la petite cuiller...

— Pourquoi leur histoire devrait-elle tourner au vinaigre ?

— Crois-tu vraiment que Rhea va quitter son cocon et son gestionnaire de fonds de placement pour un passionné de photos qui a du mal à joindre les deux bouts ?

— Je ne saisis pas vraiment pourquoi Rhea et son mari sont ensemble.

— C'est peut-être mental. D'autant plus que Karan m'a avoué que ce n'était pas une beauté.

— Toi et moi savons que les moches mettent les bouchées doubles ! »

Ils éclatèrent de rire. Au bout d'un moment, Zaira se calma. « Nous sommes horribles ! Pourquoi être si durs avec cette pauvre femme ?

— D'autant plus que nous ne l'avons jamais rencontrée !

— C'est affreux, si je ne cancane pas, mon taux de glycémie s'effondre, *yaar*.

— Moi de même, déclara Samar en se levant. Merci pour le dîner, mon chou… Jamais passé une meilleure soirée.

— Au Maya demain ? »

Samar lui prit les mains. « J'espère que Karan s'en sortira sans égratignures.

— Moi aussi. Nous ne savons jamais comment gérer nos cœurs d'artichaut, n'est-ce pas ? » Zaira avança et étreignit Samar, avant de reculer, de le faire pivoter sur lui-même et de lui donner une petite tape dans le dos : du vent !

Sur le chemin du retour, Samar fut presque étourdi par sa bonne humeur.

Ils n'avaient pas sondé de profonds puits de sagesse, n'avaient pas résolu de grandes angoisses existentielles, ils n'avaient que lâché des vannes à voix basse et cancané sans merci. Samar avait revu Zaira après plusieurs semaines et leur réunion avait eu pour effet de confirmer une affinité plus intense et beaucoup plus satisfaisante que l'aurait été une liaison amoureuse. Dommage, songea-t-il, que les amitiés n'encouragent pas de ferventes, d'outrancières, d'immortelles déclarations d'amour. Il eut envie de passer la tête par la fenêtre du taxi et de crier à tue-tête qu'il venait de dîner avec sa meilleure amie, de crier qu'il adorait l'élégance et l'esprit de Zaira, qu'en bref elle lui appartenait.

Pourtant, quand il fut arrivé, son exaltation fondit dans une mare de chagrin. En pénétrant dans sa chambre à coucher, il se dit qu'il aurait pu s'éviter de rentrer chez lui : il aurait pu passer la nuit chez Zaira. Un amour que n'assaillait pas le désir n'était pas un moindre amour ; un amour assez fort pour passer par-dessus les menus tracas du corps – c'était déjà quelque chose ! Il était triste non pas que lui soit refusée la possibilité de vivre avec Zaira, mais d'avoir décidé de rester fidèle à son désir et d'honorer sa circonférence. Parce que Zaira se trouvait à l'extérieur de celle-ci, elle avait fini par trouver sa place au centre de sa vie. Il en était heureux, mais il y avait une injustice fondamentale dans le fait d'être incapable d'éteindre un bouton et d'en allumer un autre. D'aimer x quand on désirait y. Marchant à pas de loup pour ne pas réveiller Leo, Samar se tint un instant sur le côté du lit, observant la forme de son amant au repos, les replis de son corps sous la couverture. Le lit est une île, songea-t-il ; pendant un bref instant, la tristesse de se sentir aller à vau-l'eau s'estompa lorsqu'il entendit la mer qui, dehors, poussait les vagues contre le rivage.

Lorsque Zaira se réveilla à trois heures ce matin-là, ce fut avec un sourire aux lèvres et une douleur au cœur. Elle sirota un verre de vin avant d'aller, cédant à l'impulsion du moment, faire une promenade sur la plage. Une brise désinvolte, chaude et paresseuse, agitait les cocotiers et faisait bruire leurs longues palmes. Zaira entendit des grillons chanter au loin.

Elle se sentit grisée – légère, en paix avec elle-même – par cette heure tentaculaire et sacrée.

À quatre heures et demie, sous un ciel que l'aube n'avait pas encore tailladé, elle passa devant une folle en robe de satin violette, allongée sur la grève.

Non loin, un camé en manque d'amour se tenait au bord de l'eau, hurlant des obscénités au lièvre ambre dont on distinguait les contours à la surface de la lune bien grasse.

Telle une pierre plongeant dans la paix d'un étang, Zaira glissa, mue par une force involontaire, dans la tendre obscurité de la nostalgie.

Des années plus tôt, lorsque sa carrière n'en était qu'à ses balbutiements, elle avait dû repousser les avances de réalisateurs et de producteurs. Leur peau lui donnait la nausée et elle allait souvent à la plage effacer leur salissure. Le spectacle au crépuscule y était inoubliable : son ciel mandarine ; ses ménagères obèses en goguette, l'air menaçant de gnous lors de leur migration annuelle ; un mendiant et sa moitié plus somptueusement décomposée ; une handicapée mentale manchote, qui, accroupie sur le sable, soufflait d'énormes bulles de bave ; un labrador aboyant lugubrement au ressac.

Alors comme maintenant, Zaira était émerveillée par la vie : pas la sienne – jamais –, mais la vie en général, la vie en soi.

La vie : cœur affolé d'un moineau, bourgeon printanier.

Debout au bord de l'eau, elle laissa les vaguelettes lécher ses chevilles et la soie du sable glisser sous ses pieds ; ses orteils se recroquevillèrent de plaisir.

On ne peut guère en demander davantage, songea-t-elle lorsque les ultimes longueurs de clair de lune l'enveloppèrent d'une sensation aussi légère que les ailes d'un papillon.

Non, on ne peut guère en demander davantage.

DEUXIÈME PARTIE

9

« Donne-toi une baffe, *madarchod* ! beugla le ministre Chander Prasad dans le récepteur. Encore ! Plus fort… Jusqu'à ce que tu arrêtes de dire des conneries et finisses par prononcer une phrase sensée, fils de pute ! »

Les coups de fil à deux heures du matin étaient rarement porteurs de bonnes nouvelles : le ministre du Travail et de l'Emploi se prépara donc à ce qui ne manquerait pas de venir.

« Je l'ai déjà fait, lâcha Malik Prasad dans un souffle.

— Recommence alors ! beugla le ministre. Donne-toi dix baffes de plus, fils de pute ! Et rappelle-moi quand tu auras terminé ! » Le ministre reposa le combiné, se leva et se rendit dans son bureau.

Il s'assit à sa table de travail, alluma une lampe à col-de-cygne et se versa un whisky.

Lorsque la sonnerie du téléphone retentit à nouveau, le ministre Prasad ayant déjà sifflé deux verres de Black Label, sa colère avait descendu de quelques crans. « Parle clairement. À quelle heure es-tu parti au Maya Bar ? » À la lueur de la lampe, le ministre avait son carnet devant lui et un stylo à la main.

« Il devait être minuit et demi.

— À quelle heure es-tu arrivé sur place ?

— Vers une heure. L'endroit était bourré de monde, p'pa. Tous des gens connus. Des mannequins, des designers, la totale… » Malik était enfermé à double tour dans sa chambre. Il était assis sur le sol en marbre dans l'obscurité la plus totale, articulations blanchies par la contraction.

Le ministre avala une autre gorgée. « Pourquoi es-tu allé là-bas ?

— J'avais entendu dire que Zaira y ferait la barmaid. Je mourais d'envie de la voir.

— Barmaid ! Pourquoi Zaira devrait-elle faire la barmaid ?

— Ça n'était pas pour de vrai, p'pa. Ça faisait partie de la campagne de promotion pour son nouveau film. »

Au Maya Bar, derrière le comptoir, dans son éblouissante robe à bretelles spaghetti blanc et argent qui mettait en valeur ses omoplates fines et moulait ses courbes, Zaira était aussi belle qu'elle avait l'air effrayé.

« Oh. » Le ministre n'avait jamais rien compris à la jet-set ; il n'avait d'ailleurs jamais essayé. « Avec qui étais-tu ? »

Malik cita le nom d'un ami d'Amérique qui l'avait accompagné : « J'y suis allé avec Lucky.

— Ton copain d'école ? » Comment le ministre aurait-il pu oublier Lucky Singh ? Son père, le député, avait été assassiné quelques années plus tôt sur les marches du Parlement. Ça avait fait un sacré raffut. « Le grand échalas aux cheveux bouclés qui lui tombaient dans le dos ?

— Oui, lui.

— Il n'était pas censé avoir déménagé à San Jose ? » Le ministre se souvenait bien de l'affaire. À l'instar de son père, à vingt et un ans Lucky avait déjà tout un tas de procès sur le dos. Il n'avait pas *déménagé* à San Jose : on l'y avait *exporté*.

« Lucky est en vacances à Bombay. On a décidé de sortir pour célébrer ça. »

Le ministre se demanda pourquoi son fils continuait de fréquenter des types tellement nuls – avant qu'il ne lui vienne à l'esprit que le pauvre garçon n'avait sans doute pas le choix.

« Je suis entré au Maya. Je voulais une vodka-soda.

— D'accord. » Le ministre Prasad prenait des notes avec la diligence d'une dactylo.

« Je me suis présenté au comptoir et j'ai salué Zaira. Elle m'a complètement ignoré, p'pa. Alors je lui ai demandé un verre et…

— Et ? Qu'est-ce qu'elle a dit ?

— Elle a répondu que le bar était fermé et qu'elle ne pouvait plus me servir d'alcool. » Malik gémit.

« Et puis ? »

La paranoïa de Malik eut raison de son appréhension. « J'ai… j'ai sorti mon revolver et j'ai tiré au plafond.

— Quoi ! Tu es cinglé ? » Le ministre n'avait pas besoin d'un dessin : il pouvait quasiment sentir la poudre que son fils avait sniffée.

« Elle faisait sa grande dame, p'pa. Elle m'a repoussé simplement parce qu'elle pensait que j'étais personne. Elle me traitait comme si j'étais un *loser* qui fait tapisserie dans les soirées mondaines. Elle croyait qu'elle pouvait faire son numéro de starlette avec moi et… elle croyait qu'elle était la… »

Malik interrompit net sa harangue hystérique et lâcha le morceau d'un coup.

« Tu l'as *tuée* ? » Le ministre se leva d'un bond, renversant au passage un plumier en métal. « Tu l'as tuée ! » Les stylos tombèrent par terre et s'égaillèrent dans tous les coins de son bureau.

« Je l'ai pas fait exprès ! » Malik aurait préféré que son père ne paraisse pas si scandalisé. « Je voulais simplement tirer dans sa direction, rien de plus. J'étais… j'ai pensé… j'ai cru que ça lui ferait peur. Je ne suis pas n'importe qui. Elle n'avait pas le droit de m'ignorer devant ces gens-là, p'pa. La coupe était pleine. » Malik fulminait d'avoir été rejeté par Zaira ; la réalité de sa mort ne s'était pas encore imprimée dans sa cervelle.

« La ferme, *behenchod* ! Tu te rends compte de ce que tu as fait !

— Je lui ai tiré dans la tête. » Malik s'effondra, se mit à pleurnicher. « Je lui ai tiré dans la tête.

— Parce qu'elle a refusé de te servir un verre ?

— Je suis désolé, p'pa. Je l'ai vraiment pas fait exprès. » Il revit en pensée Zaira appelant Samar après s'être écroulée par terre en un tas lamentable. C'est alors que la colère de son père déferla contre son interlocuteur de fils.

« Tu as une idée de l'effet que ça va avoir sur ma carrière politique ! » Le ministre Prasad en eut la nausée. Ah, s'il avait eu son fils sous la main… « *Saala chutiya* !

— Je m'en veux, p'pa… je m'en veux tellement, si tu savais… »

Sur quoi, le ministre Prasad se représentant son pauvre gamin dans son appartement de Bombay, se lamentant à cause d'une putain de Bollywood, son ton se radoucit. Même si la vie de son fils ne le passionnait pas vraiment, il comprenait très bien la situation du petit. Le ministre ne savait que trop ce qu'on éprouvait à être rejeté de façon aussi éhontée ; il savait aussi quelles conséquences pouvait avoir un acte stupide, et le recours à la violence, à la suite d'une rebuffade publique. « Bon, Malik, dis-moi…

— P'pa… je t'en prie, aide-moi… Je ne peux pas croire que c'est arrivé.

— Malik, reprends-toi… Arrête de pleurer…

— Tu es le seul à pouvoir me sauver, p'pa. »

Dans la voix de son rejeton le ministre Prasad détecta les traces d'une humiliation qu'il connaissait par cœur. Jeune, il était arrivé à Delhi tout feu tout flamme, déterminé à se faire un nom dans l'administration. Ayant cru que la capitale était un terrain de jeu équitable où seuls importaient les succès politiques, il avait été choqué de voir les membres des dynasties bien implantées se faire attribuer des postes clés alors que lui-même devait remuer ciel et terre pour ne décrocher que des emplois subalternes. Sa naïveté fut une nouvelle fois confrontée à la dure réalité lorsqu'il fut parvenu – tout de même – à se faire élire député. Son nouveau statut lui assura un certain pouvoir et même une fortune certaine, mais il n'était toujours pas accepté en société. Quand il voulut devenir membre de l'India International Centre, on refusa ne fût-ce que d'examiner sa candidature car il lui manquait des références prestigieuses. Il tenta de faire partie de la Société des buveurs de whisky de Delhi : on lui répondit qu'on n'acceptait plus de nouveaux membres, ce qu'il savait être entièrement faux. Lorsqu'il se présenta à la porte de l'Uber, un restaurant connu de Greater Kailash, le portier le refoula sous prétexte qu'il portait des nu-pieds. Le ministre Prasad était allé à l'Uber avec un groupe de suiveurs : recevoir un tel camouflet devant ses *chamsas* avait été la goutte qui fait déborder le vase. Penser qu'un foutu portier avait le culot de le rabrouer, lui ! C'en était trop, il supportait ce snobisme depuis trop longtemps, désormais ce serait œil pour œil, dent pour dent. La semaine suivante, le portier de l'Uber qui avait refusé l'accès de l'établissement au député Prasad fut malencontreusement renversé par un camion lancé à grande vitesse. Il n'y eut aucun témoin de l'accident. Il ne vint même pas à l'esprit de la police qu'il ait pu s'agir d'autre chose qu'un malheureux concours de circonstances.

Entendant les sanglots de Malik rebondir en échos dans son appartement vide de Bombay, l'embarrassant rejet dont son fils avait été victime renvoya le ministre Prasad à sa propre jeunesse, à ses combats effroyables, impertinents. Une part de lui-même était convaincue qu'une personnalité aussi puissante que Chander Prasad ne devait pas se sentir humiliée par les petites gens, mais une autre, aigrie et furieuse, était déterminée à égaliser le score – pour le bien de son fils.

Il déglutit. Reconnaissant que ce n'était pas le moment de s'adonner à la nostalgie, il se concentra sur la situation présente et décida de venir en aide à son rejeton. « Combien y avait-il de personnes au bar ?

— Dans les deux cents. » Le cœur de Malik battait si fort qu'il avait du mal à parler.

« Est-ce que quelqu'un t'a vu lui tirer dessus ?

— Forcément, p'pa !

— Ne hausse pas le ton, sale *kutta* !

— Comment auraient-ils fait pour ne pas me voir ! » Le sang avait jailli de la tempe de Zaira et taché la chemise de Malik.

« Zaira était-elle avec quelqu'un quand c'est arrivé ?

— Oui. Bunty Oberoi. C'est son partenaire dans son nouveau film.

— Est-ce que tu le connais, ce… Bunty ? »

Malik l'avait juste croisé ; il dit à son père qu'il le connaissait vaguement.

« Ce Bunty t'a-t-il vu lui tirer dessus ?

— C'est lui qui a prévenu tout le monde. »

À entendre le cri de Bunty Oberoi, affolé, carrément comique, on aurait pu croire qu'il passait une audition pour le rôle d'une veuve dans un film en hindi.

« Après, tu as quitté le bar ?

— Lucky a pensé que c'était ce qu'il y avait de mieux à faire ; je l'ai simplement suivi. On est partis en courant. Tout le monde me regardait, p'pa. J'avais du sang partout sur mes vêtements. Il fallait vraiment que je prenne une douche.

— Tu as gardé le pistolet ?

— Oui. »

Quand Malik avait fui le bar, plusieurs mannequins rachitiques, l'œil vide et poussant des cris d'effroi, s'étaient vivement écartés de son chemin, impalas détalant dans la savane. Il venait de se mettre au volant de sa voiture lorsqu'il avait entendu Nalini Chopra, paniquée, hurler à son tour.

« Qui d'autre était là ? Qui as-tu vu ?

— Samar Arora. Il était dehors sur la terrasse quand c'est arrivé. Il s'est précipité à l'intérieur au moment où Lucky et moi, on partait.

— Qui c'est, ce… Samar… tu dis ?

— Le meilleur ami de Zaira. Un musicien ou un truc dans ce genre.

— Est-ce que ce Samar t'a vu tirer sur Zaira ?

— Je crois pas.

— D'accord. » Le ministre poussa un soupir et prit encore des notes dans son carnet. « C'est un élément supplémentaire en ta faveur. »

Repoussant le carnet, le ministre Prasad recula dans son fauteuil, ferma les yeux et réfléchit aux personnages présents sur les lieux, dont les silhouettes floues défilèrent devant lui. Son fils, le meurtrier. Bunty Oberoi, le témoin principal. Samar Arora, intime de la victime. Lui, le ministre, était le scribe. Lentement, d'autres personnages s'agrégeraient au récit, combleraient les vides, embelliraient les passages sans intérêt, procureraient l'action nécessaire. Mais il était vital de revoir le déroulement de la scène, de la manipuler astucieusement, à force d'inévitables détours et complications qui la conduiraient à sa conclusion logique. Dans cette histoire, il n'était pas seulement question de crime et de châtiment ; c'était aussi une belle occasion de se venger du genre de snobs qui l'avaient rabaissé dans sa jeunesse et venaient de faire subir à son fils la même ignominie. Ces crapules recevraient la monnaie de leur pièce. Sans compter qu'il devait à tout prix préserver son avenir politique.

« Ne te fais pas de bile, fils. Je m'occupe de ça. Mais voyons les choses dans l'ordre : je veux que tu te débarrasses du pistolet dans un lac ou dans un puits. » Le ministre Prasad prit note d'appeler le médecin légiste à qui seraient envoyées les preuves, une fois que la police aurait enregistré l'affaire et lancé les investigations.

« D'accord.

— Ensuite, brûle les vêtements que tu portais au bar à ce moment-là.

— D'accord.

— Débrouille-toi aussi pour faire disparaître la voiture que tu conduisais. Brûle-la. Perds-la. Mais qu'elle disparaisse. Compris ?

— Je le ferai moi-même.

— Non ! Demande à Lucky de s'en charger. Ne t'approche pas de cette bagnole jusqu'à ce que l'affaire soit bouclée, compris ?

— D'accord, p'pa.

— Dis à Lucky de prendre ensuite le prochain vol pour l'Amérique. Il ne faut absolument pas qu'il soit appelé à comparaître.

— Je vais lui demander de repartir ; personne sait qu'il m'a accompagné. Et je suis sûr que personne l'a vu repartir avec moi. Il était déjà dans la voiture quand j'y suis arrivé.

— Bien. Ensuite, dit le ministre en se raclant la gorge, Malik, viens à Delhi… Reviens chez les tiens, *beta*.

— Je suis désolé, p'pa, répéta Malik, de te faire subir ça.

— Je ferai… de mon mieux… (L'émotion qui oppressa alors sa poitrine lui serra aussi la gorge.) Je ferai de mon mieux pour te sortir de là. De ton côté, contente-toi de revenir chez les tiens. »

Le ministre retourna à sa chambre. Son épouse endormie lui fit penser à une baleine échouée. Il eut soudain envie de la frapper, comme au bon vieux temps, avec un bâton : envie de briser les bracelets en verre qu'elle avait aux poignets, de lui faire un joli serre-tête d'ecchymoses bien violacées au front. Mais avec l'âge sa volonté flanchait ; d'ailleurs, la bourgeoise pleurerait sans doute pendant des heures et l'empêcherait de dormir, alors…

Il préféra se branler.

Son fantasme favori le renvoyait à une journée bénie de son enfance. À six ans, le futur ministre s'était fait attraper en train de humer les tampons hygiéniques usagés de sa sœur. Son père l'avait battu avec le battoir d'une lavandière ; cette raclée l'avait détourné des femmes jusqu'à ses vingt ans. Entre-temps, il avait soulagé ses besoins incontrôlables d'une manière peu commune. Quand il avait douze ans, une bufflesse de la ferme paternelle lui avait tapé dans l'œil. L'aube n'était pas encore levée qu'il s'était rendu à l'étable en catimini. La bufflesse, dont la grosse tête était flanquée de longues cornes recourbées, avait gémi quand il l'avait pénétrée. Rapidement, rageusement, peau tendue à l'extrême, grinçant des dents, lui donnant des claques, il l'avait burinée. Lorsque son entrejambe claquait contre elle, les beuglements insensés de la créature ne faisaient que l'exciter davantage. Le lendemain matin, il avait fait le tour de la propriété d'un pas fier, lançant des œillades condescendantes aux paysannes. *Je sais à quoi sert votre foufoune*, clamait son regard. Mais, bientôt, son exaltation céda à la crainte. Et si la bufflesse portait son enfant ! Il était trop jeune pour savoir qu'il n'encourait aucun danger et la perspective de tomber un jour sur son portrait craché augmenté de deux pattes se révéla trop effrayante : le soir même, il retourna à l'étable et empoisonna sa dulcinée. Lorsqu'elle mourut, il put à nouveau respirer librement.

Comme en d'autres occasions par le passé, le souvenir de l'incident ne manqua pas d'exciter le ministre. Il essuya sa main maculée sur la taie d'oreiller de sa femme. Il avait espéré que la masturbation le soulagerait ; hélas, il n'en fut rien. Il se demanda ce qu'il devrait faire cette fois – maintenant que son fils avait tué la star numéro 1 de Bollywood.

Ce *chutiya* a empoisonné la bufflesse, beugla le ministre à part soi. Et c'est moi qui vais encore devoir nettoyer ses saloperies !

10

« J'ai passé la soirée avec elle dans son appartement, déclara Samar, la voix tremblotant comme la
flamme d'une bougie.

— Je sais », dit Leo. Il nota la présence d'un sandwich
entamé sur le piano, devant lequel Samar était assis, un
pied sur le barreau du tabouret. Mr Ward-Davies était
près de lui, tête par terre, la queue entre les jambes.

« Nous sommes restés ensemble jusqu'à près
d'une heure du matin.

— Pourquoi n'as-tu pas déjeuné ? demanda Leo
doucement.

— Elle portait sa robe longue bleue. Elle était très
belle, elle avait l'air blessé, un peu perdu.

— Arrête, mon chou. Il ne faut pas... »

Samar s'essuya les joues. « J'avais sa tête sur mes
genoux dans l'ambulance, Leo. Elle agrippait ma main.

— Tu as été là quand il le fallait.

— Elle m'a dit quelque chose.

— Quoi ? » Leo se pencha en avant.

« Elle souffrait terriblement... Elle se tordait
comme si elle avait voulu pousser la vie hors de ses
entrailles.

— Qu'a-t-elle dit, mon chou ? »

Samar n'arrêtait pas de serrer et de desserrer ses poings. « Avec qui est-ce que je vais voler des fleurs maintenant ? » Il enfouit sa tête dans ses mains.

« Pardon ? » Leo lança à Samar un regard impuissant. Soudain, il se sentit exclu, inutile.

« Avec qui est-ce que je vais voler des fleurs maintenant ?

— Qu'est-ce que tu racontes, Samar ?

— Le jardin de Dubash House… »

Leo regarda Mr Ward-Davies, qui venait de serrer sa tête entre ses pattes. Même si le chien ne pouvait comprendre la gravité de la situation, il était évident qu'il ressentait la douleur de son maître.

Il fallut attendre une semaine pour que la police accepte de rendre le corps de Zaira et qu'on puisse accomplir les derniers rites. Les policiers avaient dû extraire la balle de son crâne. Sa chair était froide et desséchée après tant de jours passés dans un congélateur à la morgue.

Karan y accompagna Samar, qui vit alors Zaira une dernière fois ; puis on ferma le cercueil. Celui-ci fut emporté dans un fourgon mortuaire. Sur le chemin du cimetière, Samar vomit dans la voiture. Karan n'avait jamais vu des vomissements aussi violents : on aurait dit que Samar rejetait son principe fondateur, l'ensemble de ses instincts, de sa mémoire, de ses émotions. Karan sortit son mouchoir pour nettoyer le pantalon de Samar. Leo, au volant, parut affligé ; il se boucha discrètement les narines. Karan demanda s'ils pouvaient s'arrêter pour prendre un verre d'eau, mais Samar ne voulait pas perdre de temps : il désirait arriver au plus vite au cimetière, où il s'attendait au chaos.

Des milliers de fans s'étaient réunis à l'extérieur des murs.

Les vans de toutes les télés et des hordes de photographes assiégeaient l'entrée, espérant intercepter les célébrités à leur arrivée. Telle une lance, une plainte anonyme trouait sporadiquement l'air chaud. Il leur faudrait une heure, au bas mot, pour atteindre l'entrée du cimetière. Au grand désespoir de Samar, l'officier de police en faction lui demanda de décliner son identité. Lorsqu'il répondit qu'il était l'ami de Zaira, le policier refusa de le croire et le poussa de côté. Heureusement, Karan croisa le rédacteur en chef d'*India Chronicle*, dont les connaissances leur permirent d'entrer.

À côté de Karan, Samar fixait du regard la tombe de Zaira ; la rage hantait désormais le gouffre obscur de son chagrin. Leo nota la présence d'une cour sans fin de personnalités éplorées – acteurs, producteurs, réalisateurs, rédacteurs, journalistes, mondaines –, toutes sur leur trente et un. Les plus visibles, dans leur coin, arborant *salwar-kameezes* blancs et lunettes noires, étaient Tara et Nalini Chopra : la larme discrète, elles attirèrent sans frais la sympathie des badauds et provoquèrent un véritable ramdam parmi les obturateurs. De leur côté, les journalistes au courant de la relation de Samar avec la défunte le harcelèrent de questions idiotes : « *Sir*, que ressentez-vous en cet instant ? », « Comment réagissez-vous à son assassinat, *sir* ? », « Quelle a été votre première pensée quand vous avez appris qu'on lui avait tiré dessus ? ». Samar s'abstint de répondre ; il garda une expression neutre et glaciale, alors que Karan devinait qu'il bouillait intérieurement.

« Quel enterrement épouvantable, dit Samar à Leo dans la voiture sur le chemin du retour.

— Oui, trop de monde, trop de bruit.

— Les journalistes n'arrêtaient pas de me demander comment je faisais face. J'avais envie de leur répondre : "Je vais très bien, merci. À l'instar de la majorité des gens ici aujourd'hui, je fais simplement acte de présence, comme sur un plateau de tournage ou dans une soirée !"

— Je suis content que tu aies gardé le silence… et ta dignité.

— Crois-moi, Leo, je ne vais pas les garder longtemps. Je ne vais pas laisser Malik s'en sortir aussi facilement ! »

Leo entendit littéralement Samar grincer des dents. « Oui, acquiesça-t-il, Malik doit être puni. On ne peut pas laisser un meurtrier en liberté.

— Je me battrai jusqu'au bout. » Le visage de Samar était tendu par la détermination.

« Je suis à cent pour cent avec toi.

— Tu sais que cela pourrait complètement bouleverser notre emploi du temps ? Tu vas sans doute devoir rester en Inde plus longtemps que tu le voudrais, Leo.

— Je ne pourrais pas te laisser seul, Samar. Nous surmonterons ensemble cette épreuve. Zaira était aussi mon amie, tu t'en souviens ?

— C'est grâce à elle que nous nous sommes rencontrés.

— Je me rappelle le jour où elle a dit en passant qu'elle te connaissait bien. Nous étions à une soirée, à Delhi. Elle tenait absolument à ce que je te rencontre… Je n'avais pas du tout capté qu'en fait elle manigançait… »

Samar eut les larmes aux yeux.

« Je serai à ton côté, Samar. Pour longtemps.

— Merci. » Samar était fou de colère – et épuisé. Il n'avait pas passé une seule bonne nuit depuis le soir du meurtre et, quand il réussissait à fermer l'œil, des visions effroyables des derniers instants de Zaira mutilaient sa somnolence.

« Pas la peine de me remercier, mon chou. Je suis avec toi jusqu'au bout, voilà tout. » Leo regarda par la fenêtre, avala des bouffées d'air ; il était content d'être sorti de l'étouffoir du cimetière, d'avoir échappé à la foule, au tumulte. « Karan est un gars bien », déclara-t-il.

Samar hocha la tête. Il n'oublierait jamais la chaleur émanant de la main ferme de Karan dans son dos après qu'il avait vomi, la consolation, l'affirmation de son geste sobre et sincère ; à cet instant-là, entre eux s'était installée une profonde intimité. « Zaira manquera à Karan plus qu'il le croit ; il ne ressent pas encore la blessure. »

Après l'enterrement, Karan avait raccompagné Samar et Leo à leur voiture et s'était rendu directement chez Rhea.

Dès qu'elle lui ouvrit la porte, elle vit la douleur qui consumait et torturait son amant. En silence, elle l'emmena à l'étage, dans son atelier. Pendant près de vingt minutes, ils restèrent assis sans parler. Il regarda autour de lui, ses yeux se posant au hasard sur un pot, une urne ; Rhea l'observait, inquiète. Elle ne lui demanda pas comment s'était passé l'enterrement.

Il s'appuya contre la porte du four. « J'étais avec elle et Samar dans l'ambulance », finit-il par lâcher.

Rhea s'approcha de lui et lui caressa les cheveux.

« Rhea, tu sais ce qu'on dit de la mort ?

— On dit tellement de choses, Karan…

« — On dit que, si on part en paix, le visage rayonne. Sérénité tous azimuts, anges, harpes… lumière blanche…

— Karan…

— Baise ta sœur, oui ! *Behenchod !* »

Rhea ne l'avait jamais entendu jurer ; l'expression, crue, était gainée d'une rage énorme. « Je t'en prie…

— La mort de Zaira n'a pas été comme ça. Elle était immense, furieuse. Comme un démon ou… » Le sanglot bruyant, brouillon, qui s'éleva alors des entrailles du jeune homme ébranla sa compagne. « Il était impossible de la réconforter même si on l'avait voulu. Elle dévisageait Samar comme si elle l'avait bu tout entier.

— Et… lui ? » La question de Rhea était hésitante.

« Samar… Il était… » L'expression de Karan n'aurait pu être plus explicite. *Samar était évidé comme une pomme.* « Je ne pouvais pas me résoudre à l'accompagner à la morgue.

— Mais tu y es allé tout de même ?

— Oui. Leo a prétendu qu'il était trop chaviré. Samar s'est contenté de scruter le visage de Zaira ; j'ai vu défiler dans ses yeux toute une vie de souvenirs. Il était tellement digne, son chagrin était tellement retenu…

— Il a dû penser que son pire cauchemar se réalisait… s'il existe de tels cauchemars.

— Jusqu'au moment, à la morgue, où je l'ai vu devant le cercueil de Zaira, je ne l'avais jamais vraiment considéré comme un être humain. Pour moi, c'était un pianiste raté, un danseur de claquettes, un poseur. Je ne voyais pas en lui un homme qui avait aimé, qui pouvait être anéanti par la perte de cet amour.

— Je suis contente que Samar n'ait pas eu à se rendre seul à la morgue.

— Il a fallu que je le voie blessé au plus profond de lui pour m'apercevoir que c'est un être de chair et de sang. »

Rhea se tut ; elle ne s'était pas attendue à une telle métamorphose chez Karan. Après quelques instants, caressant tendrement son front, elle lui demanda : « Et maintenant ? »

Karan prit une profonde inspiration, puis exhala lentement. « La police va prendre le relais. Voyons comment se déroule l'enquête.

— Samar va avoir besoin de ton soutien, Karan.

— Je le sais.

— N'oublie pas Zaira.

— Elle ? Non. Mais Samar aussi… lui, particulièrement. »

Rhea enveloppa Karan dans ses bras et, ensemble, ils pleurèrent, doucement, redoutant le monde mais unis comme jamais auparavant.

Quelques jours après l'enterrement, l'inspecteur chargé de l'enquête téléphona à Samar ; il souhaitait l'interroger.

Une heure plus tard, Samar quittait le poste de police, dégoûté.

La violence avec laquelle son ami referma la portière de la voiture effraya Leo. « Que se passe-t-il ?

— Ils m'ont questionné sur elle. Combien de sang elle avait perdu… »

Le regard vide, Leo ne sut que dire.

« Ils m'ont demandé par où je pensais que la balle avait pénétré.

— Ça n'a pas de sens… » Leo démarra.

« Ils m'ont demandé si j'avais vu Malik sur les lieux du crime.

— Tu as répondu oui, bien sûr.

— Naturellement. Et puis ils m'ont demandé si je l'avais vu tirer sur elle. Mais je n'ai rien vu.

— Tu as dit la vérité.

— Naturellement. Et ainsi de suite, ils m'ont posé tout un tas de questions. » Samar hocha la tête. « Ils m'ont demandé si elle et moi étions amants… Si elle avait perdu connaissance *avant* ou *après* l'arrivée de l'ambulance… Si j'avais pu faire quoi que ce soit pour l'empêcher de mourir… »

Samar et Leo se turent. La circulation était fluide. Aux feux tricolores, un homme coiffé d'un turban folklorique passa entre les voitures pour vendre ses boîtes de fraises ; un lépreux demanda de l'argent à une femme au volant d'une BMW.

« As-tu parlé à ta rédactrice en chef ? s'enquit enfin Samar.

— Oui. J'ai parlé à Sally. Elle a accepté que je reste en Inde tant que je continue de lui envoyer des papiers.

— Je suis content que tu puisses rester, Leo ; ça compte beaucoup pour moi. » Samar caressa l'épaule de son ami. « Tu es mon roc. »

Leo répondit : « C'est normal. Je ne voudrais pas être ailleurs. » Ils débouchaient sur Worli Seaface lorsqu'il ajouta : « Sally a aussi suggéré que j'écrive sur la situation que nous vivons.

— Vraiment ? » Samar lui décocha un regard étonné.

« Elle a dit que je pouvais lui envoyer des comptes rendus du procès.

— Vraiment ?

— Elle a dit que, comme j'étais partie prenante, pour ainsi dire, je pouvais adopter un point de vue que personne d'autre n'aurait sur le sujet. » Leo était tout excité. « Elle a dit que c'était un sujet digne d'une enquête spéciale, et que mes papiers pourraient même donner lieu à un livre par la suite !

— Un *livre* ? » L'expression de Samar trahit son incrédulité.

« Tu vois ce que je veux dire… un *De sang-froid* à l'indienne. » Leo marqua une pause, se demandant si le titre évoquait quoi que ce soit pour Samar. « C'est un roman de Truman Capote, précisa-t-il.

— J'ai lu *De sang-froid* quand j'avais quatorze ans, rétorqua Samar. Es-tu en train de chercher une façon acceptable de me dire que la mort de Zaira constitue un bon "matériau" pour un reportage ?

— Je… ne présenterais pas les choses comme ça. » Leo regarda par la fenêtre ; les veines de son cou palpitèrent. Son regard trouva du réconfort dans les environs : les immeubles imbriqués, les immenses panneaux publicitaires qui jetaient des taches de couleur sur la masse indistincte de ciment.

« Ma question, c'est : son meurtre n'est-il pour toi qu'un sujet de livre ?…

— Ta question est mesquine, Samar ; tu es vexant.

— *Toi*, tu es vexé ? » Samar dodelina de la tête.

« Écoute, j'essaie seulement de sauvegarder mes repères au milieu de ce désastre. Tu crois que ça ne m'a pas foutu en l'air, moi aussi ? Écrire sur cette affaire me permettra de mettre à distance l'incident. J'ai besoin, conclut Leo avec un coup de glotte, de faire mon deuil.

— Un *incident* ? *Faire ton deuil* ? Tu parles comme quelqu'un qui passe la journée à regarder des débats télévisés. »

Leo se gara devant la maison. « Je ne tiendrai pas compte de cette remarque parce que tu viens de passer quatre heures au commissariat, Samar, et ça t'a probablement tourneboulé.

— Faux. Tu sais ce qui m'a tourneboulé ?

— Pas maintenant. Entrons, veux-tu ?

— Ce qui m'a tourneboulé, c'est que j'ai eu son sang… sur les mains… Et ça laisse des traces, figure-toi.

— Voyons, Samar ! » Leo ouvrit la porte d'entrée et ils pénétrèrent dans la maison. « Tu es lourd. »

Samar s'arrêta près de la console du téléphone dans le vestibule. « Lourd ? Tu crois que la mort n'est pas *lourde* ? Un sacré fardeau. Lourdement insurmontable, merde ! »

Saku-bai fit une brève apparition, mais, constatant que les deux hommes se disputaient, elle tourna vite les talons, rentra dans la cuisine et referma la porte derrière elle. Immobile devant la cuisinière, elle regarda le ragoût de mouton pour Mr Ward-Davies, qui bouillait dans une casserole. Dans le couloir, la discussion devenait orageuse.

« Écoute, ne monte pas sur tes grands chevaux simplement parce que…

— Parce que Zaira a reçu une balle dans la tête ? »

Leo se sentit impuissant. Que dire ?

Parvenu au salon, Samar prit une profonde inspiration avant de continuer : « Leo, je préférerais que sa mort reste une affaire privée, parce que ça n'a pas été le cas de sa vie.

— Ce n'était rien de plus qu'une suggestion. Je ne tenais pas tant que ça à ce reportage, répondit Leo d'un air pincé.

— Je sais que tu feras ce qui est juste.

— Et qu'est-ce qui t'amène à croire que personne d'autre ne va écrire sur son meurtre ?

— D'autres le feront, mais tu étais dans son intimité grâce à moi et ça change la donne.

— Ne voudrais-tu pas d'une version des faits qui abonde dans ton sens ? »

Exécutant une mimique théâtrale (celle d'un personnage suffoqué par la surprise), Samar répliqua : « Tu veux dire… par mon propre mémorialiste maison ?

— Ce que tu peux être kitsch parfois !

— Il ne t'est pas venu à l'esprit que le moment pourrait être mal choisi pour me demander ce genre de choses ? » Samar se retourna pour allumer une bougie de table.

« Je suis désolé si j'ai été insultant… Ce n'était pas mon intention. »

Leo se dirigeait déjà vers la cuisine.

« Laisse-moi tranquille pendant quelques jours.

— Ouais, sûr. Tout ce que tu voudras. »

Samar suivit Leo. Mr Ward-Davies, solitaire, adorable, les fêta en agitant la queue – de grands mouvements à la fois doux et enthousiastes. Saku-bai s'éclaircit la gorge et s'esquiva.

« Nous surmonterons tout ça, Samar, dit Leo sans une trace d'émotion dans la voix.

— Je le sais, merci… » Samar sortit une bouteille de cognac et deux verres.

Leo s'installa à la table. « Merci ? » demanda-t-il.

Samar versa dans son verre une dose du liquide ambre. « … d'accepter de ne pas écrire sur sa mort.

— Ah. Ouais. » Leo n'aurait pas affiché une mine différente si on lui avait tranché le poignet. « Je ferais n'importe quoi pour toi, mon amour. »

11

Un mois plus tard, Leo, allongé sur le canapé, feuilletait le dernier numéro d'*India Chronicle* lorsque la sonnerie du téléphone retentit.

C'était Sally, sa rédactrice, qui l'appelait de New York. « Alors, les nouvelles ?

— Pas grand-chose… Je comble mon retard dans mes lectures. » Il se redressa.

« Comment supportes-tu tout ça ?

— OK, pour ainsi dire.

— Et Samar ?

— Ça va. Il est en train de se préparer… Nous allons à une soirée dans un moment. À deux pas. » Leo entendait le jet d'eau de la douche.

« On dirait que Samar est davantage prêt à affronter le monde que quand nous nous sommes parlé l'autre jour…

— C'est la première fois qu'il sort depuis… Il prend sur lui. » Leo entendit le déclic du briquet de Sally.

« Cette affaire a dû te vider complètement, toi aussi, non ? »

Leo ne sut que répondre. Il préféra demander des nouvelles : « Et New York ?

— Froid. Efficace. Agressif. Sombre. J'en suis à ma quarante-deuxième cigarette de la journée.

— Ça pourrait être pire.

— J'ai appelé pour savoir comment tu allais.

— Les gens ici ne veulent pas que le meurtre tombe dans les oubliettes, et nous sommes impliqués jusqu'au cou.

— La presse se déchaîne ?

— Plus le procès fait du bruit, plus le nombre de photographes qui se garent devant chez nous augmente. On ne peut prendre un magazine sans voir le visage de Zaira étalé sur la couv. Sa mort suscite l'hystérie des foules.

— Eh bien, on ne peut guère en vouloir aux journalistes de suivre ce filon comme un banc de requins. Désolée de paraître si froide mais c'est une super-bonne histoire.

— Sans doute… » Leo ne souhaitait pas y penser comme à une *super-bonne histoire*, pas après sa dispute avec Samar.

« J'imagine que les médias sont tous favorables ?

— Zaira était une super-star. Crois-tu que la presse se pencherait sur les mésaventures d'une intouchable édentée, violée et débitée en morceaux au fin fond du Rajasthan ?

— Je suis certaine que l'élément bling-bling n'explique pas à lui tout seul un tel engouement.

— Une partie de la presse dite progressiste voudrait voir Malik puni… Malik, au fait, est le nom de ce connard d'assassin. Question d'égaliser le score dans la catégorie "justice sociale". »

Sally toussa. « Pourquoi crois-tu que ce type lui a tiré dessus ?

194

— Elle a refusé de lui servir un verre.

— Tu plaisantes ! Ça ressemble à une blague du genre "Il y a un gars qui entre dans un bar…" qui aurait mal tourné.

— Ce n'est pas non plus aussi simple que ça. » Leo expliqua la situation à Sally : Malik appartenait à la classe des nouveaux riches indiens, un échelon créé par l'urbanisation galopante. « Il a assez de thune pour fréquenter tous les endroits à la page. Mais, une fois à l'intérieur, tout le monde le traite comme un plouc. » La gaucherie de Malik devait avoir été confrontée à son test le plus éprouvant au Maya Bar, au milieu des beautés et des puissants de ce monde ; arrogance et manque d'assurance devaient furieusement battre des ailes dans sa tête. « Il a dû se sentir insulté comme jamais quand Zaira a refusé de le servir ; il a tiré au plafond un premier coup de pistolet pour lui foutre la trouille de sa vie.

— Mais ensuite il lui a mis une balle *dans la tête* !

— J'ignore ce qui l'a poussé à le faire. Mais il n'en était pas à son premier recours à la violence.

— Avec Zaira ?

— Oui. Un jour, il a défoncé sa caravane avec sa jeep.

— Pourquoi n'a-t-elle pas porté plainte ?

— Cela faisait deux ans qu'il la traquait, Sally, et les flics ont fait la sourde oreille quand elle a demandé une mesure d'éloignement.

— Ont-ils cru que cela faisait partie du jeu de la Poulette célèbre ?

— La police, comme tout le monde ici, vénère les stars de Bollywood ; aux yeux de tous les Indiens, Zaira appartenait à cette aristocratie-là. D'un autre côté, Malik, ce n'est pas de la gnognote non plus. Son père est ministre du Travail et de l'Emploi à

Delhi, et il savait qui appeler au moment où Zaira a risqué de créer des problèmes à son fils.

— Pourquoi n'a-t-elle pas engagé un garde du corps ?

— Samar et moi avons essayé de la convaincre de le faire, mais elle considérait ça comme une intrusion dans son espace privé. Elle détestait la proximité sous toutes ses formes ; je ne crois pas non plus qu'elle ait pris la juste mesure de sa popularité.

— Mais elle était immensément célèbre en Inde !

— Ils lui ont même construit des temples.

— Non ! C'est ouf !

— En parlant d'ouf… À la télé hier soir, un homme politique a avancé une explication inédite du drame. Il a prétendu que Zaira avait poussé son assassin au meurtre en se montrant dans un bar vêtue d'une "robe indécente, le dos nu".

— Tu plaisantes ! »

Leo poussa un soupir. La naïveté de Sally le hérissait, mais elle aiguisait aussi son appétit : c'était *précisément* le genre d'ignorance qu'il avait espéré combattre dans son livre. L'homme politique en question, dit Leo, était membre du Parti du peuple hindou. « On l'a sans doute envoyé au front pour sauver la peau du ministre Prasad. La théorie selon laquelle la "robe indécente" de Zaira aurait causé sa mort cadre parfaitement avec le point de vue moralisateur du parti.

— C'est l'idée la plus saugrenue que j'aie jamais entendue ! Même nos Républicains grand teint ne vont pas jusque-là.

— Oui, mais nous sommes en Inde, chérie. Cet homme politique ne croit sans doute pas un instant à ce qu'il raconte. En douce il dirige probablement un empire du porno, mais pour la galerie rien de tel que de jouer les vierges effarouchées. »

Mr Ward-Davies, entrant dans la pièce à pas feutrés, vint frotter son museau contre les jambes de Leo. Le prenant sous le bras, celui-ci sortit sur la véranda. La chaleur de la fine fourrure blanche du chien lui apporta un tel réconfort qu'elle lui remémora son enfance et l'époque où il dormait avec son nounours dans ses bras.

« Ne crois-tu pas qu'il serait utile que tu écrives sur le meurtre ? Je veux dire… simplement pour procurer un point de vue détaché sur la question ?

— Je voudrais bien être ton homme sur ce coup-là, Sally.

— Tes lecteurs vont adorer. On te fera une mise en page sublime. Et, comme je te l'ai déjà dit, l'ensemble de tes articles pourrait former un compte rendu de l'Inde contemporaine. Nous n'entendons jamais parler de ce genre d'histoires typiques de l'Inde moderne. »

Leo reposa par terre Mr Ward-Davies. « Tu crois que je ne le sais pas ?

— Je suis sûre que tu le sais parfaitement.

— Sally, il y a des années, à la sortie de *Vieilles Venelles*, je savais que l'Inde m'offrirait le sujet de mon *magnum opus*. Certains paysages attirent certains auteurs et n'attendent que d'être décrits. Leonard Woolf a honoré le Sri Lanka. Isak Dinesen, l'Afrique. Au tréfonds de moi, je savais que j'écrirais sur l'Inde, pas sur la version exotique, pas sur les couleurs pétantes, mais sur quelque chose qui respirerait la modernité.

— Je suis bien d'accord et je ne connais personne qui pourrait raconter l'Inde contemporaine mieux que toi, Leo. Alors, qu'est-ce qui te retient ?

« — Je… J'ai promis à Samar de ne pas le faire. »
Leo entendit au bout du fil Sally tirer fort sur sa
cigarette, probablement une dernière bouffée avant
de l'éteindre et de passer à la suivante.

« Qu'est-ce qui t'a pris, Leo ?

— C'est *lui* qui me l'a demandé. »

Pendant le silence qui s'ensuivit, des choses pres-
santes, terribles et indicibles lui remontèrent à la
gorge. Parce qu'il lui avait refusé le droit de raconter
une histoire qui l'accaparait tout entier, Leo avait
commencé d'éprouver du ressentiment envers
l'homme qui lui avait imposé cet embargo. Sa première impulsion avait été de quitter l'Inde ; hélas, le
procès le contraignait à rester. Ses disputes avec
Samar avaient un effet négatif sur ses articles ;
depuis des semaines, il n'avait pas écrit une page
publiable.

« C'est Samar… qui… te l'a demandé…, répéta
Sally lentement.

— Je lui ai promis de ne pas écrire un mot sur le
meurtre ou le procès.

— Ah… Je suppose que c'était très généreux de ta
part.

— Sally.

— Oui ?

— Tu ne t'adresses pas à un gamin devant un
marchand ambulant de citronnade.

— Leo, à New York nous n'avons pas de marchands ambulants de citronnade. »

Une sirène qui retentit à l'extérieur du bureau de
la rédactrice noya brièvement leur conversation.
Sally reprit bientôt : « Appelle-moi si tu changes
d'avis. » Sur quoi, elle ajouta : « Et… à part ça, ton
boulot ?

— Je suis incapable d'écrire quoi que ce soit sur l'Inde en ce moment. » Il se retint de préciser qu'aucun autre sujet ne parvenait à le captiver ; l'inertie de sa plume le désespérait. Il se mit à se ronger les articulations ; Mr Ward-Davies lâcha un jappement inquiet et lui-même dressa l'oreille. Se retournant d'un coup, il aperçut par la fenêtre des photographes qui grimpaient sur le mur d'enceinte, tentant de poser leurs objectifs au sommet de la grille. Il reflua précipitamment à l'intérieur de la maison et tenta de ne pas laisser paraître sa panique à son interlocutrice.

« Alors tu devrais envisager d'écrire sur les États-Unis, dit Sally.

— Pourquoi ça ? » Leo courut verrouiller la porte d'entrée, s'adossa contre elle et reprit son souffle.

« Il y a longtemps que tu t'attaques à des sujets exotiques ; il est peut-être temps de revenir au familier. Personne ne saurait raconter l'Amérique mieux que toi, Leo. Je publierai tout ce que tu écriras.

— Merci, Sally.

— Mon chou, on dirait que tu as perdu tes repères ; c'est compréhensible après cette tragédie. Recentre-toi, reviens à l'écriture.

— Je ferai de mon mieux, répondit Leo sans conviction. C'est tout ce que j'ai. L'écriture… Je t'appelle bientôt. »

Après avoir reposé le combiné, il se rendit dans la chambre à coucher.

Samar émergea de la douche ; il annonça qu'il avait encore besoin de quelques minutes. Leo retourna donc au salon et s'installa sur le canapé ; il se demanda si Samar, dont il avait remarqué qu'il avait les yeux rouges, avait pleuré. Le legs durable de la mort, songea-t-il, c'est l'ambiguïté du deuil.

Comment évaluer les paramètres fixant le temps nécessaire pour se remettre de la mort d'un être aimé ? Comment est-on censé savoir quand s'arrêter ? Leo essayait bien de compatir, mais, ces derniers temps, il était dévoré par une fatigue inébranlable, à l'intérieur de laquelle le chagrin de son ami ne cessait de le pousser du coude et de lui donner des coups comme une chose lourde, toxique, contagieuse.

Naturellement, certains jours Leo était heureux d'être avec Samar, notamment les matins où celui-ci jouait du piano, phalanges agiles volant des rimes dorées à une poignée de touches blanches et noires. Mais d'autres jours, lorsque Samar lui rebattait les oreilles avec le procès, Leo avait de plus en plus de mal à supporter les grandes idées anonymes brandies par son amant, dans le rayon « politique, justice et vérité » ; il semblait vain de les ressasser sans fin. Heureusement, Karan venait souvent leur rendre visite ; prêtant son oreille aux tirades aussi interminables qu'enflammées de Samar, à son insu il procurait à Leo un répit bienvenu. Leo tenta de fuir la maison et la tension, la claustrophobie qui y régnaient, mais l'intérêt incessant des médias restreignait ses mouvements. Il se faisait l'effet d'être un prisonnier et un public captif de la colère croissante de Samar. La possibilité de se réfugier à San Francisco n'était que trop tentante, mais c'eût été comme déserter un fort assiégé ; d'un autre côté, s'il restait, il serait sans doute incapable d'écrire une ligne sensée pendant longtemps. Il se trouvait dans une impasse. La seule heure tranquille, c'était avant l'aube, quand Samar allait promener Mr Ward-Davies, avant que des cars entiers d'amateurs de photos volées n'affluent sur le seuil de la maison. À cette heure pure et reposante, Leo pouvait n'avoir pour seule compagnie que le vaste soupir de la mer, de l'autre côté de la rue.

Leo inspira profondément et reprit la lecture du magazine qu'il feuilletait avant le coup de fil de Sally : encore un article sur le meurtre, mais du moins celui-ci avait-il la particularité de rendre compte de ce que les invités du Maya Bar avaient raconté à la police.

J'étais au bar, tout près de Zaira. Vers une heure du matin, un homme en pantalon marron et chemise blanche est venu commander un verre au comptoir. Comme le bar venait de fermer, Zaira a répondu qu'elle ne pouvait pas le servir, qu'à cette heure on n'avait plus le droit de servir d'alcool. Elle était sur le départ. L'homme a eu l'air choqué et il a tenté de la persuader du contraire, mais elle a refusé cette fois encore et elle a fait mine de partir. Subitement, l'homme a sorti un revolver et tiré au plafond. Et puis il a visé le front de Zaira et a tiré à bout portant. Elle est tombée. Elle souffrait effroyablement et elle a demandé à plusieurs reprises quelqu'un du nom de Samar. Quand l'ambulance est arrivée, elle était dans le coma.

L'homme qui avait tiré sur Zaira était Malik Prasad.

Je l'ai reconnu parce que, un jour, il m'avait demandé de participer à une émission de variétés qu'il mettait sur pied à Toronto pour le compte de sa compagnie, Tiranga Inc.

Bunty Oberoi.

J'étais présent au Maya Bar le soir où Zaira a été tuée. J'étais sur la terrasse quand j'ai entendu du brouhaha. Je suis rentré à l'intérieur, et j'ai vu un attroupement autour du bar. Zaira était allongée par terre. Je me suis mis à genoux à côté d'elle et ai constaté qu'il y avait un trou dans sa tempe gauche, là où la balle avait pénétré. Elle faisait de grands efforts pour parler. C'est alors que j'ai entendu une voix dans mon dos. Nalini Chopra criait en appelant un homme en chemise blanche et pantalon marron, que j'ai vu glisser un revolver dans sa poche et courir jusqu'à la sortie. Nalini Chopra criait : « C'est lui qui a tiré sur Zaira. Attrapez-le ! Attrapez-le ! »

À ce moment-là, Zaira reposait sur mes genoux.

Nous l'avons emmenée en ambulance à l'hôpital vingt minutes plus tard.

Samar Arora.

Bien que j'aie été présent au Maya Bar durant cette soirée funeste, je n'ai vu personne avec un pistolet ; en tout cas, je n'ai pas vu l'homme qui a tiré sur Zaira. J'étais là-bas dans le cadre de recherches pour mon nouveau roman et je bavardais avec un mannequin quand j'ai entendu le coup de feu. Un peu plus tard, on m'a dit que la super-star de Bollywood, Zaira, avait été tuée. Comment pourrais-je connaître Malik Prasad ? Je suis enfermée dans une pièce, à écrire huit heures par jour… et je ne connais personne à Bollywood.

Vicky Lalwani.

Je parlais avec une amie, la princesse de Jaipur, me semble-t-il me souvenir, lorsque ma fille Tara est venue me trouver, dans tous ses états, pour m'annoncer qu'il était arrivé quelque chose d'horrible au bar. Comme nous sommes toutes les deux copropriétaires du Maya, nous étions extrêmement inquiètes. Ma fille vit Zaira la première. Du sang sortait de sa tête et elle manquait de souffle. Ma fille est très sensible, elle s'est évanouie. Ensuite, j'ai vu un homme en chemise blanche et pantalon marron mettre un pistolet dans sa poche et se précipiter vers la sortie. Il était accompagné par un autre homme. Je leur ai couru après. En chemin, j'ai hélé un serveur et lui ai demandé de m'aider à rattraper l'homme qui avait tiré sur Zaira. Nous nous sommes frayé un chemin parmi les convives affolés, mais les deux hommes ont eu le temps de monter dans une voiture et de partir avant notre arrivée.

Nalini Chopra.

« Prêt ? demanda Samar en émergeant de la chambre.

— Moi, oui. Et toi ? »

Samar et Leo sortaient à une soirée organisée par Diya Sen dans son appartement de Colaba.

« Ouais. »

Leo lança un regard à Samar : comme, ayant beaucoup maigri, il n'avait plus que la peau sur les os, avec son pantalon à plis et sa chemise bouffante il avait l'air d'un épouvantail. « Es-tu certain de ne pas vouloir enfiler une veste ou une chemise un peu plus seyante ?

— Absolument certain. » Samar prit une profonde inspiration. Il n'avait accepté de sortir que parce que Leo avait insisté : il n'allait pas en plus faire des frais vestimentaires !

Leo jeta le magazine par terre. « Je vais prendre les clés de la voiture.

« — Qu'est-ce que tu lisais ?

— Un article sur le procès. Les dépositions des invités. Ce n'est pas joli-joli, Samar. Beaucoup se rétractent.

— C'est ce qu'on raconte. » Samar essaya de ne pas trahir son désarroi. « Quoi qu'il en soit, sortons. Diya doit nous attendre. »

Leo était ravi de pouvoir quitter la maison après un long mois d'exil. Or ils n'étaient pas arrivés au portail que des flashs leur explosèrent à la figure et que s'éleva un concert de voix : on les appela par leurs noms, leur cria des questions. Reculant d'horreur, ils battirent en retraite et rentrèrent précipitamment à l'intérieur.

« Comment allons-nous franchir ce barrage ? » s'exclama Samar. Les photographes avaient pris d'assaut la demeure ; leur nombre était impressionnant. « Comment allons-nous réussir à sortir ?

— Arrête de poser des questions sans réponses ! »

Samar n'eut d'autre choix que d'observer le dos de Leo, furibond, disparaître à l'intérieur. Il regarda Mr Ward-Davies, qui le dévisageait d'un air curieux. « Et si on allait chercher de l'arnica ? dit-il au chien. Il paraît que c'est le meilleur remède contre les chocs, n'est-ce pas ? »

12

Le ministre Chander Prasad fulminait.

La presse couvrait sans relâche le « procès Zaira ». Les présentateurs de la télévision le pistaient comme un banc de piranhas assoiffés de sang. Pour couronner le tout, plusieurs leaders du PPH lui mettaient la pression. Ils avaient exprimé leur déplaisir collectif de le voir impliqué dans cette affaire, non pas pour une quelconque question de moralité, mais de crainte que l'opposition utilise ce scandale pour faire chuter le parti. S'il y avait procès et si Malik était condamné, le ministre Prasad pouvait dire adieu à sa carrière. Après tout, comment pourrait-on encore le prendre au sérieux au Parlement si son fils purgeait sa peine à Tihar ? Perturbé par l'animosité du public à l'encontre de Malik, il lui fallait absolument trouver un moyen de faire sortir son fils – et lui-même – de ce *tamasha* sans une égratignure.

Le ministre connaissait sur le bout des doigts les rouages de la machinerie légale de son pays, un monstre colonial peinturluré de couleurs archaïques. Le système judiciaire indien repose sur la confrontation. L'accusation doit prouver la culpabilité de l'accusé, qui bénéficie de la présomption d'innocence jusqu'à ce qu'elle soit établie. En théorie, le système judiciaire indien n'était donc pas censé rechercher et châtier l'assassin de Zaira : à la défense de prouver que Malik n'était pas coupable. Il était donc vital, dans son optique, qu'elle sème le doute partout où c'était possible, afin que les soupçons soient détournés de l'accusé ; dans cette optique, il fallait mettre certains jalons en place. Sans perdre un instant, le ministre téléphona à Ram Dube, directeur de l'institut médico-légal auquel avaient été transmises les preuves concernant l'affaire Zaira.

Au fil des ans, Ram Dube avait aidé le ministre dans le cadre de plusieurs affaires – une aide stratégique qui avait systématiquement débouché sur des acquittements. Ram Dube n'oublierait jamais la générosité du ministre : quand il l'avait aidé lors d'un procès majeur, quelques années auparavant, sa récompense s'était élevée à une douzaine d'hectares de terrain dans le Haryana.

Le ministre Prasad savait que la fille de Ram Dube, à l'âge vénérable de dix-huit ans, désirait entrer dans une école de médecine. Après les plaisanteries d'usage, jouant gambit, il se lança dans un bavardage anodin sur l'éducation :

« Alors, quelles nouvelles de Lata... ses demandes d'admission en médecine ?

— Lata ?

— Lata... votre fille.

— Vous voulez dire Shabnam.

— N'avez-vous pas une fille du nom de Lata ? »

Le ministre avait pris le ton sévère du directeur d'école qui interroge un étudiant particulièrement obtus.

« Non, je n'ai qu'une fille, monsieur le ministre-*saab*. Elle s'appelle Shabnam.

— Êtes-vous sûr ? » Le ministre paraissait exaspéré.

« Absolument sûr.

— Peu importe. Qu'en est-il donc de ses postulations ?

— C'est très, très difficile, monsieur le ministre-*saab*. Elle est super-brillante, bien sûr, mais aucune université n'est prête à l'intégrer. » Le ministre se rappela que Shabnam Dube avait hérité de toute la grisaille du père : peau sombre, système pileux développé (sa moustache était florissante), des dalles tombales à la place d'incisives et une odeur corporelle musquée, comme de renfermé. « De nos jours, la compétition est incroyable.

— Dans quelle branche La... hum, Shabnam aimerait-elle se spécialiser ?

— Nous n'aspirons à rien d'extraordinaire, répondit Ram Dube timidement. Seulement qu'elle devienne la plus grande pathologiste de l'histoire de l'Inde moderne !

— Pathologiste ? Shabnam veut gagner sa vie à étudier la merde ?

— Elle est intelligente, répliqua Dube dans un accès de loyauté ; et puis gentille, charmante, et musclée... C'est une jeune fille très excitante », ajouta-t-il après une pause.

Le ministre haussa les sourcils. Une jeune fille très excitante ? Qu'entendait-il *précisément* par là ? Le ministre préféra ne pas s'engager sur ce terrain. « Et si elle n'obtient pas son admission dans une école de médecine ?

— Si elle échoue, nous la marierons.

— Ne perdez pas espoir si vite, Ram.

— Mais si aucune de ces bonnes universités n'accep...

— Dans quelle université voulez-vous la faire entrer ? Pourquoi ne m'avez-vous pas appelé ?

— C'est une affaire sans importance. Je ne voulais pas vous déranger.

— Nous nous connaissons depuis si longtemps ! Je suis pour ainsi dire son oncle. Alors, dites-moi, quelle université ? »

Ram Dube débita une liste d'écoles de médecine renommées et rappela encore au ministre qu'aucune d'entre elles n'avait été particulièrement impressionnée par le profil « super-brillant » de sa fille.

« Envoyez-moi une lettre en spécifiant l'université où elle veut aller. Je verrai ce que je peux faire.

— *Sir*... C'est infiniment généreux de votre part. » Le pouls de Ram Dube s'accéléra et la sueur dégoulina sur ses joues. Il se représenta sa fille le jour de la remise des diplômes, en toge noire flottante, un drôle de chapeau carré sur la tête, un rouleau de papier à la main ; il l'imagina penchée sur un microscope dans un laboratoire. Son avenir lui apparut si lumineux qu'il fut tenté de mettre la main en visière.

« Ce n'est rien, Ram, dit le ministre d'un ton bienveillant. Nous sommes comme cul et chemise, *ne* ?

— *Sir*, je vous serai à jamais redevable. » Ram Dube s'essuya les aisselles avec le poignet.

« Envoyez-moi un courrier avec tous les détails.

— Je n'y manquerai pas. » Ram Dube s'éclaircit la gorge. « *Sir*, s'il y a quelque chose que je peux faire pour vous ?

— Je détesterais vous ennuyer avec ça...

— Dites-moi, *sir*.

— Vous savez que l'affaire de l'actrice morte est en train de dégénérer…

— Naturellement, *sir*. » Les chaînes d'information ne couvraient plus rien d'autre que le meurtre de Zaira ; le procès était devenu une obsession nationale.

« Vous n'ignorez pas que mon fils est le principal accusé dans cette histoire de mort ?

— C'est regrettable.

— Ce n'est qu'une conspiration de l'opposition pour me faire tomber.

— J'ai subodoré ça dès le premier jour.

— Le Congress essaie de faire tomber mon fils parce que je suis beaucoup trop puissant pour qu'on puisse me faire tomber, moi.

— Ils ne reculent devant rien, ces gens…

— Mon pauvre garçon…

— … est la victime d'un règlement de compte politique.

— Ram, je vois que vous comprenez parfaitement la situation.

— La politique est pleine de ces coups tordus, monsieur le ministre-*saab*. Parce que nous sommes entrés dans *Kalyug*, l'ère où le mal triomphe et où le bien est bafoué.

— Je le sais, je le sais. Ainsi va la vie… » Le ministre poussa un soupir. « Je ne veux pas laisser tomber mon fils quand il a le plus besoin de moi.

— Il n'y a aucune raison, en effet, pour que vous le fassiez. Aucun parent ne devrait être contraint à ne pas répondre aux attentes de ses enfants.

— Il me semble que les balles trouvées au bar sont conservées par votre département. Pour analyse ? » Les équipes d'enquêteurs avaient récupéré deux balles — l'une fichée dans le plafond du Maya

Bar, l'autre dans la tempe de Zaira. Toutes deux se trouvaient en effet à l'institut légal.

« C'est cela, *sir*.

— Ces balles auraient prétendument été tirées par le pistolet pour lequel mon fils possède un permis ?

— C'est exact.

— Quelle effroyable coïncidence ! L'opposition va se servir de cet argument pour accuser mon fils d'avoir tiré sur cette traînée de Bollywood. Ram, je dois sortir mon fils de ce *lafda*.

— Cela va de soi, monsieur le ministre-*saab*. C'est simplement un coup monté pour souiller votre honneur et porter l'opprobre sur le Parti du peuple hindou. Cela n'arrivera pas tant que je serai là. »

Le ministre informa Ram Dube de son plan : le rapport balistique réalisé sous la supervision de son interlocuteur ne pourrait-il prouver au tribunal que, quoique d'un modèle identique, les balles avaient été tirées par deux pistolets différents ? N'était-il pas possible que, après que Malik eut tiré au plafond, quelqu'un d'autre présent dans le bar, quelqu'un qui aurait été en possession du même modèle de pistolet, ait tiré sur Zaira ?

« Me comprenez-vous, Ram ?

— Oui, deux personnes sont venues au Maya Bar armées d'un pistolet. Mais, sauf votre respect, monsieur le ministre-*saab*... où est cet autre homme et où se trouve son pistolet ?

— Figurez-vous que moi aussi, je me suis posé cette question.

— La police s'en prend à votre fils, *sir*, parce qu'elle ne réussit pas à trouver le *véritable* meurtrier.

— La police... » Le ministre frissonna. « Moins on en dit sur ces salauds, ces agents corrompus de l'État, mieux c'est.

210

— Mais il est essentiel d'établir la vérité tôt dans la procédure.

— Je suis tout à fait d'accord avec vous ! Vous vous en occuperez donc ?

— C'est comme si c'était déjà fait.

— C'est très bien de votre part, Ram.

— Merci, monsieur le ministre-*saab*. J'envoie donc la lettre à votre adresse personnelle ?

— Quelle lettre ?

— … Pour l'admission à l'école de médecine.

— … Quelle école de médecine ?

— Pour Shabnam.

— … Shabnam ?

— Ma fille, *sir*. Nous avons parlé de ses études de pathologie. Elle est super-douée…

— Ah oui, bien sûr, bien sûr », répondit le ministre d'un air distrait en essuyant ses paumes mouillées sur sa *kurta* blanche, sa marque de fabrique. « Oui, envoyez-la à mon adresse personnelle. »

13

Bombay, le matin.

La lumière du jour perça le fourreau argenté de l'horizon. La chaude nuit industrielle usait le vert paresseux des magnolias. Des attrapeurs de rats musclés émergeaient d'égouts aussi étroits qu'immondes, vermine massacrée passée sur l'épaule. Le cliquetis de bidons en métal (des laitiers qui en étaient à leur première distribution) entrait en compétition avec le grincement diabolique et guttural de freux perchés sur les jacarandas. Des petits enfants se tenaient en groupes indolents sous les dais de branchage, attendant les bus scolaires qui arriveraient en brinquebalant, tels des démons dans les grands mythes hindous. À cette heure bénie, un homme tentait de se dégager du corps de son épouse, tâche non exempte d'une douce agonie. Il se renversa en arrière et s'adossa à la tête de lit, avant de se tourner pour regarder encore la forme endormie à son côté.

Les yeux d'Adi tombèrent sur un repli de peau sur l'avant-bras de Rhea, une marque de vaccination remontant à son enfance, hiéroglyphe intime qui le ramena instantanément au jour où il avait offert à sa bien-aimée des lucioles dans un pot de confiture.

À quinze ans, Adi n'avait pas l'âge de conduire, mais un soir, profitant de l'absence de son père, il emprunta sa voiture. Il se rendit au parc national. Il avait décidé de ramener des lucioles à Rhea car elle s'était plainte qu'elles hantaient ses nuits ; elle n'arrivait plus à dormir après ses cauchemars, mais, avait-elle ajouté l'air joyeux, son père, le Dr Thacker, avait fourni une analyse significative de son rêve récurrent. Lorsque Adi lui avait demandé de lui exposer – dans les grandes lignes – l'analyse du Dr Thacker, elle avait refusé. Se sentant incompétent face à la capacité qu'avait le père de Rhea de dénouer les nœuds complexes de la vie intérieure de sa fille, Adi avait donc pensé que, s'il l'aidait à sa manière à se confronter à son rêve, il parviendrait peut-être à stopper sa troublante récurrence. C'est ainsi qu'il se retrouva sur la route du parc national, fredonnant un air de Duke Ellington sur la radio-cassette.

Arrivé à destination, il gara la voiture près d'un bosquet de bambous. Il s'aventura dans la pénombre de la forêt, fraîche, alourdie par l'air raréfié de la mousson. En pénétrant dans un bosquet de *kadams* sacrés près des cavernes de Kanheri, il entendit les cris perçants de perroquets multicolores prenant leur envol. Plus loin, il vit un animal à fourrure marron, un peu comme une civette, grogner avant de détaler pour se mettre à l'abri ; la peur lui fit dresser les poils des bras. Le ciel bleu cobalt vira au cramoisi et, bientôt, l'épaisse fumée du crépuscule voila le jour. Sur cette mystérieuse toile de fond sylvestre, les lucioles firent leur apparition, chatoyant telles des braises. Constatant qu'il avait du mal à capturer les insectes, qui bientôt flottaient par centaines autour de lui, Adi décida de se concentrer sur ceux qui rôdaient sous les plus hauts branchages. Lorsqu'il monta sur un premier arbre, il sentit ses branches fragiles craquer sous son poids et manqua tomber. Une nouvelle tentative, et il réussit. Une demi-heure plus tard, il retournait à la voiture avec un pot plein de lucioles qui lançaient des étincelles comme des soupirs de comètes.

Il se rendit directement chez Rhea.

Elle ouvrit la porte, un manuel de physique à la main ; elle eut l'air troublé. « Adi… Quelle surprise !

— Tiens. Pour toi. »

C'est quand Rhea tendit les mains pour prendre le pot qu'Adi aperçut la cicatrice sur son bras.

« Tu as les bras et les jambes tout écorchés ! s'exclama-t-elle.

— Ce n'est rien, Rhea. Je dois y aller.

— Et tu as des feuilles dans les cheveux.

— Garde le pot sur ta table de nuit. Comme ça, peut-être les lucioles ne viendront-elles plus hanter tes rêves.

— Tu saignes, regarde tes mains. Veux-tu que j'applique du Dettol sur les écorchures ? »

Adi reculait déjà.

De retour dans la voiture, il comprit que quelque chose avait changé entre eux ; elle n'était plus seulement la fille de son père, à qui elle ne réservait plus, désormais, l'exclusivité de son amour. Ce qui cimenta cette impression, c'était l'image de l'inoculation sur son bras : elle lui avait, pour ainsi dire, livré son secret le plus intime. Adi rentra chez lui exalté par la délectable possibilité qu'ils pourraient passer leur vie ensemble.

L'eau avait coulé sous les ponts. Il était allongé à côté d'elle, et il pensait à la première fois où il avait vu sa cicatrice, à la façon dont elle avait matérialisé un pacte tacite entre eux. Il se pencha pour déposer un baiser sur le bras nu de celle qui était devenue son épouse.

Elle se réveilla au toucher de ses lèvres. « Tu te lèves tôt…

— Chut… rendors-toi.

— Que fais-tu ? » Rhea eut du mal à ouvrir les paupières.

« Je me rappelle les lucioles que je t'avais rapportées.

— Comment cela se fait-il ? »

Il déposa un autre baiser sur son bras, comme s'il avait oint la cicatrice. « Quel chemin nous avons parcouru depuis ce jour-là ! dit-il doucement, si doucement qu'elle ne comprit pas.

— Quoi ?

— Rien, dit-il en se levant. Je dois me préparer.

— On se voit au petit déjeuner, fit Rhea, remontant les draps jusqu'au cou. J'ai besoin d'un rab de sommeil.

— Sûr, dit Adi avant de passer à la salle de bains pour prendre sa douche. Tu as tout ton temps. »

À table, avalant le petit déjeuner que Lila-bai lui avait préparé, Adi lut le *Times of India*. Bientôt, Rhea le rejoignit ; avant de s'asseoir, elle s'étira et étouffa un bâillement, puis jeta un coup d'œil au journal qu'il avait à la main. « Les quotidiens continuent-ils de s'étendre sur le meurtre ? demanda-t-elle, fronçant les sourcils.

— Les enquêteurs accumulent les bourdes. » Le compte rendu du *Times of India* précisait que la robe que Zaira portait le soir où elle avait été assassinée — objet d'une féroce offensive de la part du Parti du peuple hindou — manquait sur la liste des pièces à conviction. Aucun des policiers interrogés n'avait été capable d'expliquer quand et comment ils avaient pu en perdre la trace.

« Il est évident que le ministre Prasad l'a fait disparaître, affirma Rhea en se versant une autre tasse de thé.

— Crois-tu ?

— Il est évident qu'il va vouloir détruire toutes les pièces à conviction ; il fera tout ce qui est en son pouvoir pour affaiblir l'accusation.

— Malik Prasad m'intrigue.

— Bizarre.

— Je suppose qu'il est bizarre, en effet, d'être intrigué par un meurtrier et en plus d'éprouver de la sympathie pour lui.

— Tu éprouves de la sympathie pour Malik ! » Rhea sentit un muscle se raidir dans sa nuque.

« J'ai l'impression que Malik s'est perdu dans l'artifice des clichés médiatiques : le gosse de riche gâté, l'amant rejeté, le méchant, le mauvais rôle… »

Rhea but son thé sans faire de commentaire.

Adi craignit d'en avoir trop dit. Au cours des dernières semaines, il avait ressenti une immense pitié pour Malik. En fait, il se souvenait exactement du moment où il avait commencé à le prendre en pitié. C'était par une nuit sans lune à Singapour, et Rhea lui manquait atrocement. Il l'avait appelée plusieurs fois, mais elle n'avait pas répondu. Une crainte épaisse et visqueuse avait coagulé dans sa poitrine ; si elle n'était pas joignable, c'est qu'elle était dans son atelier ou occupée d'autres manières, dont il lui fut douloureux d'avoir à envisager que certaines puissent être peu honorables. Où était-elle ? Était-elle sortie ? Avait-elle décroché le téléphone ? Recevait-elle quelqu'un qu'il ne connaissait pas ? Cédant à la panique, l'esprit d'Adi s'égara dans tout un faisceau de pensées illogiques et peu réalistes. Si jamais ils devaient se séparer, il ne supporterait pas leur rupture. Si Rhea mourait, si telle était la cause de leur séparation, il serait inconsolable, mais si elle désertait leur mariage, il entrerait dans une colère cyclonique. Et voilà donc que, au petit déjeuner, à son côté, il se rappelait les récits très médiatisés selon lesquels Zaira avait repoussé les avances de Malik, et il pensait à Malik pas seulement comme à un meurtrier, mais aussi comme à un amoureux éconduit. Sa sympathie pour lui, s'aperçut Adi, serait jugée obscène de quelque point de vue qu'on se plaçât.

« J'entends dire que des tas de gens ont été abasourdis par la mort de Zaira, dit Rhea.

— Samar Arora, en premier lieu.

— Oui, dit-elle doucement, songeant à Karan pleurant dans ses bras. Entre autres. Quelle tragédie… Mais c'était une mauvaise actrice.

— À chaque film elle s'améliorait.

— Bollywood faisait trop de tapage autour d'elle, Adi.

— Son dernier film était plutôt bon. Elle avait du talent.

— Tu plaisantes ! Elle était bourrée de sex-appeal : là s'arrêtait son talent. » Rhea hocha la tête et remplit sa tasse de thé.

Adi tressaillit. « Moi, j'aimais ce qu'elle faisait.

— Et d'autant plus depuis qu'elle est morte ?… »

Adi fusilla sa femme du regard. Rhea se contenta de beurrer son toast d'un air nonchalant. « Tu as une longue journée devant toi ? » fit-elle.

La journée d'Adi débutait avec un rendez-vous à l'Oberoi, suivi par une téléconférence avec l'équipe de Singapour ; ensuite, un conseil d'administration au bureau. Mâchonnant son toast, Adi demanda à Rhea ce qu'elle avait prévu de son côté.

Elle devait être au refuge à dix heures et demie. « Rekha se marie aujourd'hui. » Rekha était l'une de ses collègues. « Je la remplace.

— Tu ne te lasses pas du refuge ? » Adi ne s'y était rendu qu'une fois, un jour où il était allé chercher Rhea, dont la voiture était tombée en panne. Il n'avait jamais plus voulu y retourner : l'odeur fétide des excréments, partout des animaux malades, geignant, aboyant, le regard sinistre, dans leurs cages, derrière des barreaux : il avait trouvé cette atmosphère répugnante.

« C'est abrutissant presque tous les jours, admit Rhea, et à vous fendre le cœur le reste du temps. Mais il suffit de se pincer les narines et de foncer.

— Un vrai petit soldat !

— Dur comme un rhino, *jaan*, mon amour.

— Et cet après-midi ?

— Après avoir assuré la permanence de Rekha, je rentrerai pour déjeuner.

— Tu feras de la poterie ?

— Oui, mais je ressortirai peut-être à trois heures. »

Adi se leva, ouvrit son attaché-case et se mit à fouiller à l'intérieur. « Comment ça ?

— Oh… » Pendant un instant, elle eut l'air de qui manque un barreau sur une échelle. « Je dois… Je dois… aller acheter de l'argile, à Kumbharwada. »

Heureusement, Adi ne remarqua pas que l'expression de sa femme passa à ce moment-là du calme à la trépidation. « Tu devrais vraiment faire une expo, dit-il. Il y a longtemps que je te le répète.

— Personne ne viendrait, Adi.

— N'importe quoi ! Tu ferais un tabac. Tu as donc oublié l'époque où tu étais le chouchou des galeristes ?

— Une "expo"… ça fait tellement prétentieux. D'ailleurs, je n'étais pas "le chouchou des galeristes", comme tu dis ; deux d'entre eux avaient prétendu vouloir acheter mon projet de fin d'études, mais sans doute était-ce par charité. »

Adi pencha la tête de côté. « Est-ce qu'il t'arrive de regretter de ne pas avoir choisi de mener la vie publique d'une artiste ?

— *Artist-shmartist !* Que des conneries…

— Tu sais que tu pourrais *encore aujourd'hui* faire une expo. Tu pourrais contacter les galeristes qui admiraient ton travail à la fac.

— Je n'aurais plus le cran d'exposer. Et ça n'a plus aucun attrait à mes yeux. Mon atelier est très agréable, je dispose de mon temps à ma guise, je fixe mes propres règles…

— Si tu es heureuse de cette manière…

— À quelle heure rentreras-tu ? » demanda Rhea en accompagnant son mari à la porte.

Dans le couloir, ce dernier appuya sur le bouton de l'ascenseur. « Vers sept heures et demie.

— Tu te rappelles que nous avons prévu de sortir ce soir ?

— Comment pourrais-je oublier ! » Le festival de musique de Ban Ganga, auquel ils assistaient tous les ans, était un événement sans prétention mais inoubliable : sur une scène en bois flottant dans le réservoir sacré étaient invités à se produire des musiciens de renom. Les Dalal avaient vécu durant ces concerts une expérience sublime, lyrique, intime, un peu comme lire une lettre d'amour remontant à une saison passée. Ce soir-là devait jouer Fateh Khan, le célèbre chanteur soufi de Karachi, attendu par tout Bombay. « Il y a des années que je rêve d'entendre Fateh Khan en concert, déclara Adi. Sa voix… c'est de la magie pure. »

Rhea fut heureuse de le voir si excité, comme un enfant. Elle hésita avant de lui demander : « Est-ce que je te rends heureux, Adi ?

— Qu'entends-tu par là ? »

Elle ne répondit pas et il comprit instantanément ce qu'elle était incapable d'exprimer. « Tu me rends… merveilleusement heureux. » Adi frotta sa joue contre celle de sa femme. « Tu es tout ce dont j'ai besoin, Rhea.

— Parfois, je me pose la question : nous serions-nous mariés si j'avais accepté cette bourse pour aller à Berlin ?…

— Naturellement, nous nous serions mariés ! Je t'aurais attendue.

— Je n'en suis pas si sûre. Nous aurions poursuivi nos vies chacun de son côté.

— Regrettes-tu d'avoir renoncé à cette bourse ? »

Rhea leva les mains. « Qui sait ? Pourquoi imaginer que ma vie d'artiste m'aurait menée où que ce soit ? Pourquoi supposer que Berlin aurait été une expérience déterminante ? J'aurais très bien pu complètement rater mon séjour là-bas. » Elle haussa les épaules. « Des questions, des questions, toujours des questions… Je pourrais te demander si tu regrettes de m'avoir épousée et de ne pas avoir d'enfant.

« — Je n'ai jamais regretté de t'avoir épousée. Tu es la meilleure chose qui me soit jamais arrivée.

— Mais tu regrettes de ne pas avoir pu fonder une famille.

— Je t'aime. » L'émotion fit trembler la voix d'Adi et Rhea s'abstint de poursuivre.

En attendant que l'ascenseur monte, elle songea : voici donc notre sujet de conversation, après le petit déjeuner, sur le palier... Le choix fait dans un passé révolu, irrémédiablement révolu. Voilà donc ce que nous disons. Et ce que nous taisons. « J'ai *choisi* cette vie, n'est-ce pas ? » dit-elle doucement.

L'ascenseur s'arrêta et Adi y entra, quelque peu soulagé. « Travaille bien.

— Je n'y manquerai pas. À tout à l'heure. »

Rhea observa l'ascenseur s'enfoncer dans la cage, laisser derrière lui un trou embué, puis elle recula de quelques pas et s'adossa au mur du couloir.

Pendant toutes ces années passées avec Adi, Rhea l'avait surpris quantité de fois à observer des enfants — jouant dans le parc, faisant tranquillement de la balançoire ou du toboggan, trottinant en direction de l'école, chargés de cartables plus grands qu'eux, accrochés à la main d'un parent quand ils devaient traverser la chaussée. Chaque fois, elle avait l'impression d'empiéter sur un pan éminemment intime de la vie de son mari ; le regard d'Adi était si désespéré, empli d'une telle envie... Elle se demanda ce à quoi leur mariage aurait ressemblé s'ils avaient eu des enfants. Sans doute l'écran de mélancolie qui les séparait n'existerait-il pas, peut-être ne serait-elle jamais allée à Chor Bazaar en quête de talismans : elle n'aurait jamais rencontré un jeune photographe qui posait des questions gênantes et avait un talent fou. Adi et elle auraient-ils passé plus de temps ensemble grâce aux enfants ? Peut-être ne seraient-ils pas allés au concert ce soir-là : parce que l'un des gamins aurait eu un rhume, et ils auraient alors été obligés d'annuler au dernier moment… Rhea poussa un soupir, revint au présent, émergeant du rêve ouaté d'une vie qui lui avait été refusée — ou qu'elle n'avait simplement pas encore vécue.

À trois heures trente cet après-midi-là, Rhea quitta son appartement de Silver Oaks. À quatre heures, elle était à Crawford Market.

Karan patientait près du stand d'un marchand de châtaignes d'eau. « Salut !

— T'ai-je fait attendre longtemps ?

— Oh, environ vingt minutes. » Il essuya la sueur de son front.

« Tu devais être en avance.

— Oui, dit-il en souriant, jouant le jeu, s'accusant à la place de sa compagne. Ce doit être ça. »

Ils avancèrent, dépassèrent des tas de mangues orange foncé disposées en pyramide sur des bottes de paille, et des cages dans lesquelles des cailles mouchetées poussaient des cris stridents. Des colporteurs étiques, à la peau très noire, lançaient des bordées d'obscénités. De corpulentes ménagères, suant comme des juments, marchandaient le prix de carottes et de pois. Un vendeur de grenades soumettait son organe de l'ouïe à l'un de ces hommes dont la profession est de vous nettoyer les oreilles dans la rue. Deux chiens errants goûtaient à l'extase de l'accouplement dans un coin, juste à côté d'un tas d'ordures.

« Comment va Samar ? » s'enquit Rhea.

Karan tenta de repousser l'image qui réapparut dans son esprit à la mention du nom de Samar. L'avant-veille, en revenant de la piscine au salon, Samar était tombé brusquement sur la terrasse, portant les mains au ventre. Leo s'était précipité pour le relever, mais il était resté allongé par terre. Karan dodelina de la tête en décrivant la scène à Rhea.

« Elle doit lui manquer… terriblement, dit-elle.

— Je suppose qu'il ne s'aperçoit que maintenant à quel point.

— Comment Leo réagit-il ? » Ils dépassèrent un homme qui vendait des colombes blanches, perchées sur ses bras écartés ; Rhea aurait aimé que Karan s'arrête et photographie le colombier ambulant, mais il paraissait trop préoccupé par le sort de Leo et de Samar.

« Difficile à dire, Rhea. Je ne connais pas bien Leo et, en ce moment, je n'ai pas envie de mieux le connaître.

— Tu n'as pas l'air de beaucoup l'apprécier.

— Leo n'est pas exactement M. Adorable. » Karan haussa les épaules. « Il prétend devoir absolument rentrer à San Francisco ; il a peur que Samar et lui soient attaqués par des gangsters de la mafia du ministre Prasad.

— Samar ne peut pas s'absenter en ce moment ! Sa présence au tribunal est capitale.

— Je ne te le fais pas dire !

— Sont-ils en train de s'éloigner l'un de l'autre ? »

Karan roula les yeux ; Rhea lui posait des questions évidentes. « Les gens se comportent de façon odieuse », déclara-t-il après un silence. Il cita le couturier qui prétendait désormais avoir été absent de

Bombay le soir du meurtre, alors qu'il bavardait avec Zaira au moment même où Malik et son pote de San Jose avaient pénétré dans le Maya Bar ; et dire qu'il avait été propulsé au firmament de la haute couture indienne à peine quelques années auparavant, en constituant la garde-robe de Zaira pour son apparition au festival de Cannes !

« De combien de témoins dispose donc l'accusation ? Je veux dire… hormis Samar.

— Deux… peut-être. Nalini Chopra et Bunty Oberoi. »

Rhea eut l'air choqué. « Seulement deux ? Alors qu'il y avait deux cents personnes sur place ?

— Oui. Nous sommes entourés de salauds… Quelle bande de *haramis* ! Le seul point positif, c'est que D.K. Mishra est de notre côté.

— Mishra, l'enquêteur ? » Rhea avait lu son nom le jour même dans l'article du *Times of India* ; il avait tancé la police suite à la disparition de la robe de Zaira, qui manquait à l'inventaire des pièces à conviction qu'elle était censée avoir réunies.

« Oui. »

D.K. Mishra avait assuré à Samar que non seulement il réunirait davantage de témoins, mais qu'il localiserait aussi le pistolet enregistré au nom de Malik. Les balles de calibre 22 retrouvées sur la scène du crime correspondaient parfaitement au pistolet de l'accusé.

« D.K. Mishra sait-il pourquoi personne n'est prêt à témoigner ?

— La plupart des témoins font dans leur froc. Et comme je l'ai appris récemment, il n'existe aucun programme de protection pour eux.

— T'a-t-on menacé, Karan ?

— Je ne suis pas le seul. »

La voix de Rhea trahit son inquiétude : « T'a-t-on téléphoné pour te dire qu'on s'en prendrait à toi ?

— Oui.

— Oh, mon Dieu ! » Elle porta la main à la bouche.

« Tout va bien.

— Bénéficies-tu d'une protection policière ?

— Non. Mais je suis trop insignifiant pour courir le moindre risque. La police m'a dit que je n'avais droit à aucune protection.

— Ne crains-tu pas pour ta vie ?

— Je contrôle souvent ce qui se passe dans mon dos. »

Rhea marqua une pause pour se laisser le temps d'évaluer la situation. L'idée que Karan puisse devenir l'objet de la colère du ministre l'affolait. « Et les célébrités qui étaient invitées ce soir-là ? demanda-t-elle. Tous ces gens trop puissants pour être inquiétés par le ministre ?

— Pour eux, l'affaire ne vaut pas la peine qu'ils s'y attardent, répondit-il sans détour. Le procès pourrait durer des années et pourrir la vie de ceux qui sont impliqués. Trois témoins sont encore prêts à comparaître, dont Bunty est le principal : c'est lui qui a porté plainte auprès de la police. Son témoignage est primordial. S'il se dégonfle, dit Karan, pointant le pouce vers le bas, nous "coulons".

— Bunty a-t-il quoi que ce soit à son actif qui puisse indiquer qu'on ne peut lui faire confiance ?

— Samar dit que Zaira le méprisait ; Bunty est un as de l'autopromotion. Peut-être ne fait-il tout ce numéro de M. le Témoin principal que pour gagner des points du côté de la presse.

— N'es-tu pas trop pessimiste ?

— Ce procès n'invite guère à l'optimisme. »

Sans doute Karan confond-il maturité et cynisme, songea Rhea ; quoi qu'il en fût, il avait perdu une partie de son charme. Elle se passa les doigts dans les cheveux, démêlant une mèche ou deux ; elle ne voyait pas vraiment ce qui avait changé en lui, mais il semblait si différent de l'apprenti photographe enthousiaste qu'elle avait rencontré le premier jour à Chor Bazaar ! « Il reste au moins Nalini Chopra », dit-elle pour lui remonter le moral.

Karan allait dénigrer Nalini Chopra, la traiter de « reine des pouffes de la nuit », mais il se retint parce qu'il ne voulait pas que Rhea y voie un nouveau signe de son pessimisme croissant. « Dieu sait combien de temps elle va rester sur sa position ; elle a une bonne raison de se rétracter.

— Tu fais allusion à la licence de vente d'alcool ?

— Exactement. »

Recherchant désespérément à attirer vers son nouveau bar la faune de la Semaine de la mode de Bombay, Tara Chopra avait fait l'impasse sur un détail technique : se procurer une licence de vente d'alcool. Les deux Chopra copropriétaires du Maya Bar pouvaient donc être accusées de commerce illégal d'alcool ; déclarées coupables, elles seraient susceptibles de faire de la taule. Même si cette infraction n'avait aucun lien avec le procès, chacun était conscient que le ministre Prasad pourrait s'en servir à son avantage.

« Peut-être Nalini surprendra-t-elle son monde en confirmant sa déposition ? »

Karan lâcha un rire amer. « Ne prenons pas nos désirs pour des réalités, Rhea !

— Tu me parais vraiment être à plat. » Rhea trouvait le cynisme de Karan discordant, mais préféra ne pas insister.

Karan frotta ses paupières bouffies. « Je ne dors pas très bien en ce moment.

— Tes insomnies sont-elles dues aux menaces du camp du ministre Prasad ?

— Qui sait ? » Karan hocha la tête. « J'ai les photos de Zaira prises quand j'étais allé photographier Samar. Ils semblent si joyeux. En sécurité. Invincibles.

— Et ton travail, au fait ?

— Barbant. Je n'ai plus envie de toucher à mon appareil.

— Tu dois être épuisé… »

Un porteur noir comme l'ébène heurta Karan, qui perdit momentanément son équilibre. Tombant en arrière, il heurta à son tour Rhea, qui le rattrapa ; il se sentit bizarrement lourd. Quand il eut recouvré son équilibre, il dit, les yeux baissés sur la paille au sol : « J'ai pris une décision ces derniers jours.

— Laquelle ?

— Je vais abandonner la photo.

— *Quoi !* » Rhea le retint en le saisissant par la taille.

« J'arrête mon travail de recherches sur Bombay.

— Mais c'est la raison pour laquelle tu es venu ici !

— Je ne suis pas fait pour être photographe, voilà tout. »

Rhea fronça les sourcils. « J'espère que ce n'est qu'une phase…

— J'en doute. » Il se remit à marcher. « Et puis, pourquoi ma décision devrait-elle t'offusquer, *toi* en particulier ? »

Rhea grinça des dents. Comme il avait vite oublié les heures qu'ils avaient passées ensemble à discuter de ses photos ! Comme il avait vite oublié leurs excursions dans Bombay en quête de nouvelles visions de la ville ! « Cela a-t-il quelque chose à voir avec Zaira ?

— Possible...

— Est-ce à cause du procès ?

— Peut-être.

— Quelle que soit la raison, tu ne peux pas foutre tout ton travail en l'air.

— J'ai essayé, j'ai vraiment essayé...

— Essaie encore.

— Et toi, essaie d'être plus gentille avec moi. Je te l'ai dit, Rhea, ma vie est foutue.

— J'aimerais être plus gentille avec toi, mais ce n'est pas mon genre. »

Karan se couvrit le visage des mains.

Ils se retrouvèrent dans un carré d'une lumière vive et chaude qui filtrait à travers les vitraux de la verrière du marché couvert.

« Je suis navrée. » Rhea avait adopté un ton plus doux ; elle caressa la nuque de son jeune compagnon. « Je sais que Zaira comptait beaucoup pour toi. Elle était ton amie, une véritable amie, fiable et douce. C'est pourquoi il est important que tu affrontes le procès. Je sais aussi que tu vas devoir soutenir Samar d'une façon que tu n'avais pas prévue. Mais, lui souffla-t-elle à l'oreille, quoi qu'il arrive, tu ne peux pas laisser cette affaire perturber ton travail et régir ta vie. Que penserait Zaira si elle savait que tu abandonnais... *à cause d'elle* ? »

L'homme aux colombes sur les bras avança vers eux et Rhea recula pour le laisser passer. Une colombe, quittant le perchoir de ses bras, prit son envol ; ses ailes blanches déchirèrent l'air de leurs battements affûtés.

« Mon travail n'a aucun sens. Rien que je fasse ou puisse faire ne fera la moindre différence.

— Ne sois pas si pessimiste…

— La vérité, Rhea, c'est que chaque fois que je regarde par l'objectif… » Il allait dire : *Je vois Zaira. Je la vois comme je l'ai vue lors de notre première rencontre, chez Samar, quand elle a traversé la pelouse en courant pour aller l'embrasser. Je vois la Zaira qui est devenue ma première véritable amie à Bombay.* Or il ne termina pas sa phrase, car Rhea ne l'écoutait plus. Elle examinait des mangues dans une cagette. « Je ne vois rien…, lâcha-t-il dans un murmure.

— C'est une illusion, Karan, dit Rhea en lui touchant le coude. Prends-la à bras-le-corps, combats-la, étudie-la, contourne les angles que tu ne peux pas négocier.

— Je t'en prie, pas de philosophie à deux roupies. »

Elle lui lança un regard abattu. Sa décision d'abandonner la photographie l'affectait profondément : elle se retira dans sa coquille. « Que penses-tu de ces mangues ? Est-ce que je devrais en prendre une douzaine ?

— Hein ? » Karan s'éloigna d'elle.

Le vendeur de mangues dévisagea Rhea.

« Je pourrais faire un gâteau à la mangue. » Adi raffolait des mangues. Elle se tourna vers le marchand. « Combien pour une demi-douzaine ?

— Trois cents roupies, *madam*.

— C'est ridicule ! Cent cinquante.

— *Madam*, je les achète deux cent soixante-quinze roupies.

— Je ne dépasserai pas deux cents. » Elle regarda le marchand en plissant les yeux. Il céda. Elle choisit six mangues, qu'il glissa dans un sac en papier kraft, en échange de deux billets de cent roupies.

Karan eut l'air effondré. « Tu penses à faire un dessert alors que je te dis que Malik Prasad risque de s'en tirer sans frais ?

— C'est une grande pitié, en effet. » Mais Karan ne perçut aucune pitié dans son intonation.

« Tout n'est pas une illusion. Ce monde est truffé d'illusions, mais il y a aussi les faits. »

Rhea replia le haut du sac en papier. « Oh, fit-elle, d'un ton mordant. Oh là là !

— La vérité est toujours à la fois une expérience privée et un savoir public. Malik a tué Zaira, c'est un fait. Samar aimait Zaira, c'est un fait. On peut réduire à néant la vérité mais pas nier un fait. » Karan marqua une pause et essuya la transpiration sur sa lèvre supérieure. « As-tu seulement entendu un traître mot de ce que je viens de dire ?

— Tu es plein de sagesse, Karan... tu es un homme d'honneur et... » Rhea haletait rien que parce qu'elle se trouvait en la présence de cet homme : pas question de le materner !

« Et ? fit Karan.

— Et maintenant je dois y aller.

— Déjà ?

— Je dois me rendre dans un autre quartier de Bombay.

— Ne peux-tu rester encore un petit moment ?

— Hélas, non.

— Je vis un enfer, Rhea.

— J'ai rendez-vous à cinq heures avec un marchand de terre à Kumbharwada. »

Elle ne cilla pas en énonçant ce second mensonge de la journée car, au fond, si elle décidait de se rendre effectivement à Kumbharwada, elle serait absoute du premier qu'elle avait raconté à Adi.

Karan comprit à son expression butée qu'elle ne céderait pas. « Je vais te raccompagner à ta voiture.

— Et ton travail ?

— J'irai au bureau dans la foulée. »

Louvoyant entre des brouettes huileuses, emplies de carottes pleines de boue et d'énormes tas de succulentes pastèques, ils retournèrent au parking sans plus échanger un mot. Quand ils approchèrent de la voiture, Rhea se tourna vers Karan, mettant les mains en visière pour se protéger de la réverbération. « J'ai été contente de te voir. »

Karan fut pris de court : voilà qu'elle s'adressait à lui comme à une simple connaissance. Il se demanda si elle avait l'intention d'ajouter quelque chose du genre : « On s'appelle ? », ou : « On déjeune ensemble un de ces jours ? »

« Je suis désolé si je t'ai barbée tout à l'heure, dit-il, maladroit comme à l'accoutumée.

— Tu n'as jamais pris de photos à Crawford Market, n'est-ce pas ? » En surface l'expression de Rhea mimait la curiosité, mais sous la surface piétinait un immense regret : elle entendait déjà sa réponse.

« Non, et je pense que maintenant je ne le ferai jamais. » Karan eut un haut-le-cœur et dut s'appuyer contre la voiture.

Rhea prit place au volant.

Karan était dévoré par la crainte de ne plus jamais la revoir : puisqu'il abandonnait la photo, quelle excuse auraient-ils de se rencontrer ? Rhea n'aurait plus aucune raison de l'emmener à Sewri, de lui faire visiter les chapelles de Bandra ou les grottes de Kanheri.

« Si, par un soir d'orage, s'enquit-il, je venais frapper à ta porte, me recevrais-tu ? »

Terminant de baisser la vitre, Rhea répondit : « Les orages sont imprévisibles. » Dans sa voix Karan entendit comme un train qui aurait quitté une gare.

Quelques heures après sa brève halte à Crawford Market et sa virée jusqu'au marchand d'argile à Kumbharwada, Rhea, assise sur le tabouret de sa coiffeuse, essayait de visser l'attache d'une boucle d'oreille en or qui l'agaçait car elle ne tenait pas ; elle était terrifiée à l'idée que la boucle, un bijou qui lui venait de sa mère, tombe et qu'elle la perde dans la foule des festivaliers de Ban Ganga. Une couche subtile de mascara avait encore accentué la perfection féline de ses cils, longs et recourbés de nature. Elle ôta délicatement le surplus de rouge à lèvres. Sans doute était-elle prête, se dit-elle : elle pouvait affronter la foule du festival.

Elle se regarda dans la glace en pied.

Étudiant son reflet, elle ressentit une pointe de gêne familière : elle ne connaissait pas la femme qui lui renvoyait son regard. À moins que son embarras vînt plutôt du fait qu'elle ne la connaissait que trop, et que ses traits cachés étaient loin d'être flatteurs. Qu'était-elle donc ? Épouse ? Potière ? Traîtresse ? Elle s'interrogea sur la facilité avec laquelle elle passait de son rôle d'épouse à celui de maîtresse, glissant de l'un à l'autre comme si elle avait changé de paire de chaussures. La culpabilité la pressait de fuir son foyer, ses stipulations maritales, les contraintes adolescentes et sociétales sur le cœur humain. Surtout, elle avait envie de fuir son cœur, son intraitable penchant à aimer à tout va, héroïquement, de façon idiote.

Elle savait que tenter d'assumer ce qui se passait entre Karan et elle, c'était comme essayer d'attraper un poisson à mains nues. Elle croyait qu'au début elle avait sincèrement été attirée par son travail, et qu'elle avait décidé de lui faire découvrir Bombay. Mais quand exactement leur amitié avait-elle évolué vers quelque chose de plus vaste, d'inéluctablement dangereux, échappant à toute définition ? Certainement pas lorsqu'elle avait glissé dans l'escalier, qu'il l'avait rattrapée et qu'ils s'étaient unis sur le palier, se débattant dans une agonie de désir. De telles transgressions ne se produisaient que trop aisément et ne débouchaient pas sur les pactes complexes conclus lorsqu'on abordait la face cachée d'une autre âme. Rhea ignorait à quel moment exactement ses sentiments pour Karan lui avaient échappé pour la prendre en otage. Elle s'approcha du miroir. Elle ne pouvait en croire ses yeux. La femme qui lui renvoyait son regard était coupable de la trahison suprême en amour : elle s'était livrée corps et âme.

Cette constatation l'emplit d'une rage irrésistible.

Inspirant profondément, elle décida qu'elle ne laisserait pas le tumulte de ses sentiments empiéter sur la soirée à venir. Se reprenant, elle s'observa à nouveau dans la glace. Cette fois, l'inspection fut superficielle : en voyant son reflet, elle eut envie de rentrer sous terre. Malgré son somptueux sari en soie vert goyave et l'antique collier en *kundan* autour de son cou gracile, elle n'était pas belle ; au plus était-elle plaisante à regarder. Elle se leva et se considéra d'un œil critique. Oh, qu'elle était nulle, pathétique ! Son allure était loin d'être parfaite ; elle avait choisi le mauvais sari. Comme pour la sauver des remous de ses incertitudes, Adi émergea de la salle de bains et émit un sifflement admiratif en la voyant. Elle rougit, le sifflement de son mari agissant comme une alchimie : ce que le miroir avait jugé ordinaire acquit, sous ses yeux, un magnétisme spectaculaire.

« Toi, il va falloir que je t'aie à l'œil. » Les bras d'Adi l'enveloppèrent par-derrière ; il enfouit son visage dans sa nuque.

« Qui se retournerait sur moi !

— Au contraire, nous aurons besoin de gardes du corps pour empêcher qu'on t'approche ; je vais devoir réquisitionner les commandos ! »

Lorsque Adi se redressa et se tint aussi droit que le faisait Karan, Rhea eut l'impression d'être protégée en même temps par les deux hommes.

« Ouais, ouais, dit-elle, agitant la main devant le regard impressionné d'Adi. Comment sinon écarter les millions de fans qui n'existent que dans ton imagination ? »

À Ban Ganga, après avoir trouvé une dalle bien placée et suffisamment propre sur laquelle s'asseoir, ils attendirent que le célèbre chanteur soufi monte sur scène. Les pensées de Rhea retournèrent au concert de l'année précédente : Hariprasad Chaurasia avait joué de la flûte ; Adi et elle s'étaient tellement laissé emporter par son interprétation poignante et mélodieuse du *Raga Desh* que la soirée s'était estompée, les étoiles avaient disparu, la foule s'était évaporée, et ils s'étaient retrouvés tous les deux seuls gardiens de leur solitude réciproque. Ce soir, en compagnie de son époux, elle se sentait ornée et adorée – au point que s'ils avaient croisé Karan, elle ne l'aurait pas reconnu. Tout à son interprétation de Mrs Adi Dalal, elle était une actrice sur scène, elle faisait un avec son rôle, mue par une sympathie imaginative qui annihilait la subtile mais significative opposition entre réalité et représentation.

Peu à peu, tandis que le brouhaha s'amenuisait et que les lumières faiblissaient, ne laissant illuminée que la scène flottante, les accents indistincts des instruments, que les musiciens accordaient avant de commencer à jouer doucement, flottèrent au-dessus de l'eau du réservoir. Assis en tailleur, Fateh Khan leva la tête et affronta son public enthousiaste, tout en fredonnant à part soi une belle mélodie d'une grande complexité. Il n'eut pas plus tôt entamé une composition de Bulla Shah que Rhea sentit des larmes importunes lui venir aux yeux ; sa tête parut lui tourner sous l'effet de la ferveur crescendo de la musique, de son rythme hypnotique, des paroles intemporelles, enflammées, exaltant l'amour, sa folie, sa retraite et son effroyable blessure. La voix de Fateh Khan fut comme l'aile d'un oiseau pressée contre le cœur noir de Rhea. Celle-ci se demanda comment – sournoise, impatiente, être de chair et d'os, édifice de mortalité – elle pouvait contenir tant d'émotion, au point de craindre d'exploser. Et si c'était *cela* la raison première d'avoir des enfants : distribuer ce que l'on ne pouvait plus retenir en soi. Auquel cas, elle n'était pas, devrait-elle concéder, un édifice de mortalité mais une partition conçue pour les bis.

Le désir qu'Adi avait d'un enfant, d'un héritier, dépassait une simple clameur de vanité masculine.

Tandis que la voix de Fateh Khan s'amplifiait comme les flammes d'un feu soumis à un vent violent, Rhea nota l'expression captivée d'Adi. Elle leva les yeux, cherchant du regard la fenêtre de

Karan. Et si elle le voyait maintenant ? Ce qu'elle partageait avec Adi était rare et fondamental, comme de l'oxygène, sans lequel elle ne pourrait continuer à vivre. Karan, de son côté, avait été son hélium, lui avait enlevé toute pesanteur, l'avait emmenée plus haut, l'avait libérée de l'horrible apathie de la routine. La tristesse que Karan ressentait en abandonnant son travail ne l'emplit qu'alors, à retardement, et la fit étouffer. Sans son appareil photo, l'univers de Karan n'était plus éclairé par la beauté ou l'horreur ; il était la proie du désespoir et pathétiquement terrestre. Adi posa la main sur son épaule, mais ses larmes continuèrent de couler, sombre sédiment de chagrin qui, ayant rompu les vannes, partit vers un exode éclairé par le seul éclat de la musique.

Sur le chemin du retour, dans la voiture, Rhea demanda : « Pourquoi m'as-tu rapporté des lucioles un soir, autrefois, Adi ? »

Celui-ci fut surpris ; le matin même, il s'était réveillé en pensant aux lucioles et voilà que Rhea en parlait.

« Dès les tout premiers temps où nous sortions ensemble, tu t'es mise à me raconter que tu rêvais de lucioles. Tu disais que tu avais questionné ton père sur le sens de ces cauchemars et qu'il les avait rattachés à un moment particulier de ton enfance. Lorsque je t'ai interrogée sur les détails de son analyse, tu t'es refermée comme une huître. Je ne t'en ai pas demandé plus. Mais tu as continué à te plaindre de ne plus pouvoir te rendormir quand tu te réveillais après avoir rêvé de lucioles. J'ai voulu t'en donner des vraies pour que les cauchemars cessent, pour t'en libérer. »

Rhea se força à cacher sa déception ; elle s'était attendue à une raison beaucoup plus cérébrale : les lucioles, par exemple, auraient symbolisé quelque chose de précis. Or, un instant plus tard, scrutant le visage d'Adi, elle fut émue par l'admirable sobriété de sa sollicitude, aussi pure que vigoureuse.

« Je voulais tout simplement que tu puisses retrouver un sommeil paisible, Rhea. » Il appuya sur la pédale. « Que tu puisses te réveiller parfaitement reposée. »

Rhea regarda par la vitre.

Bombay à minuit était un tout autre monstre que pendant la journée. Rhea vit l'étal d'un *paanwalla*, un marchand de chiques, avec ses piles luisantes de feuilles en forme de cœur, vertes comme des veines, et ses carrés de papier d'argent ; un dresseur de singe jouait avec son animal. Sur Warden Road, elle se tourna vers Adi, dont le regard était rivé sur la chaussée ; elle se sentit anormalement chanceuse et protégée.

Elle porta la main à son oreille ; sa boucle d'oreille était encore desserrée ; elle la resserra aisément.

Il fallait à tout prix préserver l'or qu'on héritait de sa famille.

14

Le matin où il devait témoigner au tribunal, Bunty Oberoi fut au centre de toute l'attention. Le témoin principal du procès était fringant, pantalon cigarette en coton noir, blazer à larges revers. Sa musculature et son sourire insolent renforçaient l'impression que seule la vérité pourrait sortir de ses lèvres – comme si la malhonnêteté était la prérogative de la laideur.

Une fois qu'il eut prêté serment, il fut fait lecture de sa première déposition, dans laquelle il avait indiqué clairement que Malik Prasad était le meurtrier de Zaira. Lorsqu'on appela l'avocat de l'accusation, Gautam Vakil, pour l'interroger, Bunty lui répondit dans un hindi de cuisine.

Samar se pencha en avant pour mieux entendre Bunty, qui donnait l'impression de ne jamais avoir parlé hindi de sa vie.

Quand il répondit à la deuxième question, Bunty marqua une pause, se tourna vers le juge et demanda s'il pouvait continuer en anglais, une requête à laquelle le juge consentit. Gautam Vakil lui demanda alors de vérifier sa déposition, qui venait d'être lue devant la cour.

« Cette déposition a été enregistrée en hindi, déclara l'acteur.

— C'est exact. » L'avocat pencha la tête de côté. « Cela revêt-il une quelconque importance ?

— Oui, énorme ! » Bunty passa plusieurs fois la langue sur ses lèvres, comme si elles étaient tout à coup devenues insensibles. Contrairement à l'ordinaire, la ligne de coke qu'il avait inhalée quelques minutes auparavant dans le sanctuaire des toilettes malodorantes du tribunal ne l'avait pas détendu.

Samar, qui attendait son tour pour témoigner, eut un haut-le-cœur ; il serra le poignet de Leo. Il regarda Karan, qui, sentant le vent tourner, dodelinait de la tête piteusement.

D'un ton assuré, Bunty déclara : « Je ne comprends pas un mot d'hindi. Quand les policiers m'ont interrogé le soir du meurtre, ils m'ont questionné en hindi. J'ai acquiescé parce que j'étais sous le choc. Et je ne pensais pas qu'il y en avait un qui parlait anglais. Ils ont donc pris ma déposition en hindi et j'ai signé en toute bonne foi. Récemment, on me l'a relue. Traduite en anglais. C'est alors que j'ai su qu'ils avaient écrit quelque chose que je n'avais pas dit. »

Le juge tapa sur son bureau avec son marteau pour faire taire la salle, d'où s'élevaient des murmures choqués.

Karan jeta un coup d'œil à Samar : celui-ci, bouche entrouverte, fixait le sol d'un regard vide.

« Êtes-vous en train de nous dire que vous avez fait une fausse déposition ? demanda Gautam Vakil en détachant les mots.

— Absolument pas. C'est le rapport des policiers qui est faux. Ils ont pris ma déposition en hindi. Quand ils me l'ont lue ce jour-là, ils l'ont fait en hindi. Comment pouvais-je vérifier puisque je ne parle pas hindi ?

— Dans ce cas, pourquoi l'avez-vous approuvée ?

— Je n'avais pas le choix ! La police est puissante. Je ne pouvais rien faire. Je me suis senti piégé. Quand j'ai signé, j'étais sous le choc.

— Bien. Mr Oberoi, pouvez-vous confier à la cour ce que vous avez réellement vu ce soir-là au Maya Bar ?

— Il faisait très sombre. Il y avait dans les deux cents invités. Il était environ une heure trente... la dernière tournée avait déjà été servie... Deux hommes sont entrés dans le bar. Moi, je suis allé chercher de la glace à la cuisine. Quand je suis revenu au comptoir, la fumée de cigarette brouillait ma vue, mais j'ai aperçu la silhouette d'un des deux hommes ; il portait un jean et une chemise blanche. Cet homme a tiré en l'air, au plafond. Puis quelqu'un d'autre est arrivé par-derrière et a tiré sur Zaira. Elle s'est effondrée et Nalini Chopra a accouru vers moi. Bientôt, Samar Arora, lui aussi, est arrivé. Quand Zaira a perdu connaissance, Samar l'a prise sur ses genoux.

— Qui était l'homme qui a tiré sur Zaira, Mr Oberoi ? »

Bunty baissa les yeux. « On n'y voyait pas grand-chose.

— Pouvez-vous identifier Malik Prasad comme le meurtrier de Zaira ? » Gautam Vakil désigna Malik, qui était assis à côté de son avocat, Vijay Singh. « C'est ce que vous affirmez dans votre déposition.

— J'ai déjà déclaré que ma déposition a été enregistrée dans une langue que je ne comprends pas. » Bunty regarda d'abord Malik, puis le juge. « Je n'ai jamais vu Malik Prasad avant aujourd'hui.

— Êtes-vous absolument certain que ce n'est pas Malik Prasad qui a tiré sur la victime ce soir-là au Maya Bar ?

— Objection, Votre Honneur. » Vijay Singh se leva. « L'accusation tente d'intimider le témoin.

— Objection retenue.

— Qui, donc, a tiré ?

— Il faisait trop sombre pour identifier l'homme en question, répéta Bunty, levant la voix.

— Êtes-vous en train de nous dire que nous ne pouvons retenir la première déposition que vous avez faite à la police ?

— Bien sûr que non ! Comment pourrais-je revendiquer une déposition enregistrée dans une langue que je ne comprends pas ! Je ne connais pas un foutu mot de hindi ! »

Le juge fusilla du regard le requin des *catwalks*. « Mr Oberoi, veuillez vous abstenir de jurer et de crier devant cette cour. »

Le scandaleux revirement de Bunty Oberoi fit la manchette de tous les principaux quotidiens indiens.

Le surlendemain, D.K. Mishra, l'inspecteur chargé de l'enquête sur le meurtre de Zaira, était assis dans son lit à côté de son épouse.

« Ça n'est pas grave, dit Rupa Mishra. Ce n'est vraiment pas une obligation.

— Pourtant j'en ai envie…

— Tu dois être fatigué.

— C'est le week-end, Rupa !

— Le stress ? » Elle agita le quiqui de son mari, si désobligeamment flasque qu'elle lui trouva un air d'algue échouée sur la grève. « C'est ce satané procès ! » Rupa s'assit dans le lit et couvrit ses seins avec ses doigts boudinés et transpirants. « Tu n'es plus le même depuis que l'enquête a commencé.

— Pardon… » D.K. Mishra couvrit son entre-jambe avec un oreiller.

— Ça va durer jusqu'à quand, cette histoire ?

— Ne prends pas ce ton tellement frustré, Rupa.

— As-tu une idée de ce qu'elle me fait endurer, cette affaire, à *moi* ?

— Et pour moi, tu crois que c'est une partie de plaisir ? As-tu la moindre idée du nombre de coups de fil que je reçois tous les jours ? »

Sa femme lui demanda qui l'appelait.

La presse, ses supérieurs, le ministre Prasad.

« Est-ce qu'ils vont le coincer un jour, ce meur-trier ? »

Il leva les bras au ciel comme pour dire : qu'y a-t-il à coincer ?

Rupa s'allongea et tira le drap vert à carreaux sur sa nudité suante. « Ah ! Il va s'en tirer alors ?

— Malik Prasad n'est pas un mauvais bougre ; il n'y a pas écrit "criminel" sur son front.

— Malik n'est peut-être pas un mauvais bou-gre…, dit Rupa sur le ton d'un maître réprimandant un jeune cocker qui ne fait pas ses besoins dans sa caisse. Mais il a tiré sur une femme à bout portant, et en pleine tête. Tu ne vas pas prétendre que ça n'en fait pas un cinglé ?

— Je reçois des appels du Parti du peuple hindou, répliqua Mishra, grognon. Ces bandits de Delhi ont peur que le scandale leur coûte les prochaines élec-tions. »

Quelques jours plus tôt, Mishra avait reçu un coup de fil de Ram Dube, le directeur de l'institut médico-légal. Celui-ci lui avait rappelé que, d'après les résultats trouvés par ses services, les balles avaient été tirées par deux pistolets différents. Baissant la voix, Dube lui avait demandé pourquoi il n'avait pas envisagé la possibilité qu'il y ait eu deux assaillants au Maya Bar ce soir-là. N'était-ce pas une belle preuve (involontaire !) qu'il était de mèche avec le ministre Prasad ?

« Ils ont trouvé un moyen de falsifier le rapport médico-légal. »

Rupa se colla contre son mari. « Quelle influence est-ce que ça peut avoir sur le procès ? »

Le plan du ministre pour faire acquitter son fils était d'amener à faire accroire à la présence au Maya Bar ce soir-là de deux hommes armés de pistolets identiques. Cela corroborerait la théorie de l'avocat de la défense, selon laquelle se trouvait sur les lieux au même moment que Malik un autre homme, non identifié, et que cet inconnu aurait tiré sur Zaira.

« Je vois. La défense essaie donc d'établir que cet inconnu est l'assassin de Zaira.

— Exact.

— Quel traquenard ! Cela donne un tout autre tour à l'affaire.

— Et Bunty Oberoi est revenu sur sa première déposition. » Mishra se libéra de l'étreinte mouillée de son épouse.

« N'a-t-il pas déclaré au tribunal qu'il avait vu deux hommes suspects au Maya Bar ?

— Oui. Et ça concorde parfaitement avec la théorie des deux pistolets et des deux hommes armés.

— Pourquoi Bunty a-t-il retourné sa veste à la barre ?

— Il vient d'acheter un appartement sur Bandra Bandstand.

— Quel rapport ?

— Tu peux m'expliquer, toi, comment un quidam comme Bunty Oberoi se retrouve propriétaire d'un appartement sur le front de mer d'une valeur de près de quarante millions de roupies ! ? »

La femme de l'inspecteur se demanda combien le ministre avait payé Bunty. « Hmmm. Mais pourquoi le juge a-t-il marché dans la combine du "moi-pas-parler-hindi" ?

— Qui sait ! » Mishra laissa ostensiblement échapper un bâillement, espérant que sa femme arrêterait de le bombarder de questions.

« D.K., Bunty parle hindi dans ses films. Est-ce que ça ne suffit pas à contredire sa déclaration ?

— Ça peut être retenu contre lui *si* le juge en décide ainsi. » Mishra commençait à s'inquiéter : le syndrome de la queue molle était-il irrémédiable ?

« Il parle sans doute une douzaine de dialectes hindis.

— Nous avons ses bulletins de notes dans l'école de langue hindi qu'il a fréquentée jusqu'à l'âge de quatorze ans.

— Et le juge refuse de prendre ça en compte ?

— Apparemment.

— Mais il reste deux autres témoins, *ne* ?

— Si le père de Malik a réussi à convaincre Bunty, qu'est-ce qui te fait croire qu'il ne pourra pas faire plier les deux autres ?

— N'as-tu pas dit que Samar Arora était coriace et peu susceptible de céder à la pression ?

— Le ministre trouvera un moyen de le briser comme une coquille d'œuf.

— Il ne nous reste donc plus que les deux mondaines.

— Nalini Chopra et sa fille n'avaient pas de licence de vente d'alcool au Maya Bar. Récemment, j'ai reçu une note de mes supérieurs m'invitant à enquêter sur cette infraction. »

Rupa poussa un soupir. La hiérarchie de son mari était donc de mèche avec le ministre Prasad.

« L'idée est de canaliser Nalini Chopra, ajouta-t-il. Ils veulent lui faire peur. Si elle se rétracte, cela supprime encore un témoin. Ce ne sont que des stratagèmes pour détourner l'attention de la vraie question, le meurtre, et la porter sur des questions périphériques. Si la défense réussit à faire traîner le procès pendant des années, les témoins se désintéresseront de l'affaire, l'avocat de l'accusation finira par perdre espoir et l'administration aura le temps de transférer les juges. Quelle pitié ce serait que Tara Chopra soit jetée en prison simplement parce qu'elle a servi de l'alcool sans licence ! » Il renifla comme un cochon. « Quel gâchis… une femme si honorable !

— Elle a l'air de te plaire, cette Tara Chopra. » Rupa Mishra soupçonnait son époux de ne plus être attiré par elle parce qu'il avait frayé avec des créatures appartenant à la fraternité du chiffon.

« Non… non… Pas du tout… »

Quelques jours avant, D.K. Mishra avait appelé Tara Chopra pour lui faire passer un interrogatoire. Médusé par son bustier et ses leggings, il l'avait déshabillée du regard un instant de trop, en conséquence de quoi elle avait claqué la porte. Il se rappela l'expression – POURQUOI PAS ? – inscrite en petites lettres brillantes sur son bustier.

« Combien de fois as-tu interrogé cette Tara Chopra ? demanda son épouse, d'humeur combative.

— Plusieurs fois.

— Combien ? hurla-t-elle.

— Calme-toi, Rupa. Elle a dû venir deux ou trois fois au poste.

— Eh bien, j'espère que maintenant tu as obtenu les réponses que tu attendais de cette traînée et que tu n'auras pas à lui faire subir un nouvel interrogatoire.

— Si tu trouves que j'ai l'air de la défendre, c'est seulement parce qu'elle ne mérite pas de payer pour une faute qu'elle n'a pas commise. Imagine-la dans une cellule ! Dans cette puanteur… Enfermée avec une colporteuse nigériane au crâne rasé qui lui dirait : *Fais-moi donc un peu tâter de cette foufoune de la haute !* »

Des semaines plus tard, ils en riaient encore aux éclats. La tension entre eux s'évapora pendant quelques minutes.

Quand ils se furent calmés, D.K. Mishra, essuyant les larmes qu'il avait au coin des yeux, se tourna vers sa femme et dit : « Le ministre veut que je me débarrasse d'une autre preuve.

— Laquelle ?

— Quand les policiers ont interrogé Malik la première fois, il a craqué. Il a avoué le meurtre.

— Alors, qu'est-ce qu'il leur faut de plus pour le coincer ?

— Ce n'est pas si simple, Rupa. Pour qu'une confession soit validée par le tribunal, elle doit avoir été enregistrée en présence d'un magistrat. Alors, seulement, elle est recevable.

— Et le CD contenant la confession de Malik ne l'est pas…

— Exactement. Parce qu'elle n'a pas été enregistrée en présence d'un magistrat.

— Pourquoi les policiers ne l'ont-ils pas enregistrée en présence d'un magistrat ?

— Je crois qu'ils ont tout simplement oublié.

— Ils ont *oublié* ! »

Mishra regarda son épouse et retroussa les lèvres. Pourquoi diable hurlait-elle comme une sorcière sur le bûcher ?

« À quoi peut servir ce CD alors ? » La déception de Rupa résonna comme un tocsin ; elle n'avait pas plus confiance dans les arcanes de la loi indienne que dans la queue de son mari.

« Potentiellement, il pourrait tout de même faire pencher le juge en faveur de la thèse de la culpabilité… même s'il n'est pas officiellement recevable comme pièce à conviction. Imagines-tu ce qui se passerait si la presse mettait la main dessus ?

— Vas-tu le détruire ?

— Ce ne serait pas correct.

— Quelle serait l'attitude correcte à avoir, dans ce cas ? »

L'attitude correcte. Voilà bien l'expression la plus désuète que Mishra eût jamais entendue ! Il garda le silence pendant un instant. Il avait eu plusieurs conversations téléphoniques avec le ministre Prasad ; plaisantes… au début, mais, lorsqu'il avait décliné les offres du ministre, celui-ci l'avait menacé de le faire muter. D.K. Mishra n'était pas d'humeur à raconter tout cela à la nymphomane en titre.

« Dormons.

— Quoi d'autre !

— Ne sois pas chienne, veux-tu ! »

Sa femme répliqua au diapason : « Alors, dis-moi que tu montreras le CD à l'accusation !

— Sans doute pas… Je suis fatigué maintenant, Rupa. Dormons.

— Je comprends.

— Je ne suis pas faible.

— Je le sais.

— Au fait, Rupa, as-tu encore pris du poids récemment ?

— Au contraire, j'en ai perdu ! » Elle fut scandalisée. « Bonne nuit maintenant. Fais de beaux rêves !

— Bonne nuit », répondit-il, défait.

Après dix minutes de silence, il reçut un murmure en pleine figure : « Je t'aime, malgré tout... »

D.K. Mishra eut envie de donner une beigne à sa femme. Mais il fit semblant de dormir. Il ne put s'empêcher de s'étonner de la facilité avec laquelle il pouvait passer de l'amour à la haine quand il s'agissait de sa chère moitié.

15

Lorsque Mrs Prasad entendit que son époux passait un coup de fil au juge Kumar, elle quitta le salon. Une armée de sauterelles vert vif assiégeait la véranda. Catastrophée de voir cette cohorte quasi apocalyptique d'insectes, elle se raidit. Les sauterelles sautaient et vrombissaient autour d'elle, au-dessus, en dessous… Celles qui sautaient carrément sur elle laissaient sur sa peau une espèce de substance gluante.

Battant en retraite vers le mur, elle ferma les yeux.

Sa mémoire la ramena à l'époque où elle avait découvert qu'elle était à nouveau enceinte. Malik avait un an.

Un après-midi, se réveillant de sa sieste, elle avait fait les frais de la rage de son époux, alors jeune et ambitieux : il venait de perdre une élection locale. Le soir, il l'avait battue – presque tuée. Le lendemain matin, le fœtus, âgé de six mois et neuf jours, avait quitté son corps dans un flot de sang mêlé à un fluide brun et poisseux. Incapable d'affronter l'avortement dont il était responsable, le futur ministre avait fui le foyer conjugal pour se retirer pendant deux mois dans sa ferme du Haryana. À son retour, il s'était montré plus doux, cajoleur, attentif ; un soir, il avait pleuré toutes les larmes de son corps, des larmes hystériques, et il avait imploré son pardon. Au moment où elle commençait à penser que son mariage pourrait être sauvé, il avait essayé de la consoler, arguant qu'elle ne devrait pas être trop déçue d'avoir perdu l'enfant : c'était une fille. La remarque qu'il avait faite alors (« C'est aussi bien comme ça ») l'avait hantée toute son existence : elle était rentrée dans sa coquille comme un animal exotique qui, mis en cage, ne perd pas les traits pour lesquels on l'estime à juste titre, mais n'en est pas moins brisé par l'incarcération et son geôlier : toute vie se retire alors de lui.

Le procès de Malik avait ramené Mrs Prasad à la vie : le complet manque d'intérêt qu'on lui manifestait à la suite de la dernière frasque de son fils avait, si besoin était, confirmé sa remarquable insignifiance. Pas un seul journaliste ne lui avait demandé quel sentiment on éprouvait à être la mère d'un assassin ; et c'était tant mieux car elle pensait que sa réponse les aurait terrifiés. Malik était innocent, aurait-elle répondu. Naturellement, elle ne songeait pas un instant que Malik *n'avait pas* tué Zaira, mais il n'en était pas moins innocent. Après tout, l'amour maternel excusait tout et elle jugeait innocente une vie qui *aurait pu* être pure si elle n'avait été violée à de multiples reprises. Que serait devenu Malik s'il n'avait pas été conçu par le ministre Prasad ? Comment savoir ? Peut-être aurait-il tout de même été un meurtrier. Mais l'idée qu'il aurait pu mener une autre existence, plus propre, l'attrista et la ravit à égale mesure.

Au milieu du tollé provoqué par le procès, la personne qu'elle aurait voulu rencontrer par-dessus tout, c'était Samar. Elle ne connaissait rien de sa vie privée ; elle pensait tout simplement qu'il était l'amant de Zaira. Elle imagina sans peine sa douleur et sa colère. Or l'attitude de cet homme forçait son respect. Non seulement parce qu'il avait eu le courage d'aimer, mais parce qu'il avait en outre, à présent, le courage encore plus grand de ne pas plier : de se battre pour ce que cet amour signifiait désormais. Elle tenait absolument à faire sa connaissance, à passer un moment avec lui et à s'excuser pour l'irréparable qui avait été commis. Elle ne pensait pas, ce faisant, trahir Malik. Qu'est-ce qui pouvait empêcher les ailes lasses de son être de se déployer, d'envelopper Samar et de l'attirer dans son sanctuaire privé ? Après tout, le pauvre homme avait été anéanti par le même homme qui avait anéanti Malik, sans parler d'elle ; la sophistication lui faisait défaut pour exprimer soit sa culpabilité, soit ses excuses, mais sa douleur était assez vaste pour les deux jeunes gens.

Au cours des derniers mois, Mrs Prasad avait entendu plusieurs fois son époux parler à D.K. Mishra, l'inspecteur chargé de l'enquête sur le meurtre de Zaira. Notamment, elle avait surpris une conversation qui avait bien débuté mais s'était terminée dans des beuglements : son époux avait fait une proposition à D.K. Mishra que l'inspecteur avait déclinée. La contrariété du ministre n'avait fait qu'empirer et, criant des obscénités dans le récepteur, il avait menacé de faire muter D.K. Mishra et puis de faire violer sa femme. Mrs Prasad avait eu de la peine pour l'interlocuteur de son mari : s'il s'était embarqué dans cette enquête en croyant qu'il pourrait faire punir le coupable, un seul coup de fil de son époux avait suffi à le détromper. D.K. Mishra comprit de la source même pourquoi aucun témoin n'était prêt à témoigner dans ce procès et pourquoi Bunty Oberoi avait amassé un si joli petit butin. Il était sage de se ranger du côté du ministre car les preuves avaient été falsifiées d'entrée de jeu, la police les avait traitées avec une nonchalance calculée et les témoins avaient été achetés. Si D.K. Mishra ne prenait pas le train en marche, il sombrerait seul sur un navire en perdition ; en fait, Mrs Prasad craignait pour sa vie car elle connaissait suffisamment son mari pour savoir qu'il mettrait à exécution toutes ses menaces.

Guère étonnant, donc, qu'elle eût l'impression d'assister à deux procès simultanément : l'un, public, commenté par tous, était alimenté par la fureur naïve des médias et le sentiment de castration éprouvé par le public ; l'autre, privé, connu d'une minorité seulement, était entièrement sous le contrôle de son époux. Quand Mrs Prasad laissait libre cours à son imagination, elle se voyait avoir le cran de contacter la presse ou d'aller au tribunal, où elle dévoilerait que son époux avait pipé les dés d'entrée de jeu. Néanmoins, elle chassait vite ces folles idées de son esprit, sachant que la moindre indiscrétion lui coûterait la vie.

Les sauterelles refluant peu à peu, les vrombissements et les battements d'ailes s'estompant avant de disparaître totalement, elle entendit des bribes de la conversation de son mari avec le juge.

Le ministre Prasad au juge Kumar : « Quelle merveilleuse journée pour reprendre contact !

— Ah bon ? » Le juge de la cour pénale, qui avait été avocat pendant treize ans avant d'accéder à sa présente fonction, n'avait pas l'habitude que des ministres de haut vol téléphonent chez lui.

« Nous sommes quasiment parents, avez-vous oublié ? La belle-mère de votre sœur et ma mère étaient les meilleures amies du monde sur les bancs de l'école. »

Le juge poussa un soupir ; à quoi rimaient ces fadaises dignes du Rotary Club ? « Monsieur le ministre Prasad, je me préparais à aller à une fête de famille, justement. En quoi puis-je vous être utile ? »

La réponse du juge agaça le ministre, mais il savait que ce n'était pas le moment de la ramener. « Oh, juge-*saab*, vous me voyez désolé de vous déranger au mauvais moment.

— Ce n'est pas un mauvais moment, mais je suis occupé, voilà tout.

— Je comprends très bien.

— Vous disiez ?

— Vous savez que le Parti du Congress est depuis longtemps le concurrent du Parti du peuple hindou.

— Certes.

— Le Congress ne manque pas une occasion de diaboliser le PPH.

— Mr Prasad, je n'ai vraiment pas le temps d'écouter une conférence sur l'histoire de l'anta-gonisme entre le Congress et le Parti du peuple hindou…

— Je ne vous fais pas une conférence !

— Je suis persuadé que je ne vous apprendrai rien en vous disant que le Congress a été accusé des émeutes qui ont accompagné la partition de l'Inde et du Pakistan en 1947, de l'augmentation du prix des oignons, de la formation des anneaux de Saturne et de la sécheresse dans le Kutch. Il a déjà une sacrée croix à porter, ne trouvez-vous pas ?

— Le Congress est le fléau de l'Inde moderne, répliqua le ministre, ignorant le sarcasme de son interlocuteur. Mais que le Congress aille se faire voir. Je vous appelais pour vous dire que je trouve lamentable qu'une personnalité de votre envergure végète dans une cour pénale de second ordre. Mais je comprends que vous soyez occupé. Nous parlerons de ça un jour plus propice.

— Non, ce n'est pas tout à fait cela… », se hâta de répondre le juge Kumar. Le ministre avait parfaitement saisi sa situation : quoi de plus déprimant pour le juge, en effet, que les corvées routinières d'un tribunal de première instance ? « Comment se fait-il que vous connaissiez mes sentiments sur mon travail au tribunal ?

— Les choses se savent, voyez-vous.

— Je n'en doute pas.

— D'ailleurs vous vous occupez du meurtre de cette pin-up.

— Zaira.

— Et malheureusement…

— Je sais, je sais. » Le juge sourit ; la pathétique couverture du ministre se désintégrait, ses intentions étaient dévoilées.

« Mais je ne vous téléphone pas à propos de l'affaire Zaira.

— Oh, j'en suis persuadé ! »

Lorsqu'il était nerveux, le ministre Chander Prasad avait l'habitude de se gratter si sauvagement les bourses que ses morpions en avaient des orgasmes à répétition. « Nous sommes nombreux ici, à Delhi, à nous soucier de votre promotion à un poste qui vous revient de droit.

— Qui sont ces gens si "nombreux" ?

— Les gens au pouvoir, qui font évoluer les choses, répondit le ministre d'un ton mystérieux, continuant de se gratter les bourses, tout en gardant une voix étale. Je suis convaincu que, lorsqu'ils apprendront que vous faites de l'excellent boulot, votre promotion à la Cour suprême ne fera plus aucun doute.

— Vous croyez cela ?

— J'en suis certain ! Et, de la Cour suprême, qui sait ?…

— On peut toujours espérer, répondit le juge avec réserve.

— Alors que si vous ne parvenez pas très vite à un verdict dans le procès Zaira…

— Hum.

— Je comprends votre position. La police traîne des pieds. Les médias s'en donnent à cœur joie parce que quelqu'un a fait sauter la cervelle à une starlette. Mais il vous revient, à vous, de faciliter le cours de la justice. Parce que, ajouta-t-il d'une voix soudain menaçante, plus cette affaire s'éternisera, plus longtemps vous stagnerez dans un tribunal d'instance. L'affaire Zaira pourrait devenir votre boulet. Or deux témoins doivent encore comparaître…

— Nous parviendrons à une conclusion logique en temps voulu.

— Avant que cela n'arrive, je dois vous confier une information sur ce… Samar Arora. »

Les oreilles du juge Kumar se mirent immédiatement au garde-à-vous. « Le pianiste ? L'ami de Zaira. L'un des témoins. De quoi s'agit-il ?

— Il n'est pas aussi innocent qu'il y paraît.

— Ah bon ? »

Le ministre Prasad poussa un soupir. « J'hésite, car… comment poursuivre cette conversation sans contrevenir aux règles de la décence la plus élémentaire ? Ce que je vais vous révéler, juge-*saab*, c'est la perversion la plus… Non, mieux vaut que je me taise…

— Voyons, voyons, allez-y, je vous en conjure. Dites-moi tout.

— C'est simplement révoltant ! C'est une insulte faite à la culture indienne, une abomination contraire à nos valeurs.

— Je vous en prie, monsieur le ministre Prasad, lâchez le morceau !

— Oui, autant que je vous dise les choses tout net. J'ai cru comprendre que Samar Arora s'envoie en l'air avec un autre homme.

— Vous voulez dire…

— Une liaison.

— N'en dites pas plus, monsieur le ministre Prasad.

— Je suis navré d'avoir gâché votre soirée.

— Vous avez eu raison de m'en parler.

— Je le devais ; c'était mon devoir moral. »

À voix basse, le juge demanda : « Comment pouvez-vous être certain que, si nous parvenons vite à un verdict dans cette affaire, il s'ensuivra automatiquement pour moi un siège à la Haute Cour ?

— Voyons, juge Kumar ! » Le ministre exulta presque : sa dernière victime avait mordu à l'hameçon. « Ne vous ai-je pas dit en commençant que nous avons des liens d'amitié familiaux ? Laissez-moi vous répéter qu'ici, à Delhi, nous admirons vos performances. Un grand homme comme vous, d'une telle envergure, ne peut que passer à l'échelon supérieur. Pourquoi ne pas venir nous voir lors de votre prochaine visite à Delhi, juge Kumar ?

— Il est improbable que je me rende à Delhi dans l'avenir immédiat.

— Il est tout aussi improbable que je me rende à Bombay, rétorqua le ministre Prasad, mais cela ne m'a pas empêché de vous aider.

— Vous m'avez aidé ?

— *Pas encore.*

— Je vais vous communiquer mon numéro de portable », dit subitement le juge. Il aurait été idiot de contrarier un homme qui pouvait donner à sa carrière le plus gros coup de pouce qu'elle eût jamais reçu.

— Avec plaisir.

— La prochaine fois, appelez-moi sur mon portable.

— Je suis la discrétion même, juge Kumar. Votre promotion à la Haute Cour fournira une excellente excuse à l'humble serviteur des masses indiennes que je suis pour venir à Bombay vous féliciter en personne.

— J'attends ce moment avec impatience. » Les mots étaient sortis de la bouche du juge à son insu, comme une éjaculation précoce.

16

Une semaine avant sa comparution au tribunal, le téléphone de Nalini Chopra sonna juste au moment où elle partait chez son coiffeur pour une retouche méchamment nécessaire si elle voulait que ses mèches blondes conservent leur lustre.

Finalement, elle ne se rendit pas chez son coiffeur. Vingt minutes plus tard, elle faisait route vers le bar de la bibliothèque de l'hôtel Taj Mahal, où elle allait rejoindre sa fille pour un rendez-vous fixé à la dernière minute, afin de faire le point sur une question brûlante.

« Comment cette raclure a-t-elle réussi à t'avoir ? » Mince comme un fil, Tara Chopra, qui avait hérité du regard torride de sa mère, était splendide dans sa jupe en jean mi-mollet et sa veste en cuir beige.

« Il a été malin ; il m'a appelée sur mon portable. » Leurs fixes étaient sur écoute.

Tara but une gorgée du double scotch qu'elle avait commandé. « J'ai entendu dire que c'était le diable en personne.

— En fait, il a été très poli, ma fifille.

« — Mais c'est… qui ?… Un homme politique, non ? De *Delhi* en plus, ou je ne sais quoi ! »

Nalini Chopra porta un regard très philosophique sur son verre de cognac. Le ministre avait déclaré que si, à la barre, elle niait avoir vu Malik au Maya Bar le soir du meurtre, il pourrait intervenir auprès des policiers pour qu'ils oublient qu'elle ne s'était pas procuré une licence de vente d'alcool.

Cette histoire de licence n'était pas une mince affaire. Si elles étaient condamnées, mère et fille finiraient en taule, de quoi modifier à jamais la définition de l'expression « gibier de potence ».

« Je ne peux pas croire ce qu'on nous fait subir en ce moment ! » Tara tortilla une mèche de ses cheveux. « Tout ça parce qu'une poulette s'est fait descendre dans mon bar.

— Je sais, fifille *baby*, dit sa mère d'une voix roucoulante. Je sais…

— Voyons, c'était une soirée comme une autre, à la fin ! Les gens boivent trop. Et, quand les gens boivent, forcément il se passe des choses, tu vois ce que je veux dire ?… C'est la vie, non ? La vie est belle mais tordue. Faut prendre le bon avec le mauvais.

— Pas de doute. » Nalini Chopra tripota nerveusement le collier de perles qui pendait à son cou décharné.

« C'est tellement injuste que la police s'acharne sur *nous*. Alors que nous sommes sans défense !…

— C'est toi et moi seules contre la cruauté de ce monde, maman !

— Ces hypocrites d'ordures de la haute sont pires que de la crotte ! Et cette canaille de Bunty Oberoi…

— Oh, ne me parle pas de Bunty…

— S'il avait maintenu sa déposition, nous n'en serions pas là. Son témoignage aurait suffi à clore cette affaire et nous ne serions pas aussi exposées.

— Peut-être pas… » En fait, Tara en pinçait pour Bunty. Il avait participé à l'un de ses défilés et elle l'avait approché intimement à peine quelques mois plus tôt, pendant la Semaine de la mode de Delhi. « Il est canon. »

Nalini Chopra renifla, pas trop sûre de savoir en quoi le fait que Bunty soit canon concernait l'affaire.

« Tu te rappelles, maman, que je me suis évanouie quand j'ai vu Zaira étendue par terre, *morte* ?

— Tu étais sous le choc, ma fifille. Rien de plus naturel ; tu as toujours été sensible.

— Et dire que maintenant on nous traite comme des délinquantes ! C'est ouf ! » fit-elle, pointant l'index et le majeur en l'air dans un geste copié conforme de la *cow-girl* du Middle West. « Il n'y a pas de justice dans ce monde. » Sa voix trembla sous le coup de l'émotion, pire qu'un hippopotame monté sur talons aiguilles. Sur quoi, brusquement, elle baissa la voix : « Maman, il faut que je te dise quelque chose de capital. »

Nalini Chopra se pencha en avant. « C'est quoi ?

— Maman…

— Oui, Tara ?

— La robe que tu portes… fous-la au feu… »

Nalini Chopra n'aurait pas fait une tête différente si elle avait eu une attaque. « Ne me dis pas que mon ensemble est déjà démodé !

— … si ce n'était que ça… Tout ce khôl… tu en as mis assez pour un régiment de ratons laveurs !

— Tara !

— Je ne plaisante pas.

— Je suis ta mère, pour l'amour de Dieu ! »
Nalini vida son verre. « Tu n'as pas le droit de me
parler de cette manière dans quelque circonstance
que ce soit.

— C'est pour ton bien. Tu as vu tes photos dans
les journaux récemment ? » Tara jugea bon d'étayer
son cas : « Maman, je suis styliste. Et pas n'importe
laquelle, si je puis me permettre. Si ma mère ressemble à une bombardelle loukhoum qui s'habillent dans
les friperies, ne crois-tu pas que ça risque de nuire à
mon image ?

— Je suis blessée que tu penses ça de moi.

— Pourquoi tout doit-il toujours tourner autour de
toi ? » Tara jugea nécessaire de donner à sa mère un
tuyau : pourquoi ne s'entourait-elle pas la tête d'un
simple foulard en tulle — genre suffragette ? Elle
avait *terriblement* besoin de s'attirer les bonnes grâ-
ces de la presse.

« Je me fous de tes tuyaux crevés, Tara ! Je suis ici
pour évoquer un problème beaucoup plus important.

— Oh, tu parles !

— Je touche le fond. Peux-tu, je te prie, ne pas
m'enfoncer encore ?

— D'accord, d'accord. Alors… ce ministre Prasad ? » Tara fit sauter ses mules et tapota sa cigarette
contre le rebord du guéridon ; la cendre tomba sur le
tapis. « N'est-il pas responsable du revirement de
Bunty à la barre des témoins ?

— J'ai entendu dire que Bunty avait reçu quarante
millions de roupies pour ses services.

— *Cool*. Avec plus d'un million de dollars, il
devrait pouvoir se payer assez de shit pour flotter
pendant quelques années. » Elle tapa ses articulations sur le guéridon. « Alors, qu'as-tu décidé de
dire au tribunal ? »

Nalini raconta que le ministre Prasad lui avait rappelé que sa fille et elle-même étaient célibataires, et que, dans une ville comme Bombay, n'est-ce pas, tout pouvait arriver. Par exemple, par un beau matin un inconnu pourrait leur lancer de l'acide à la figure ; ou bien grimper par la fenêtre de leur chambre la nuit et les violer. En fait, Nalini Chopra mentait effrontément, mais elle avait à cet instant précis grand besoin de punir sa fille pour son méchant commentaire sur son *look*.

« A-t-il vraiment dit ça ? » Tara Chopra sentit ses genoux tourner à la guimauve.

Nalini Chopra hocha la tête à la vitesse d'un pivert qui fait son nid.

« Diras-tu au tribunal que tu as vu Malik au Maya Bar ce soir-là ?

— Je devrais ?... Hum... c'est... la vérité... Non ? »

Nalini Chopra roula les yeux. « La vérité est une affaire *tellement* subjective... Pour toi, la vérité, c'est que je ne sais pas m'habiller. D'autres disent de moi que je suis une icône. »

Tara toucha la main de sa mère. « Désolée, maman. Je t'ai vexée ? Excuse-moi, mais j'ai bataillé toute la journée avec un groupe d'abominables milliardaires de Bahreïn.

— C'est oublié, ma fifille, dit Nalini en arborant un sourire héroïque. J'en ai déjà tellement bavé dans ma vie... Qu'est-ce qui te fait croire que je ne survivrai pas une fois encore ?

— Maman, de mon côté aussi la vie est dure, et aujourd'hui cette grosse... et quand je dis "grosse", je parle d'une taille hippo... Voilà donc cette baleine XXXXL qui débarque à la boutique et se plaint qu'elle ne peut entrer dans aucun de mes vêtements… J'avais vraiment envie de la gifler. Mais je me suis forcée à rester calme. Je me suis dit : elle n'est pas obèse ; elle est deux personnes en une. En bref, je crois que ce que j'essaie de dire… c'est qu'il y a toujours deux façons d'envisager toute situation donnée, et que si moi, je peux trouver la paix intérieure de cette manière, alors pourquoi ne pourrais-tu pas faire pareil dans cette affaire ?

— Genre : le garçon à bajoues que j'ai vu ce soir-là… avait… des *airs*… de Malik Prasad ?

— Il est un fait que tu portais tes lunettes Gucci vraiment top. » Enfin, Tara avait trouvé un élément salvateur dans l'exécrable garde-robe de sa mère. « C'est un atout. »

Nalini Chopra affirma que c'était, en effet, ses lunettes de soleil préférées. « Le fantastique M. Gucci me les a données en personne à *Milano*.

— Il est donc… possible… que tu aies *cru* voir Malik… alors que c'était quelqu'un d'autre… grâce à… ou à cause de M. Gucci.

— Ne crois-tu pas que ce pauvre garçon a droit au bénéfice du doute ?

— Il est vrai que c'est atroce, la façon dont certains prennent Malik pour un punching-ball en ce moment, tu ne trouves pas ? Et, te rends-tu compte… si ton témoignage servait à faire coffrer un innocent ?

— Exactement ! Ce serait *tellement* cruel que Malik fasse de la prison pour un crime qu'il n'a pas commis.

— Ce serait le summum de l'injustice. Nous sommes tous mortels, maman, et nous commettons tous des erreurs. » Tara fit un signe au garçon et mima avec les lèvres : « La même chose. » Ensuite, elle se retourna vers sa mère. « Tu aurais pu te tromper lors de la séance d'identification. D'ailleurs, les mecs, quand on s'en est tapé quelques-uns, ils se ressemblent tous. » Elle adressa à sa mère un sourire coquin.

« Ce que tu dis n'est pas faux.

— Tu veux connaître l'opinion de Guru-ji ?... »

Depuis quelque temps, Tara suivait les conseils d'un maître qui portait de longues tuniques flottantes rouges ; sa fine barbichette blanche lui conférait un air très pénétré ; il s'était fait un nom en aidant les politiciens à remporter les élections : il leur faisait psalmodier — en tenue d'Adam — des mantras secrets aux aurores.

« Vas-y, ma fifille, illumine-moi.

— Guru-ji dit que tout est prédestiné, tout est écrit dans les lignes de la main. Sans doute Zaira était-elle destinée à rejeter son enveloppe terrestre... Tel était son karma.

— Mais pourquoi voir dans la mort un coup d'arrêt ? argua Nalini Chopra, forte de sa passion nouvellement acquise pour les arcanes de la spiritualité. « Je veux dire... n'est-elle pas censée renaître ?

— Justement, pas du tout ! » Tara frappa de la main sur le guéridon. « J'ai eu une longue discussion en tête-à-tête avec Guru-ji et il m'assure que Zaira est une âme libérée. Son assassinat n'était qu'un moyen de récupérer un gros retard de karma. Comme elle a été tuée, maintenant elle est libre pour l'éternité.

— Essaies-tu de me dire... » La mondaine en resta bouche bée.

« Exactement ! Le grand mot qui commence avec un N, maman. Zaira l'a atteint bien plus tôt que nous autres. Qui l'eût cru, hein ?

— Mais c'est fantastique, Tara ! » Nalini Chopra eut l'air tétanisé. « Le Nirvana…, fit-elle comme à part soi, avec un brin d'envie et de révérence. Zaira a atteint le Nirvana. »

Tara Chopra haussa les épaules, ouvrit sa pochette en peau de serpent, piocha à l'intérieur son poudrier Chanel et retoucha un bouton sous son œil droit. « Elle nous a tous devancés, notre belle petite Zaira.

— La mort est un prix si *infime* à payer en échange du salut.

— Pas seulement le salut, maman ; je parle de rédemption éternelle, carrément de *moksha* : la libération du cycle tortueux des naissances et des morts.

— Il faudra que j'aille voir Guru-ji et le remercier. »

Tara regarda autour d'elle avec impatience. Elle était censée être à une soirée dans une heure ; la petite séance mère-fille avait duré bien trop longtemps.

« Sais-tu ce que nous devrions faire après que tout cela sera *finito* ? Nous devrions accomplir une retraite spirituelle, suggéra Nalini Chopra.

— Maman ! » Une lueur fébrile traversa les yeux de Tara. « Tu m'as volé les mots de la bouche !

— Allons à Haridwar et à Rishikesh. » Elle se représenta descendant les marches saintes de Har ki Pauri et arrivant au bord des grandes eaux barattées du Gange.

— Exactement, maman !

— J'ai entendu parler d'un *fabuleux* petit *ristorante italiano* à Rishikesh.

— Nous devons absolument y aller ! s'exclama Tara Chopra en se levant. J'ai entendu dire que Madonna y va quand elle en a marre de jouer à la VRP de la Kabbale. »

17

Au cours de sa longue carrière politique, le ministre Prasad avait eu si souvent affaire à la loi qu'il était désormais parfaitement aguerri aux rouages de la machine légale indienne. Il s'était toujours sorti avec brio d'accusations d'extorsion, de bourrage d'urnes, de vandalisme, de meurtre, de détournement de fonds publics, d'incendie volontaire. Chaque affaire avait été riche en enseignements, lui avait appris à tourner à son avantage les vides juridiques, à éviter les coups, à contourner les difficultés au plus haut niveau. Sa réputation en la matière dépassait largement les milieux politiques. En fait, quand le jeune Turc de Bollywood, Rocky Khan, avait eu un petit accrochage avec la police, à qui avait-il fait appel ? Au ministre Prasad. Pas peu fier d'avoir évité au bellâtre une peine de prison, le père de Malik se rappelait volontiers le jour où Rocky lui avait téléphoné.

Rocky Khan était un musclor de Bollywood. On le surnommait « Khan la Débraille » car il lui arrivait souvent de céder à l'impulsion de déchirer ses vêtements et de se mettre à pirouetter comme un stripteaseur devant des foules d'admiratrices médusées. Il avait un grave problème d'alcool. Un soir, il s'était tellement beurré dans un bar de Juhu qu'en rentrant chez lui dans sa jeep lancée à toute vitesse il avait renversé trois manœuvres qui dormaient paisiblement sur le trottoir. L'un d'entre eux, sectionné en deux, avait exécuté une performance morbide : la partie inférieure de son corps, du gros orteil au torse, s'était levée et avait fait deux pas avant de s'effondrer en un tas qui s'était contorsionné encore un bon moment. Sortant de sa voiture, Rocky avait observé l'étendue des dégâts à travers un voile d'alcool et offert aux deux survivants quelques milliers de roupies en compensation du triste tour que les événements avaient pris. Scandalisés, les manœuvres blessés s'étaient traînés jusqu'au poste de police le plus proche et, sur la foi de leur témoignage, des recherches avaient été lancées contre la super-star en cavale. Paniqué, Rocky avait appelé Malik pour le supplier de faire monter son père au créneau : il fallait absolument qu'il règle ce problème qui risquait de dégénérer et de le jeter en pâture à la presse et au public.

Malik vit là une chance à laquelle il ne croyait plus : s'il réussissait à sortir Rocky de ce mauvais pas, la star ne pourrait faire autrement que d'accepter à l'avenir de se produire dans les shows de Tiranga Inc. dès que Malik claquerait des doigts. Donc, sans perdre un instant, il appela son père, qui, ayant rêvé d'être acteur à l'université, fut ravi de courir au secours de la star. Le premier conseil qu'il donna au jeune goret de Bollywood fut de soudoyer les témoins principaux : cela désamorcerait l'affaire dès le départ. Les témoins marchandèrent avec un effroyable empressement, décidés qu'ils étaient à tirer de la star de cinéma tout ce qu'ils pourraient. Rocky était charitable ; il accéda à toutes leurs exigences. Un témoin, un agent de la circulation qui refusa d'être soudoyé, ne se présenta plus jamais à son poste. Cela fait, le ministre Prasad mit Rocky en relation avec Vijay Singh, son avocat. Vijay Singh était connu pour ses interrogatoires musclés et ses manières à la rottweiler qui réussissaient immanquablement à déstabiliser les témoins. L'avocat recommanda à Rocky de gagner la confiance des membres de la famille de l'homme coupé en deux et de les acheter ; il n'avait pas envie que le tribunal soit envahi par un paquet de parents, la larme à l'œil et survoltés. Le procès s'éternisa pendant cinq ans. La plupart des audiences furent ajournées. Le témoin principal, Mrs Patel, une ménagère qui avait vu Rocky s'enfuir dans la nuit après l'accident, se lava les mains de l'affaire : on ne l'avait pas payée ou intimidée, non, mais le procès traîna tellement qu'arriva un jour où, en fin de compte, elle ne put plus se libérer pour assister aux audiences.

Une fois acquitté, Rocky se rendit à Delhi afin de remercier en personne le ministre, qu'il considéra désormais comme son gourou. À minuit, les deux hommes, les complices les plus improbables qu'on pût imaginer, avaient déjà sifflé une bouteille de Black Label et gobé des plateaux entiers de *pakoras* aux oignons dégoulinantes de graisse. La star témoigna un intérêt quasi révérencieux pour la façon dont le ministre avait acquis une connaissance de la loi si extraordinaire qu'il était capable de la tordre comme un fil de fer. Pris d'euphorie devant l'intérêt qu'une célébrité témoignait à sa minable existence, le ministre Prasad afficha un air docte pour dévoiler sa « philosophie personnelle de la loi indienne ».

D'après lui, ce genre de manipulations éhontées n'était possible qu'en raison de la corruption endémique qui régnait dans le pays : en Inde, la corruption ne polluait pas l'atmosphère, elle *était* l'atmosphère. Il y avait trop d'années que le ministre Prasad favorisait ou organisait des escroqueries d'envergure pour ne pas être convaincu que, même si tous les pays du monde étaient confrontés à la corruption au sein de leurs systèmes, l'Inde avait une bonne longueur d'avance en la matière : elle avait tout simplement pris acte qu'il existait un système au sein de la corruption. Une fois la fraude confortablement installée dans la conscience nationale, la machinerie politique s'était dispensée de chercher à rectifier le tir et avait embrassé ses idéaux. Au fil des ans, le ministre Prasad avait perfectionné cet art. Il savait obtenir les services de juges qui attendaient désespérément d'être promus d'un tribunal de seconde zone à la Haute Cour. Il savait intimider les témoins. Il savait soudoyer les inspecteurs. C'était cruel, certes, mais ces agissements étaient nimbés d'une lumineuse logique cosmique : une fois les morts disparus, la vie continuait, comme elle était censée le faire.

Or, tandis que le ministre se remémorait le soir où Rocky Khan lui avait rendu visite, l'injustice fondamentale de l'existence se rappela à lui : ayant orchestré l'acquittement d'un complet inconnu accusé de meurtre, il aurait été pour le moins ironique qu'il ne réussisse pas à faire de même alors que la vie et l'avenir de son fils étaient en jeu. Il se souvint de l'après-midi où Malik était né, l'expression extatique de la femme médecin quand elle lui avait annoncé triomphalement que c'était un garçon, qu'il avait un héritier. L'infirmière lui avait tendu le bébé

pour qu'il le tienne. Il avait flanché. Il avait tellement eu peur de lâcher le bambin qu'il avait refusé
de le prendre dans ses bras. Il se souvint aussi que
Malik n'avait pas commencé à parler avant l'âge de
quatre ans ; le ministre s'était demandé si son fils
n'était pas un demeuré, mais ses doutes s'étaient
évanouis à l'instant même où Malik avait prononcé
une phrase complète, quelques jours avant son cinquième anniversaire. Il avait noté que Malik était
quelque peu obsessionnel : il collectionnait les petites voitures ; à une époque, il en avait sept cent
vingt-sept. Vers ses seize ans, il s'était pris de passion pour la philatélie ; en quelques mois, il avait
collé méticuleusement onze mille timbres sur des
feuilles de parchemin. À la fac, Malik avait égrené
des revers retentissants ; il avait jeté l'éponge quelques jours avant ses examens de fin d'études. Le
ministre Prasad n'en avait pas été le moins du
monde surpris.

Au fils des ans, le ministre avait observé son fils
louvoyer entre une litanie d'échecs impression-
nants : il s'était fait exclure de plusieurs écoles ;
avait acquis tout le savoir-vivre d'un sauvage soudain devenu évangéliste ; frappé un professeur qui
avait osé sanctionner un de ses devoirs ; couru après
tout ce qui portait jupon. Parvenu aux rivages plus
sûrs de l'âge adulte, Malik avait préféré les spots
stroboscopiques et les égouts crevés de Bombay aux
dignes avenues de Delhi. D'abord, le ministre Chander Prasad avait craint que son fils soit réduit en
bouillie par la mégapole et, lorsque l'entreprise de
Malik, bientôt spécialisée dans la création d'événements, avait rencontré *quelque* succès, il en avait été
extrêmement surpris. Pour découvrir par la suite que

Malik avait toujours obtenu ce qu'il voulait en usant et abusant de son nom de famille.

Plus récemment, leur rapprochement sous les auspices du procès avait forcé le père à étudier de plus près le caractère de son fils. Le ministre avait été étonné de s'apercevoir qu'ils avaient tant en commun : même forme d'yeux, mêmes boyaux défectueux, mêmes allergies de peau. Chez son fils le ministre reconnaissait sa propre imparfaite mortalité, sa propension à aimer gâchée par la folie et la tendresse. Peu à peu, il avait été gagné par une idée fixe : éviter la prison à Malik, non seulement parce que son avenir politique dépendait du fait qu'il sorte indemne du scandale, mais aussi parce qu'il suspectait que si Malik allait en prison, quelque chose en lui se recroquevillerait subitement et mourrait à jamais. Il lui suffisait de se représenter son fils dans une cellule pour que les larmes lui viennent aux yeux. Si le téléphone n'avait pas sonné à ce moment-là, il aurait fermé la porte de son bureau et se serait laissé aller à pleurer un bon coup.

« Bonsoir, monsieur le ministre-*saab*. Est-ce que je vous appelle à un mauvais moment ?

— Vijay Singh ! Vous ne pourriez pas mieux tomber ; je voulais faire le point avec vous. » Il prit un stylo et son fidèle carnet.

Ils s'entretinrent pendant dix minutes avant de conclure que, malgré l'évolution favorable de l'affaire, Samar Arora leur en faisait voir de toutes les couleurs.

« Que faire ? dit le ministre Prasad, grommelant. Ce fils de pute… ce *madarchod*… Il ne va pas lâcher prise.

— Mais, monsieur le ministre-*saab*, pourquoi êtes-vous si inquiet ? N'avons-nous pas travaillé sur un tas d'affaires ensemble ? » Depuis son balcon, Vijay Singh contemplait la rue en contrebas, le flot ininterrompu de fidèles s'acheminant pieds nus vers le temple Siddhivinayak.

« Vous avez raison…

— N'ai-je pas obtenu l'acquittement dans chacune de vos affaires ?

— Je vous ai aidé, Vijay.

— Cela va de soi ! Loin de moi l'idée de sous-estimer votre contribution. Et dans ce procès aussi vous m'avez procuré une fameuse avance. » Vijay Singh savait que, tout seul, il n'aurait pu métamorphoser Nalini Chopra et Bunty Oberoi en témoins de la défense.

« En toute honnêteté, dites-moi, quelle chance a ce *lauda*… cet empaffé… de Samar Arora de faire capoter notre affaire ?

— Il n'a pas vu l'accusé tirer sur la victime. Ce n'est qu'un témoin secondaire, monsieur le ministre Prasad. Dans le cadre strict du procès, son importance est marginale. Il n'entre pas en ligne de compte… un point, c'est tout !

— Savez-vous ce qui me gêne le plus ? C'est le cran de ce salaud. Il se prend… il a… il souffre du complexe du héros. » Le ministre n'était pas certain de l'existence d'une maladie mentale de cet ordre, mais l'expression lui parut sonner juste. « Il parle si librement aux journalistes… Avez-vous une idée des effets que la mauvaise presse a sur ma carrière, par rebond ?

— Cet homme ferait mieux de la boucler, en effet. » Vijay Singh aspira la fumée de sa pipe et s'interrogea pour la centième fois sur le succès du temple Siddhivinayak.

« Le dirigeant du Parti du peuple hindou m'a appelé pour me dire que les journaux s'en donnent à cœur joie : un vrai banc de piranhas. Il s'est plaint que l'affaire "dégénérait".

— C'est vrai, la couverture médiatique prend des proportions indues.

— Et qu'est-ce que c'est que cette histoire de "Justice pour Zaira" ? Il arrive que des gens meurent, c'est normal, non ? La mort est-elle un concept si compliqué à comprendre dans un pays où la population se reproduit comme des gardons dans les égouts ?

— Voyons, je vous en prie, ne vous inquiétez pas à cause de Samar Arora, monsieur le ministre-*saab*. Vous avez manœuvré deux témoins comme un pro. Ce gars-là rentrera dans le rang comme les autres.

— Je n'en suis pas si sûr.

— Ne craignez rien.

— Samar Arora m'obsède.

— Vous devez le chasser de votre esprit. » Vijay Singh marqua une pause. Quels étaient donc ces bruits au bout du fil ? Le ministre pleurait-il ?

« Monsieur le ministre-*saab*…, osa-t-il demander après un moment, vous sentez-vous bien ?

— Je suis désolé. J'ai… un léger rhume.

— Préférez-vous que je vous rappelle demain matin ?

— Non. » Le ministre Prasad se moucha. « Je dois régler cette histoire ce soir ; je suis en meeting électoral toute la journée de demain.

— Très bien. » La petite chialerie du ministre divertit beaucoup Vijay Singh. Quelle mauviette ! songea-t-il en ricanant intérieurement. Une sale mauviette tout droit sortie de sa cambrousse et avide de pouvoir.

« Savez-vous que Samar Arora partage son logis avec un autre homme ?

— "Partage son logis avec un autre homme" ? » Vijay Singh retira la pipe de sa bouche. « Voulez-vous dire qu'ils sont colocataires ?

— Non. Je veux dire… Vous savez comment sont certains hommes… »

Vijay Singh rentra dans l'appartement et gribouilla sur son carnet : *Homo ?*

« Oui. Je peux quasiment l'imaginer. » Vijay Singh fréquentait régulièrement un parc public. « Je suppose qu'ils ont une sorte de… d'arrangement ?

— Qui sait ? » Le ministre Prasad prit un ton honteux, comme une bonne sœur tombant sur un magazine pornographique. « Mais on m'a donné à penser qu'ils faisaient plus que partager leur maison.

— Alors nous devons *absolument* trouver un moyen de relier sa vie privée au procès.

— Je suis sûr que ce ne devrait pas être difficile. Nous vivons à une époque si… si sensible… Or sa vie privée est condamnable du point de vue de la morale, n'est-ce pas ?

— Absolument !

— Au bon vieux temps, on envoyait les hommes comme ça en prison.

— Ou ils étaient brûlés sur la place publique.

— On m'a dit qu'aujourd'hui on les soumet à des électrochocs.

— Apparemment, ça n'a pas marché avec celui-là. Mais ma tâche consistera à relier le caractère immoral de sa vie privée à l'affaire en cours. »

Le ministre se caressa le menton. « Même si nous n'y réussissons pas, au moins nous pouvons utiliser l'argument pour nous assurer le soutien de l'opinion. L'affaire prend des proportions inacceptables. J'ai

274

besoin d'avoir le public de mon côté. Nous devons prouver que Samar Arora n'est pas un témoin fiable. »

Vijay Singh réfléchit à la suggestion du ministre. Le Parti du peuple hindou abattait la carte de la moralité chaque fois que quelqu'un se mettait en travers de son chemin. Il pourrait sans problème créer un remue-ménage autour de la relation du pianiste et de son ami américain. Naturellement, celle-ci n'avait aucun rapport avec l'affaire en cours, cependant elle détournerait l'attention du véritable sujet : le meurtre de Zaira par Malik. Vijay Singh fut impressionné. Le ministre Prasad était peut-être une vieille mauviette velue, mais, s'il était allé loin dans la vie, ce n'était pas pour rien.

« Vous avez raison. Je trouverai un moyen d'utiliser cet élément. Il pourrait même devenir mon argument massue.

— Qu'avez-vous trouvé sur lui, de votre côté, Vijay ?

— Pas grand-chose en réalité. C'est un pianiste raté. Il a un chien qu'il idolâtre.

— Un chien ?

— Il est gaga de ce cabot.

— Pourquoi ça ?

— Mes informateurs m'ont appris que c'était un cadeau de Zaira. Apparemment, cet homme-là l'aime comme si c'était son enfant.

— Quel crétin ! Imaginez aimer une saloperie de clebs ! En tout cas, voilà une information sur laquelle je peux travailler, Vijay.

— À bon ? Comment ça ?

— Vous le découvrirez en temps voulu. Ouais, en temps voulu. »

18

Le procès suivait son cours.

À la barre, non seulement Samar affirma qu'il avait vu Malik au Maya Bar, mais il évoqua aussi les plaintes répétées que Zaira avait formulées à son encontre.

On sortit de vieux rapports de police. Le juge fut surpris d'apprendre que Malik avait passé toute une nuit devant l'appartement de Zaira, à tambouriner sur sa porte au point de se faire saigner les articulations. On rejoua l'attaque insensée contre la caravane de la star à Film City, grâce à des témoins : un électricien et la maquilleuse blessée pendant l'attaque. On évoqua la – vaine – tentative de Zaira pour obtenir une ordonnance restrictive contre Malik, ainsi que l'indifférence de la police à l'égard de ses plaintes répétées. Ensuite, Gautam Vakil demanda à Karan de venir à la barre ; celui-ci confirma que Zaira avait peur de Malik. Il raconta aussi à la cour que Malik n'arrêtait pas de téléphoner à Zaira, qui avait fini par exécrer autant que redouter ses déclarations d'amour malvenues.

Le surlendemain, la défense procéda au contrein-terrogatoire des témoins de l'accusation.

Samar comparut de nouveau.

Vijay Singh se leva et le fusilla du regard. Avançant jusqu'à la barre, il lui demanda : « Mr Arora, comment définiriez-vous votre relation avec Leo McCormick ?

— Objection. » Ignorant totalement où la défense voulait en venir, Gautam Vakil souhaitait tuer dans l'œuf quoi qu'il pût en sortir.

« Objection rejetée. » Le juge Kumar, lui, était curieux de savoir.

Samar s'éclaircit la voix. « C'est mon partenaire.

— Partenaire ? C'est-à-dire ?

— Mon amant. »

À la vérité, à son impudente clarté, la salle répondit par un silence perplexe.

« Qu'est-ce que tout ceci a à voir avec notre affaire ? » demanda Gautam Vakil au juge.

Vijay Singh s'exclama alors : « La défense vérifie la respectabilité des témoins de l'accusation. Nous aimerions démontrer à la cour que cet… homme ici présent viole la loi. La défense ne souhaiterait pas avoir à recueillir le témoignage de… ce genre d'individu. »

Samar eut des sueurs froides.

« Je ne vois pas très bien où se situe le problème, dit le juge Kumar, mais je vous laisse vous en expliquer. »

Vijay Singh lui lança un regard reconnaissant. « Mr Arora, pourriez-vous nous dire, je vous prie, à quoi fait référence le terme "actif" ?

— Quelqu'un qui travaille ? Ou bien faites-vous référence aux actifs financiers ?…

— Je crois que le terme est aussi utilisé pour définir le partenaire sexuel dominant dans une relation homosexuelle ?

— Oui, je pense que c'est le cas, en effet.

— Le terme pourrait-il vous être appliqué ? »

Gautam Vakil intervint, en désespoir de cause. « Objection. Cela n'a aucun rapport avec l'affaire en cours. La vie privée de mon client n'est pas ouverte à discussion dans ces murs.

— Je ne discute pas de la vie privée du client de l'accusation, Votre Honneur. »

Le juge Kumar dodelina de la tête. « Objection rejetée. »

Vijay Singh poussa un soupir et retourna auprès de Samar. « Bon, alors, Mr Arora, vous connaissez aussi le terme "passif" ? »

Samar jugea inutile de louvoyer. « Le partenaire sexuellement soumis ?

— C'est votre rôle ?

— Objection ! Cela n'a aucun rapport avec l'affaire ! » Gautam Vakil lança au juge un regard exaspéré.

« Objection retenue.

— Comment, alors, vous décririez-vous, Mr Arora ? »

Samar répondit que le terme qui lui correspondait le mieux était « versatile » car il décrivait quelqu'un tout aussi prompt à recevoir les hommages du sexe qu'à les donner.

Gautam Vakil fronça les sourcils ; Samar tombait dans le piège que Vijay Singh lui tendait.

« En d'autres termes, dit Vijay Singh, vous vous adonnez à la sodomie avec Mr McCormick sur le territoire indien ?

— Objection. Quel lien Mr McCormick a-t-il avec l'affaire en cours ?

— Objection rejetée.

— Peut-être…

— Devons-nous comprendre que votre réponse est… oui ?

— Oui. » Samar répéta même sa réponse d'un ton plus offensif : « Oui.

— Pensez-vous que c'est un comportement normal ?

— C'est un comportement naturel.

— Êtes-vous en train de nous dire que vous êtes homosexuel ?

— Non, c'est vous qui le dites, et il semblerait que je doive accepter vos dires. »

Vijay Singh fondit alors sur Samar comme un requin sur un phoque. « Mr Arora, connaissez-vous l'article 377 ? »

L'article 377, résidu du Code pénal indien instauré jadis par l'occupant britannique, pénalisait encore « le sexe contre l'ordre de nature ». Même si les condamnations fondées sur l'article 377 étaient rares, les policiers l'utilisaient allégrement pour humilier les homosexuels et les menacer d'arrestation avant de les relâcher contre un bakchich.

« Oui.

— Vous n'ignorez donc pas que vos pratiques sexuelles sont illégales en Inde ?

— Non.

— Vous pourriez être emprisonné si vous étiez pris en flagrant délit de… sodomie…

— Oui, je le sais. » Le ton de Samar demeurait calme, conformément aux conseils de son avocat, qui lui avait recommandé de ne pas répondre aux provocations.

« Vous le savez ? » Vijay Singh mima un frisson d'horreur. « Et cela ne vous a pas empêché de continuer ?

— Objection.

— Objection rejetée.

— Non.

— Fort bien. Mr Arora, puis-je vous demander si d'autres de vos comportements seraient susceptibles d'être jugés pervers et punissables par la loi de ce pays ? Mentir devant un juge, par exemple ? Faire un faux témoignage ?

— Objection !

— Essayer de monopoliser l'attention des médias pour assouvir vos visées personnelles…, ajouta Vijay Singh avant que le juge n'ait pu intervenir.

— Objection retenue. La cour prendra note de l'accusation au titre de l'article 377. Mais la défense devrait se rappeler qu'il s'agit d'un tout autre débat.

— Je n'ai pas d'autres questions, Votre Honneur. »

Lorsque la cour se réunit à nouveau le surlendemain, l'avocat de la défense présenta à la salle un témoin surprise, du nom de Tony Fernandez.

« Pouvez-vous nous dire quel est votre métier, Tony ?

— Je travaille dans la rue. » Râblé, la peau claire et lisse, barbichette au menton, le pion le plus inattendu de la défense portait un jean et une chemise rouge criarde. Il caressa ses cheveux brillantinés.

« Pourrait-on vous décrire comme un prostitué ? »

Tony prit un air offusqué. « Je mets les gens en relation avec d'autres gens. D'ailleurs, dit-il d'un air pincé, seules les femmes se prostituent. »

Mal à l'aise, Karan se tortilla sur son banc ; que faisait au tribunal cet homme étrange, en quoi était-il lié à l'affaire ? Il devina que l'assemblée était parcourue par un frisson sordide.

« Bien, Tony… Connaissez-vous Samar Arora ? » Quand Vijay Singh désigna Samar, tous les yeux dans la salle suivirent la direction indiquée.

« Oui. »

Le sang reflua du visage de Samar. Au désespoir, il se retourna. Il croisa le regard de Karan, qui le réchauffa et le rassura avec toute la force de la lumière du jour.

« D'où le connaissez-vous ?

— J'ai rencontré Samar sur la promenade près du Gateway of India. »

Samar jeta un coup d'œil à Leo, dont les muscles du visage étaient agités par l'angoisse. Que se passait-il ? Qui était ce Tony ? En quoi était-il lié à l'affaire ? La panique résonnait dans son crâne et au plus profond d'elle se terrait une peur insondable.

« Pour quelle raison la promenade près du Gateway of India est-elle connue ? » demanda Vijay Singh, avant de marquer une pause et d'ajouter : « Devrais-je dire "*tristement* connue" ?

— Tout dépend de l'heure de la journée.

— Par exemple, après la tombée de la nuit ?

— Après la tombée de la nuit, il s'y passe tout un tas de choses…

— Dont un florissant commerce de chair humaine ?

— C'est ça.

— Dans le cadre de votre activité, avez-vous rencontré Samar Arora sur la promenade qui longe l'hôtel Taj Mahal ?

— Objection, Votre Honneur.

« — Objection rejetée. »

Tony Fernandez se mordilla la lèvre tout en faisant mine d'observer le visage de Samar, avant de se tourner à nouveau vers l'avocat de la défense. « C'est exact.

— Que voulait-il ?

— Il a demandé si je pouvais lui procurer un garçon.

— Objection ! » Gautam Vakil lança à Samar un coup d'œil en biais. Son client avait-il omis de lui révéler certains faits sur son existence ?

« Objection rejetée.

— Samar Arora n'a pas demandé un "homme" ? » L'expression de Vijay Singh affichait le désarroi. « Il a bien précisé "un garçon" ? Un garçon *mineur* ? Un jeune garçon *innocent* ? Un enfant qui va probablement à l'école et joue avec ses jouets ?

— C'est ça.

— Il a demandé un *enfant* ! » Le visage de Vijay Singh se couvrit de rides de dégoût. « Lui avez-vous procuré cet… enfant ?

— D'abord, nous avons discuté du prix. Il a voulu marchander.

— Qu'est-il arrivé ?

— Un soir, je lui ai amené un garçon.

— Et ?…

— Il a dit que le garçon ne lui plaisait pas. Il s'est plaint que ce n'était pas son type. Il voulait un petit maigrichon. Alors j'ai choisi un autre gamin. Mais quelqu'un qu'il connaissait est mort et lui-même a été mêlé à toute cette histoire. Finalement, nous n'avons jamais fait affaire. Ça a donc été beaucoup de taf pour rien.

— Donc… Mr Arora *racolait* des mineurs quelques jours à peine avant que sa prétendue amie soit tuée dans un bar ! » Vijay Singh leva les yeux au plafond, comme s'il s'était adressé à une puissance plus puissante encore que la cour. « Je m'interroge… Que répondrait notre distingué pianiste si je lui demandais maintenant si, pour lui, la pédophilie est un "comportement naturel" ?

— Objection !

— Objection retenue. La cour demande à la défense d'en rester aux questions directement liées à ce procès. » Le juge Kumar fronça les sourcils. « Cette cour ne s'intéresse pas à vos interrogations personnelles.

— Toutes mes excuses, Votre Honneur. » Consternation et regret se mêlèrent dans le regard de Vijay Singh. « Mes paroles ont précédé ma pensée. Mais c'est que je n'en crois pas mes oreilles. Comment l'accusation a-t-elle pu proposer à cette cour un témoin dont la morale est si répréhensible ? Cela dit, je comprends votre point de vue et vous prie de m'excuser, Votre Honneur. »

Avant que Gautam Vakil ne puisse demander un contre-interrogatoire, il fallut ajourner, compte tenu de l'heure.

La prochaine audience fut prévue pour la semaine suivante.

Suite à la déposition de Tony Fernandez, des camionnettes de télévision et une armada de journalistes firent le siège de la maison de Samar, à l'affût de commentaires et de photos volées. Le surlendemain, Leo échappa de justesse à des sbires du Parti du peuple hindou prêts à le lyncher. La même semaine, une association de défense des droits de l'enfant manifesta dans le quartier. Sur une pancarte on pouvait lire : *Les mortes vont au ciel, les pédophiles en enfer.* Et sur une autre : *Dieu huit les pédés !* Les médias, après avoir couvert jusqu'à plus soif le meurtre de Zaira et les hoquets de l'enquête, portèrent leur attention sur le témoignage de Samar, sa relation avec un homme et l'indignation suscitée par sa supposée quête de rapports marchands avec un mineur. Observant par la fenêtre de sa chambre le tapage devant chez lui, Samar sentit son chagrin se transformer en peur : il craignait désormais pour sa sécurité.

« Ne t'inquiète pas, lui dit Karan un soir au téléphone. Je suis sûr que ton avocat se paiera ce Tony Fernandez pendant le contre-interrogatoire.

— J'ai une mauvaise nouvelle. »

Karan garda le silence.

« Apparemment, Tony Fernandez a disparu.

— Quoi ! » Karan se leva d'un bond. « Où est-il allé ?

— D'après la rumeur, ce maquereau a quitté Bombay quand il est apparu qu'il pourrait être arrêté pour harcèlement de mineurs.

— Mais il *faut* qu'il soit soumis à un contre-interrogatoire au tribunal.

— Aucune chance. Tony Fernandez n'était qu'un écran de fumée payé par la défense pour affaiblir l'accusation. »

Karan appuya l'écouteur contre son oreille et se rendit sur le balcon. « Je suis tellement… navré, Samar. » Il ressentit une décharge au cœur.

« Heureusement, le juge n'a pas retenu sa déposition.

— Mais le mal a été fait, Samar.

— Sais-tu ce que mon avocat m'a demandé ? »

Karan garda le silence. Des oies blanches flottaient sur le réservoir sacré de Ban Ganga, au milieu de guirlandes d'œillets d'Inde et de coques de noix de coco jetées en offrande sur l'eau.

« Il m'a demandé pourquoi je ne lui avais jamais parlé de Tony.

— Samar… »

Ce dernier poussa un soupir. « Quoi qu'il en soit, maintenant que Leo n'a plus rien à faire ici, il veut rentrer à San Francisco.

— Je le comprends.

— Moi aussi. Je savais que je m'attaquais à des ordures, mais je ne m'attendais pas à ce qu'ils frappent autant en dessous de la ceinture.

— Si seulement je pouvais faire quelque chose ! » Karan se mordilla le poignet. « Veux-tu que je passe chez toi ?

— Je voudrais bien mais ce ne sera pas possible ; tu ne franchirais pas la barrière de reporters installés sur notre pas-de-porte.

— Je suis vraiment désolé de ne pouvoir t'être d'aucune aide, dit Karan après un long silence. Je me sens totalement impuissant.

— Non, tu es parfait, un véritable ami, Karan ; tu m'as montré qu'il me restait quelqu'un en qui je pouvais avoir confiance alors que tout le monde me lâche et que, autour de moi, tout s'écroule comme un château de cartes. » La voix de Samar fut à ce moment-là comme une phalène battant des ailes contre la chaleur blanche d'une flamme. « Tu défends la mémoire de Zaira ; tu m'as prouvé que c'était possible. Même si, au tribunal, je me retrouve seul, je ne pouvais espérer mieux que t'avoir à mon côté. »

Avant les plaidoiries, Gautam Vakil demanda à son dernier témoin de revenir à la barre.

« Samar Arora, vous étiez avec la victime la nuit du meurtre.

— J'étais avec Zaira.

— Je vous demanderai de nous décrire votre dernier échange.

— Objection ! » Vijay Singh se leva d'un bond. « L'accusation demande au témoin de reconstituer des déclarations sentimentales qui n'ont pas trait au procès en cours.

— Objection rejetée. »

Vijay Singh leva les bras en signe d'exaspération.

Samar se retourna vers l'assistance. Son regard était franc et droit. Quand il parla, sa voix fut claire, énergique. « J'ai entendu du brouhaha dans la direction du bar. En m'y rendant, j'ai vu Malik Prasad remettre un pistolet dans sa poche et courir vers la sortie. Ensuite, j'ai entendu Nalini Chopra hurler à un serveur : "Attrapez-le ! Il a tué Zaira." J'ai couru alors jusqu'à l'endroit où j'avais vu Zaira plus tôt. J'ai dû jouer des coudes pour la rejoindre.

« Elle était par terre, elle avait du mal à respirer. Chaque respiration lui coûtait un effort incommensurable. J'ignorais de quoi il retournait… jusqu'à ce que je marche dans une flaque de son sang. J'ai tiré Zaira sur mes genoux et ai demandé à tout le monde de reculer parce qu'elle avait besoin de tout l'oxygène disponible. J'ai remarqué une petite encoche sur sa tempe : ce que l'on a identifié plus tard comme le point de pénétration de la balle. Régulièrement, elle lâchait un soupir, et le sang coulait sur le côté de son crâne.

« Elle est restée sur mes genoux jusqu'à l'arrivée de l'ambulance. »

Au début, la douleur de Zaira se manifesta par des crescendos aigus qui décroissaient par saccades ; puis elle se déchaîna, devint gigantesque ; pour finir, elle s'échappa en ondes bleues, océaniques, sur lesquelles Zaira flotta, échappant au temps présent pour y replonger bientôt, puis le quittant à nouveau, et ainsi de suite. Son corps révéla tous les codes de ses fonctions : nerfs reliés aux méridiens, chair consciente des os, veines palpitant suivant le flux du sang qui fusait dans d'innombrables, d'étroits toboggans verdâtres. Éblouie par la perfection de la forme humaine, elle se retrouva enveloppée dans un bourdonnement creux et continu, comme si on avait prolongé indéfiniment l'incantation *Om*. De la masse bleue du fourreau protecteur du vocable chaleureux et béni, Zaira émergea pendant un instant et vit l'homme qui la dévisageait : les deux yeux liquides qui, un jour, l'avaient attirée sous un dais de palmes dans un jardin sauvage.

Elle ne pouvait plus respirer qu'avec des halètements contraints, sifflants. « Je… suis contente que tu sois là.

— Tout ira… » Samar ne put supporter de sentir les doigts de son amie dessiner le contour de sa joue. « L'ambulance… arrive tout de suite.

— Tu es là.

— Zaira.

— Tu manques tant à Mr Ward-Davies ! Il boude dans un coin.

— Je sais. C'est pourquoi je suis revenu. » Des larmes coulèrent sur le visage terrorisé de Samar.

Zaira murmura : « J'ai peur qu'il ait décidé de tirer sa révérence. Sans toi.

— Dis-lui d'attendre. Je viens le chercher.

— Toi ?

— Oui… Peux-tu lui dire d'attendre un tout petit plus longtemps ? »

Quelques secondes plus tard, main molle, le délicat poids de son corps soudain lourd et gris, Zaira s'affaissa sur les genoux de Samar, ayant cessé de se battre pour continuer à respirer. Elle s'enfonça sur lui, caillou jeté dans un canyon, puis elle fut en lui, observa brièvement le monde, son horreur, sa gloire, ses ébats et ses mélodies faussées. Samar lui couvrit le visage avec l'arbalète de ses bras ; un silence noir s'empara de lui. Les échos délicats et forcés des battements du cœur de Zaira continuèrent de résonner dans sa tête, déjà murmures du passé. À ce moment-là il l'ignorait, mais, quand Zaira était morte, l'être qu'il avait été avec elle, le gardien de sa douleur la plus enfouie, le fou de la cour de son imagination, s'effaça aussi dans un immense néant tremblant ; il ne serait plus jamais le même.

« Pouvez-vous transmettre à la cour les dernières paroles de Zaira ?

— Je vous demande pardon ? » Samar paraissait bouleversé.

L'avocat répéta sa question : « Quelles furent les dernières paroles que Zaira vous a adressées ?

— Elle a dit… » Samar sentit un grand barattement dans sa poitrine ; la tête lui tourna.

« Que vous a-t-elle dit, Mr Arora ? »

Pendant un instant, chacun dans la salle se pencha en avant, il n'y eut plus un cillement, tout le monde était tout ouïe.

« Elle n'a rien dit.

— En êtes-vous certain ?

— De cela je suis certain. » Fermant les yeux, Samar baissa la tête et laissa ses ongles creuser le bois de la barre sur laquelle il s'appuyait.

Dans leur lit, Samar caressa la nuque de son amant. « Je suis désolé que tu sois soumis à tout ça ; ce sera bientôt fini. »

Leo tressaillit sous la caresse. Il se leva. « Zaira aurait été fière de toi. Attendons le verdict. Tu as été courageux.

— Ce n'est pas seulement une question de courage.

— Je le sais.

— Pourquoi est-ce si difficile de le croire ?

— Samar, tu doutes toujours de tout ce que je dis. » Leo alla à la fenêtre et contempla la nuit noire et fraîche.

« Je suis désolé. » Samar poussa un soupir. « Leo, ils m'ont forcé à rester debout, là, seul.

— C'était…

— Ils m'ont demandé…

— Non, je t'en prie… Samar. » Leo se retourna vers le lit.

« Ils m'ont montré du doigt… »

Leo n'avait pas envie de réconforter Samar ; il n'avait aucune envie de lui demander d'arrêter de pleurer.

« Ils m'ont demandé…

— Ils n'avaient pas le droit…

— Ils m'ont pris ce que j'avais de plus pur…

— Et ils n'ont pas réussi à l'entamer. » Presque à son corps défendant, Leo fut ramené vers Samar, dans l'orbite de sa douleur vive et crue.

« Ils ont pris ce que j'avais de plus personnel…

— Et ils ont eu peur de sa force.

— Ils…

— Chut…

— Tu sais…

— Je sais, oui. »

Au tribunal, on les avait traités de malades, on avait taxé leurs orientations de perverses ; on les avait considérés avec pitié, mépris, haine ou envie ; tout cela leur collait désormais à la peau comme une tache. Décidés à s'en débarrasser, les amants se lavèrent l'un l'autre. En silence, chacun s'occupa méticuleusement du corps de l'autre, soucieux de lui préserver, au moins pour ce soir-là, et même si la vie devait les séparer, sa sérénité et son désir. Chacun prit le corps de l'autre et lui conféra l'esprit ; chacun prit l'esprit et frotta son dos brisé, afin de lui redonner son unité. Dans les recoins de leurs anatomies se dissimulaient leurs promesses les plus urgentes, leur calme et leur rage baroque ; ils touchèrent, lissèrent, brossèrent, ébouriffèrent, caressèrent, embrassèrent : oreille, pied, nombril, cou, dos, épaule, flanc, orteil, nuque, mollet, joue. Lorsque arriva le matin, incapable de supporter les rais de lumière naissants, Samar ferma les yeux et se mit à flotter, entrant et sortant des choses, enveloppé dans le son continu et creux qui avait enveloppé Zaira au cours de ses derniers instants paniqués : langes de sentiment bleu nuit.

19

Le jour du verdict, Rhea s'assit sur un banc dans la salle du tribunal comble, trois rangées avant le fond. Lorsque le juge Kumar disposa ses documents sur son bureau et que la foule remua les pieds d'impatience, son regard tomba sur Karan ; près de lui se tenaient Diya Sen et Mantra Rai, qu'elle reconnut d'après leurs photos dans les journaux. Au premier rang, devant Karan, Leo était assis à côté de Samar. Inclinant la tête, Rhea aperçut dans la rangée de l'autre côté de l'allée Malik Prasad et Vijay Singh, mâchoires serrées, sueur luisant à la base de leurs cous puissants, bovins.

Rhea se pencha en avant mais ne réussit pas à distinguer le visage de Malik.

Lorsque le juge Kumar fut sur le point de parler, un moineau pénétra dans la salle ; après avoir décrit des cercles en une voltige délicate, il alla s'écraser contre les pales du ventilateur. Rhea fut outrée de voir les gens assis dessous ôter d'un geste sommaire les éclaboussures, comme si seule leur importait la tache indélébile du sang sur leurs vêtements. Durant les nombreuses années où elle avait travaillé comme bénévole au refuge, jamais elle n'avait traité la mort d'un animal, d'un chiot ou d'un chaton avec une telle légèreté, comme s'il s'agissait d'un rhume contagieux.

La salle recouvra sa dignité lorsque le juge s'éclaircit la gorge et ouvrit son dossier.

Au milieu du vacarme qui accueillit le verdict, Rhea se précipita vers la sortie.

À sa consternation, elle tomba sur Karan qui l'attendait et se précipita vers elle. « Reste, s'il te plaît. Accepte de me parler.

— Je dois y aller. Je suis vraiment navrée.

— Je ne peux pas croire que le juge ait pu le laisser s'en tirer comme ça.

— C'est horrible, Karan. Tu devrais être avec Samar. Il a besoin de toi maintenant. » Le débit de Rhea, rapide, trahissait une certaine peur.

Tendant le bras, Karan lui barra le chemin. « Pouvons-nous parler dehors, rien qu'un instant ?

— Je t'avais prévenu que je viendrais aujourd'hui, mais je dois y aller. Adi va rentrer d'un moment à l'autre. » Rhea regarda sa montre ; elle ne voulait pas qu'on la voie en compagnie de Karan.

« Tout ce que je te demande, c'est quelques minutes de ton temps.

— Non ! » Elle frappa le bras tendu de Karan, qui retomba ; à voir son expression, on aurait pu croire qu'il venait de recevoir un coup de poignard.

En sortant du vestibule, Rhea jeta un coup d'œil à Samar, qui avait la tête baissée.

Il leva les yeux, croisa le regard de Rhea.

Rhea pencha la tête de côté et Samar, la reconnaissant sans doute d'après les descriptions de Karan, joignit les mains en salutation ; sa douleur, nue, bondit vers elle en ondes noires. Elle lui fit un signe de tête et avança dans la foule comme une raie fendant les courants bouillonnants d'une mer profonde, poussant dos et coudes. Elle avait la nuque en sueur. Dehors, dans la cour du tribunal, elle s'arrêta pour regarder Malik Prasad et ses acolytes monter dans une Mercedes noire et partir vite pour échapper à l'assaut pétaradant des flashs.

Elle observa la voiture s'éloigner jusqu'à ce que quelque chose fasse tilt dans sa tête, comme la détente d'un pistolet.

Deux semaines plus tard, un lundi matin, Karan et Rhea se retrouvèrent au temple de Babulnath ; une brise violente, chargée d'humidité, charriait un soupçon de mer dans son souffle brûlant et irrégulier.

« Merci pour le cadeau d'anniversaire. »

Karan portait un jean sale et une chemise blanche, Rhea une robe en coton taupe sans manches : ils formaient un couple mal assorti.

« Je suis contente qu'il t'ait plu, Karan. »

Elle lui avait fait parvenir un fornicateur de Bombay — allusion au jour où ils s'étaient rencontrés à Chor Bazaar.

« Je l'aime beaucoup ; mais pas autant que j'aurais aimé une lettre.

— C'est toi qui me l'as inspiré… Est-ce que tu te nourris mal ces derniers temps ?

— Je suis préoccupé. » Avec sa barbe de trois jours et des cernes sous les yeux, il avait un peu l'air d'un bandit. « J'ai perdu l'appétit.

— Le procès est terminé. Bon an, mal an, tu devras retrouver tes repères et recommencer comme avant.

« — Comme tu le dis, oui, d'une certaine façon, le procès est terminé, mais, d'une autre, il commence à peine. Maintenant, nous savons ce qui est vraiment en jeu.

— Comment Samar supporte-t-il le verdict ?

— Il est furieux, détruit. Et si fatigué… Il a mal jusque dans les os. »

Pour échapper à l'incessant pilonnage de la presse, Samar s'était retiré au Sri Lanka, chez des amis de Leo, au fin fond d'une jungle privée. « Il compte faire appel. »

Rhea pouvait comprendre l'obstination de Samar. Il n'était pas le seul à être scandalisé par le verdict ; dans les quatre coins de l'Union indienne, dans des petites villes comme dans les métropoles, des citoyens s'étaient rassemblés pour exprimer leur consternation et leur solidarité par le biais de manifestations simples mais efficaces : veillées aux chandelles, marches silencieuses, envoi de courriers aux journaux. La nation entière s'était réunie afin d'exiger une révision du procès.

« Un procès en appel pourrait durer une éternité ! » Rhea pensait surtout à Leo. « Cette perspective ne doit guère lui plaire.

— Leo ne pense qu'à foutre le camp en Amérique.

— N'es-tu pas un peu sévère ? Ça a été une épreuve autant pour lui que pour Samar.

— Ça a été une épreuve pour nous tous. »

Rhea poussa un soupir. Karan avait pris le ton d'un martyr professionnel. « Samar ne devrait pas laisser ce procès détruire son couple.

— La frontière entre vie publique et vie privée est mince, et elle est aisément franchie.

— Il est donc d'autant plus important qu'il sache dissocier l'une de l'autre.

— Tu as peut-être raison. Les procès traînent pendant des années et il ne devrait pas trop croire à la possibilité d'une nouvelle enquête plus équitable. »

Une grande partie des preuves avaient été subtilisées ou trafiquées à la source. Bunty Oberoi avait soutenu que sa première déclaration avait été mal recueillie. Nalini Chopra avait prétendu qu'à cause de ses lunettes de soleil Gucci elle avait mal vu et que, même s'il était possible que « quelqu'un qui ressemblait à » Malik ait été présent au Maya Bar le soir du crime, elle n'était pas certaine que ce soit lui. D.K. Mishra, après sa récente démission, ne conduirait pas de nouveaux interrogatoires : il avait quitté Bombay et s'était évaporé dans la nature.

Karan poussa un soupir. « Samar va peut-être au-devant de nouvelles désillusions. »

Ils grimpèrent les marches du temple, observant au passage les feuilles de bétel disposées sur les rebords, où des petites bougies votives résistaient vaillamment au vent ; la forte odeur de beurre clarifié était tempérée par l'intense parfum béni des lis. Un soupçon de surprise dans la voix, Rhea confia à Karan qu'elle avait vu Malik de près après le verdict : « Il n'était pas du tout comme je l'avais imaginé.

— À quoi t'attendais-tu ?

— À dire vrai, je n'en sais rien. Mais je me suis demandé pourquoi il ne ressemblait pas davantage à un assassin. »

Karan trouva insupportable la naïveté de cette femme. « Et à quoi *exactement* un meurtrier est-il censé ressembler ?

— Je comprends ce que tu veux dire. Je sais qu'il n'existe pas de type préétabli. Mais l'allure de Malik m'a vraiment traumatisée.

— Pourquoi ?

« — Parce qu'il pourrait être n'importe qui. On aurait dit un étudiant ; il ressemblait au petit-neveu de ma voisine.

— Malik n'est pas n'importe quel voyou ; c'est le fils du ministre du Travail et de l'Emploi. Tu ne crois tout de même pas qu'il va avoir l'air d'un pick-pocket de banlieue ! »

Rhea hocha la tête. « Ce qui m'a frappée, c'est que brusquement j'ai eu la sensation qu'il ressemblait à quelqu'un que je connaissais… ou que je connaissais presque. Quand j'y ai repensé, plus tard, je n'ai pas réussi à mettre le doigt dessus et ça continue à me turlupiner. » Elle prit alors l'expression d'un cruciverbiste qui se creuse la tête à chercher le dernier mot d'une grille de mots croisés.

« Peut-être Malik te rappelle-t-il un parent éloigné ou un ancien ami.

— C'est possible. Au fait, j'ai vu le père de Malik à la télévision hier soir. Il était au sanctuaire de Vaishno Devi ; il priait pour son fils. » Dans le reportage, le ministre Chander Prasad avait déclaré : « Justice est faite. » À ses yeux, son fils était « enfin disculpé. Il a échappé ainsi à un abominable complot politique ». « Il est allé jusqu'à prévenir le reporter que toute critique du verdict du juge Kumar équivaudrait à un outrage à magistrat !

— Le ministre Prasad est aussi rusé qu'impitoyable, dit Karan. C'est une combinaison mortelle. »

Ils parvinrent au sommet de la volée de marches.

Rhea contempla les divinités, Ganesh et Hanuman, puis elle se tourna vers Karan. « Je reviens tout de suite, dit-elle.

— Prends ton temps. »

Rhea pénétra dans le sanctuaire.

Là, au milieu de ménagères grassouillettes et transpirantes, d'agents de change lubriques, de veuves décharnées et édentées, et de jeunes mariées portées sur la chose, elle fut bientôt absorbée par l'effervescence des prêtres et des fidèles, les psalmodies, les tubéreuses foulées au pied, les fumées odorantes d'encens, le tintement des clochettes. Lorsqu'elle parvint enfin devant le lingam géant, elle pressa la paume de la main sur la pierre noire ; un filet du lait censé rafraîchir constamment les ardeurs de Shiva se répandit sur ses doigts. Quand, la main sur le lingam, elle s'agenouilla, autour d'elle le vacarme s'estompa, les silhouettes des fidèles se brouillèrent et elle perçut une entité invisible, primaire : le battement du cœur du monde, la source de toutes les rivières, le ventre de l'instinct. Son corps fut traversé par une secousse violente qui anima son regard d'une charge inéluctable et conféra à son teint un éclat foudroyant. Elle émergea du sanctuaire ébranlée, désireuse de raconter à Karan ce qui était arrivé, mais, de retour dans la cour, elle n'eut qu'à jeter un seul coup d'œil à son jeune compagnon et son cynisme les sépara comme une tenture.

« Est-ce que tu te sens mieux ? »

Elle fit oui de la tête, embarrassée, déçue de ne pouvoir partager son expérience avec lui.

« Pourquoi tes mains tremblent-elles, Rhea ?

— Ah bon ? Mes mains tremblent ?… Partons, veux-tu ? »

Redescendant vers la rue, ils passèrent devant des étables sordides et sombres où étaient agglutinées des vaches grasses, tachetées.

Sur le palier, un vieux *sadhu* barbu leur tendit un *prasad*, une offrande. Ils l'acceptèrent et continuèrent leur chemin.

« Je vais redevenir prof.

— Dans une école ?

— Oui, j'ai posé ma candidature dans plusieurs établissements.

— Oh, Karan ! Ne gaspille pas ton talent. » Rhea joignit les mains comme en supplication.

« L'enseignement est une belle vocation. »

Elle lui adressa un regard las. « L'enseignement est une occupation parfaitement honorable, même noble, mais ce n'est pas pour toi.

— La photographie non plus.

— Bon Dieu, Karan, arrête !

— Tu veux que j'arrête quoi ?…

— J'ai l'impression de parler à un mur. Qu'as-tu ? »

Il déglutit. « Depuis plusieurs mois, je tourne en rond.

— Oui, eh bien, c'est comme ça… Tu t'es enfin heurté au grand méchant monde. Tu ferais mieux de t'y habituer.

— M'y habituer ? »

Rhea marqua une pause. « Écoute, je suis désolée, Karan. J'ai sans doute été dure. Mais je te conjure de ne pas renoncer à la photographie. Cela t'aiderait de ne pas prendre la vie pour une affaire personnelle.

— Mais *c'est* une affaire personnelle.

— Certes, mais je veux dire que c'est celle de tout le monde, Karan. Les mendiants aux feux rouges, les vaches, les flamants, les chiennes en chaleur au refuge, tous respirent, tous chient, tous en bavent pour s'en sortir. Je suis navrée de te l'apprendre, mais ta vie… et la mienne… n'ont rien d'unique.

— Toi, on peut dire que tu t'y entends pour réconforter les gens !

— Ne t'attends pas à ce que je joue à mère Teresa pour me mettre au diapason de ton numéro de pauvre petit lépreux. » Avec un mouvement de tête, Rhea dégagea de son front une mèche rebelle.

« Hé, calme-toi !

— Je *suis* calme. Pour qui te prends-tu ? Tu oses me dire ce que je dois faire ? » L'expression de Rhea avait l'éclat d'un cimeterre.

« Rhea !

— Ne hausse pas le ton, je te prie !

— Décidément, tu envoies tous les mauvais signaux ! » Il avança vers elle, main en suspens. Sentant la rage de Karan déferler sur elle, elle détourna la tête. Le *sadhu* s'était levé : il les regardait d'un air intrigué.

Elle se retourna vers Karan : « Tu as voulu me frapper !

— Tu exagères tout, Rhea. » Il recula.

« C'est vrai, n'est-ce pas ? Regarde-moi quand je te parle !

— Je suis… navré. »

Elle s'approcha de lui, le fit pivoter et croisa son regard. « As-tu voulu me frapper, Karan ?

— Je suis navré. » Il baissa la tête.

« On ne peut être navré de ce qu'on a vraiment eu envie de faire, mais tu ferais bien d'en avoir honte très, très longtemps.

— Tu as repoussé mon bras au tribunal. À quoi est-ce que ça rimait ? » Karan savait combien sa parade était infantile.

« Tu me barrais la route, Karan. Ce que tu allais faire à l'instant était d'un tout autre ordre ; n'essaie même pas de comparer.

— J'ignore ce qui m'a pris. » La voix du jeune homme s'engorgea. « Je ne reconnais pas la personne que je suis devenu. Je suis désolé. Tu ne peux pas savoir… »

Si elle avait suivi son instinct, Rhea aurait tourné les talons et se serait sauvée, littéralement *sauvée*. Elle eut peur, tout à coup – et c'était déprimant –, d'avoir devant elle un homme capable de tout. Mais elle parvint à se ressaisir. « C'est moi qui suis navrée ; j'ai prié pour que tu retournes à ta vision initiale de toi-même. Sois fidèle à ta vraie nature et, si l'enseignement te paraît être ta véritable vocation, alors fonce. Mais si ce n'est qu'une manière d'esquiver une vérité plus forte que toi, sois sûr que celle-ci te rattrapera plus vite qu'il te faudra pour atteindre le coin de la rue.

— Je me remettrai à la photo, je te le promets.

— Tu n'as rien à me promettre, à moi. C'est ta vie.

— Je t'en prie, ne sois pas fâchée contre moi, Rhea. » Il avait parlé si doucement qu'elle avança et le prit dans ses bras.

Cédant enfin à l'appréhension, elle se mit à pleurer.

Pensant que ses larmes étaient une preuve supplémentaire de leur intimité, Karan la serra contre lui.

« Je ne peux pas croire que j'ai été assez bête pour oublier le singe en laiton, dit-elle entre deux sanglots qu'elle tenta d'étouffer.

— Le singe en laiton ? »

Rhea respira bruyamment quand elle rappela à Karan ce dont il s'agissait : « Le talisman que je recherchais depuis toujours… Je l'avais à la main le jour où je t'ai rencontré à Chor Bazaar. Je l'ai posé lorsque je t'ai adressé la parole, puis nous avons été tellement pris par notre conversation et la quête du fornicateur de Bombay que je l'ai oublié. Je suis retournée le chercher, mais le marchand m'a dit l'avoir vendu entre-temps et ne pas en posséder d'autre.

« Je t'en trouverai un, fit Karan en resserrant son étreinte.

— Merci, Karan, dit-elle doucement. Peux-tu… s'il te plaît, me lâcher ?

— Hein ?

— Tu m'étouffes… » Elle s'extirpa de son étreinte.

Il la regarda ; son visage était encore radieux mais strié de larmes. « À qui t'ai-je fait penser ?…, lui demanda-t-il.

— Pardon ? » Elle fit quelques pas, s'éloigna de lui. Bientôt, ils se retrouveraient dans la grande artère voisine ; bientôt, elle monterait dans un taxi et retournerait à la sécurité de son appartement.

« … ce jour-là, à Chor Bazaar. Tu as dit m'avoir aidé à rechercher un fornicateur de Bombay parce que je te rappelais quelqu'un.

— Tu as dû l'imaginer. »

Ils débouchèrent dans l'avenue passante. Dans leur dos se dressait un temple de dimensions modestes, un oratoire dédié à Shreenathji, orné d'or fané et de vert intense. Une femme au teint noir prunelle était allongée sous un arbre ; une vache beige se tenait à quelques pas, attachée au tronc.

Karan fronça les sourcils. « Je suis à peu près certain que c'est ce que tu as dit.

— Ah bon ? » Rhea prit les joues de son jeune amant entre ses mains : geste d'adieu.

20

Le ministre Prasad n'était rentré que depuis quelques jours de son pèlerinage à Vaishno Devi lorsqu'il reçut un appel du dirigeant du Parti du peuple hindou.

« On m'a demandé de m'entretenir avec vous. Le parti veut que je discute avec vous en son nom. »

Le ministre, s'arrachant à la retransmission de minuit d'un combat de lutte dans la boue entre deux robustes Noires en bikini jaune, se leva. Il glissa les mains dans son slip ; s'ensuivit un rapide mouvement de grattage. « Mauvaises nouvelles ?

— Disons pas bonnes. »

Le dirigeant expliqua que, dans la mesure où le Parti du peuple hindou endossait le rôle de manager de la moralité de la nation, il considérait que le tapage occasionné par le procès Zaira avait considérablement entamé sa réputation. « Si les médias ne faisaient pas un tel barouf autour du verdict, nous pourrions fermer les yeux…

— Mais ?…

— Mais le Premier ministre a pris position.

— À se demander si le Premier ministre n'a rien de mieux à faire.

— La presse s'en donne à cœur joie.

— Les journalistes croient que leurs provocations vont sauver le pays. Mais tout ce qui les intéresse vraiment, c'est l'audience. Les procès par voie de presse, c'est contraire à l'éthique.

— Les journalistes sont peut-être les pires salauds sur terre, mais personne ne peut nier leur influence. Cet homme… l'ami de Zaira… parle de l'affaire *non stop* sur toutes les chaînes d'info. Il vous fait beaucoup de tort.

— Il a besoin d'être remis à sa place. Il ne se sent plus pisser. »

Le dirigeant exposa le fond de l'affaire : « Ne croyez-vous pas qu'il serait dans votre intérêt de présenter votre démission ?

— Qui sait ? » Le ministre eut l'acceptation amère. « La seule autre option étant que le parti m'*exclue*.

— Hum, nous…

— Je fais de la politique depuis trop longtemps pour supporter les crétins.

— Nous ne faisons que vous donner le choix.

— Donnez-moi quelques jours pour m'occuper de ça.

— Vous avez deux semaines. Si tout ce barouf ne cesse pas… »

Le ministre Prasad n'était pas homme à s'en laisser compter. « Je peux vous dire que *quelque chose* va cesser ! » hurla-t-il avant de reposer brusquement le combiné.

Ressentant un élancement très douloureux au ventre, il se précipita aux toilettes, où il chia une merde couleur de mauvaises bananes ; puis une exécrable sensation de brûlure traumatisa son estomac. Son ulcère ? Pendant des années, il l'avait empêché de manger et de boire en paix ; enflammé par l'annonce de sa démission imminente, son estomac avait besoin d'attentions médicales – et *presto*. En sortant de chez lui, il croisa sa femme dans le couloir. « Je vais voir le Dr Rao.

— Est-ce que tu vas bien ? »

Sans daigner répondre, il ordonna au chauffeur de sortir la voiture.

« Deux choses ont fait resurgir l'ulcère, expliqua le débonnaire Dr Rao. Le stress et l'alcool.

— Je me fous des causes, donnez-moi de quoi l'arrêter, un point, c'est tout ! » Le ministre Prasad s'assit sur la table d'auscultation. « Pardonnez-moi, docteur Rao. Je n'aurais pas dû m'emporter.

— Pas la peine de vous excuser ; je vous traite depuis trente ans, Chander ; je suis habitué à vos sautes d'humeur. » Si le ministre avait été capable de supporter une figure paternelle dans son entourage, alors le Dr Rao aurait été son homme.

« Je ne sais pas quoi faire, avoua-t-il, l'air contrit. Je croyais avoir couvert nos arrières. Malik est libre. Mais voilà qu'il est question de réviser le procès.

— Ce doit être terrible pour vous et les vôtres.

— Je n'en dors plus, docteur Rao ; constamment, j'imagine que la police va arrêter Malik et le mettre derrière les barreaux. Que ferai-je s'ils me le prennent ?... » Avant qu'il ait pu prononcer un autre mot, les larmes lui vinrent aux yeux, puis coulèrent à flots.

Immobile à côté du ministre Prasad, le Dr Rao, qui préféra rester coi, pensa à sa petite-fille de sept ans :

à la mort de son poisson rouge, inconsolable, elle avait pleuré avec le même abandon…

Quand le ministre eut séché ses larmes, le Dr Rao s'enquit : « Craignez-vous que cette affaire vaudra un important revers au parti ?

— Qui se soucie du parti ? Je ne savais même pas que j'aimais mon fils jusqu'à ce que j'apprenne à mieux le connaître, ces derniers mois. Je croyais que c'était un minable petit *loser*. Mais certains de ses traits de caractère me rappellent qu'il est issu de moi ; c'est mon sang, ma chair, *mon* fils. La forme de ses yeux. La façon qu'il a de bégayer quand il… qu… quand il… l'émotion le submerge…

— Il a aussi hérité de votre mauvaise digestion.

— Je sais, je s… sais. » Le ministre descendit de la table d'auscultation et lissa sa *kurta* blanche. « Malik est… en bref, c'est mon fils. Je ne m'étais jamais aperçu de la force de mes s… sentiments à son égard, et c'est affreux de se sentir sans défense devant l'affection qu'on éprouve pour quelqu'un. »

Le Dr Rao sourit. « Alors vous devez faire tout ce qui est en votre pouvoir pour sauver Malik.

— Mon autre souci, c'est que le parti exige ma démission. Si je perds mon poste, je ne pourrai pas faire grand-chose pour Malik au cours de ce procès en appel. » Le ministre serra le poing. « Mais je n'abandonnerai pas le combat. Je ne le perdrai pas.

— J'admire votre moral d'acier. » Le Dr Rao tapota le ministre dans le dos, exactement comme il aurait consolé sa petite-fille. « Mais vous devrez renoncer à l'alcool. »

Le ministre Chander Prasad dodelina de la tête. « Impossible !

— Les ulcères vont s'aggraver, Chander. Vous devez arrêter de picoler. » Le Dr Rao retourna à son siège derrière son bureau.

« Je ne peux pas, pas maintenant. Vous devez me prescrire des pilules qui régleront la question du Black Label parce que, sans whisky, ma vie sera intolérable. » Le ministre prenait déjà la direction de la porte.

« Je vais vous donner un somnifère pour ce soir. J'espère que vous suivrez mon conseil. Je suis content que vous vous soyez laissé aller à pleurer ; ça devrait vous aider.

— Pardon ! Qui a pleuré ? »

Le Dr Rao ouvrit la porte de sa clinique et répondit tout doucement : « Personne n'a pleuré, Chander, personne. »

Quand il rentra chez lui, tard et d'humeur sombre, le ministre Prasad fit claquer la porte derrière lui. « Je vais leur montrer !... »

Son épouse l'entendit et sortit de la chambre à coucher.

« Ton fils ! Il a vraiment tout pris de toi. »

Mrs Prasad inspira profondément. Depuis plusieurs nuits, elle rêvait qu'elle était dévorée par des sauterelles vertes. Elle en voyait une, en particulier, lisse comme du satin, verte d'envie, qui plantait sa gueule dans sa bouche et se repaissait de la chair rouge de sa langue.

« Qu'est-ce que tu vas leur montrer ? »

Le ministre dévisagea sa femme. Derrière elle, sur l'écran de la télé qui beuglait, il vit Samar parler à un reporter et affirmer qu'il ne craignait pas une révision du procès. Un autre juge présiderait, on reconsidérerait les preuves...

« Que vas-tu leur montrer ? » répéta Mrs Prasad.

Le ministre la regarda. Il ne s'attendait jamais à ce qu'elle lui adresse la parole : parler ne faisait pas partie de ses attributions.

« Ils vont prendre un nouveau juge pour ce procès en appel. Et si je ne pouvais pas manœuvrer celui-là comme je l'ai fait avec l'autre ?

— Alors Malik devra payer pour son crime. »

Le ministre scruta son épouse d'un regard intrigué qui voyagea de son nez à ses oreilles en passant par le menton. Il trancha l'air d'un revers de la main et, d'un seul geste rapide, l'envoya valdinguer par terre. Où elle resta, genoux remontés sur la poitrine, main droite sur la joue gauche, à goûter le goût de son sang qui coulait lentement, mélangé à sa salive.

21

Samar venait de sortir du bain lorsqu'il entendit un choc terrible, suivi par un sinistre bruit de verre. Puis Leo cria.

Le temps que Samar arrive au salon, Leo s'était assis par terre, adossé au canapé, essayant de s'enlever quelque chose au front.

Dans un coin de la pièce, Mr Ward-Davies gémissait en regardant Leo.

Samar emmena celui-ci à toute vitesse aux urgences de l'hôpital de Breach Candy, où on lui retira du crâne un gros éclat de verre ; neuf points de suture très bien cousus refermèrent une méchante coupure. Après l'avoir ramené chez eux, Samar alla au poste de police déposer plainte. L'agent de service le regarda d'un air soupçonneux et lui demanda pourquoi il n'était pas venu plus tôt, immédiatement après les faits – comme s'il le soupçonnait d'avoir inventé cette histoire.

« Les flics ont dit qu'ils allaient s'en occuper. »

C'était le surlendemain de l'attaque contre la maison de Samar. Leo et lui étaient en train de terminer leur dîner, un repas léger, simple, riz et purée de len-

tilles sucrée-salée, une spécialité gujarati de Saku-
bai. Des bougies projetaient des ombres impudentes
sur les murs de la cuisine.

« C'est aussi ce qu'ils t'ont dit au moment de
l'enquête. » Leo parlait doucement, pour ne pas
accentuer les élancements dans son crâne. « On ne
peut pas faire confiance aux flics. As-tu oublié D.K.
Mishra ? »

Samar avança la main pour caresser le dos de son
amant. « Pardonne-moi. Tu dois te sentir pris en
sandwich…

— Il faut que je te parle, Samar. J'ai repoussé ça
jusqu'à la fin du procès parce que tu avais déjà trop
à faire.

— Attendons d'être dans la chambre, proposa
Samar, qui voulait que Leo soit mieux installé.

— D'accord. »

Dix minutes plus tard, le dîner achevé, Leo suivit
Samar dans leur chambre, Mr Ward-Davies à leur
traîne. La pièce était carrée, nette, aérée. Au centre,
un grand lit, avec un dessus-de-lit bleu à motifs, une
procession d'éléphants ; sur l'étroit divan contre le
mur étaient éparpillés des livres de poche ; dans
l'angle, sur un bureau en chêne se trouvait un verre
de vin rouge entamé.

Samar alluma deux bougies et la pièce fut peu à
peu emplie par un parfum vivifiant d'agrumes.

Leo s'assit sur le lit et agrippa ses genoux. « Je
rentre à San Francisco, lâcha-t-il.

— Je m'y attendais. » Samar se dirigea vers le
divan et se laissa choir dessus. Il joua avec les
oreilles de Mr Ward-Davies, fines, pincées vers
l'arrière, délicates comme des pétales de rose.

« Laisse-moi terminer, je te prie. » Leo avait la
gorge sèche et irritée.

Samar se redressa, surpris par la gravité orageuse de la voix de Leo.

« Il y a quelques semaines, je me suis fait faire une prise de sang. » Leo joignit les doigts. « Les résultats ne sont pas réjouissants. »

Quand Leo lui eut appris toute la vérité, Samar eut l'impression d'avoir posé le pied sur une mine. « Je ne sais pas… »

Leo, les yeux rivés au mur, se décomposa. « Le médecin dit que la maladie pourrait prendre des années avant de se déclarer ou m'emporter l'année prochaine. Personne ne peut m'assurer de rien. Je veux simplement commencer le traitement au plus vite. »

Rassemblant ses forces, Samar alla vers Leo. « Nous contacterons les meilleurs médecins du pays. J'ai mes entrées à l'hôpital de Breach Candy. » Il serra doucement l'épaule de Leo.

« Je ne veux pas être soigné ici, dit ce dernier, repoussant la main de Samar.

— Certains de nos médecins sont parmi les plus compétents d…

— Je veux foutre le camp d'ici ! » La colère brilla dans le regard de Leo comme un diamant dans une mine. Je ne veux pas rester un jour de plus dans ce pays de sauvages ! »

Samar se mordilla la lèvre.

« Sais-tu comment on traite les gens comme moi ici ? Un gars de Goa a été enfermé dans un sana quand ils ont découvert qu'il l'avait. Au Kerala, ils ont attaché une veuve à un arbre et ont mis le feu. Si ça s'ébruitait, Dieu sait ce qu'il pourrait m'arriver !

— Personne ne le saura, Leo.

— Tu le fais exprès ? En Inde, les médecins ne sont pas tenus au secret professionnel.

— Nous pouvons garder ça sous le manteau », dit Samar. Ils se dévisageaient l'un l'autre à la lueur des bougies. « Ce n'est pas difficile.

— Que tu es naïf ! Tu ne comprends donc pas ? On ne pourra rien cacher, Samar. À cause du procès en appel, les médias nous traquent ; j'ai l'impression qu'on m'observe au microscope. Je ne peux même pas sortir faire ma promenade le soir sans qu'un putain de flash éclate derrière un tronc d'arbre. Si un tabloïd bien vicelard découvre la vérité, ça fera un barouf du tonnerre ! » Le regard de Leo était embrasé par l'hystérie. « Et le PPH trouvera le moyen de l'utiliser contre nous pendant le procès. »

Mr Ward-Davies sauta du divan et courut jusqu'à la porte ; il était terrifié. Samar alla vers son chien et le prit dans ses bras.

« Si tu vas à San Francisco, qui va s'occuper de toi ?

— Oh ! » Leo se leva et se tapa les cuisses. « Pardon ! C'est moi qui suis naïf : j'avais cru que mon petit ami m'accompagnerait ! Ben voyons ! Ces derniers mois, j'ai répondu présent pour *lui*, jour et nuit, mais M. Conscience sociale me demande, à *moi*, qui va s'occuper de moi à San Francisco ? » Leo eut un geste violent. « Je suis trop idiot ! Le virus a dû déjà attaquer mon cerveau !

— Leo, une nouvelle enquête est en cours… Je ne suis même pas certain d'avoir l'autorisation de quitter le territoire national. La police a mon passeport…

— Pour l'amour de merde de putain de Dieu ! Il se pourrait que je sois bientôt six pieds sous terre et toi, tu ne penses qu'à ce foutu procès ! Lâche tout. Dis que tu dois impérativement partir. »

Samar regarda ses pieds.

Leo eut le souffle coupé. Il avait toujours pensé que son compagnon était davantage dévoué à Zaira qu'à lui ; et voilà que ses suspicions étaient corroborées : même après sa mort, elle exerçait une influence sournoise, impénitente sur Samar. Lui-même lui avait fait confiance, aveuglément... C'était mal le connaître.

« C'est comme ça depuis le début, déclara Leo, bouillant. Je n'ai jamais su si tu étais avec elle ou avec moi.

— Garde ton calme, je t'en prie...

— Que crois-tu que je ressentais quand tu me laissais seul pour aller retrouver Zaira ? Vos petits dîners en tête-à-tête... Vos promenades à minuit. Vos interminables conversations au téléphone. La veille de sa mort, vous aviez l'un de vos précieux petits dîners. Sais-tu, dit-il, tapotant son torse de son index, sais-tu que j'étais seul ici, moi, ce soir-là ?

— Je suis allé chez elle parce que je croyais que, si je l'invitais chez nous, tu prendrais ça pour une intrusion.

— Ne prétends pas t'être sacrifié pour moi ! Je n'ai jamais vraiment eu ma place dans ton joli petit écrin. Tu t'imagines que j'ignorais qu'elle ne pouvait pas me sentir ?

— Zaira ne te haïssait pas, Leo ; tu te trompes.

— Tais-toi, Samar. Ferme ta gueule, veux-tu ! » Leo fit les cent pas dans la pièce. « Elle ne pouvait pas me voir, voilà la vérité ; elle s'en voulait à mort de t'avoir présenté à moi. Je marchais sur ses plates-bandes. »

Mr Ward-Davies regarda nerveusement l'un, puis l'autre. Avant de sauter du lit et de se précipiter vers la porte.

Samar savait qu'il pouvait soit ajouter de l'huile sur le feu, soit s'incliner et sauver la mise avec grâce ; il choisit cette dernière option. « Leo, pardonne-moi, j'ai été stupide. Bien sûr que je viendrai. Tu comptes pour moi plus que tout au monde.

— Aucune importance ; je peux me débrouiller tout seul, lança Leo – on aurait dit un défi.

— Laisse-moi le temps de m'occuper des affaires courantes et nous partirons tous les deux ensemble.

— On dirait que tu me fais une faveur. Je ne demande la charité à personne… et je ne veux pas que tu puisses penser que tu as laissé tomber le procès pour mes beaux yeux.

— Je le ferai pour moi, Leo. » Comprenant sa sottise, Samar se sentit coupable. S'il devait abandonner le procès pour s'occuper de Leo, eh bien, soit ; on ne pouvait mener de front qu'un nombre limité de batailles, et l'on ne survivait qu'à quelques-unes. « Je suis désolé. Je me sens idiot… »

L'émotion qui transparut dans la voix de Samar attendrit son compagnon. « Oh, Samar… » Il s'assit sur le lit.

« Oui ? »

Prenant son visage entre ses mains, Leo pleura des sanglots venus du cœur obscur, terni de son être. « Dans quel pétrin je me suis foutu ! »

Samar se retourna ; la bougie s'était éteinte.

22

Quelques jours après la révélation de Leo, Samar appela Karan à l'aube. « Pourrais-tu venir chez nous, s'il te plaît ? » Par la fenêtre, il observa l'aurore, qui plongeait les bras dans un bol de ciel cramoisi.

« Bien sûr. » Karan avait perçu la peur dans la voix de Samar.

Lorsqu'il passa son jean et son tee-shirt, Karan se rappela le jour où Iqbal l'avait appelé pour lui annoncer que Samar avait été vu au Gatsby. Il se le remémora clairement, faisant des claquettes sur le comptoir du bar, se cognant la tête contre une suspension. Diya Sen était là, en jupon, vision rutilante de sensualité ; et il n'avait pas oublié non plus le cinéaste en sarong orange, avec son poignet de dandy. Que de chemin avait-il parcouru depuis ce soir-là ! songea-t-il dans le taxi qui l'emmenait à Worli, en proie à un chagrin indescriptible.

Il était cinq heures quand il arriva chez Samar.

Ce dernier l'attendait au bord de la piscine ; il regardait Mr Ward-Davies qui se roulait dans l'herbe mouillée de rosée. Samar se leva dès qu'il vit Karan ouvrir la porte-fenêtre. « Veux-tu faire une promenade ?

— D'accord. »

Sur le front de mer de Worli, sous la couverture de la nuit qui battait retraite, Karan l'interrogea sur les derniers développements de l'enquête concernant le jet de pierres contre sa maison. « Des nouvelles de la police ?

— Les flics prétendent que c'est le fait de vandales. » Samar tira sur la laisse de Mr Ward-Davies.

« Les lâches.

— T'ai-je dit que j'avais reçu deux coups de fil anonymes me menaçant de mort ? Ce salaud a juré qu'il me massacrerait si je témoignais au procès en appel.

— Qu'as-tu répondu ?

— J'ai dit que je ne ferais pas machine arrière et que, s'il téléphonait à nouveau, je lui mettrais la police aux fesses.

— Cela montre que le ministre Prasad t'a vraiment dans sa ligne de mire. »

Samar lança à Karan un regard calme. Il avait hâte de lui révéler la vérité sur la maladie de Leo.

« Considère l'affaire du point de vue du ministre, reprit Karan. Si son fils est envoyé en taule, les pontes du PPH vont l'exclure du parti vite fait, bien fait. Or Malik a beau être libre, ils le tiennent tout de même par les couilles.

— Cet homme n'est pas content.

— J'espère que toi, tu l'es du soutien de la presse ?

— Bien sûr… mais Leo croit que l'attaque contre la maison a été organisée en représailles à mes entretiens avec la presse, justement.

— Comment récupère-t-il ? » Karan éternua bruyamment.

« Sa coupure cicatrise bien ; on devrait lui ôter les points de suture la semaine prochaine. » Samar toucha l'épaule de Karan. « Tu as l'air pas mal crevé, toi aussi.

— J'ai un sacré rhume depuis deux ou trois jours.

— Je suis désolé, je n'ai pas appelé…

— Tu avais beaucoup à faire, Samar.

— Es-tu allé au travail ?

— Je vais, je viens.

— Tu viens plus que tu vas, c'est ça ?

— Iqbal m'a annoncé qu'il va sans doute devoir se débarrasser de moi.

— Quoi ?

— Il a fermé les yeux sur un tas d'absences pendant le procès ; souvent, je ne suis pas allé au bureau parce que j'étais au tribunal. Il m'a beaucoup soutenu. Mais, à présent, il veut que je me remette en selle, et je ne m'en sens pas le courage.

— Il doit bien savoir que tu auras besoin de temps pour te *remettre en selle*.

— Il doit penser que j'ai déraillé pour de bon. » Karan se pencha pour chatouiller Mr Ward-Davies. Le chien gigota de plaisir. « Il sait que je ne serai plus capable de produire le genre de photos que je prenais avant… »

Ils se remirent à marcher. Samar suggéra : « Quelques jours de vacances te feraient peut-être du bien ?

— J'en doute. Cette tornade a tout chamboulé là-dedans. » Karan tapota son crâne avec l'index.

Samar avait remarqué du changement chez Karan : d'abord une certaine dégradation physique, mais aussi un je-ne-sais-quoi d'intangible, au plus profond. Comme si le monde lui était tombé sur la tête avec toutes ses terrifiantes beautés ; la trahison, la déception menaçaient de le détruire. Par cette blessure entreraient de petites bestioles scintillantes qui le remueraient jusqu'aux os. La douleur lui ôterait le gras, ne laissant que muscle et angularité. Alors le loup en lui, finalement, se sentirait assez confiant pour sortir de sa tanière.

« Trop de flou dans l'objectif. » Karan se frotta le torse. « Chaque jour que je passe à Bombay, c'est comme si je m'enfonçais un peu plus dans des sables mouvants.

— Tu serais capable de prendre de merveilleuses photos avec des œillères. » Samar s'arrêta car Mr Ward-Davies se mit à renifler le pied d'un réverbère. « D'ailleurs, si les choses ne fonctionnent plus avec Iqbal, n'importe quelle boîte en ville t'engagera.

— Je ne *veux* pas travailler pour une autre revue. Iqbal est le boss rêvé. Il me tape sur les doigts et m'encourage. Il sait exactement quand je dois me ressaisir et il sait quand il faut me laisser tranquille dans mon coin. J'étais étudiant quand il m'a pris en main ; il m'a donné son vieux Leica, que j'utilise encore pour la plupart de mes photos. Il m'a arraché à Delhi et m'a obtenu ce boulot à Bombay. Quand je lui ai annoncé que j'avais compris que cette ville était le sujet d'étude qu'il me fallait, il a su que je ne plaisantais pas.

— En effet… le boss rêvé !

— Mais maintenant je lui porte tort. Les journaleux qui ne pensent qu'en termes de gros titres en ont un qui m'est tout destiné : « Le protégé du patron s'est planté dans les grandes largeurs. »

— J'ignorais qu'Iqbal représentait tant à tes yeux.

— On peut estimer les gens sans pour autant les mettre en avant ; ce n'est pas parce qu'on n'a pas toujours leur nom à la bouche qu'ils... qu'ils ne représentent pas tout pour nous. »

Samar se demanda si Karan n'était pas en train d'essayer de lui faire comprendre que Zaira lui manquait effroyablement. « En as-tu parlé à Rhea ?

— Non. Je ne compte plus pour elle. Elle n'arrive pas à accepter le fait que j'ai renoncé à la photo. J'imagine que c'est une fin de non-recevoir.

— Sans doute se sent-elle responsable de ta défection ; après tout, c'est elle qui t'a trimbalé dans tout Bombay.

— Elle m'a trimbalé, oui, et nous parlions photo pendant tout le chemin. » Au tréfonds du regard de Karan, un oisillon se heurta contre la fenêtre poussiéreuse d'une pièce abandonnée.

« Elle te faisait du bien », dit Samar, regrettant de ne pas avoir eu l'occasion de rencontrer cette femme. Ils n'avaient fait que s'apercevoir une fois – au tribunal, le jour du verdict : il avait joint les doigts pour la saluer, elle lui avait souri et ils étaient repartis chacun de son côté.

« Nous parlions d'Atget et de son Paris, de Cartier-Bresson, du reportage de guerre et de l'éthique du métier... Désormais, les heures, les semaines, les mois que j'ai passés avec elle se confondent tous dans ma mémoire... » Karan eut l'air furieux lorsqu'il ajouta : « Je trouve insultant d'avoir à me dire qu'elle était plus intéressée par mon travail que par ce que je suis. Je n'aurais jamais cru que les choses en viendraient là.

— Votre histoire serait finie ? Ne dramatises-tu pas un peu ? » Samar haussa les sourcils.

Karan eut l'air défait : « Ces derniers temps, notre relation a périclité très vite ; d'ailleurs, d'après elle, son mari se doutait de quelque chose.

318

— Merde.

— Un jour, je l'ai attendue devant son immeuble et, quand elle est arrivée, elle a eu le front de faire comme si elle ne me voyait pas !

— Tu es allé la trouver à Silver Oaks ? Ne viens-tu pas de dire que son mari avait découvert le pot aux roses ? Ne vaut-il pas mieux faire profil bas dans ce cas-là ? »

Karan donna l'impression de ne plus écouter Samar. « J'ai poireauté devant chez elle pendant des heures.

— Mais elle doit brouiller les pistes, Karan ! Elle est mariée. Et elle n'a peut-être pas envie de saboter son mariage.

— J'ai attendu pendant des heures et, quand elle est passée en voiture, elle ne s'est même pas arrêtée !

— Elle ne t'a peut-être pas vu !

— Qui sait ? Un autre soir, j'étais chez le vendeur de fruits sur le trottoir d'Amarsons. Elle achetait des grenades. J'ai essayé de lui parler, mais elle a fait mine d'être trop occupée. Elle ne m'a pas adressé deux mots.

— Et si son mari était dans les parages…

— Sans doute croit-elle que je la suis. » Entendant une voiture approcher par-derrière, Karan tourna la tête ; quelques secondes après, la voiture les dépassa.

« Et elle se trompe ?

— Il m'arrive de l'apercevoir quand elle fait des courses ou quand je me promène dans les environs de Silver Oaks. Je dois veiller sur elle.

— C'est une grande fille ; elle n'a besoin de personne. » Samar était conscient que sa voix était plus stridente que nécessaire, mais, en fait, s'identifiant à

Rhea, il sentait la colère monter en lui à l'encontre de Karan.

Le raffut d'une voiture fonçant au loin, pneus crissant, détourna brièvement l'attention de Karan. Il tourna à nouveau la tête pour regarder. « Elle doit flipper.

— Essaie de réfléchir…, dit Samar aussi subtilement qu'il en était capable.

— Tu trouves que je déconne ?

— Tu passes trop de temps seul. Poireauter près de son immeuble n'est pas la chose à faire. Elle croit sans doute que tu la traques…

— Moi, la traquer ? C'est toi qui exagères maintenant.

— Désolé si je t'ai blessé, Karan, mais si c'étaient justement tes attentions qui lui faisaient perdre les pédales ?…

— Tu as peut-être raison. Est-ce que j'ai l'air d'un cinglé ? » Karan passa la main dans ses épais cheveux noirs. « Tu crois que j'ai fait le plongeon ? »

Samar poussa un soupir. « Tout ce que je dis, c'est que tu devrais la traiter avec des égards, Karan. Prends du recul et essaie de voir… pas seulement de la voir, elle, comme une femme mariée, mais aussi de te voir, toi, tel que tu étais quand vous vous êtes rencontrés. »

Karan se mordilla la lèvre. « Crois-tu que Rhea m'a aimé ?

— Il est trop tôt pour employer le passé.

— Je ne suis pas certain qu'elle m'ait jamais aimé.

— Le contraire est impossible.

— Un peu ?

— Qui accepterait moins qu'un CDI avec toi ?

— Les après-midi où je la regardais travailler dans son atelier ont été parmi les plus beaux moments de ma vie. » La douleur fripa les lèvres de Karan. « Ses mains sont si longues, agiles, tendres… Elle met du vernis sang de bœuf. »

Samar garda le silence pendant un instant. Il aurait voulu trouver les mots pour réconforter Karan, des mots qui l'accompagneraient tout au long de sa brûlante agonie. Mais les mots étaient des ombres : indéchiffrables, prompts à vous échapper à jamais. Parfois, l'amour était un gros camion lancé à toute vitesse sur une autoroute, et l'on n'était qu'une mouffette sur son chemin : une future victime de la circulation en charpie et malodorante. « Tout ce que je dis est futile, bien sûr, mais j'espère que tu as compris que tu n'es pas seul à vivre une galère.

— Fais-tu allusion à Leo ?

— J'essaie, oui.

— Je suis désolé ; je ne suis qu'un petit con égocentrique. Dis-moi ce qui se passe. »

Samar se préparait à tout déballer lorsque Karan l'interrompit à nouveau : « As-tu remarqué la voiture ?…

— Quelle voiture ? »

Mr Ward-Davies leva la tête et renifla.

« Elle s'est dirigée vers nous avant d'obliquer. Elle était…

— Non, je ne l'ai pas vue. Mais j'en ai entendu une il y a quelques minutes.

— Probablement un gosse de riche qui rentre chez lui après une nuit de folie dans un club. Désolé de t'avoir interrompu. Tu disais ?…

— Leo… Il va bientôt rentrer à San Francisco.

— Il y retourne régulièrement, n'est-ce pas ?

— Là, c'est différent. Ce qui se passe, c'est que... » Tandis que Samar s'efforçait d'avoir le courage de continuer, la voiture noire que Karan avait vue plus tôt arriva une fois de plus par-derrière. Elle ralentit en parvenant à leur hauteur.

Le chauffeur sortit le bras et glissa dans la main de Samar un morceau de papier sur lequel était inscrite une adresse. Samar la lut et lui indiqua comment s'y rendre.

Le chauffeur remercia Samar pour son aide, mais, avant que Samar puisse réagir, il lui arracha des mains la laisse de Mr Ward-Davies. Un gémissement aigu et terrifié troua l'air alors que la voiture démarrait à toute allure.

Samar et Karan coururent à sa poursuite. Le chauffeur accéléra, ralentit, accéléra à nouveau, et ainsi de suite.

Sur quoi, ils virent la main du chauffeur, laisse au poignet, sortir de la vitre, puis lancer Mr Ward-Davies contre un réverbère. Ils entendirent un bruit, comme une brindille craquant dans le feu. Le petit corps se ramollit, d'un coup. La voiture fonça, Mr Ward-Davies pendant sur le côté comme un jouet au bout d'un fil. Puis le chauffeur lança sur la chaussée la laisse avec le chien au bout, aussi brusquement qu'il s'était saisi d'eux. Enfin, la voiture obliqua dans la rue voisine et disparut.

Samar et Karan, chemises mouillées de transpiration collées à leurs dos, s'agenouillèrent de part et d'autre de Mr Ward-Davies.

« Quelque chose pend au bout du nerf.

— C'est son œil. Les vaisseaux sanguins ont éclaté.

— Que fais-tu, Samar ?

— J'essaie de le remettre en place.

— Il respire encore ; nous devrions l'emmener chez un vétérinaire. Laisse son œil tranquille. J'ignore si on peut le sauver.

— Je dois le remettre en place. » Les mains de Samar étaient une fois encore couvertes de sang. « Je t'en prie, dit-il en lançant un regard implorant à Karan, fais qu'il arrête de gémir.

— Je suis désolé.

— Fais-le taire. Fais en sorte qu'il me revienne entier.

— Je vais chercher un taxi.

— Oh, Karan, son œil ne veut pas rester dans l'orbite ; il ne veut pas rester dedans…

— Je t'en prie, Samar, ne le touche pas. Laisse-le comme il est.

— Je ne veux pas l'abandonner sur le trottoir. C'est mon bébé !

— Allons chez le vétérinaire. Il saura quoi faire… Je t'en prie… ne fais rien.

— Ils m'ont pris mon bébé. Mon Dieu, mon bébé… » Pantelant, Samar pleurait, retourné comme un gant par la douleur.

« Là, un taxi !

— Son œil ne veut pas rester dans l'orbite !

— Nous allons essayer de le sauver.

Ils m'ont pris mon bébé, Karan… ils me l'ont pris… »

23

Après l'annonce du verdict, Rhea avait décidé de ne plus jamais répondre aux appels de Karan, prétextant qu'Adi était de retour à Bombay. Elle était furieuse parce qu'il l'avait interpellée en public ; elle lui aurait volontiers parlé en privé, mais son manque de discrétion avait attisé son ire. De plus, au tribunal, son anxiété avait encore été aggravée lorsqu'elle avait vu Malik monter dans sa voiture : en effet, quelque chose de familier dans son attitude l'avait tourneboulée. Revoyant sans cesse son visage, elle ne parvenait pas à saisir ce qui l'avait tant troublée. Elle avait espéré pouvoir en parler à Karan quand ils s'étaient rencontrés au temple de Babulnath ; elle avait aussi compté exprimer toute la détresse et la colère qu'elle ressentait face à la mascarade du procès et à l'injustice du verdict. Mais, lorsqu'ils avaient redescendu les marches du temple, Karan avait levé la main comme pour la frapper et elle avait fui. Depuis, il avait eu un comportement choquant. Un soir, arrivant chez elle en voiture, elle l'avait aperçu traînant devant son immeuble : elle avait appuyé sur le champignon si brusquement qu'elle avait failli écraser un chat de gouttière. Un autre jour, elle achetait des fruits sur le trottoir d'Amarsons quand, tout à coup, elle avait senti sa main sur son épaule. Même le marchand de fruits avait lancé à Karan un regard qui signifiait « Pas touche ! ».

Elle avait fait de son mieux pour conférer à leur rupture toute la dignité requise, espérant que son silence le dissuaderait. Mais elle eut la surprise de s'apercevoir qu'elle obtenait l'effet inverse.

« Peux-tu te dispenser de m'appeler, *s'il te plaît* ? répliqua-t-elle quand elle reconnut sa voix au bout du fil pour la cinquième fois le même jour.

— Rhea, tu ne m'as pas expliqué pourquoi tu as décidé de ne plus me voir.

— Tu veux prendre une nouvelle direction dans ta vie et je te souhaite bonne chance.

— On dirait que tu me vires d'un boulot.

— As-tu la moindre idée du nombre de questions qu'Adi me pose à cause de tes incessants coups de fil ?

— Ça, c'est *ton* problème, Rhea.

— Pourquoi joues-tu au con ? Je ne veux pas donner l'impression que je te faisais une faveur, mais je t'ai tout de même consacré beaucoup de mon temps, *ne* ? C'est de cette manière que tu me remercies ?

— Ne me parle pas sur ce ton. » Karan avala une nouvelle gorgée de whisky ; le feu liquide cascada dans sa gorge sèche.

« C'est plutôt toi qui n'as *aucun droit* de me parler sur le ton que tu emploies. » Rhea se rappela leur rencontre au temple de Babulnath, l'envie flagrante qu'il avait eue de la frapper. Un frisson remonta sa colonne vertébrale.

« Mais je suis fou furieux. Je ne peux pas m'en empêcher.

— Toi, tu es furieux contre *moi* ? » Prise de nausée, elle colla sa langue contre son palais, dans l'espoir que cette sensation désagréable disparaîtrait.

« Tu l'as cherché.

— Je n'y crois pas !

— Tu t'es moquée de moi !

— Je t'ai emmené d'un bout à l'autre de Bombay en toute bonne foi.

— Non. Tu t'es moquée de moi.

— Si ça te chante. Mais, maintenant, c'est fini. » Rhea reposa le récepteur et, toute tremblante, resta un moment plantée à côté de la tablette du téléphone. Elle se ressaisit lorsque Adi appela de la chambre. La nausée qu'elle ressentait depuis plusieurs jours s'estompa.

« Je viens, *jaan* ! » fit-elle. Elle se mordilla la langue, se sécha les yeux. Prenant une profonde inspiration, elle voulut se convaincre : *Tout va bien.*

« À qui parlais-tu ?

— Bah, un de ces insupportables téléprospecteurs…

— Ils appellent si tard ?

— Adi, je dois t'avouer que Bombay commence à me fatiguer.

— Pourquoi ne t'installerais-tu pas avec moi à Singapour ? Je vais être basé là-bas un bon bout de temps. Ça pourrait être notre port d'attache pour un an ou deux.

— Il est possible que je doive accepter, dit-elle, excitée tout à coup par sa proposition. Au moins, ces sacrés téléprospecteurs me laisseront tranquille. »

Au cours de la nuit, exilée du pays du sommeil, Rhea s'accrocha à Adi, incapable d'évoquer ce qui lui pesait tant : elle avait vu Malik Prasad en chair et en os pour la première fois et elle s'était affolée. Sa peur, qui la consommait à toute vitesse, était ancrée dans sa naïveté : elle s'était attendue à découvrir une confirmation réconfortante de la malignité de Malik, un tic nerveux, une cicatrice révélatrice. Or elle n'avait rien vu de la sorte, son aspect était d'une banalité confondante : si elle l'avait croisé à une soirée ou dans la rue, elle n'aurait jamais supposé que c'était le genre d'homme qui pouvait tuer une femme de sang-froid.

Décidément, elle était mauvais juge des caractères !

Pour se remettre de sa candeur, elle se rendit à leur résidence secondaire d'Alibaug. Le visage de Malik continua de la hanter jour et nuit. Pendant ses insomnies, elle craignait sans cesse que quelqu'un saute le mur et pénètre dans la maison. Pourquoi Adi n'avait-il donc pas engagé un portier ou un garde ? La troisième soirée qu'elle passa à Alibaug, elle remarqua que quelqu'un rôdait autour de leur portail. Était-ce Karan ? Elle se précipita à l'intérieur et ferma la porte à clé. Elle était tétanisée par la peur. Elle demanda au jardinier de dormir devant la porte de sa chambre. Le soleil n'était pas encore levé qu'elle regagnait Bombay.

Deux semaines plus tard, rentrant à l'appartement, Adi découvrit Rhea assise sur le lit, engoncée dans les coussins, complaisamment royale.

Elle tapota les draps. « Viens ici, s'il te plaît. »

Avec sa chemise bleu clair et sa cravate argent, Adi avait l'air de n'importe quel employé de multinationale – son charme discret résidait ailleurs.

Il s'assit à côté d'elle, devinant qu'elle avait une annonce à faire.

Elle défit sa cravate, admira son nez aquilin, l'épaisse ligne de ses sourcils. *Voici mon territoire*, songea-t-elle, *ça, c'est à moi.*

Puis, avec douceur, elle fit son annonce.

« N'est-ce pas extraordinaire ? lâcha-t-elle en conclusion. Après toutes ces années… »

Adi se glaça ; puis, lentement, les muscles autour de sa mâchoire se relâchèrent. Il sourit.

Il lui prit les mains, embrassa le bout de ses doigts. « Rhea, je n'arrive pas à y croire. » Il se renversa sur le lit, sous le coup de l'émotion. Fermant les yeux, il revit sa vie défiler dans une succession de clichés flous, pêle-mêle. Il revit l'arbre sur lequel il avait grimpé pour attraper les lucioles qu'il destinait à Rhea ; il se revit arpentant une rue déserte de Manhattan ; il se revit debout à côté de sa jeune épouse sur un bateau de tourisme le jour de leur mariage ; il revit Rhea au refuge, berçant un chiot dans ses bras. Ces images isolées fusionnèrent lentement en un tableau parfait : immunité contre l'insurmontable injustice du destin. Cela lui rappela un morceau de musique baroque, chaque instrument s'avançant, anticipant l'unité à venir, afin de fournir au contrepoint recherché mieux qu'une bénigne consonance et de hisser l'expérience au niveau d'un lyrisme sublime.

Se redressant et dodelinant de la tête, il lui demanda : « Es-tu vraiment certaine à cent pour cent ? »

Elle alla au bureau, prit une enveloppe blanche, l'ouvrit. Elle agita sous le nez d'Adi la lettre du gynécologue confirmant la nouvelle. « J'ai vérifié et revérifié.

— C'est vrai, tu ne me fais pas marcher ?

— Je n'oserais pas, Adi, pas sur un sujet de cette importance.

— Tu es absolument sûre ?

— Autant que je puisse l'être à l'heure qu'il est.

— Oh, mon Dieu ! C'est le plus beau jour de ma vie !

— Adi, repose-moi !

— Rhea Dalal, tu fais de moi l'homme le plus heureux de cette foutue planète. » La hissant sur ses épaules, il se précipita hors de la chambre et fit le tour du salon.

« Repose-moi, espèce de fou ! » Elle tapa sur son dos avec ses poings à plusieurs reprises, bracelets tintant. « Repose-moi ! Pour l'amour de Dieu, Adi, ressaisis-toi…

— Je suis fou ? Oui, je suis fou. Et toi, ma déesse couronnée, tu es ma folie ! »

Adi aurait dû retourner à Singapour le lendemain. Il annula son vol et prit une semaine de congés. Ils passèrent sept jours bénis à Alibaug, ensemble, seuls.

Pendant ce séjour-là, ne craignant aucun intrus, elle dormit à poings fermés.

De retour d'Alibaug, Rhea reprit ses occupations quotidiennes. Adi retourna à Singapour après deux semaines d'absence. Lors de son dernier jour à Bombay, elle lui prépara ses spécialités gujarati préférées : *dhokla* à la farine de pois chiches, galettes de *patra* aux feuilles de chou caraïbe et, en dessert, *shrikhand* au yaourt. Rhea apprenait à Adi qu'ils avaient un nouveau vétérinaire au refuge, revêche mais brillant, lorsqu'il l'interrompit. Miss Cooper, la sympathique sorcière de l'étage du dessous, l'avait questionné plusieurs fois sur un visiteur qu'avait reçu son épouse durant son absence : « Ce charmant jeune homme est-il votre neveu ? »

« Qui est ce gars qui téléphone à des heures indues ?

— Que veux-tu dire ? » Rhea eut un haut-le-cœur.

« Il raccroche quand je réponds. » Adi déchira avec dextérité un *puran poli*. « Tu dois bien savoir qui je veux dire, *babes* ! »

Prenant une profonde inspiration, Rhea regarda par la fenêtre, par-delà la cime épaisse d'un banyan tourmenté, la peau couturée, scintillante de la mer d'Oman. Le temps de boire une gorgée d'eau, elle se tourna vers Adi d'un air confiant car un mensonge lui était venu – de but en blanc –, et elle se soumettait au phénoménal pouvoir qu'il aurait de tout régler : « Oui, je sais qui c'est. »

Elle avoua que l'homme qui appelait régulièrement, en effet, n'était pas un total inconnu. « Il y a deux ou trois mois, j'ai reçu un coup de fil de mon amie Meera, qui était avec moi à la fac quand toi, tu étais à New York…

— Tu avais une amie à la fac ?

— Ce sont des choses qui arrivent, Adi, même à quelqu'un comme moi, répondit-elle d'un ton sec. Quoi qu'il en soit, Meera s'est mariée et a déménagé à Bangalore. Au début de l'année, elle a téléphoné. Son beau-frère était à Bombay pour des raisons professionnelles. Elle m'a demandé si je pouvais l'aider. Je l'ai questionnée sur le genre d'aide dont il avait besoin. Elle a répondu : "Le genre habituel." Le numéro d'un bon médecin... Je devais aussi lui recommander un décorateur, etc. » Rhea marqua une pause pour avaler une cuillerée de *shrikhand*. « Meera est une vieille amie. Je ne pouvais pas lui refuser. J'ai rencontré ce garçon, Karan Trucmuche, et j'ai répondu à toutes ses questions... »

Adi resta bouche bée. « Tu l'as reçu *ici* ?

— Oui. Quelquefois, au début.

— Miss Cooper disait donc vrai... »

Rhea baissa les yeux et fronça les sourcils, l'air de qui cherche à se rappeler un détail.

« Et tu ne m'en as jamais parlé ? lança Adi d'une voix que la suspicion faisait chevroter.

— Ce n'était rien, *jaan*. Je n'ai fait que répondre à ses questions. Il est je ne sais quoi... photographe... Il avait besoin de tuyaux sur des lieux où prendre des photos, ce genre de choses, tu sais bien... » Elle parlait avec toute la désinvolture qu'elle pouvait feindre. « Je lui ai indiqué mes repères préférés de Bombay. » Elle versa une cuillerée de *shrikhand* sur le côté du *thali* en argent d'Adi. « Je ne me doutais pas qu'il allait... s'amouracher de moi, si on peut dire.

— Il s'est amouraché de toi ! » Adi écarquilla les yeux.

« Du moins... » Elle modifia sa fable au vu de l'expression d'Adi : « Disons qu'il a osé m'inviter à déjeuner. Tu imagines le culot ! J'ai refusé, cela va de soi. Par la suite, il m'a envoyé des fleurs. C'est alors que je lui ai ordonné de garder ses distances. J'avais envie d'appeler Meera pour lui demander d'intervenir.

— Et tu ne m'as jamais rien dit ?

— Adi, la moitié du temps tu es à Singapour, je ne voulais pas que tu passes tes journées ici à te morfondre pour une affaire aussi anodine.

— Tu aurais dû m'avertir ! Ce n'était pas anodin, loin de là.

— Pourquoi ? Tu aurais installé un service de protection à distance ? » Les pommettes de Rhea se crispèrent. « Si tu t'inquiètes tant de ma sécurité, pourquoi me quittes-tu sans arrêt ?

— Je vais à Singapour parce que tu as toujours affirmé être incapable de vivre avec quelqu'un à plein temps ; dès le début de notre mariage, tu as instauré les règles du jeu, et l'une d'elles était que tu avais besoin de ta liberté.

— J'avais besoin de temps pour travailler. Au cas où tu l'aurais oublié, j'ai abandonné ma carrière pour tes beaux yeux.

— Je ne le sais que trop. Inutile de remuer le couteau dans la plaie.

— J'ai renoncé à la bourse que j'avais obtenue pour aller poursuivre mes études à Berlin.

— Ne sommes-nous pas en train de nous éloigner du sujet de cette conversation ?

— Non, je clarifie certaines choses, voilà tout, Adi.

— Je comprends.

— Si ça peut aider : j'ai bien appelé mon amie Meera pour lui demander de parler à ce Karan. Il a nié m'avoir envoyé des fleurs ! Je me suis sentie humiliée. J'ai pensé qu'il renoncerait…

— Il semble que ce ne soit pas le cas.

— Il m'appelle encore de temps à autre.

— Tu as essayé de le faire passer pour un téléprospecteur…

— Il est enquiquinant. Je ne voulais pas que tu t'inquiètes à cause d'un cinglé, mon chéri.

— As-tu idée de ce sur quoi ce genre de harcèlement peut déboucher ? »

Elle le regarda, un regard aussi vide que la page blanche d'un auteur.

« Une fille qui était avec moi à NYU a été massacrée par son ex. Elle dormait dans son atelier de Williamsburg. Il est entré et l'a assommée avec une bouteille. Il l'a découpée en morceaux qu'il a lancés dans un bassin plein de piranhas.

— C'est effrayant !

— Ça arrive *tout le temps*. Et tu n'as pas fait le lien avec Zaira ? Crois-tu qu'elle s'est doutée un instant qu'un cinglé qui l'avait à la bonne lui ferait sauter la cervelle un soir dans un bar ?

— En effet, tu as raison. » Rhea prit un air catastrophé, comme si cette pensée ne l'avait pas effleurée. « Je te verse un peu plus de *kadhi* sur ton riz ?

— Non, j'ai terminé, répondit-il d'un ton revêche. Je suggère que nous allions déposer une plainte contre ce Karan.

— À quoi bon ? » Rhea en eut le souffle coupé. « Et puis… dans la mesure où nous quittons bientôt Bombay tous les deux…

— Est-ce à cause de cette histoire que tu as parlé de t'installer à Singapour ? Ce type commençait à te faire peur ?

— Non, c'est ridicule ! » Elle se leva. La discussion dégénérait.

« N'empêche, j'aimerais porter plainte contre lui. Les policiers le mettront sur écoute et lui feront passer un mauvais quart d'heure.

— Je ne suis pas certaine qu'il soit avisé de provoquer ce genre d'homme. Dieu sait de quoi sont capables ces provinciaux au sang chaud !

— Tu aurais dû y réfléchir avant de l'inviter ici, Rhea ! »

Avant qu'il n'ait pu crier un autre mot, Rhea s'agrippa le ventre et sa bouche fut déformée par la douleur. Elle s'enfuit vers la salle à manger et se précipita dans la salle de bains, où elle vomit dans le lavabo.

Adi accourut. « Tu vas bien ?

— Je ne gère pas très bien ma grossesse, n'est-ce pas ? » Elle s'essuya la bouche.

« Tu te débrouilles comme un as ; ça ira encore mieux à Singapour.

— J'ignore ce qui m'a pris, Adi. » Elle sanglotait, envahie par une tristesse irrésistible au souvenir de Karan, réduite à un tas de cendres dans les lumières vives de son mensonge.

« Tout ira bien, *jaan*. » Adi l'enlaça, se reprochant en son for intérieur de lui avoir fait passer un véritable interrogatoire à un moment aussi délicat.

« Peut-être ne suis-je pas douée pour la maternité. Devenir mère chamboule tout.

— Tu te débrouilleras comme une pro.

— La maternité n'est pas un métier.

— Je voulais dire que tu feras ce qu'il faut.

— Être mère exige qu'on soit une bonne personne…

— Tu l'es déjà… »

Rhea eut l'air troublé, voire un tantinet exaspéré. « Quelqu'un de bon, moi ?

— Une femme au grand cœur, confirma Adi. Tu es, mon amour, une femme d'une grande bonté. »

Quand, du bout des doigts, Adi lui caressa la joue et fixa ses yeux noir d'encre sur elle, des larmes coulèrent sur ses joues. Comme souvent, elle eut la sensation que le monde entier se déversait en elle : des rivières déroulèrent leur lit, des lions rugirent, un œillet d'Inde fleurit, une masse de nuages flotta au-dessus d'un delta, la lave orange d'un volcan bouillonna, la mer baratta ses eaux, un cocon s'ouvrit en deux et il en sortit une créature aux ailes d'un vert translucide.

24

Lorsque Karan appela Rhea pour lui raconter ce qui était arrivé à Mr Ward-Davies, elle décida de rompre son vœu de ne jamais le revoir ; d'ailleurs, elle pensa qu'il était préférable de lui annoncer de vive voix son projet de déménager à Singapour.

« Devant sa maison ? » Elle s'était installée sur le canapé deux places, récepteur plaqué contre l'oreille, abasourdie. « À Worli ?

— J'étais avec lui.

— Encore ?

— Je dois porter la poisse.

— Ne sois pas idiot.

— Rhea, pouvons-nous nous rencontrer ? S'il te plaît. » Il observa le réservoir de Ban Ganga en contre-bas ; deux oies flottaient sereinement sur ses eaux sales.

« Je ne suis pas sûre que ce soit une bonne idée en ce moment… Adi est ici.

— Je t'en prie. J'ai besoin de te voir.

— Qu'avez-vous fait de Mr Ward-Davies ?

— Nous l'avons enterré dans la pelouse du jardin. Sous un amandier. La pioche m'a laissé des cals aux mains.

— Six heures et demie. Devant chez toi. » Elle entendit un chat gémir, clamer son agonie à l'extérieur de la chambre de Karan.

« Je suis heureux de te voir, dit-il quand ils se rencontrèrent ce soir-là.

— Je ne peux pas rester longtemps.

— Je suis content que tu sois venue. »

Ils descendirent les marches du réservoir sacré, passèrent devant des hommes étiques en *dhotis* blancs, une vache brune indolente, des gamins dépenaillés qui jouaient à un jeu bruyant avec des billes vert mousse.

« Samar doit être anéanti.

— Il est à San Francisco. Leo a refusé de rester plus longtemps en Inde… il se préparait d'ailleurs à partir depuis un bon moment. Samar a jugé préférable de l'accompagner. Le procès n'a déjà pas été de tout repos… et puis *ça* maintenant… » Karan marqua une pause ; il prit une profonde inspiration. Il ne pouvait effacer de sa mémoire le souvenir de Mr Ward-Davies, pauvre paquet sanglant tombé sur le trottoir, et Samar tentant de remettre l'œil dans l'orbite. Non, tout n'allait pas pour le mieux.

« Je sais.

— Je veux seulement que toute cette douleur cesse.

— En temps voulu, Karan, en temps voulu. »

Karan s'appuya contre un mur et pressa ses paupières pour s'empêcher de pleurer.

Rhea se sentit impuissante, incapable de le réconforter ; sa douleur lui appartenait entièrement, *terra incognita*, résolument privée. Sans doute n'aurait-il pas dû s'impliquer à ce point dans le procès ; sans doute les témoins qui s'étaient rétractés avaient-ils de bonnes raisons de le faire. Sans doute Karan n'aurait-il jamais dû offrir aux ravages de l'amour la chose sombre qui palpitait dans sa poitrine. *À ausculter la vie de trop près,* songea Rhea, *on risque de devenir aveugle.* Mieux valait donc la prendre à petites doses ; mieux valait faire des gâteaux, vernir des urnes, épousseter des vitrines, regarder la télévision, se promener, s'occuper d'animaux malades, faire l'amour avec son mari, lire un roman : rien que des terreurs soutenables.

Quand ils se remirent à marcher, elle demanda : « Samar a-t-il signalé l'agression ?

— Les policiers se sont moqués de lui. Un chien a clamsé ? Et alors ! C'est Bombay, il faut encaisser les coups. Passe ton chemin ou tu en recevras d'autres.

— Cette agression l'a-t-il effrayé ?

— Leo plus que lui. Il était au téléphone avec son agence de voyages au moment où je creusais la tombe de Mr Ward-Davies. »

Rhea réfléchit un instant. « Étrange comme nous connaissons peu les gens…

— Et comme on se connaît peu soi-même, d'ailleurs, renchérit Karan, songeant à la facilité avec laquelle il avait renoncé à la photo. Mais je me demande s'il était raisonnable de la part de Samar d'aller à San Francisco… Quelque chose le tracassait le matin où Mr Ward-Davies a été kidnappé. Il voulait m'en informer ; c'est la raison pour laquelle il m'avait appelé aux aurores. Et juste au moment où il allait… » L'expression de Karan témoigna de son inquiétude. La peur dans le regard de Samar lui avait fait penser au bruit d'un rat au grenier, présence menaçante, trottant vers une cachette.

« D'après toi, de quoi s'agissait-il ?

— Peut-être n'avait-il plus la force d'affronter le procès en appel ? À moins qu'il se soit lassé de Leo ? »

En l'absence de Samar, la nouvelle enquête s'essoufflait. D'une certaine manière, il était devenu le visage public du procès.

« Jusqu'où crois-tu qu'il pourrait aller ? Il a tenu le cap même après avoir été accusé à tort par la défense d'importuner les petits garçons. Il a survécu à une attaque contre sa maison. On a kidnappé son chien et on l'a tué en le cognant contre un réverbère. Il était impossible qu'il ne craque pas à un moment ou à un autre…

— J'espère qu'il se remettra là-bas, à San Francisco… Sans doute a-t-il eu raison de partir. Quelquefois, c'est plus difficile que rester. Et j'imagine (Rhea serra le poing à la hauteur de son nombril) que, la plupart du temps, c'est plus sage, à long terme. »

Karan dressa l'oreille : « Essaies-tu de me faire passer un message ?

— Je pars pour Singapour dans un mois, tout de suite après les fêtes de Ganesh.

— En vacances ? » Karan déglutit.

« Non. Il est temps que je m'installe là-bas avec Adi. Il y a longtemps qu'il attend ça. Cette fois, j'ai dû accepter.

— Je croyais que tu *détestais* Singapour.

— On change. » L'incertitude faisait trembler sa voix, comme si elle avait prononcé ces mots-là avec force afin de se convaincre elle-même qu'elle pouvait y croire. « Il *faut* changer.

— Singapour n'est donc plus à tes yeux un centre commercial géant où on reçoit le fouet quand on crache dans la rue ?

— Oh, si. Mais Adi me veut auprès de lui et je n'ai pas le choix.

— Tu as bien eu le choix pendant toutes ces années…

— Plus maintenant.

— Tu y vivras en permanence ?

— Nous gardons l'appartement de Bombay, bien sûr. Mais je vais emménager avec lui là-bas. »

Ils longèrent une échoppe minable aux murs bas passés à la chaux, avec d'épaisses étagères irrégulières sur lesquelles étaient disposés en rangées proprettes des bocaux en verre pleins de bonbons orange en forme de haricots.

« Y a-t-il une raison particulière pour que tu abandonnes Bombay ? » La jambe de Karan fut agitée par un tremblement irrépressible.

« Y a-t-il jamais une raison pour abandonner quoi que ce soit ? répliqua Rhea. Y avait-il une raison particulière pour que tu abandonnes la photo ? »

Karan eut la sensation qu'elle le punissait d'avoir renoncé à sa passion. Troublé par la nouvelle de son départ imminent, il aurait voulu prendre Rhea en son sein et dévaler les venelles sales et abandonnées de son esprit pour lui montrer que, depuis des mois, il vivait à la dure et sans couverture. Il aurait voulu que les mains de Rhea, tranquilles et capables, pansent ses plaies. Mais sans doute était-il préférable de ne rien attendre d'elle : il se rappela la façon dont elle lui avait conseillé de ne pas prendre la vie comme une affaire personnelle ; après tout, la vie arrivait à tout le monde.

« De mon côté, j'ai de bonnes nouvelles. »

Rhea lui lança un regard interrogateur.

« Je me suis fait virer. » En l'entendant rire, en entendant les perles irrégulières et diaboliques du

340

rire de Karan, elle eut envie de fuir cet instant, mais elle s'arma de courage et écouta le récit de son renvoi d'*India Chronicle*.

« Iqbal t'a viré ?

— Ouais, tu vois… lui aussi s'est lassé de moi.

— Pourquoi ?

— Parce que j'ai manqué trop de rendez-vous. Je n'assumais plus.

— Tu n'as rien à craindre, Karan ; n'importe quel magazine te prendra sur-le-champ. Tes photos sont révolutionnaires et superbes. » Rhea joua avec les bracelets en argent à son poignet. « Mais pourquoi ne prends-tu pas des vacances avant de postuler pour un autre poste ?

— Je devrais peut-être venir avec Adi et toi à Singapour ; un peu de tourisme avec les Dalal, ça ferait bien sur mon *curriculum vitae*. »

Rhea ignora la pique. Son cœur déborda ; elle aurait tant voulu protéger Karan ! « Tu me promets d'arrêter de boire ?

— Tu voudrais que je te fasse des promesses, à toi !

— Si tu n'as pas de travail, comment vas-tu payer ton loyer ?

— J'ai mis des sous de côté.

— Assez pour voir venir ?

— Possible.

— As-tu besoin d'argent ?

— Non, non. Mes services sont gracieux. J'ai adoré vous baiser, Mrs Dalal.

— Heureuse que l'un de nous ait apprécié. » Elle baissa la tête. « Oh, Karan, je ne veux pas que nous nous quittions de cette manière.

— Tu ne devrais pas partir, Rhea… » Il tapa sur sa cuisse pour faire cesser son tremblement.

« Il le faut.

— Reste encore quelques semaines. Je te promets de me reprendre ; et je reprendrai la photo aussi.

— Karan, il n'est pas question de photo. » Rhea sentit les larmes lui venir aux yeux. Elle ne pouvait imaginer que le gentil garçon maladroit qu'elle avait rencontré à Chor Bazaar ne fût plus qu'une épave lasse et incohérente ; mais les aléas politiques du procès l'avaient tellement pénétré qu'il en était ressorti malade et maculé. À quoi avait donc servi leur rencontre ? Peut-être n'avaient-ils fait que passer à travers l'autre, tels des fantômes qui traversent la chair afin d'être exorcisés par le formidable esprit frappeur du destin. Mais il y avait plus et, alors que les mots manquaient pour décrire l'expérience, une image lui vint à l'esprit : dans une galerie, un conservateur ajustait un spot sur un tableau ; cela fait, il se contentait de tourner les talons et de partir, laissant le tableau parfaitement éclairé dans son splendide isolement. Elle regarda sa montre. « Bref, assez parlé, il est temps que je rentre préparer le dîner.

— Et que je retourne au goulot.

— Arrête de boire. » Rhea marqua une pause. La douleur qu'on ressentait à aimer un homme était-elle plus grande que celle qu'on éprouvait à le quitter ? « Pour moi.

— Je me retiendrai de boire, Mrs Dalal. » Un rire amer lui échappa des lèvres. « Pour *vous*.

— Est-ce une menace ?

— Vous me barrez la route du bar, dit Karan. Alors pourquoi ne dégagez-vous pas *presto* ? »

25

Rhea fit à plusieurs niveaux l'expérience des inconvénients qu'il y a à organiser un déménagement à Bombay pendant les fêtes de Ganesh. Lilabai avait pris sa quinzaine pour aller passer les fêtes dans son village, lui abandonnant les tâches ménagères – en plus des cartons à faire. La circulation rendait souvent Adi irritable car elle était encore plus impossible que d'habitude. Rhea ne lui en voulait pas, trouvant elle-même l'atmosphère éreintante, avec ses réjouissances et son chaos incessant ; elle avait hâte que Bombay revienne à sa routine et à sa forme ordinaire. À cette époque de l'année, ses voisins redevenaient du jour au lendemain de bons hindous pratiquants, psalmodiaient jour et nuit, et distribuaient à tour de bras des *churma laddoos* – les friandises traditionnelles de la fête de Ganesh. À chaque coin de rue étaient plantés des parasols multicolores destinés à abriter une effigie de la divinité et la circulation d'une extrémité à l'autre de la ville était complètement paralysée lorsque les processions emmenaient dans le chahut les statues du dieu éléphant jusqu'à la mer.

Un soir, Adi et Rhea se retrouvèrent en voiture à des lieues de chez eux, au milieu d'une foule intimidante de fidèles en liesse.

Rhea avait remarqué qu'Adi avait été agité pendant toute la semaine ; elle choisit ce moment-là (les coudoiements frustrants d'un embouteillage) pour lui demander si quelque chose le tarabustait.

Adi serra plus fort le volant. « Tu as agi de façon irresponsable en laissant entrer ce Karan chez nous, Rhea.

— Je le sais. » Elle jugea préférable qu'Adi exprime ses suspicions ; si elle se défendait avec trop d'ardeur, elle ne ferait que confirmer sa culpabilité.

« Tu aurais dû me dire qu'il faisait des siennes. » Dans la rue, une parade frénétique et colorée de fidèles avançait en hurlant des prières. « Pourquoi ne m'as-tu rien dit au moment où c'est arrivé ?

— Adi, je le répète, je suis désolée. » Elle regarda par la vitre, cherchant un réconfort dans le spectacle de la ville qu'elle avait explorée avec Karan. Une perte atroce, insurmontable, palpitait en arrière-plan. Elle savait que Karan lui manquerait d'une façon qu'elle était encore incapable d'imaginer. « Je ne voulais pas ajouter à tes soucis, voilà tout. Sur le moment, cela m'a paru sans importance et je sais me sortir de situations délicates… Pourquoi ne prends-tu pas une de ces petites rues ? La circulation y sera moins dense.

— Je sais que tu excelles à te sortir de situations délicates, Rhea, mais dans ce cas-là on ne peut jamais prévoir… Vois ce qui est arrivé à Zaira. On pourrait croire qu'une star de sa stature ait été à l'abri de tout danger et vois ce… »

Rhea porta les mains au visage : « Encore Zaira et ce procès ! J'en ai ma claque !

— Rhea ? » Le regard qu'Adi lui porta alors trahit son inquiétude, mais un infime soupçon n'en vint pas moins titiller son esprit. Essayait-elle de changer de sujet en provoquant une petite crise de larmes bien opportune ? « Que se passe-t-il ?

— Je ne sais pas si je suis prête à affronter la maternité, répondit Rhea en s'éclaircissant la gorge.

— Mais si !

— Je n'en suis pas aussi sûre que toi, Adi.

— Nous attendons un enfant depuis tant d'années, Rhea. »

Elle roula les yeux. « C'est toi, Adi, qui en veux un. *Toi*.

— Entends-tu par là qu'il ne changera rien à ta vie ?

— Je suis certaine qu'il la changera du tout au tout, mais ces nouveautés ne seront pas aussi agréables que tu le prétends.

— Dis-moi ce qui t'effraie dans la maternité. Crains-tu de voir ton existence chamboulée ? De ne plus avoir le loisir de faire de la poterie pendant plusieurs mois ? De devoir quitter le refuge…

— Pourquoi quitterais-je le refuge ? »

Adi la regarda d'un air ahuri. « Tu plaisantes, j'espère ? Tu aurais dû arrêter d'aller là-bas dès que tu as appris que tu étais enceinte. Tous ces clebs abandonnés dans ce trou à rats, porteurs de je ne sais quels microbes…

— Ah ? Si je comprends bien, il n'y a aucun problème quand *moi*, je me coltine des saloperies dans ce "trou à rats", mais exposer *ton* enfant à leur présence, grands dieux, non !

« — Ce n'est pas ce que je voulais dire… » Heureusement, le flot de voitures s'ébranla et ils ne rencontrèrent plus de difficultés jusqu'à Haji Ali.

— Pour toi, je suis donc comme une vache ? Bonne à procréer ? À donner du lait ?

— Rhea ! » Adi freina brusquement et s'arrêta sur le bord de la chaussée. « Imagines-tu seulement à quel point je t'aime ?

— Et imagines-tu, toi, à quel point j'ignore si je serai capable d'aimer cet enfant ?… Bon, on peut rentrer chez nous, maintenant ?

— C'est ridicule. » Adi redémarra.

« Ah oui ? Dis-moi pourquoi !

— Parce qu'il n'est pas une mère au monde qui n'aimerait son enfant.

— Oh, je t'en prie, épargne-nous le couplet sur Mère Nature ! » Quelques jours auparavant, au refuge, un chien bâtard avait mangé son chiot nouveau-né ; Rhea s'était dit qu'un jour elle raconterait l'incident à Adi pour l'encourager à revoir ses a-priori cuculs sur l'amour maternel. « Et si, après avoir mis au monde cet enfant, je m'apercevais que j'étais incapable de m'occuper de lui ?

— Chérie… tu te poses toutes ces questions capitales et nécessaires… mais elles n'ont aucun fondement. Tu n'as même pas encore accouché ! Une fois que le bébé sera là, tout changera. En repensant à tes angoisses, tu en riras. Tu adoreras le bébé plus que tu m'adores. » Adi plissa le nez et se lança dans une imitation du jaloux de théâtre. « Je passerai au second plan.

— J'ignore pourquoi j'ai fondu en larmes. Pardon, j'étale mes humeurs partout…

— C'est peut-être la faute de ton photographe tordu. Il t'a déstabilisée. Tu te sens vulnérable, pas sûre de toi. Voilà pourquoi tu dis ces choses-là.

— Tu crois ? » En d'autres circonstances elle aurait dénigré une déduction aussi simpliste, mais à ce moment-là elle eut besoin de croire Adi parce qu'elle avait du mal à croire à son propre discours : si elle n'était qu'un catalogue d'illusions, pourquoi ne pourrait-elle accepter le point de vue de son mari, le sien l'ayant lamentablement trahie ?

« Ce mec s'est immiscé dans tes pensées. »

Rhea regarda par la vitre des centaines de pigeons qui s'élevèrent à ce moment-là jusqu'au cœur indigo du ciel nocturne. Les volatiles prenaient leur envol depuis la cour du temple et n'allaient faire un tour au-dessus de Cadbury House que pour revenir se poser dans la cour même qu'ils avaient fuie l'instant d'avant. Les oiseaux nicheurs retournent toujours au nid, songea Rhea, avant de regagner elle-même ses pénates.

« Je n'irais pas jusque-là… Mais tu as peut-être raison, dit-elle. Peut-être est-il fou.

— C'est bien ce qui m'inquiète. Si c'était un psychopathe ? »

Tel un Valium dans un whisky, lorsque Adi prononça ce mot – *psychopathe* –, Rhea se fondit dans la fable qui lui ouvrait grands ses bras retors. *Karan Seth était un psychopathe. Elle était victime d'un indigne empressement. Mais Adi, son époux, veillerait sur elle.* Ces mots-là devinrent le mantra qui permettrait de sauver son mariage. Le mot *psychopathe* était certes nimbé d'une aura de folie, mais il évoquait surtout un manuel de pathologie ; Rhea pourrait pardonner à Karan une fois qu'elle aurait pris conscience qu'au fond il était malade.

« Ça te dit de prendre un verre ? demanda-t-elle quand la voiture commença à gravir la montée sinueuse de Silver Oaks Estate.

— Je ne crois pas que ce soit bon pour toi dans ton état, dit Adi avec fermeté.

— Qu'est-ce qui ne serait pas bon pour moi ?

— L'alcool. Dans ton état.

— Oh, merde ! » Rhea se tapa le front de la paume de la main. « J'avais oublié. Ce putain de bébé !

— Chérie, je t'en prie...

— N'en fais pas trop dans le sirupeux, Adi », rétorqua-t-elle lorsqu'il se gara devant leur entrée. Elle descendit de voiture en colère. « C'est ça, ton idée ? Pendant les mois à venir, je vais devoir m'abstenir de boire en t'écoutant me sermonner sur la façon dont je dois vivre ma vie pour le bien de ton gamin ! Bienvenue chez toi, soleil de mon cœur ! »

Dans l'ascenseur, ils croisèrent Miss Cooper, son fidèle et incontinent teckel tenu fermement en laisse. Elle adressa un mince sourire à ses voisins, mais se demanda ce qu'elle avait bien pu faire pour qu'ils n'aient pas l'air d'avoir envie de partager l'ascenseur avec elle.

Le jour de *Visarjan*, le dernier des festivités, lorsque les fidèles plongent les effigies de Ganesh dans la mer, Karan prit dans sa kitchenette le couteau bien aiguisé que sa propriétaire utilisait pour hacher la viande d'agneau et, le glissant sous le bras, sortit dans la soirée populeuse et scintillante. Des milliers d'hommes, de femmes et d'enfants, sur leur trente et un de pacotille, marchaient en direction de la mer. Sur Napean Sea Road, un Ganesh géant jaune canari, défenses blanches incurvées, drapés indigo peints sur sa divine obésité, était assis sur un paon en plâtre, au milieu de ses fidèles à l'expression typiquement bovine. Karan trébucha juste devant le pare-chocs d'un camion ; heureusement, le chauffeur parvint à piler, dérapant légèrement à quelques centimètres de lui.

Passant la tête par la fenêtre, le chauffeur lui lança un colérique *« Rand ki aulad ! »*. « Tu ne peux pas regarder où tu mets les pieds ? »

Karan se releva et épousseta son tee-shirt tout mouillé de transpiration. Il continua de marcher en direction de Silver Oaks Estate.

Là-bas, dans l'immeuble de Rhea, quand l'ascenseur s'arrêta au neuvième étage, il sortit sur le palier, un bourdonnement dans le crâne.

Il appuya sur la sonnette.

C'est Rhea qui répondit.

À le voir titubant, couvert de poussière rouge et de sépales jaunes, elle fut prise de panique. « Sors d'ici ! »

L'ordre lâché entre les dents l'atteignit comme de l'acide qu'on lui aurait jeté à la figure.

« Adi est dans la salle à manger. S'il t'attrape, il te tuera. Pars !

— Écoute-toi donc ! » Karan ne tenait plus sur ses jambes. « Voyez l'accueil que me réserve la maîtresse de maison ! »

Rhea aperçut la lame sous son bras. « Pourquoi es-tu venu, Karan ? Que veux-tu ? »

C'est alors qu'Adi apparut.

« Je suis venu poser quelques questions à cet homme.

— Attention, Adi ! » Rhea agrippa le bras de son époux. « Il a un couteau.

— Qui est-ce ? »

Karan dévisagea Adi. « Je dois vous parler. Il y a une chose ou deux que vous devriez savoir. »

Comprenant qu'il ne lui fallait pas perdre un instant, Rhea cria : « Adi ! C'est lui le psychopathe ! »

— Le psychopathe ? » Avant que Karan ait pu réagir, Adi l'avait envoyé au tapis.

« Comment osez-vous ! hurla Adi.

— Arrête… » Rhea tira violemment sur l'épaule de son époux. « Lâche-le. Rentre dans l'appartement, Adi. »

Adi, à cheval sur Karan, le rouait déjà de coups.

« Adi… Rentrons, je t'en prie… » Rhea essaya de tirer son mari à l'intérieur, mais elle resta impuissante face au débridement de sa force animale.

Karan tenta bien de se défendre ; l'alcool l'en empêcha. Chaque coup de poing semblait expulser davantage l'emprise de l'ivresse et la douleur commença à pénétrer sa conscience avec une effroyable immédiateté.

Lorsque Karan se retrouva au bord de l'escalier, Rhea intervint dans la bagarre : « Lâche-le, Adi. Lâche-le !

— Ne te mêle pas de ça.

— Adi ! Écoute-moi !

— Rhea… Rentre ou tu vas te blesser.

— Je m'en moque… Rentre, toi. » Prenant son mari par la taille, elle essaya, une fois encore, de le tirer à l'intérieur. « Laisse-le tranquille… »

Adi ne lui prêta aucune attention. « Je vais faire de la charpie de toi… *Harami*… Fils de pute !

— S'il te plaît, Adi !

— Tu crois que tu peux débouler chez moi et… » Adi donna encore un coup de poing à Karan.

« Rentrons, Adi ! »

Les narines de Karan éclatèrent, le sang pissa : il se plia en deux comme une marionnette cassée.

« Fils de pute ! »

Glissant des aisselles de Karan, le couteau dégringola dans la cage d'escalier. Adi regarda ses reflets maculés et leva les yeux vers Rhea. Malgré sa colère, il fut rassuré de l'avoir sauvée du psychopathe.

« Tu rôtiras en enfer, espèce de petite merde ! hurla Adi, avant de se relever, haletant. Importuner une femme mariée… Et, en plus, une femme mariée *enceinte* !

— S'il te plaît, je t'en supplie, Adi… » *Qui Karan avait-il eu l'intention de tuer ?*

Un dernier coup de pied, atteignant Karan à la tempe, lui fit perdre connaissance, mais pas avant qu'il ait entendu Adi crier : « Tu aurais pu voler *deux* vies, trou du cul ! »

Se retirant à l'intérieur, Rhea s'adossa au mur du couloir, ferma les yeux et se laissa glisser par terre, légère comme une plume tombant lentement d'un ciel d'orage.

26

Treize heures et neuf minutes après que Karan avait été transporté au Bombay General Hospital, le visage comme la semelle trouée d'un soulier abandonné, une infirmière lui demandait s'il avait de la famille ou des amis à Bombay. Dans le brouillard de sa défiguration, il raya de la liste Zaira, Samar, Rhea : il ne lui restait que son ex-patron et mentor. Même Iqbal Syed, pourtant aguerri à la violence qui mutilait le corps humain de façons inimaginables, sentit ses mâchoires tomber à la vue de Karan, rendu méconnaissable par un mari protégeant la femme qui allait devenir la mère de son enfant, un époux mû par la rage d'un crocodile. En même temps que l'ouragan de cette fureur, la tristesse provoquée par la duplicité de Rhea s'était insinuée dans les arêtes et les fractures du corps de Karan, dont émanait désormais une sorte de beauté sacrée, assombrie. À sa requête, Iqbal appela Samar à San Francisco. Samar eut du mal à croire ce que le mari de Rhea avait fait à Karan : commotion cérébrale, deux côtes cassées, fêlure au coude, coupures multiples.

Iqbal ne demanda pas à Samar de revenir à Bombay.

Mais lorsqu'il eut ressassé tout cela, Samar ne put s'empêcher d'imaginer l'immense et insupportable solitude de son ami. Il se rappela leurs joyeuses soirées à Worli, les longs déjeuners dominicaux chez Zaira, l'insoutenable nuit au Maya Bar, les épuisantes heures passées au poste de police, les longues journées au tribunal, lourdes de menaces. Karan l'avait accompagné à l'hôpital quand Zaira reposait sur ses genoux, agonisante. Karan avait creusé la tombe de Mr Ward-Davies quand Samar avait été paralysé par la douleur. Samar savait que les plaies de Karan cicatriseraient et que ses bleus s'estomperaient – mais *ça*, la destruction intime, c'était une tout autre affaire.

Samar réfléchit encore et encore avant de quitter San Francisco. Leo traversait des moments difficiles : il était resté une semaine à l'hôpital à se battre contre un mauvais zona. Il passait sa convalescence à l'appartement. Lorsque Leo apprit ce qui était arrivé à Karan, il encouragea Samar à retourner à Bombay ; lui non plus n'avait pas oublié le soutien du photographe pendant le procès. Quand il embrassa Samar à l'aéroport, Leo eut l'impression qu'il donnait un baiser d'adieu à l'homme qu'il aimait. Pendant le vol, Samar entendit un grondement dans sa poitrine et, quand il tenta de dormir, il se revit sur le trottoir de Worli, un chien ensanglanté à ses pieds, poings levés vers l'implacable ciel safran.

Dans la langueur de la convalescence de Karan, assailli par des souvenirs de Rhea comme par un troupeau de hyènes, Samar lui lut des contes de fées, lui prépara des lasagnes vraiment immondes, lui offrit des bouquets de lis tigrés, ajusta ses bandages quand les plaies le faisaient souffrir. Ensemble, ils regardèrent de vieux films. Ils se promenèrent sur la pelouse de la maison de Samar et s'assirent près de la tombe de Mr Ward-Davies. Lorsque Karan commença à se sentir mieux, un soir Samar l'emmena au Gatsby. Les convives élégants dévisagèrent ce duo bizarre : tous deux rayonnaient de l'éclat provocateur et béni de survivants d'un accident de voiture. Fort de l'assurance qu'il n'y avait rien qu'un Bellini et une bonne promenade ne puissent remettre d'aplomb, Karan tomba un tantinet amoureux de l'homme que Zaira avait aimé passionnément.

Un soir, tard, Samar reçut un coup de téléphone affolé de Leo.

« Andrew est mort.

— Merde. Est-ce que c'était ?…

— Une pneumonie. La troisième attaque.

— Et toi, tu vas bien ?

— Il avait trente-sept ans. On l'enterre lundi. »

Samar regarda sa montre. « Je prendrai l'avion demain. J'arriverai à San Francisco dimanche après-midi.

— Quel vol ?

— British Airways, via Londres. Il atterrit vers seize heures.

— Je viendrai te chercher. Karan va-t-il mieux ?

— Il survivra.

— Es-tu sûr de pouvoir venir ?

— Absolument. »

Le lendemain matin, Samar annonça à Karan qu'il retournait à San Francisco. Ils étaient allés au champ de courses. La matinée était superbe. Des chevaux s'ébrouaient dans le paddock derrière eux, robes luisantes sous le soleil matinal. L'odeur mêlée du purin et de l'herbe fraîche alourdie par la rosée ajoutait au charme bucolique de la scène. Il était aisé d'oublier que ce havre verdoyant se trouvait au milieu d'une jungle de béton.

« Ne peux-tu vraiment pas rester un peu plus longtemps ?

— Il n'y a rien que j'aimerais davantage, mais l'un des amis intimes de Leo vient de mourir ; Leo est catastrophé.

— Oh… c'est affreux… Que lui est-il arrivé ?

— Il avait le sida. »

Karan se figea.

« J'avais l'intention de te le dire avant de quitter Bombay… Leo, lui aussi, a été contaminé.

— Par… le sida ? »

Samar fit oui de la tête. « Je suis désolé de devoir te quitter de cette manière, Karan, mais il faut absolument que je retourne à San Francisco. Je ne pense pas que Leo puisse s'en sortir seul. »

Karan marqua un long silence avant de demander : « Merde, comment Leo a-t-il fait pour choper cette saloperie ? »

À voir son expression, on eût dit que Samar venait de recevoir un coup de poing dans le ventre. « "Choper cette saloperie" ? À t'entendre, on dirait qu'il est allé chercher le virus dans un supermarché.

— Je veux dire : *comment* a-t-il fait pour tomber malade ?

— Quelle question ! » Samar sentit son pouls s'accélérer.

« Il n'y a que les putes et les camés qui l'attrapent.

— C'est la dernière chose que je m'attendais à entendre de la bouche d'un ami.

— Il pourrait te le refiler. Es-tu contaminé, Samar ? Es-tu contaminé ? »

Samar lui donna un coup avec le plat de la main. « Tu dépasses les bornes, Karan ! Arrête, je t'en prie. »

Karan trébucha, mais se rattrapa. « Je serais furieux contre Leo s'il te l'avait refilé.

— Laisse-moi, je te prie.

— As-tu le sida, Samar ?

— Je ne sais pas ! Mais ce que je sais, c'est que j'ai hâte d'être là-bas.

— Tu vas y retourner, alors ?

— Je regrette même de ne pas y être retourné plus tôt. » Samar s'éloigna à grandes enjambées.

« Quand tu seras là-bas, demande à Leo où il l'a attrapé ! cria Karan.

— Sûr. Et toi, tu peux aller te faire foutre sur Mars ! beugla Samar lorsqu'il eut atteint l'entrée du champ de courses. Pas étonnant qu'elle t'ait largué ! »

Karan observa le dos de Samar disparaître au loin. À ce moment-là, son attention fut détournée par un cheval qui, près de lui, rua en hennissant. Un cavalier mania un fouet. Lorsque Karan se retourna, Samar avait disparu.

À San Francisco, Samar changea de numéro de portable.

Moins d'une quinzaine après son départ, Karan lui envoya une longue lettre dans laquelle il exprimait son inquiétude. Il avouait avoir été choqué d'apprendre que Leo avait le sida, mais il ignorait pourquoi il avait réagi si violemment. *Je ne me pardonnerai jamais d'avoir dit ce que j'ai dit, Samar, mais j'espère que toi, tu pourras me le pardonner ; tu as toujours été meilleur que moi.*

Samar lut la lettre avec impatience, doigts tremblants. Combien de temps était-on censé supporter les mauvaises manières des hétéros ? Une ou deux fois, il faillit même prendre le téléphone et informer Karan du fond de sa pensée. Mais, chaque fois qu'il avançait la main vers le récepteur, la fatigue le retenait. Soit il avait passé la nuit à frotter le torse brûlant de Leo à l'aide d'un carré d'étoffe mouillée, soit il avait veillé et lu, s'informant des nouveaux régimes qui permettaient de maintenir son taux de lymphocytes T4. Quand Leo allait bien pendant plusieurs jours d'affilée, ils partaient faire de longues virées sur la côte : il n'y avait pas grand-chose de mieux qu'une virée au bord de l'océan pour se remettre d'aplomb. Un jour, roulant le long de l'océan d'un bleu puissant et restaurateur, lorsqu'ils passèrent devant un vénérable bosquet de séquoias, Samar pensa à Zaira. Où qu'elle fût, il aurait voulu qu'elle réponde à la question : combien un homme était-il censé encaisser ?

D'autres lettres suivirent. Dans chacune, Karan exprimait un regret sincère, vigoureux, répétant qu'il n'était plus lui-même depuis la mort de Zaira. La perspective de perdre un autre ami l'avait rendu fou. Il essayait de dire, à sa façon détournée, qu'il ne savait pas ce que c'était qu'aimer un autre homme ; la force de leur amitié l'avait pris de court. Samar ne lui répondit pas. Il savait qu'il ne le ferait que s'il avait le courage de poser à Leo la question dont Karan l'avait institué dépositaire : *Où, merde, as-tu chopé ça ?*

Dans l'une de ses lettres, Karan déclara qu'il allait mieux et avait décidé de se remettre au travail ; il était fauché comme les blés, il en était à ses derniers billets de cent roupies. *Fini, ces merdes de photos. J'ai un diplôme de pédagogie, je peux retourner à l'enseignement et postuler pour un poste dans un établissement quelconque. Je dois joindre les deux bouts, voilà tout.* Samar se dit que Karan avait perdu la raison.

Environ quatre mois plus tard, il reçut une nouvelle lettre. Karan avait dégoté un poste dans une école de Colaba. Depuis deux mois, il enseignait à la Patel International School. *Le jour de la fête annuelle du Sport, tous les professeurs portaient un tee-shirt sur lequel était écrit « I love PIS ».* Samar ne put retenir un sourire.

Puis les lettres cessèrent.

Tandis que son jet tranchait la nappe de pollution au-dessus de Bombay, Karan se remémora les nombreuses gentillesses de la ville. Quelles avaient-elles été, exactement ? Un jour, un inconnu lui avait offert un parapluie pendant un orage. Sa première mousson à Bombay. Sa propriétaire, Miss Mango, lui avait donné une part de tarte aux pommes. Une infirmière à la retraite lui avait écrit pour lui dire qu'elle avait découpé ses photos dans *India Chronicle* et les avait collées sur un album. Ces amabilités anonymes l'enveloppaient et le réchauffaient. Mais, à l'extérieur de ce périmètre, tout poussait à croire que la miséricorde n'avait pas droit de cité à Bombay.

La miséricorde était ailleurs. Dans les périphéries. Dans quelque lieu obscur. Mais certainement pas là.

Lorsque son avion atterrit à Londres, la puanteur d'un bras calciné avait trop souvent hanté son sommeil pour qu'il ait pu comptabiliser ses insomnies.

Au début de l'année, quand les émeutes entre hindous et musulmans avaient éclaté à Bombay, Iqbal était allé couvrir une échauffourée dans une ruelle des environs de Mutton Street, près de Chor Bazaar, où Karan avait rencontré Rhea la première fois. La plèbe était tombée sur Iqbal, lui avait arraché ses vêtements, avait découvert qu'il était circoncis, l'avait aspergé d'essence et lui avait jeté une allumette à la figure. *Saala mussalman.*

Karan avait accompagné la mère d'Iqbal à la morgue, l'avait laissée, tremblant sur un banc à l'entrée, et était entré seul.

« Est-ce Iqbal Syed ? lui avait demandé l'officier de police.

— Oui.

— Êtes-vous certain ? Enfin, comprenez... » L'expression du policier était parlante : *Ce corps est complètement calciné.* « Il y a eu tellement d'accidents de ce genre. Je ne voudrais pas que vous identifiiez le mauvais corps.

— Sa mort n'était pas un accident.

— Personne ne peut affirmer que c'était un accident ou qu'il a été victime des émeutes.

— On lui a mis le feu.

— Les rapports de police n'ont pas encore établi les faits. Veuillez garder vos hypothèses pour vous, alors qu'il y a tant de tensions entre les communautés. Comment pouvez-vous être certain que c'est bien Iqbal Syed ? »

Karan avait surmonté son envie de vomir. « Je sais que c'est Iqbal Syed parce que je reconnais ses doigts. » Il avait examiné les doigts de près, se rappelant les métacarpes osseux, désormais sans peau ni chair, architecture cendrée d'une biologie brûlée.

« Il travaillait pour *India Chronicle* ? » Le policier avait hâte que Karan parte.

« C'était mon patron.

— L'annoncerez-vous à sa mère ? C'est elle qui attend dehors, n'est-ce pas ? »

Karan avait retenu la mère d'Iqbal quand elle s'était évanouie. Ensuite, il l'avait raccompagnée chez elle.

Le soir même, avalant du whisky à la lumière souillée des étoiles, il avait décidé que le temps était venu de quitter Bombay.

La semaine suivante, une annonce dans un journal attira son attention : une école de Londres recrutait des professeurs. Une fois qu'il eut obtenu le job, il donna son préavis à sa propriétaire, vendit toutes ses photos de Bombay à un *raddiwalla*, un chiffonnier, sous le pont de Kemps Corner et, avec l'argent, s'acheta une valise.

« Pourriez-vous garder ce fauteuil ? demanda-t-il à Miss Mango.

— Voudrez-vous le récupérer un jour ?

— Je ne sais pas.

— Si je suis encore en vie à ce moment-là, je vous le rendrai ; je le garderai pour vous.

— Merci. » Il remarqua que Miss Mango caressait un bras du fornicateur de Bombay. « Pour la tarte aux pommes. Elle était délicieuse.

— Quelle tarte aux pommes ?

— L'année dernière, au mois de juin, vous m'avez donné une part de tarte aux pommes. Votre fils vous en avait apporté une et vous m'en avez donné une part.

— Je vous en ai donné une part ? » Le visage de Miss Mango s'évapora en un point d'interrogation de plus en plus flou.

Dans le taxi qui l'emmenait à l'aéroport, il contempla son billet, classe bétail – couloir, parce qu'il ne voulait pas regarder par le hublot. Il aurait simplement besoin d'aller pisser de temps à autre. Ou vomir si l'odeur d'un bras calciné lui revenait brusquement aux narines.

Pendant le vol, il relut la lettre que Rhea lui avait adressée pour son anniversaire :

Je ne sais plus écrire de lettres ; il y a des années que je n'avais personne à qui en écrire.

Quand je t'ai rencontré, j'ai été chavirée par ton culot ; tu avais la volonté de faire ce que, jusque-là, j'avais cru impossible. Raconter les histoires de Bombay par le biais d'images. Tu étais fou, je-m'en-foutiste, tu avais de l'audace à revendre. Mais plus je contemplais tes photos, plus j'étais convaincue que tu avais le talent et la vision qu'il fallait pour réussir ; tes photos de Bombay célèbrent sa gaieté et son ironie. Ton regard est dur et hypnotique ; j'ai eu l'immense privilège de le servir humblement. Je n'avais jamais cru que je rencontrerais un jour le héros de mes rêves.

Je t'admire. Tu as soutenu Samar. Tu as été un roc. Tu as tenu face à l'ouragan quand tous les autres ont préféré se couvrir. Zaira serait si fière de toi ! Elle sait que tu as honoré son cœur. C'est peut-

être pourquoi j'estime que j'ai eu beaucoup de chance de t'avoir rencontré à Chor Bazaar, quand tu recherchais un siège sur lequel j'espère que tu seras assis lorsque tu liras cette lettre. Par-dessus tout, je me suis énormément amusée avec toi ; tu as été l'allié de ma solitude. Merci de m'avoir accompagnée à Sewri, d'avoir été là-bas avec moi, avec les oiseaux au-dessus de nos têtes. Nous étions si proches l'un de l'autre que j'entendais les battements de ton cœur. Comme le bruit d'un fanion qui claque au vent.

TROISIÈME PARTIE

27

Durant son cinquième mois de grossesse, Rhea éprouva une sensation étrange. Elle était resplendissante, comme possédée par quelque chose qui la dépassait (le principe de continuité, qui sait ?). Traversant un parc verdoyant à Singapour, elle se sentit intimement liée aux branches noueuses d'un jacaranda, à l'air propre et vif, à la couverture bleue du ciel. Souvent fatiguée, agacée sans connaître la raison de son agacement, elle était le jouet d'impulsions incompréhensibles : elle avait envie de sel, était sujette à des crises de larmes, se grattait les bras jusqu'à s'écorcher la peau. Ses rêves, foisonnants, regorgeaient de détails aussi troublants que précis. Elle était dans une pièce froide et nue, une sorte de salle de torture, entourée par des êtres, des divinités mineures, des esprits pour la plupart bienveillants et inénarrablement vieux, des anges qui répandaient partout la poussière de leurs ailes lorsque personne ne regardait, avant de pousser des soupirs quand ils voyaient la saleté qu'ils avaient remuée. Mais l'image la plus récurrente était celle d'une petite bête marron, poilue, aux grands yeux fous, à la longue queue sans cesse agitée, qui la sifflait fébrilement. Lorsqu'elle se réveillait de ces visions cauchemardesques, il ne lui manquait rien tant que le génie clarificateur des paroles de son père : si le Dr Thacker avait encore été à ses côtés, il aurait éclairé de ses subtiles interprétations la série floue et néanmoins terrifiante d'images qui saisissaient son esprit. La tristesse qu'elle avait éprouvée à la mort de son père n'avait d'égal que la solitude contre laquelle elle se battait depuis que Karan avait été expulsé de sa vie. Tout comme son père avait allumé la lampe de son imagination, elle avait allumé celle de Karan ; quand elle pensait aux deux hommes, elle était tellement épuisée que, systématiquement, elle finissait par s'endormir.

Mais les sublimes délices du sommeil des bienheureux lui étaient interdites.

Presque tous les soirs, Adi, qui avait retrouvé l'énergie de l'époque où il lui faisait la cour, la prenait avec un désir bestial. Après s'être laissée aller à la nostalgie pendant toute une journée, Rhea se repaissait de ce divertissement charnel et demandait à son époux de la baiser plus fort, sans retenue, de l'écarteler – car, dans ces moments de rupture, la face cachée de son âme lui échappait et retournait au galop là d'où elle était venue.

Adi soupçonnait que si elle était sujette à des sautes d'humeur et de temps à autre paraissait absente, c'était parce que sa ville natale lui manquait.

« Voudrais-tu rentrer à Bombay ? demanda-t-il un jour.

— Tu veux dire… pour l'accouchement ?

— Oui.

— J'aimerais beaucoup, oui. Adi… tu n'écoutes pas de jazz en ce moment…

— Je sais.

— Et tu ne bois pas de whisky non plus.

— C'est formidable, non ? » Adi ne put s'empêcher de sourire ; il comptait les jours et les heures avant la naissance de son enfant. « Je vais organiser notre retour. »

Ils arrivèrent à Bombay en mars ; la chaleur estivale était assise sur la ville telle une lionne, une lourde patte intraitable et cruelle croisée sur l'autre.

Rhea se tenait sur la terrasse au crépuscule. Perché dans les branches surchargées de fruits d'un manguier poussiéreux, un coucou noir aux ailes cuivrées lâcha un cri plaintif et lancinant. À quelque distance en dessous, une rangée de voitures très laides ressemblaient à des tiques dans l'oreille d'un chien. Arrivant par-derrière, Adi attira Rhea à lui ; plus étonnée que rassurée, elle retint son souffle.

Depuis qu'Adi avait appris qu'elle était enceinte, il répétait sans cesse qu'il désirait que son enfant naisse dans la clinique où lui-même était né, tout comme son père avant lui.

Une tradition de la famille Dalal, avait-il expliqué.

« Voyons, Adi, tu ne crois pas aux traditions !

— Je vais bien être obligé de changer. Je vais être père et certaines traditions doivent être transmises d'une génération à la suivante.

— Y compris ta propension à ronfler comme une cocotte-minute ?

— Tu peux rire, Rhea, mais je n'en démordrai pas : notre enfant naîtra dans la même clinique que moi.

— D'accord, si ça te fait plaisir », concéda-t-elle en levant les bras au ciel.

Rhea n'en ressentait pas moins la panique monter en elle. « Est-ce qu'ils ont vraiment toute la technologie nécessaire, juste au cas où ?..., s'enquit-elle tandis qu'il lui soufflait dans la nuque.

— C'est l'endroit rêvé, Rhea. Ne t'inquiète pas, tout se passera comme sur des roulettes.

— Je veux aller voir cette clinique. » Elle craignait que celle-ci ne propose pas de soins néonatals, ni n'ait les ressources médicales de pointe disponibles dans un établissement plus important.

« Très bien. Je t'y emmènerai demain matin. »

Cachée dans une ruelle endormie de Walkeshwar, la clinique était installée dans un ancien bâtiment colonial : dôme victorien en acier, escalier hélicoïdal en bois, rampe gothique et carreaux vénitiens sur toute la longueur du couloir. Rhea gravit l'escalier comme, dans un conte de fées, un enfant pénètre dans un château hanté. À l'extérieur de la paisible nursery, elle tomba sous le charme de la lumière qui perforait les immenses fenêtres aux vitres opaques. « C'est un endroit charmant... mais étrange aussi. » Observant un grand *jamun*, elle entendit un bruit dans ses branches, qu'elle fut incapable de définir.

« Je sais, dit Adi. Comme figé dans le temps. »

Quarante-huit heures avant la date prévue pour l'accouchement, Rhea sentit un mouvement dans son ventre. Avant qu'elle ait pu appeler Adi, un filet liquide lui coula à l'intérieur de la cuisse.

« Il faut y aller », dit-elle en agrippant l'épaule de son époux.

Il regarda sa montre. Il était deux heures du matin. « Tu as perdu les eaux ?

— Je crois. Nous ferions mieux de nous dépêcher. »

À quatre heures, avant que des spasmes ne saisissent son corps, elle fut reconnaissante que les choses se déroulent si normalement. Les douleurs ressemblèrent à la description d'une expérience spirituelle : elle se sentit projetée à l'extérieur d'elle-même et se vit hurler, suer, haleter, calculer l'espacement de ses contractions, puis elle observa la vie émerger d'entre ses jambes. Une partie d'elle-même mourut paisiblement et une autre naquit, en poussant un cri à la fois dérouté et soulagé. Rhea tint à *expulser* l'enfant au plus vite, moins parce qu'elle avait envie de le tenir, de l'allaiter, de le bercer (ou quelque autre instinct maternel, qui lui aurait été étranger) que parce qu'elle voulait récupérer son propre corps, recouvrer sa solitude dans son inviolabilité d'origine, son ventre libéré d'une présence remuante.

À midi quarante-quatre, le lendemain, elle découvrit qu'un autre être humain, avant d'acquérir les particularités de l'âge, n'était qu'un composite de banalités physiques.

Son fils pesait huit livres, il avait des doigts de pied roses, quasiment transparents. Des petites pousses de duvet noir sur son crâne mou.

Adi débordait de joie. « Rhea, dit-il en tenant son fils dans ses bras, il est parfait.

— Il a un gros nez.

— Comment peux-tu dire ça !

— Oh, Adi… »

L'infirmière détourna le regard lorsqu'il se pencha pour embrasser Rhea.

Plus tard, lorsqu'elle se retrouva seule avec le bébé, elle l'étudia à la dérobée mais avec attention. Il ressemblait beaucoup à Adi. Peut-être était-il vraiment son fils... Elle poussa un soupir de soulagement et s'adossa à la tête de lit. Ayant donné un fils à Adi, comblant ainsi son désir le plus cher, elle avait fait tout ce qui était en son pouvoir pour redonner à leur mariage sa vitalité d'antan. Désormais, Adi et elle pouvaient s'embarquer dans la constitution de l'entité bizarre et agaçante qu'on appelle « la famille ». Elle se représenta agrippant la main de son fils lors de son premier jour d'école, gourde pendue en bandoulière, visage innocent exprimant son angoisse face à l'abandon imminent. Elle se représenta Adi emmenant son petit garçon à des leçons de natation au Bombay Gymkhana. Elle imagina des vacances trépidantes, indigestes, mémorables, en Floride. Un grand chamboulement déferlait sur elle tel un typhon – elle était quasiment prête à l'affronter.

« Es-tu heureuse, Rhea ? lui demanda Adi la veille de son départ de la clinique.

— Je suis aux anges.

— Merci. Tu me pardonneras, n'est-ce pas, si tu me vois parader avec un grand sourire béat... mais notre nouvelle recrue me fait vraiment un effet bizarre.

— Ça te passera. Quand tu auras changé la quatre centième couche, la nouveauté aura perdu de son attrait.

— Nous rentrons à la maison demain. J'ai hâte de voir comment il dormira pour sa première nuit dans sa chambre.

— Il l'adorera. Tu as fait des merveilles, Adi ; ça m'a rappelé tout le mal que tu t'es donné pour mon atelier. C'est mon refuge préféré et maintenant notre bébé aura le sien aussi.

— Tu aimes les nuages bleus que j'ai fait peindre au plafond ?

— Oui. Et j'adore les jouets anciens en argent ; je ne savais même pas que tu les avais gardés.

— Les hochets, les clochettes, le mobile au-dessus de son berceau… Mon Dieu, je suis si excité que je ne suis pas sûr de pouvoir fermer l'œil cette nuit !

— J'espère que tu dormiras comme un loir, Adi. Parce que moi, c'est la nuit dernière que je n'ai pas fermé l'œil et j'aurais besoin de dormir.

— Les biberons ?

— En fait, si je n'ai pas pu dormir, c'est parce que, pendant la sieste, dans l'après-midi, j'ai rêvé de mon père. Il me regardait droit dans les yeux et me disait : "Ne t'inquiète donc pas. Tout se passera bien."

— Il avait raison !

— Le problème, c'était son expression… Je me suis réveillée d'un coup comme s'il y avait eu un tremblement de terre.

— Ne t'inquiète donc pas. » Il l'embrassa sur le front. « Tout se passera très bien. »

À l'aube, le lendemain matin, avant que Rhea ne quitte la clinique avec son nouveau-né, l'infirmière le lui amena pour la tétée. Le bébé dans les bras, l'infirmière parcourut le long couloir étroit. Elle ne put détacher son regard du visage glabre et propre, de l'expression triste. Plongeant le regard dans le puits de ses yeux, elle eut l'impression de s'engouffrer dans un terrier : si elle le contemplait assez longtemps, pourrait-elle parcourir les galeries ventées de l'univers secret de ce bébé ? Il semblait fixer le visage de l'infirmière, plongé dans une intense méditation, yeux en amande, liquides, rayonnant d'une tendre curiosité à l'égard de toutes les choses terribles et splendides qui pour l'heure dépassaient les paramètres de sa compréhension. L'infirmière était tellement perdue dans ses pensées qu'elle n'entendit pas un sifflement, discret mais appuyé, quelques mètres derrière elle.

Un singe avait pénétré dans la clinique.

Boucles de bave dégouttant de ses bajoues, grands yeux veinés de rouge, nuque couturée de sang, il déchirait l'air avec des gestes sauvages de bête atteinte par la rage.

S'élançant à la suite de l'infirmière, il se jeta sur elle comme un mauvais sort.

Lorsque ses dents froides et aiguisées se plantèrent dans sa chair, elle poussa un cri hystérique.

En entendant son cri, Rhea se précipita dans le couloir. À travers la brume matinale du hurlement éperdu, son regard se porta sur son nouveau-né, en équilibre instable au bord de l'escalier. Elle se précipita vers lui. Mais il était trop tard. Il débaroulait déjà sur les marches en spirale, rebondissait de niveau en niveau, langes épaisses se dénouant peu à peu, rougissant de plus en plus tandis que les plaintes du bébé s'évaporaient dans une effrayante finalité. Rhea dévala l'escalier, ramassa son bébé, s'empara de lui, le pressa contre sa poitrine, trouvant impossible, en fin de compte, de ne pas trembler, mue par le poids de l'amour maternel, contre lequel elle s'était crue immunisée.

Regardant vers le palier d'où elle était descendue, elle se mit à hurler, exprimant une douleur tellement séculaire, tellement convergente que toutes les divinités mineures et les anges terrifiés de ses rêves se retirèrent dans les rais blafards de la lumière du matin.

Pendant les longs mois qui suivirent la mort de son nouveau-né, Adi fut la proie de maux de tête aussi soudains qu'intenses. Les muscles de ses bras le faisaient souffrir. Il avait le dos bloqué. D'infimes douleurs surgissaient sporadiquement et spontanément dans tout son corps, disparaissant aussi vite qu'elles étaient venues, pour être remplacées par d'autres douloureux caprices de son anatomie. Il avait l'impression que son corps s'était juré de divertir l'esprit de sa peine, pour lui rendre la vie possible. Certes, il dut faire de brefs séjours à Singapour, mais ce qu'il souhaitait le plus, c'était rester chez lui à Bombay. En fin de compte, incapable de travailler correctement, il préféra demander un congé.

Ce congé sabbatique venu de nulle part prit Rhea au dépourvu.

« Combien de temps vas-tu rester ? s'enquit-elle prudemment.

— Je l'ignore.

— Peux-tu simplement prendre un congé… sans préciser quand tu reprendras le travail ?

— La boîte considère ça comme un congé sabbatique ; ils préfèrent que je reprenne quand tout sera de nouveau clair dans ma tête plutôt que je foire un investissement. Cela te gêne, que je prenne ce congé ?

— Oh non, répondit-elle sans trop de conviction, pas vraiment, non. »

Un après-midi, il la vit sortir un parapluie du placard. « Où vas-tu ?

— J'ai décidé de reprendre mon bénévolat au refuge. »

Il parut stupéfait. Sept mois s'étaient écoulés depuis la mort de leur fils.

« Je ne rentrerai pas déjeuner, dit-elle. Demande à Lila-bai qu'elle te serve quand tu auras faim. »

À son retour du refuge, elle s'enferma dans son atelier.

Tard dans la soirée, il frappa à sa porte et, l'entrouvrant, passa la tête par l'interstice. Le tour s'immobilisa dans un bruit de raclement. « Oui ? fit-elle en levant les yeux, front plissé.

— Oh, rien… Je me demandais si tu aimerais venir dîner.

— Commence sans moi. Il me faut encore un peu de temps.

— J'ai l'impression que tu m'évites.

— Pas du tout, Adi. »

Il soupira bruyamment. « Je sais que ça ne se passe pas très bien entre nous ces derniers temps. Pourquoi ne nous accorderions-nous pas une petite pause ? Allons passer une semaine à Rome.

— Nous y sommes déjà allés pour notre lune de miel. » Avec le dos de la main, Rhea ôta une éclaboussure d'argile de son front.

« Précisément.

— Je ne trouve pas très approprié d'aller là-bas ; il ne s'est pas encore écoulé un an depuis… » Elle détourna le regard.

Quittant l'atelier, Adi se tritura les mains, convaincu qu'aucune de ses tentatives ne pourrait faire fondre la glace entre eux. Après le dîner, seulement, il comprit que c'était le ton condescendant de Rhea chaque fois qu'elle lui adressait la parole désormais qui le faisait bouillir de rage : le croyait-elle atteint d'une forme mineure de déficience mentale ?

Quelques jours plus tard, descendant l'escalier après avoir passé de nombreuses heures à bricoler dans son atelier, Rhea vit Adi paressant dans son fauteuil relax teinte chocolat, jambes remontées sur le canapé, un verre de bourbon posé sur le guéridon.

« Es-tu prêt ? » demanda-t-elle. Ils étaient censés aller voir le dernier Ram Gopal Verma au cinéma Regal.

« Et si on déclarait forfait ?

— Pourquoi ?

— Je ne me sens pas de sortir.

— Oh, Adi, j'ai passé toute la journée dans l'atelier, j'ai besoin de prendre l'air…

— Pourquoi n'irais-tu pas seule ? »

La colère qui la saisit aux chevilles menaça de la renverser. « Dans ces conditions, je préfère aller me coucher. »

Sur fond de standard de jazz, un murmure suave, Adi, yeux fermés, semblait noyé dans les tensions mélancoliques d'un saxophone jointes au délicat tintement d'une voix qui évoqua aux oreilles de Rhea un galet effleurant la peau tendue d'un lac. Elle resta plantée là à l'observer.

Ouvrant les yeux, Adi croisa son regard. « As-tu bien avancé aujourd'hui ?

— Oui, répondit-elle, mentant. Un peu.

— Je n'arrive pas à comprendre où tu puises ton énergie, Rhea.

— Moi, non plus. » Il ignorait que son calme venait du fait qu'elle acceptait la mort de son fils comme un châtiment pour sa trahison. « J'essaie de ne pas considérer ma vie comme une affaire trop personnelle.

— Voyons, la vie n'a rien d'impersonnel ! »

Rhea eut l'impression d'une redite de sa conversation avec Karan. « Peut-être devrais-tu te faire traiter pour dépression. L'alcool commence à affecter ton comportement, Adi. Je ne vois pas pourquoi tu t'es remis à boire alors que tu avais arrêté pendant ma grossesse.

— Veux-tu dire que mon absorption d'alcool commence à affecter *notre* comportement ?... » Il baissa le volume de la musique avant de se lever et d'aller se planter devant sa femme.

« Je ne supporte pas de te voir souffrir ainsi.

— Donne-moi ta main. »

Elle la tendit à contrecœur ; il la porta à sa joue.

« J'ai préparé ton gâteau préféré..., dit-elle. Une forêt noire. Veux-tu que je t'en apporte une tranche avant d'aller me coucher ?

— Je n'ai toujours pas faim.

— J'ai passé tout un après-midi à le préparer.

— Je me servirai plus tard.

— Fais comme chez toi.

— Sais-tu pourquoi ça nous est arrivé, à nous, Rhea ?

— Non. »

Observant le visage serein de Rhea, rude comme l'hiver, il tenta de sonder la femme qu'il avait épousée. « Crois-tu que les choses se seraient passées différemment si nous avions choisi une autre clinique ? Peut-être n'aurais-je pas dû insister pour qu'on t'emmène dans un petit établissement.

— Oui, peut-être aurions-nous dû aller à l'hôpital de Breach Candy.

— Me rends-tu responsable ?…

— Ne sois pas idiot, Adi ; inutile de rejeter la faute sur quiconque.

— Je suis désolé, Rhea, je n'arrive plus à faire face.

— Je te l'ai dit, va consulter.

— Ne retire pas ta main, je t'en prie.

— Tu me fais mal, Adi. » Il lâcha donc sa main et Rhea recula.

Il se rassit dans le relax.

« Bonne nuit alors, dit-elle.

— Dors bien, Rhea.

— Dans combien de temps viendras-tu te coucher ?

— Juste le temps de finir ce dernier verre.

— N'oublie pas d'éteindre la lumière dans la salle de bains. »

Rhea avait déjà fait quelques pas lorsque Adi murmura : « Tu me manques, Rhea.

— Tu me manques aussi », dit-elle en se retournant. Elle revint lui prendre la main et embrassa les veines vert d'eau de son poignet. Après avoir séché ses larmes et celles d'Adi, elle l'abandonna aux bons soins de quelques mesures de piano qui tranquillement formaient un air, une élégie, une composition grisante qui lui rappela les pétales écrasés d'un clair de lune.

Adi continua à écouter de la musique très avant dans la nuit. Des chauves-souris allaient et venaient devant la fenêtre. Les lumières de Bombay scintillaient, vives, brutales. Il se rappela une soirée, des années plus tôt, quand il était allé chercher Rhea au refuge. Il avait trouvé révoltants les hurlements des chiens errants et les miaulements des chatons crasseux ; s'il n'avait tenu qu'à lui, il serait reparti sur l'instant. Un jeune vétérinaire l'avait emmené jusqu'à l'abri en tôle ondulée où Rhea était séquestrée avec une portée de chiots ; il avait omis de préciser que les chiots avaient été piqués. Lorsque Adi s'était approché de l'abri, les accents d'une berceuse interprétée avec une infinie tendresse l'avaient amené à s'arrêter net. Mais Rhea, l'entendant traîner des pieds, avait levé la tête et lui avait lancé un regard si dur qu'il avait eu l'impression qu'elle lui infligeait une correction. Dans la voiture ils n'avaient pas évoqué l'incident ; des mois plus tard, Rhea avait reconnu que les chiots agonisaient et que leur chanter une berceuse était bien le moins qu'elle avait pu faire.

Mais aujourd'hui, songea-t-il, elle a l'air indestructible, insondable, d'un stoïcisme sans bornes.

Elle n'était plus la femme qu'il avait épousée par une belle journée de décembre sur un bateau de tourisme qu'ils avaient loué à l'embarcadère du Gateway of India.

Dans les semaines qui suivirent, plus Adi paressait à l'appartement, plus l'humeur de Rhea se détériorait. « Ne pourrais-tu écouter ta musique avec ton casque ?

— Je ne pensais pas que je te gênais ; je croyais que tu aimais le jazz.

— J'aime le jazz ! Mais pas au réveil.

— Je suis désolé que nous ne puissions pas tous les deux gérer la situation avec ton admirable détachement.

— Que veux-tu que je fasse, Adi ? Je t'ai proposé de t'accompagner chez le psychiatre. Je t'ai demandé quantité de fois si tu voulais passer le week-end à Alibaug. Je confectionne des gâteaux pour toi et m'assure qu'il y a des fleurs à ton chevet… Or, à t'entendre, on dirait que je suis une mégère…

— Tu n'es pas une mégère. »

Rhea fronça les sourcils ; il avait employé un ton tellement neutre qu'elle crut qu'il se moquait d'elle.

Elle n'en décida pas moins de redoubler d'efforts. Le lendemain soir, elle l'emmena dîner au Thai Pavilion. Le surlendemain, elle réserva des billets pour le nouveau film de Naseeruddin Shah. À Rhythm House elle acheta des rééditions de disques de Billie Holiday. Ils se promenèrent dans Priyadarshini Park.

« Merci, Rhea, lui dit Adi à la fin de la semaine. Je me sens beaucoup mieux. »

Ils étaient couchés. Il n'avait pas bu.

« Je suis contente. J'ai pris des billets pour la pièce que tu souhaitais voir.

— Vendredi prochain, c'est ça ? À Rang Sharda ?

— Oui. » Rhea l'embrassa sur la bouche. « C'est une adaptation en ourdou de *Lettres d'amour* avec Farouque Shaikh et Shabana Azmi. » Elle glissa la main le long de son torse et joua avec ses tétons.

Il se rétracta. « Je crois que… non… »

Elle se rappela la violence avec laquelle il lui faisait l'amour quand elle était enceinte, sa force exquise et brutale, la dextérité de ses mouvements, la faim diabolique de son corps pour le sien. « Cela fait des mois et ça me manque, Adi. Ça me manque.

— Je ne crois pas que je puisse… pas encore. »

Tout cela lui manquait : son toucher, l'excitation, la douceur. Mais il s'était fermé à tous les délices physiques et, de ce fait, elle ne se sentait plus désirable.

Le vendredi soir, Adi annonça qu'il avait perdu les billets de théâtre.

« Où les as-tu fourrés ? » demanda-t-elle, cherchant de-ci, de-là, gesticulant.

« Voyons, ils étaient dans le tiroir du haut ! » lança-t-elle au bout d'un moment. Adi sentit la colère de Rhea fuser sur lui comme un javelot.

« Alors ils devraient encore y être. À moins que Lila-bai les ait rangés ailleurs ? » Rhea appela Lila-bai à tue-tête, mais la bonne était déjà partie.

« Pourquoi es-tu si de mauvaise humeur, Rhea ? Ce n'est qu'une pièce.

— Je voulais la voir avec toi. » Elle tira sur sa crinière volumineuse.

« Je suis désolé d'avoir égaré les billets, mais nous pouvons y aller un autre jour, non ?

— Et qu'allons-nous faire ce soir ? Écouter du jazz jusqu'à plus soif, jusqu'à ce que j'aie l'impression qu'on m'a enfoncé un saxophone dans le con ? »

Tout à coup, sans crier gare, Adi éclata en sanglots.

« Oh, pour l'amour de Dieu, Adi ! hurla-t-elle. Tu ne vas pas recommencer à faire ta mauviette ! »

Et de le planter là, chialant sur son relax sous la peau de tigre.

Elle monta dans son atelier et cassa tout ce qui lui tomba sous la main, bols d'engobe, flacons de vernis, vases et assiettes.

Le surlendemain, elle se confondit en excuses. « Je n'avais pas le droit de me conduire comme je l'ai fait. Que puis-je dire ou faire pour me faire pardonner ?

— Laisse-moi en paix.

— Je suis vraiment, terriblement navrée. » Elle avança la main et la posa contre sa joue.

Il la repoussa d'un geste rude. « Laisse-moi tranquille, Rhea.

— Écoute, je suis prête à faire tout ce que tu voudras si tu me pardonnes pour cette fois. Je veux simplement… »

Adi ne se départit pas de son expression glaciale. Elle ne put le supporter plus longtemps. La rage monta en elle comme une lame de fond et elle lâcha de but en blanc : « Reprends-toi, Adi. Je ne suis même pas sûre que cet enfant ait été le tien. »

Elle tourna les talons, prête à quitter la pièce, mais il l'attrapa par le bras et la fit pivoter sur elle-même.

« *Aargh !* Je t'en prie… je t'en prie, pas de ça, Adi ! »

Le geste d'Adi eut une force étrange, impudente. « Est-ce que tu pensais ce que tu disais, Rhea ? »

Les mots lui avaient échappé ; il ne lui restait qu'une solution : tout avouer.

Même si Adi ne lui demandait pas les détails, elle les lui fournit.

Elle lui raconta comment elle avait pris Karan sous son aile parce qu'elle admirait ses photos somptueuses, illuminées par une vision sarcastique, provocante, incisive. Elle lui dit que Karan était attentionné, qu'il avait des bras puissants, une intelligence tranquille, féroce – loin du cliché du rôdeur cinglé qu'elle avait d'abord brossé.

Elle tenta de rassurer Adi, de lui jurer que Karan ne faisait plus partie de sa vie.

Il l'écouta sans piper mot.

Enfin, il lâcha : « Tu m'as atteint au plus profond de moi-même, Rhea.

— J'en suis navrée. » Son repentir lui parut tellement inepte qu'elle préféra ne rien ajouter.

« Ce qui me blesse le plus, c'est tout ce que tu es
allée inventer pour me cacher ta trahison. Tes mensonges, ces derniers mois, pour masquer tes agissements, pour me dissimuler cette rencontre… Ça me
hantera jusqu'à ma mort. » Il se frotta le torse.

« Certaines choses que nous faisons par amour
semblent inspirées par le diable.

— Te voilà encore absconse, Rhea. Ne te donne
pas cette peine, le charme est brisé.

— Je n'ai jamais aimé Karan comme je t'ai
aimé, toi.

— Ce qui revient à dire que tu l'as bel et bien
aimé.

— Adi… » Elle s'était attendue à ce qu'il explose,
or il se repliait en lui-même comme un escargot dans
sa coquille.

« Je ne pourrai plus jamais te faire confiance.
Pourquoi as-tu fait ça ? »

Elle poussa un soupir. « Nous étions malheureux,
tous les deux. Sans enfants. Notre mariage était un
désert.

— C'était triste, en effet, de ne pas avoir
d'enfants, mais c'était *ma* tristesse, à moi. Je ne crois
pas te l'avoir jamais imposée. » Il se redressa alors,
se gratta le menton, un geste qui le fit ressembler à
Karan.

« Tu l'imposais à ton insu. Pas tout le temps, il est
vrai.

— Et même si je te l'imposais ?… Nous avons le
droit de partager nos chagrins ; ça fait partie de tout
mariage.

— J'ai seulement essayé de te rendre heureux…

— En couchant avec un mec ramassé dans les rues de Bombay ? »

Rhea, qui se tenait près de la fenêtre, avala une bonne bouffée d'air pollué.

« Il n'y a plus de mariage quand l'un des deux trahit la confiance de l'autre.

— Je t'en prie ! » Rhea se retourna et se mit à gesticuler. « Épargne-moi ces mièvreries de manuel de développement personnel.

— Rhea ! »

Elle se mordit la lèvre (allait-il la frapper ?). « J'ai besoin de temps pour t'expliquer, lâcha-t-elle dans un murmure gêné.

— Pour inventer davantage de sales mensonges, veux-tu dire. Quel sot j'ai été de gober tes fables ! »

Rhea sentit les joues lui brûler.

« Je ne peux pas croire que tu aies amené ce mec ici ! »

Rhea mordilla son pouce.

« Chez moi. Dans notre lit… »

Elle avait la gorge sèche.

« Dans notre lit… »

Elle se couvrit le visage.

« Tu as pris notre raison d'être et tu l'as défigurée. »

Il s'approcha d'elle.

Malgré une forte envie de prendre ses jambes à son cou, elle tint bon. « La confiance n'est pas le seul fondement d'un mariage, Adi ; que fais-tu de l'amour ?

— Belle phrase ! s'exclama-t-il en la regardant droit dans les yeux. Mais elle ne me fait aucun effet, *aucun*. »

Quand il lui tordit le bras et la tira à lui, la furie sauvage de son regard la ramena au jour du verdict du procès Zaira. Elle repensa à Malik, et à qui il lui avait fait penser.

« Je pars pour Alibaug, déclara-t-elle en se libérant de sa poigne.

— En ce qui me concerne, tu peux aller où bon te semble ! »

Avant qu'elle ait pu répliquer, il avait quitté la pièce, dont le vide la prit soudain à la gorge.

À Alibaug, une semaine de tourments s'écoula avec une lenteur dévastatrice.

Pour la première fois de sa vie, Rhea regretta de ne pas avoir d'amies femmes. Elle regretta de n'avoir personne avec qui évoquer les événements des dernières semaines. Après tout, seule une autre femme aurait vraiment pu comprendre l'enthousiasme grisant des premiers temps de la grossesse, suivi par le désarroi qui avait assombri les derniers jours avant l'accouchement ; seule une autre femme aurait pu comprendre la douleur assassine qu'on éprouvait à perdre un nouveau-né, un garçon, la virulente perplexité, le pathos tellurique, la sensation d'être pelée, dénudée, le gémissement solennel et tonitruant qui résonnait dans sa tête jusque dans son sommeil.

Elle s'imagina une amie intime, affectueuse et attentionnée mais un peu tourmentée aussi : elle rencontrerait cette amie au Willingdon Clubhouse, où, installée à une table à l'écart, près du terrain de golf, devant un club-sandwich végétarien et un café froid, elle révélerait à voix basse, défaite, que son mariage était un échec. Elle avouerait que son infidélité l'avait prise par surprise, même si elle avait été pleinement consciente de ses conséquences. Elle retiendrait ses larmes en racontant à son amie que ce qui la peinait encore plus que d'avoir perdu l'enfant, c'était que la révélation fortuite de sa liaison avait blessé Adi, irrévocablement. Elle regarderait son amie d'un air piteux et admettrait qu'elle voulait sauver son mariage, qu'elle voulait le réussir, qu'elle voulait redécouvrir l'excitation et la profondeur des premières années : si cela se révélait impossible, elle se contenterait de la possibilité d'assister à la convalescence d'Adi. Son amie se pencherait vers elle et lui toucherait la main, et quelque chose d'indéfinissable et de réconfortant passerait entre elles. Elle rentrerait chez elle heureuse d'avoir une amie loyale, elle penserait qu'elle avait de la chance d'avoir pu converser ainsi, de façon honnête, quoique ardue : le fardeau qui pesait sur son esprit en aurait été allégé.

Or voilà qu'elle se retrouvait seule à Alibaug, brises marines tambourinant aux vitres, tels des spectres mécréants et esseulés, flottant, informes, de-ci, de-là. Prenant son agenda, elle déchira une page et griffonna dessus : *J'ai envie de pleurer.* Elle écrivit la même phrase quantité de fois jusqu'à ce que la feuille finisse par partir en lambeaux.

Allongée sur un vieux lit à baldaquin, elle planifia son retour à Bombay, et son plein aveu.

Elle dirait à Adi qu'elle avait rencontré Karan par hasard à Chor Bazaar. Karan lui ressemblait tellement qu'elle l'avait dévisagé avec insolence, se demandant si elle contemplait un inconnu ou bien Adi plus jeune. Elle réfléchit longuement au vocabulaire qu'elle devrait employer, à son éprouvante incapacité à traduire les affres et la pureté de ses intentions malsaines. Comment réussirait-elle à convaincre Adi qu'elle n'avait voulu sa liaison avec Karan que dans le but d'avoir un enfant ? Était-ce trop bizarre... ou trop pernicieux... pour être crédible ? Si elle parvenait à convaincre Adi qu'elle avait cherché tous les moyens d'avoir un enfant pour sauver leur mariage, il ne pourrait que comprendre… Mais comment expliquerait-elle ce qui s'était ensuite passé entre Karan et elle ? Comment une séduction innocente, égoïste, s'était-elle retournée contre elle – car elle était tombée amoureuse de Karan ?

Non, elle ne révélerait pas à Adi sa descente aux enfers, d'abord parce qu'elle-même ignorait pourquoi elle avait été à ce point attirée par Karan, un attrait organique, raréfié, qui s'était développé de façon indépendante de l'amour qui l'unissait à Adi. Il n'existait aucune façon logique ou raisonnable de dire à ce dernier que Karan et elle n'avaient été qu'un lieu où l'amour avait pu se retrouver, jouir de lui-même ; de l'amour s'était échangé en leur présence, voilà tout, et, comme le meilleur ouragan, lui avait totalement échappé. Elle batailla pour trouver le mot correct, pour n'apparaître ni désespérée ni indifférente. Elle se persuada qu'Adi ne pourrait que la croire lorsqu'elle lui dirait qu'elle s'était débarrassée de Karan dès l'annonce de sa grossesse ; là était bien la preuve que sa liaison n'avait eu qu'un seul et unique but, n'est-ce pas ?

Convaincue qu'elle avait trouvé une logique, une crédibilité à son aveu, elle tenta de se calmer. Mais, à minuit, elle se redressa dans son lit, prise d'une formidable, d'une épuisante envie de pleurer, visage enfoui dans les rets de ses doigts. *Je veux pleurer*, répétait-elle inlassablement en son for intérieur. Le lendemain, elle se réveilla les yeux secs comme si elle n'avait jamais versé une larme.

Dès que Rhea pénétra dans l'appartement de Silver Oaks, son silence de mort l'enveloppa et l'attira dans un tourbillon inquiet. Adi était-il sorti se promener ? Où était Lila-bai ? Pourquoi la musique ne se déroulait-elle pas délicatement dans tous les recoins, tel un écheveau de soie sonore ? Elle monta s'installer dans la bibliothèque d'Adi pour l'y attendre. Le soir, elle passa dans son atelier, où, s'agenouillant, tête baissée, elle ingurgita de grosses bolées d'air. Les échardes de ce qu'elle avait cassé avant de partir à Alibaug, éclats de verre et de poterie, étaient éparpillées autour d'elle : puzzle dont elle n'aurait été qu'une pièce parmi d'autres.

À jamais incomplète.

À jamais brisée.

Nulle part elle ne vit ou n'entendit la pièce majeure du puzzle : celle qui recollerait les morceaux de son mariage.

Une fois que les vannes lâchèrent, les eaux ne donnèrent aucun signe de vouloir s'arrêter de couler. Elle pleura jusqu'à ce que l'aurore batte son aile polie contre les baies vitrées. Un nouveau jour l'attendait. Elle redescendit dans l'appartement et dormit pendant deux heures. Lorsqu'elle se fut levée, elle appela des collègues et des amis d'Adi, parla aux voisins, au *durwan*, au préposé à l'ascenseur. Le surlendemain, quand il fut évident qu'Adi ne reviendrait pas et que ses recherches pour le localiser n'eurent débouché sur rien, elle se rendit au poste de police pour faire ce qu'elle pensait être son devoir : signaler une disparition. Assise face au policier, la frustration la rendit nerveuse. On lui permettait de signaler la disparition physique d'Adi, mais à qui pourrait-elle signaler l'absence flagrante, envenimée, à laquelle elle avait été confrontée ces dernières années ?

« Quel est votre lien avec la personne disparue, *madam* ? demanda l'inspecteur, Subhash Rajan, en l'inspectant de la tête aux pieds.

— La personne disparue ? » Rhea se demanda si c'était son idée d'une plaisanterie. Comme il continuait de la regarder sans ciller, elle répondit : « C'est mon mari. »

L'inspecteur Rajan lui adressa un sourire bienveillant. Il avait déjà conclu à part soi que le mari de Rhea soit était l'une des nombreuses victimes anonymes de la circulation, soit s'était enfui avec une gamine pétant le feu, abandonnant une épouse d'âge mûr et malheureuse. « Racontez-moi donc ce qui est arrivé, *madam*.

— Pouvez-vous vous abstenir de m'appeler *madam* ? »

L'inspecteur fut surpris par la ténacité perceptible dans la voix de son interlocutrice. Il lui sourit encore : un sourire éteint, sinistre, avec une touche d'empathie mâtinée de condescendance.

Rhea lui fournit tous les détails : la dispute, sa fuite à Alibaug, son retour dans un appartement vide.

« Êtes-vous certaine qu'il n'a pas laissé de mot ?

— Expliquant son suicide ?

— N'importe quel genre de mot », répliqua-t-il, magnanime.

Non, elle n'avait rien trouvé. Il lui tendit un formulaire à remplir, qu'elle lui rendit, complété, avec une photo d'Adi.

L'inspecteur Rajan lui demanda si son époux avait un dossier psychiatrique.

Certes, il avait toujours été enclin à la dépression, une tendance encore accentuée après la mort de leur bébé.

« Comment votre fils est-il mort ? »

Elle poussa un soupir. Elle lui expliqua la chose.

« Un singe ! » Pour la première fois, il parut sincèrement intéressé par ce qu'elle lui racontait. « Ça alors ! »

Elle préféra se taire. L'inspecteur fut perturbé par la neutralité de son expression ; comme si elle l'avait regardé depuis les profondeurs d'un abîme. « Vous sentez-vous bien ?

— Oui, je me sens bien », répondit-elle après un silence. Elle trouva à l'inspecteur Rajan l'air lointainement trouble et éreinté de qui travaille au noir comme policier mais dont la masturbation est le véritable métier.

« Avez-vous une idée de la raison pour laquelle votre époux aurait déserté le foyer conjugal ?

— Je vous ai dit tout ce que je savais, inspecteur.

— Tout ? » demanda-t-il, l'air d'en douter. Se penchant en avant, à la façon d'un conspirateur, il suggéra une réponse : « Pensez-vous qu'il avait une liaison ?

— Je l'ignore.

— Les hommes d'âge mûr disparaissent souvent lorsqu'ils trompent leurs femmes.

— Une *liaison*... » Elle réfléchit au mot, chagrine.

« Sans vouloir vous offenser, bien sûr.

— Il n'y a pas de mal.

— Mais qui sait ce qui se passe dans notre dos ?

— Vous avez raison. Nous ne connaissons jamais les gens.

— Je le répète souvent à ma femme : "Ne fais confiance à personne ! Même pas à moi."

— C'est un excellent conseil… surtout à votre femme. »

À la droite de Rhea, des policiers malmenaient deux garçons menottés, vêtus de jeans et de tee-shirts ; elle entendit un policier traiter l'un d'eux de *saala pickpocket*. Elle palpa le bras du fauteuil sur lequel elle était assise, le bois mouillé par sa sueur.

« Mais ne craignez rien ! lâcha l'inspecteur, guilleret. C'est la vie. C'est le destin. Tout peut arriver. Nous devons faire tout ce qui est en notre pouvoir et laisser le reste au Seigneur. »

Rhea résista à une brusque envie de gifler l'inspecteur. « S'il y a quoi que ce soit que vous désiriez savoir, poursuivit ce dernier, n'hésitez pas à m'appeler et je passerai vous voir. La police de Mumbai est à votre service. Nous sommes les gardiens de votre confiance. Nous retrouverons votre époux, Mrs Dalal.

— Vous le retrouverez », répéta-t-elle en se levant. Sa langue tritura le nom de « Mumbai » : elle fut bientôt recouverte d'un enrobage répugnant.

L'inspecteur se leva à son tour et lui dit quelque chose qu'elle n'entendit pas car l'un des pickpockets poussa alors un cri aigu, hystérique.

28

Karan habitait Londres depuis trois ans lorsqu'il rencontra Claire Soames.

Il avait eu sa fille comme élève l'année précédente dans l'école où il enseignait.

Il se trouvait dans les coulisses lors d'une représentation dans la salle de spectacle de l'école. Des mères d'élèves s'activaient, proposant des en-cas ou s'improvisant costumières. Des bénévoles bien intentionnées avaient festonné le foyer avec des ballons, des rubans et des serpentins. Karan entendit des rires, puis des applaudissements clairsemés, sporadiques, suivis par des huées ; sans doute les gamins n'avaient-ils pas apprécié l'un des artistes.

Quelques secondes plus tard, Claire débloula dans les coulisses, vêtue d'un horrible costume de hérisson. D'abord, Karan fut surpris par son arrivée tonitruante et sa tenue excentrique. Ensuite, seulement, il comprit qu'elle s'était déguisée en Mrs Tiggy-Winkle pour amuser les enfants, mais n'avait récolté qu'une volée de huées.

« Quelle bande de brutes ! s'exclama-t-elle. Tu passes une semaine à travailler ton *look*, et tout ce que tu récoltes, c'est une tomate pourrie ; j'aurais mieux fait de me déguiser en pute et de jongler avec des godes. » Sur quoi, elle arracha avec colère sa perruque hérissée marron sale.

« Ce ne sont que des enfants, dit Karan pour la calmer. Ils ont sans doute cru que c'était *cool* de faire les mufles. Moi, je peux vous assurer que vous aviez fière allure…

— Dans le genre hérissonne ? » Le sarcasme tendit les traits de Claire.

L'allègre invulnérabilité de celle-ci et les maladroites manœuvres d'approche de Karan furent telles les extrémités de deux fils qui, lorsqu'elles entrèrent en contact et firent jaillir des étincelles, les éblouirent tous deux, brièvement mais durablement.

« Hum…

— Tu n'es pas anglais, toi, hein ? » s'enquit-elle. Il la dévorait du regard. Elle était voluptueuse ; son visage était un livre ouvert ; elle avait des petits seins parfaits.

« Pourquoi me demandez-vous ça ? » L'accent de Karan l'avait-il trahi ?

« Parce que tu estimes encore trop les humbles habitants de notre petite île. »

Comme elle démembrait le reste de son costume, Karan se détourna, mais elle continua de lui parler, le bombardant de questions personnelles, auxquelles il répondit simplement parce que personne en Angleterre n'avait été aussi direct avec lui jusque-là.

« Alors, d'où es-tu ? » Assise sur le canapé, tout contre lui, elle ôta ses bas en les enroulant sur ses chevilles.

« De Shimla, en Inde. » Le regard de Karan tomba sur le tas froissé de nylon beige aux pieds de Claire.

Il sentit une montée de sève obscène et brûlante dans son entrejambe. « Et de Bombay.

— Mon arrière-grand-père a servi dans le Pendjab. Quand es-tu arrivé à Londres ?

— Il y a trois ans. » Triturant un stylo, il décocha des regards de biais à ses longues jambes et à ses chaussons de ballerine.

« Tout ça pour devenir instit ? demanda-t-elle en haussant les sourcils.

— Oui.

— Mon Dieu…

— Pardon ?

— Tu n'as jamais rien fait d'autre ?

— Que voulez-vous dire ?

— Désolée, pardon d'avoir été condescendante. Mais tu n'as pas été qu'instituteur dans ta vie, non ? » Ayant passé ses habits de tous les jours, elle était élégante, royale, telle une chatte qui, tombée d'une grande hauteur, se récupère avec souplesse.

« À Bombay, j'étais photographe. »

Elle rayonna. « J'aimerais en savoir plus sur tes photos… Mais, ce soir, tu es déjà très occupé par nos jeunes truands. Je t'appellerai et te presserai de questions un autre jour, avec ta permission. » Elle le regarda encore, plutôt conquise par son charme de chien battu, son air un peu ravagé. « Fais gaffe aux tomates, le prévint-elle en sortant.

— J'ai appris à me méfier de plus gros légumes.

— Je suppose que c'est ce qu'on appelle "une récolte exceptionnelle" », dit-elle, si bas qu'il ne l'entendit pas.

Deux semaines plus tard, Claire contacta Karan pour lui demander s'il voulait l'accompagner à une rétrospective Cartier-Bresson au Victoria and Albert Museum.

Dans la salle d'exposition savamment éclairée, des hommes élégants en costume trois pièces et des jeunes femmes en tenue de cocktail se promenaient, séduisants et impassibles ; des murmures mondains ricochaient dans la salle comme des débutantes tout excitées.

Claire et Karan échangèrent des détails futiles sur leurs existences respectives. Originaire du sud bien né de l'Angleterre, Claire avait grandi en compagnie d'un poney et de trois lévriers. Elle n'avait jamais imaginé qu'un jour elle troquerait l'indolence de la campagne contre les excentricités tapageuses des milieux artistiques londoniens aussi impudents qu'inutiles (« C'est tout des conneries, mais qu'est-ce qu'on peut faire ?... »). Elle se déplaçait dans son quartier, Primrose Hill, sur la Vespa cabossée de son ex-mari et prenait le métro jusqu'à l'ICA, où elle était conservatrice depuis neuf ans.

« Allons à Soho. Je connais un petit café là-bas, dit-elle quand ils sortirent du musée. Leur gâteau aux fraises est absolument nirvanique !

— D'accord. » Karan fut un tantinet amusé d'apprendre qu'un gâteau pouvait apporter le salut éternel.

« Tu as dit que tu habitais dans l'est de Londres ? s'enquit-elle une fois qu'ils furent installés dans le taxi.

— New Road.

— Le nouveau paradis du jeune branché. Je n'arrive plus à vous suivre, vous les djeunes... » Karan avait un an ou deux de plus qu'elle.

« Quand j'ai emménagé, c'était plutôt le paradis des ateliers clandestins.

— Mais les pubs des environs d'Old Street sont super, non ?

— Je ne les fréquente pas. Je ne quitte guère mon studio.

— Ah, la beauté des grands espaces intérieurs !

— Quand je sors, c'est pour aller dans les parcs à Richmond ou à Hampstead. » À l'aune de la vie mondaine de Karan, cette sortie avec Claire était une grande aventure.

« Ça te plaît, l'enseignement ?

— Je ne sais vraiment pas comment j'ai obtenu ce boulot, mais je leur suis reconnaissant de me l'avoir donné.

— Tu m'as dit l'autre fois que tu as été photographe. Pourquoi as-tu abandonné ?

— J'ai perdu la foi. » Le ton de sa réponse n'encouragea pas Claire à le questionner davantage sur le sujet.

« Et tu t'es donc lancé à corps perdu dans une carrière d'instit ?

— J'avais un diplôme d'éducation.

— Ce n'est pas une raison suffisante pour se saborder.

— J'ai eu maintes occasions de pratiquer l'art du sabordage à Bombay.

— Ah, dit Claire en souriant. Alors, selon toi, enseigner à nos brillants petits monstres, c'est un peu comme une fin de cycle.

— Tu peux insister sur le mot "fin".

— Je suis contente pour toi que tu sois venu ici, mais on raconte qu'on peut souffrir de la solitude à Londres quand on ne connaît personne. » Le taxi s'immobilisa devant le café ; Claire régla la course et ils descendirent.

« Sans compter qu'il gèle.

— Bombay te manque ? » demanda-t-elle en montant au deuxième niveau du café.

Il ne répondit pas.

Un serveur les installa à un guéridon circulaire – nappe à carreaux rouges et couverts bas de gamme. Karan jeta un coup d'œil à la rue en contrebas : par paquets de cinq ou six, de jolis garçons, coupe GI, marchaient main dans la main, lançant de fines étincelles d'amour synthétique ; regards à l'affût.

Claire fit signe au serveur et commanda deux parts de gâteau aux fraises.

Les gâteaux arrivèrent. « Bon appétit, dit Claire.

— Au nirvana !

— Ne t'excite pas trop. » Claire agita sa petite cuiller sous le nez de Karan comme une épée miniature.

« Oui, Bombay me manque », reconnut-il en coupant un morceau de gâteau. Alors seulement il remarqua que Claire portait un manteau en vison noir plutôt spectaculaire ; lorsque sa main le frôla par hasard, il se dit que son moelleux et le luxe qui en émanait possédaient un grand pouvoir de séduction propre à lui.

Après le gâteau aux fraises, ils allèrent dans un bar et burent abondamment ; Karan aimait la légèreté étincelante de Claire, ses performances raffinées d'une défiance charmante. Elle lui donnait l'impression d'être indispensable, voire irrésistible. Cela dit, il avait remarqué qu'elle était comme ça avec la plupart des gens ; son charme était un employeur équitable. Plus tard, quand il se rappellerait cette soirée, il aurait oublié si c'était elle qui l'avait poussé contre le mur pour goûter à sa bouche goulûment et sans aucune vergogne ou si c'était lui qui avait caressé sa cuisse lisse et délectable au moment où elle avait commandé son quatrième verre de vin. Le matin venu, le soleil filtrant à travers la fenêtre de la chambre de la dame révéla son corps polisson et pulpeux enveloppé autour de lui comme un foulard blanc, au milieu de leurs odeurs corporelles mêlées comme des herbes sauvages dans une potion de sorcière.

Après une longue saison de solitude, sa tendre curiosité à l'égard d'une femme poussa Karan à la serrer davantage contre lui.

Quand il la rejoignit à la table du petit déjeuner, Claire jouait avec sa fille. Elle lui fit réchauffer un *scone* et le lui servit avec de la marmelade et des oranges d'Espagne. Il but deux tasses de thé avant de se lever pour prendre congé.

À la porte, Claire pinça ses joues et sa barbe de deux jours, puis posa son pouce sur sa fossette au menton, comme pour en évaluer le creux.

La station de métro n'était qu'à quelques minutes de marche de la maison de Claire. Une heure plus tard, il descendait à Whitechapel, repu et radieux. Il ne put s'empêcher de penser à Claire tout le temps, à ses belles épaules, à l'odeur musquée de sa chatte, à la peau de ses mollets, douce comme la bruine. Karan traversa une rue animée, croisa des artistes crasseux, des musiciens guitare sur le dos, des femmes sylhetis en djellabas aux reflets soyeux. Des tabloïds flottaient au vent mouillé, tellement humide... Devant le Royal London Hospital, il jeta un coup d'œil à des clochardes obèses, roses et malpropres assises sur un banc crasseux, au milieu d'une nuée de pigeons gris et blanc. Il poussa un soupir. Ce spectacle suscitait toujours sa sympathie ; il en était venu à envisager la possibilité, vague et corrosive, que lui aussi finirait soit poivrot et exclu de la société, soit comme la folle qu'il avait photographiée un jour sur le pont de Dadar, là-bas, à Bombay, tellement perdue dans sa douleur privée qu'elle semblait en être libérée. Mais, pour cette fois, il se dit que non, il ne finirait pas à la rue.

La solitude qu'il avait dû affronter pendant ces trois années à Londres lui avait d'abord paru insurmontable ; comme le froid, elle le pénétrait jusqu'à la moelle. Il avait été perturbé de découvrir que, à la différence de la solitude à Bombay, que l'on pouvait partager avec autrui, coupée comme du pain et psalmodiée à satiété tel un chant funèbre, la solitude à Londres le détenait otage de règles particulières qui lui étaient inconnues. Il avait passé tant de nuits à regarder les jeunes Bangladeshi passer sous sa fenêtre dans leurs petits coupés rouges, radio dispensant à tue-tête le dernier succès du circuit *underground* asiatique ! Et puis son observation des Londoniens lui avait permis de découvrir qu'ils prenaient bien garde de protéger leur propre solitude, qu'ils astiquaient et portaient telle une armure contre le monde. De sorte que, lorsque Claire était apparue nonchalamment sur la scène, un écran s'était déchiré entre la cité étrangère et lui. Claire faisait pour Karan à Londres ce que Rhea avait fait pour lui à Bombay : elle l'aidait à se forger un lien avec la métropole en lieu et place d'une affinité personnelle.

« Tu veux aller marcher ? lui demanda-t-il au téléphone le surlendemain.

— Tu veux dire sur Hampstead Heath ? » Elle se mordit la langue.

« En fait, je pensais à Old Street. »

Claire l'emmena partout. À des soirées où des femmes qui n'avaient que la peau sur les os donnaient l'impression de sortir des pages parfumées de magazines de luxe ; à des projections privées des films d'Almodovar, à des installations où des artistes de sexe, d'âge et de talent indéterminés piétinaient avec classe ; à des dîners de Bloomsbury où de dignes universitaires parlaient avec une érudition courtoise de la Renaissance avant de rentrer chez eux supplier leurs jeunes amants de les arroser de pluies dorées.

Ils allèrent en vacances à Rome, se promenèrent dans le parc de la villa Borghèse, où, des années plus tôt (Karan l'ignorait), Adi et Rhea avaient prié près d'une antique fontaine moussue, réclamant un enfant aux dieux latins. Ils allèrent en Écosse, dans des hameaux aux rues si étroites qu'une seule voiture pouvait passer de front et où les vestibules des hôtels arboraient tous de colossales têtes de cerfs larmoyantes. Claire aimait faire l'amour dans des lieux publics et Karan sacrifiait à son caprice : des accouplements pressés, énergiques, presque violents eurent lieu : sur une tombe froide à Harrow ; dans le recoin le plus secret d'une librairie de Bloomsbury ; sur le siège avant d'un bus de nuit (le numéro 19). Après, elle n'aimait pas parler, préférant savourer son sentiment d'avoir été ouverte par les élans passionnés, vifs et furieux de la virile indiscrétion de son amant ; elle ne s'attardait jamais sur le fait qu'elle lui avait demandé de la violer, car cela aurait dilué le frisson de l'expérience et la sensation ultérieure de dégradation.

Si Karan la suivait, galet avalé par le ressac, c'est parce qu'elle avait su gagner sa confiance sur deux plans. À la différence de Rhea, qui avait caché leur liaison comme de la naphtaline dans un placard, Claire le fêtait, l'exhibait au milieu de son innombrable escorte d'admirateurs et de connaissances. Il ignorait que la plupart des amis de sa dulcinée étaient trop mielleux pour avouer qu'ils le jugeaient docile et « indien », séduisant mais gâté par son air vaguement miséreux, merveilleusement exportable en cas de défaillance sentimentale ; l'instit timide, s'accordaient-ils tous à dire, était une conquête idéale pour Claire Soames.

Claire feignait de n'avoir aucun intérêt pour l'Inde, ne s'extasiait jamais sur son histoire, sa culture, sa débauche de couleurs. Karan n'eut jamais besoin de tout lui raconter sur son père (son pied de Jaipur) ou sur sa mère (ses bleus sur les mollets) ; il n'eut jamais besoin de tout lui raconter sur Zaira et la poignante vigueur de leur amitié ; ou sur Samar, qui lui manquait, ô combien. Si elle était conquise par son expression coupable, mélancolique, elle n'attribua jamais sa douleur à l'héritage d'anciennes histoires de cœur : il était ainsi fait, croyait-elle, c'était sa nature. Karan trouvait facile, même excitant, d'être auprès d'elle, auprès de cette créature dont la présence était semblable à l'éclair, cette femme qui savait jouer d'un homme comme d'un harmonica, qui voulait dévorer son corps avec un plaisir si vorace qu'ils se retrouvaient souvent dans des placards à balais, des cabines téléphoniques, des fossés de Hampstead Heath, s'absolvant mutuellement d'une douleur commune dans la clameur d'un désir qui les surprenait par sa hargne.

Rhea glissa sous les planchers grinçants de la mémoire de Karan, mais, tel un spectre loyal et entreprenant, elle continua de le hanter par le biais de sa flamboyante absence.

L'année suivante, à Noël, Claire proposa à Karan de les accompagner, Sibyl et elle, chez ses parents. Au cours des quatre années qu'il avait passées en Angleterre, aucun Britannique ne l'avait jamais invité chez lui ; Karan lui en fut reconnaissant, mais n'en redouta pas moins cette rencontre.

Ils rejoignaient à peine l'autoroute qu'il se mit à pleuvoir, des gouttes fines et vaines qui conféraient au paysage un air larmoyant, incompétent. Fonçant sur les routes étroites et tortueuses de la campagne anglaise, Claire désigna la flèche d'une église qui dépassait d'un bosquet spectral d'ormes effeuillés – l'église qu'elle fréquentait, enfant. Elle lui montra son école d'équitation ; le club-house. Il fut éberlué par le paysage, par la verdure exotique et luisante, comme le cœur d'un ogre ; les corbeaux les hélaient depuis leurs perchoirs sur des barrières ou dans des chênes feuillus, présages charbonneux de quelque cataclysme lointain. Régulièrement, Claire ralentissait et désignait un bâtiment remarquable, une ferme bio, le parking où sa meilleure amie avait été arrêtée parce qu'elle avait laissé son chien y faire ses besoins.

Quand ils arrivèrent chez ses parents, la pluie avait cessé et le ciel couleur vieux métal les recouvrit d'une toile froide et sévère.

« Tu excuseras nos chiens… », dit Claire. Sibyl s'était déjà précipitée à l'intérieur, où ils furent accueillis par deux lévriers hirsutes, patauds, aux ouaf-ouaf distingués et caverneux, réclamant toute l'attention de Claire.

« J'aime les chiens, lâcha Karan avec une pensée pour Mr Ward-Davies.

— Parfait… mais ces deux-là peuvent être insupportables.

— Es-tu certaine que ça ne gêne pas tes parents, que je sois venu ?

— Bien sûr que non ! Il y a une éternité qu'ils veulent te rencontrer. »

Karan ne se départissait pas de son air guindé ; il ne songeait qu'à rentrer au plus vite dans son studio londonien, son refuge.

« Ils t'adoreront, promit Claire en déposant un bécot sur sa joue. Surtout ma *chère* mère », ajouta-t-elle en imitant les intonations d'une femme de footballeur à la mode.

Ils entrèrent par la porte de la cuisine, où la mère de Claire touillait le contenu d'une marmite sur le feu. Après les présentations, Karan la remercia de le recevoir chez elle. Il lui tendit la bouteille de vin qu'il avait apportée. Elle le remercia à son tour : « Comme c'est gentil à vous ! Voulez-vous une tranche de cake ? » Sa voix était une lumineuse boule d'enthousiasme doublée d'une émotion pure ; Karan l'aima sur-le-champ.

« Oh oui, merci. » Il se tourna vers Claire, qui se servait déjà un verre. Tandis qu'il mangeait son gâteau et faisait la conversation à Mrs Soames, Claire alla au salon, où elle s'assit au coin du feu, dans un fauteuil tellement énorme qu'elle y disparaissait presque entièrement.

Le déjeuner du lendemain de Noël fut très courtois, d'une merveilleuse complexité.

L'efficace Mrs Soames avait cuisiné divers plats ; entre autres, elle avait fait cuire un poisson dans une sauce blanche visqueuse et insipide, décorée avec les feuilles d'une étrange herbe verte aux feuilles dentelées.

Installé face à Karan, le père de Claire, distingué et discret, le questionna poliment.

Karan fournit des réponses aussi correctes que possible mais brèves ; en en disant trop, songea-t-il, il aurait exposé son intelligence – ou son *manque* d'intelligence –, mais aurait aussi fait office d'exécrable et bègue ambassadeur de son pays.

Claire, qui, à midi, était déjà effroyablement saoule, triturait une boucle de ses cheveux, regard embrumé par l'envie de sexe. À un moment donné, lorsque Karan se pencha en avant pour remplir son verre, elle plaça sa main sur le bord de ce dernier et, bafouillant, lâcha : « Les Anglaises de bonne famille aiment qu'on les… » Sur quoi, elle s'évapora en une quinte de fou rire qui fit rougir Mrs Soames. Avant qu'un silence gêné ne s'immisce entre eux tel un aspic, le père de Claire engagea promptement la conversation sur le terrain des romans indiens contemporains ; il fut déçu de découvrir que l'amoureux de sa fille n'était pas expert en la matière.

Afin de glaner quelques éléments de réponse, Karan repêcha vite les bribes d'une conversation passée.

Par une chaude journée d'été, Leo, Samar et Karan avaient rejoint Zaira sur son balcon, au-dessous duquel avait l'audace de fleurir un vieux cytise. Tous quatre étaient allongés sur le tapis teinte crème. Samar mentionna un roman, *Les Reliefs ocre*, qui venait de recevoir un prix important en Grande-Bretagne. Écrit par une sirène de Hyderabad à la crinière bouclée, le roman retraçait l'effondrement d'une famille musulmane au moment de la fin de la domination britannique en Inde. Le livre avait suscité les réactions exacerbées d'inconséquentes cliques de critiques bengalis aigris, et intrigué des légions de lecteurs.

Parmi le jury des quatre de Juhu, les opinions divergeaient.

Leo déplorait que la prose fût à la fois tapageuse et empruntée. « C'est du style atelier d'écriture en surrégime. »

Zaira déclara que l'auteur ne faisait qu'exploiter un filon, que cette femme avait réappris l'alphabet dans un cours intensif chez Exotica 101 : A pour « mariage arrangé », B pour « femme battue », C pour « colonisation ».

S'excitant tout à coup, Samar fit une grande déclaration à l'emporte-pièce : les romans indiens ne valaient rien. « On les dirait sortis de la quasi-foufoune d'une *drag queen* autobaptisée Lady Épique. »

Leo ajouta ses propres commentaires, que Zaira eut tôt fait de dénigrer, rejetant sa théorie selon laquelle les avalanches de livres dédiés à l'ethnicité, au multiculturalisme et à la colonisation apaisaient la culpabilité des Blancs, entité ô combien équivoque.

« Précise ta pensée », rétorqua Leo, un soupçon d'agressivité dans la voix.

Pour sa défense, Zaira affirma ne pas croire que les colonisateurs se soient jamais souciés de ceux que leurs ancêtres avaient violés, pillés ou réduits à un tas de cendres. « Alors supposer qu'ils le fassent *aujourd'hui* n'est qu'une forme d'aveuglement flatteur. »

Karan ne put contribuer à la discussion, *primo* parce qu'il n'avait pas lu le livre en question, *secundo* parce que, en son for intérieur, il considérait les romans comme des bizarreries vieillottes, dénuées de toute pertinence à notre époque : c'étaient des monuments complexes, certes bourrés d'imagination, mais produits par des gens qui avaient besoin de redorer le blason de leur infinie oisiveté.

Tandis que la conversation se rejouait dans sa tête, Karan fut frappé, d'un côté, par l'atmosphère de sérénité quasiment magique de cet après-midi-là (les après-midi languides de cette période n'avaient jamais manqué de le convaincre qu'ils ne finiraient jamais) et, d'un autre côté, par son incapacité à exprimer son essence au père de Claire. Tout le temps qui s'était écoulé depuis l'empêchait de parler de ce qu'il avait naguère connu intimement ; tels étaient les ravages que le procès avait faits en lui, saccageant ses facilités innées avec la langue, le renvoyant au monde des images, à la couleur des cheveux de Zaira et au rire de Samar quand il avait évoqué « Lady Épique ». Il dodelina poliment de la tête en direction de Mr Soames et rit même un peu quand le vieillard lui adressa un clin d'œil, avançant que les romans anglais étaient un tel « tas de merde » qu'il était formidable qu'ils puissent être « sous-traités en Inde ». Karan vivait depuis assez longtemps dans un pays de Blancs pour deviner que cette modestie n'était que de surface.

Dans cette charmante demeure à pignon avec sa façade flamande en briques et ses troènes taillés au cordeau, Karan, allongé à côté de Claire sur un lit géant et moelleux, était agité, insomniaque. Avec l'extrémité des doigts, il explora le contour aristocratique du cou de sa compagne ; son menton ; son nez ; ses yeux. Il embrassa ses cheveux, se rappelant une expression sur laquelle il était tombé dans un magazine de yoga auquel Claire était abonnée : *faire son deuil*. Était-ce la conclusion d'une situation désagréable ou la résolution pacifiée du passé ? Les possibilités infinies de la formule le captivaient, mais la réalité qu'elle recouvrait, ardue et branlante, le décevait. Il avait fui Shimla et adopté Bombay pour se débarrasser du passé. Dans la mégapole, il s'était épris d'amour et d'amitié. Lorsque le monde lui avait éclaté à la figure, il avait fui en Angleterre pour se refaire une peau épluchée par ce qu'il avait, en son for intérieur, fini par baptiser « ces événements bizarres qui se sont déroulés à Bombay ». Or le voilà qui écoutait un vent glacial prendre d'assaut le treillis de lierre plaqué contre la fenêtre et les lévriers ronfler devant la porte de la chambre. L'étrangeté de cette existence aux antipodes de ce qu'il avait connu auparavant ne le privait pas de son inaltérable affinité avec Bombay ; en fait, c'était plutôt le contraire, elle semblait renforcer son désir d'y retourner.

Il roula sur le côté, se rapprocha de Claire, poussa une mèche de ses cheveux qui lui était tombée sur le visage, incapable de ressentir pour cette femme aux formes sveltes et onduleuses, à l'esprit angulaire, l'émotion qu'à part soi il appelait *amour*. Cette prise de conscience lui brisa le cœur. Fermant les yeux, il revit les flamants de Sewri battant l'air pollué de leurs grandes ailes stoïques, il revit en imagination le réservoir sacré de Ban Ganga, œillets d'Inde et lumignons de terre cuite flottant sur l'eau sale couleur chartreuse ; il entendit les bidons en aluminium cliqueter sur des bicyclettes Atlas conduites par des laitiers à l'étonnante musculature ; il vit un cheval noir et blanc au champ de courses ruer et faire claquer sa queue, projetant, ce faisant, de rageuses spirales de poussière brune. Oui, il pouvait rentrer à Bombay, même si Bombay n'était pour lui qu'un catalogue d'échecs en art comme en amitié. Certaines rencontres étaient censées vous emmener ailleurs et d'autres vous ramener au bercail. Il déposa un baiser reconnaissant sur la nuque de Claire ; sa peau avait l'odeur vive et fraîche des agrumes : il pensa au gros pain de savon ovale au pamplemousse dans une soucoupe de la salle de bains. Il était conscient d'avoir eu de la chance que Claire ait été son refuge dans cette froide contrée.

Lorsque Claire se réveilla à la pointe du jour, elle se blottit contre lui.

Il l'embrassa sur la bouche, elle réagit – d'abord endormie, puis son toucher se fit fervent. Sa langue passa de sa bouche à son cou, voyagea le long de son torse, jusqu'à son nombril et sa hanche, cherchant à acquérir une connaissance complète du corps de son partenaire. Qu'aurait-elle dit si elle avait su qu'il songeait à la quitter, à rentrer en Inde ? L'aurait-elle étranglé ? Lui aurait-elle tourné le dos et tiré la couverture sur elle ? Ou aurait-elle ri avant de se rendormir ?

Rhea avait-elle agi comme lui le faisait maintenant, traîtresse au moment même où elle l'embrassait ? Ne faisait-il que reproduire la trahison dont il avait été victime ?

Il resta allongé sur le dos, jambes écartées. Les lèvres de Claire enrobaient son pénis. Le désir brouilla le passé et il se sentit revenir au moment présent, excité, vigilant.

Dehors, Mr Soames nettoyait la crosse de son fusil avec un carré de mousseline crème. Des lapins gambadaient au jardin, éclats blancs et innocents dans la brume.

Claire lécha la partie sous le gland, là où les replis de la peau se scindaient, langue donnant de petits coups à la chair en surplomb.

Mr Soames ouvrit la fenêtre de sa chambre et cala son fusil sur le rebord au moment où Karan retournait Claire comme une crêpe, lui indiquant de se mettre à quatre pattes. Claire regarda le jardin, les lapins dans la brume. Lorsque Karan, comme prévu, la pénétra, par jeu elle se retira.

Les Anglaises de bonne famille. C'était inhabituel pour lui, un plaisir mystérieux, comme les freux chantant, perchés sur des barrières. *Aiment être.* Passage étroit, un certain fruit interdit et la conscience que personne ne pourrait les chasser, ni Claire ni lui, du jardin. Car ils appartenaient au jardin, contrairement aux petits lapins. Et, tandis que la douleur amenait Claire à remuer les hanches, elle sentit son corps se relâcher pour que Karan la pénètre jusqu'au fond : il grogna et l'écrasa contre le matelas. *Prises par-derrière.* Le coup fut net et le lapin se tordit brièvement avant qu'un lévrier ne se précipite pour le ramasser.

Les muscles de Claire enserraient Karan tandis que le svelte animal à la pelisse noire ramassait le lapin. Des billes rouges, rouges dégouttaient de son cou ; un œil vitreux la fixa à travers la brume glacée du matin, depuis l'autre rive de la mort.

Karan se sentit libre, comme jamais auparavant.

29

Karan rentra à Bombay, où il s'installa dans un hôtel borgne, à Irla, et prit un poste d'instituteur à Juhu.

Mrs Pal, la principale de l'école, savait y faire, avec son expression sempiternellement digne et renfrognée, mais on aurait dit que son cul était gonflé avec une pompe à vélo. Lors de leur première entrevue, elle fit remarquer à Karan que ses ongles étaient très longs ; compte tenu du ton sévère et ambigu de sa remarque, il pensa qu'elle lui faisait comprendre qu'il devrait les couper. Un élève particulièrement inventif avait dessiné sur un mur des toilettes de l'école un graffiti représentant Mrs Pal comme une dominatrice, une matrone taille jumbo vêtue de latex noir, fouettant le derrière plat et ensanglanté d'un homme à quatre pattes. Quand il découvrit cette caricature rudimentaire et discordante, Karan sourit car elle identifiait correctement ce qu'elle narguait, et l'identification était encore plus cruelle que la moquerie.

La principale brimait les enfants avec son zèle retors. Elle força ainsi deux garçons aux cheveux plus longs que la taille réglementaire à grimper sur des tabourets pour qu'on verse dessus de l'huile de noix de coco, avant de les nouer en minces nattes gluantes. Une autre victime fut obligée de laver les cuvettes des WC à mains nues. Mais lorsque Mrs Pal fit tâter de la canne, jusqu'au sang, à une fille de douze ans, Karan se sentit contraint de la dénoncer à la police. On fit venir les parents pour un interrogatoire. Ils nièrent que la chose était arrivée, craignant de voir leur fille exclue de l'établissement, qu'une brochure sur papier glacé présentait comme « une prestigieuse institution scolaire ».

Karan donna sa démission quelques semaines plus tard. Il était inutile de prendre la défense de quiconque ; n'avait-il donc pas appris la leçon ? Mrs Pal refusa de lui fournir une lettre de référence. L'autosatisfaction suintait de son visage comme un pet quand, lors de son dernier jour à l'école, Karan se présenta à son bureau pour retirer ses documents.

Pendant les jours qui suivirent, Karan éplucha les journaux.

Dans l'*Indian Express*, il trouva des annonces émanant de centres d'appels téléphoniques. Les entreprises encourageaient plutôt les candidatures de nouveaux diplômés, mais Karan tenta tout de même sa chance. On l'embaucha parce que, l'informa, impressionnée, la personne qui lui fit passer l'entretien d'embauche, son anglais était « parfait ». Toutefois, avant qu'il prenne son poste, son boss, du haut de ses vingt-deux ans, insista pour qu'il suive des cours de neutralisation de l'accent. « Nous ne voulons pas donner à nos clients une mauvaise impression », argua-t-il. Karan fit oui de la tête.

Dans ce nouveau travail, il se fit l'effet d'un poisson qu'on écaille avant de le couper en tranches, de n'être absolument pas dans son élément, et cela de plus d'une façon. Mais son salaire lui permit de quitter son hôtel infesté de cafards et il loua une chambrette toute propre dans une maison délabrée, dans l'enceinte de Juhu Gaothan, non loin de l'ancien appartement de Zaira. Comme il faisait les trois huit et travaillait la nuit, il dormait toute la journée et ne se levait qu'à cinq heures du soir pour faire ses tâches ménagères. À six heures, il allait marcher – à vive allure – sur la plage, passant en chemin devant le temple de Mukteshwar, le plutôt miteux Anand Hotel, un ancien puits jaïn et une enfilade d'édifices clinquants, gardés par des *durwans* à l'expression défaite et sans vie.

Sur la plage, après sa promenade, il lui arrivait de s'asseoir sous un cocotier d'une hauteur démesurée, après avoir vérifié que, dans le sable doux et beige, il n'y avait ni taches d'huile ni éclats de verre : jamais il ne se sentirait entièrement à l'aise à Bombay. Ainsi, un soir, la brise marine caressait sa peau. Il prit une profonde inspiration, tout en observant des cascadeurs de Bollywood qui, à l'extrémité de la plage, répétaient leurs plongeons et leurs mouvements de karaté. Des jeunes jouaient au foot juste devant l'hôtel Sun-n-Sand. Plusieurs vieillards assis dans des fauteuils en plastique rouge sirotaient de l'eau de noix de coco. Des amants, adossés à un talus qui s'effritait, transpiraient en bataillant contre leur désir et leur honte.

Bombay traversait une période difficile. On avait changé son nom. Le PPH continuait de brandir sa version d'un despotisme institutionnalisé. Karan avait été témoin de nouvelles attaques contre les

« étrangers » – plus les Indiens du Sud, comme dans les années soixante, mais cette fois des États du Nord. Ram Babu Kamat, le marchand originaire du Bihar chez qui il faisait ses courses, avait été battu un soir. Il avait eu le bras fracturé. Il avait fui la ville. Une nouvelle loi contraignait les commerces à afficher leurs prix et leurs annonces en alphabet devanagari.

Lorsqu'il allait se promener sur la plage, Karan essayait de ne pas penser aux tourments politiques que certains infligeaient à Bombay. Il ne pensait pas au visage de Ram Babu après qu'il avait été battu par des gros bras du PPH. Il refusait de lire les annonces en devanagari de sa laiterie préférée. Il se concentrait sur son environnement immédiat : un coquillage d'une forme parfaite, le goût des caca-huètes salées encore chaudes achetées à des mar-chands ambulants sur la plage de Juhu. Malgré la foule, le chaos, la chaleur vrombissante, la mal-veillance et la bousculade, il n'était jamais plus heu-reux que lorsque d'audacieux rectangles de lumière dorée illuminaient le ciel et que des vagues argentées s'immobilisaient sur la mer d'hiver. Quand le soleil se retirait de l'horizon, laissant la place à la nuit qui se renforçait, la douleur du monde l'envahissait har-diment, prenait d'assaut sa blessure, chassait sa soli-tude.

Cette blessure scintillait dans ses yeux, l'animait pendant un bref instant.

Assis sous l'arc du cocotier penché par les vents marins, Karan, parfois, se souvenait de Claire. Il avait mis un terme à leur relation, avançant des rai-sons imprécises, peut-être parce qu'il avait anticipé la fin dès la première heure. L'absence de Claire ne suscita en lui ni nostalgie ni regret ; plutôt, elle aggrava encore la faille creusée par Rhea. Chez Karan, la blessure du premier amour perdurait ; elle le remuait si profondément qu'il lui semblait impossible de la combler, et l'anticipation de sa récurrence – de sa charge sublime et vivifiante – ôtait d'avance à de possibles nouvelles collisions avec l'amour toute leur légèreté, toute possibilité de mitigation. Il glissa sa main dans le sable doux, si doux... Des milliers de grains cascadèrent entre ses doigts. Rien n'était permanent. Pas un grain qui ne s'écoulât à travers eux. Il se leva et marcha vers l'eau, vers le soleil qui glissait derrière la ligne pure de l'horizon, laissant sur le mur du ciel indigo une extravagante vapeur orange.

Un jour, il téléphona à Miss Mango, son ancienne propriétaire de Ban Ganga.

Une voix inconnue, féminine, répondit : « Miss Mango est morte. Il y a deux ans. Nous avons acheté son appartement à son fils. Que puis-je faire pour vous ?

— Oh... j'étais simplement l'un de ses locataires. Je lui avais laissé en dépôt un fauteuil colonial lorsque j'étais parti vivre à Londres. Je me demandais si je pourrais venir le récupérer.

— Je crois que son fils a vendu tout le mobilier à un marchand de Chor Bazaar. »

Karan décida de retourner aux puces, une fois encore en quête d'un fornicateur de Bombay.

Chor Bazaar avait changé. L'agitation y était désormais frénétique et déplaisante ; les antiquités paraissaient neuves ; il vit des guides accompagnant des familles d'origine indienne mais manifestement installées à l'étranger, venues là dans l'espoir d'emporter une tranche d'exotisme de la mère patrie, destinée à leur vaste maison de Hounslow ou de Journal Square. Ces expatriés achetaient à tour de bras, marchandaient comme il se devait, rentraient chez eux avec leur précieuse camelote.

Karan avança dans la ruelle, surpris toutefois de s'apercevoir que certaines boutiques étaient restées telles que lors de sa dernière visite, des années plus tôt ; elles l'attendaient. Il entra dans l'échoppe où il avait rencontré Rhea : rien n'avait bougé. Pour un peu, il aurait imaginé voir le talisman qu'elle avait posé sur le banc chinois sculpté… il la revit l'observant tranquillement avec son regard dévorant, d'une infinie rouerie. Il s'arrêta devant un meuble qu'il reconnut, une armoire, et se perdit dans son miroir aux reflets de mica, craignant d'y voir le reflet de Rhea debout à côté de lui. Un chat noir surgit de derrière l'armoire, effleura sa jambe avant de disparaître. Karan se demanda si Rhea savait alors ce qu'il savait maintenant : l'amour était en grande partie le fruit du hasard. Était-ce la raison pour laquelle elle recherchait des talismans, le singe en laiton ? Il partit en quête d'un fornicateur de Bombay, en vain. Il aperçut un homme s'entretenir avec son coq domestique à la caroncule d'un rouge très foncé. Il demanda à un marchand s'il n'aurait pas un singe en laiton ; à défaut, l'homme lui montra une amulette en vieil argent à l'effigie de Chekkh Mata, la déesse des éternuements. « Si vous portez ça, lui assura le marchand, vous n'éternuerez plus jamais. »

Dans le bus pour Juhu, Karan songea aux tourments que lui avait causés la conviction qui avait été la sienne, que Rhea l'avait sciemment séduit, puis jeté comme une vieille chaussette avant de retourner à son existence passée. Il se dit que son crime, dans le grand agencement des choses, ne portait pas à conséquence. Malik Prasad n'avait-il pas tué une femme et continué à vivre sans remords ? De tels comportements n'étaient pas aussi rares qu'on le croyait, même si la douleur qu'ils infligeaient pouvait être d'une rare violence.

Un soir, à la plage, Karan lisait le *Hindustan Times* sous un cocotier lorsqu'il tomba sur un article concernant les procès célèbres, bâclés pour une raison ou une autre. Celui concernant le meurtre de Zaira y figurait en bonne place. L'article reprenait ses grandes lignes – en fait, celles des deux procès ; le journaliste regrettait que tous les efforts pour faire appliquer la loi aient abouti à une impasse. Il mentionnait que le ministre Prasad avait depuis remporté une nouvelle élection, mais était à présent contraint d'envisager de se retirer de la politique pour raisons de santé. Malik Prasad, l'accusé, s'était marié récemment. D.K. Mishra s'était construit une splendide résidence avec air conditionné à Gurgaon et avait passé ses dernières vacances en Thaïlande. En bas de page : des photos de Nalini et Tara Chopra lors de l'inauguration du premier magasin Armani à Bombay ; leurs dents avaient la blancheur des barrières dans les banlieues résidentielles américaines et leur coiffure une luxuriance artificielle. Si le nom de Samar figurait dans l'article, le journaliste admettait qu'il n'avait pas pu retrouver sa trace. Karan était cité comme témoin. Il reposa le journal, mains tremblant d'un chagrin doublé d'incrédulité. La brise marine choisit ce moment-là pour emporter le journal, qui s'envola avant que Karan puisse le rattraper et lire les dernières lignes.

Il se leva et marcha sur la plage. Il était en colère, une colère dont la férocité le terrifia et qui bientôt se retourna contre lui. Le meurtre, le procès, le verdict : tout s'était mêlé dans sa tête en une masse compacte, un pâté, à moins qu'il n'ait été lui-même ce pâté. S'il n'était pas encore prêt à « pardonner » à Malik, il devinait qu'au-delà de l'aigreur qu'il ressentait envers le criminel se dessinait quelque chose de l'ordre de l'émouvant : c'est vers ce port mythique que son navire faisait voile désormais. Karan ni ne cherchait la vérité, ni ne souhaitait rétablir un quelconque équilibre, il voulait seulement comprendre ne fût-ce que brièvement quelle misère avait pu rendre Malik si stupidement cruel ; s'il pouvait apprendre à connaître ce malheur et ses causes, il pourrait trouver une issue, sortir du labyrinthe d'interrogations dans lequel il errait souvent, comme le dernier soldat sur un champ de bataille. En fin de compte, songea-t-il, la seule justice que nous recherchons, c'est la nôtre. Il marcha vers l'eau. Les vaguelettes montèrent jusqu'à ses mollets. Il rit en silence. Les épiphanies n'étaient que des trophées de pacotille, récompensant notre victoire dans une course qui nous coupait quasiment les jambes.

Oh, combien une apocalypse eût été préférable !

Les pieds dans l'eau tiède et apaisante, il se tourna et avisa l'immeuble de Zaira, dans l'enceinte de Janaki Kutir. Il fut assailli par le souvenir de dîners impromptus, si agréables... Il repensa à tous les après-midi de dimanche passés sur le balcon, à regarder le long chapelet d'embarcations de pêcheurs à l'horizon. La douleur que lui causait l'absence de Zaira résonna en lui comme une aria. Zaira aurait su instinctivement pourquoi il avait quitté Claire et était rentré à Bombay, pourquoi il avait accepté le stage de neutralisation de l'accent dans le cadre de son nouveau travail. Elle connaissait son idiot de cœur mieux que personne. Ils n'avaient jamais marché sur la plage ensemble : lorsqu'on était en compagnie de Zaira, on craignait constamment d'être pris d'assaut par la foule. Mais s'ils l'avaient fait, Karan était certain que, comme lui, elle aurait recherché le silence sous le tintamarre et, si elle ne l'avait pas trouvé, serait rentrée chez elle, la déception ne faisant qu'ajouter à la richesse de l'instant. Karan ne saurait jamais qu'elle était venue tremper ses pieds dans cette même eau quelques heures seulement avant sa mort.

Il pensa au jour où elle avait tenté d'expliquer le désordre et la profusion de l'amour qu'elle ressentait pour Samar ; elle avait dit que les âmes se laissaient emprisonner dans des corps, que les corps voulaient une chose et les âmes une autre ; en fin de compte, c'est à cause de cette dichotomie qu'elle avait eu l'impression de n'être qu'une quantité négligeable, désincarnée. Se remémorant son front parfait et clairvoyant, la beauté abrupte de ses yeux qu'on eût dits brûlés par le soleil, il comprit que, désormais libérée de tout conflit, elle ne serait jamais plus tiraillée entre un côté et l'autre. Il devina que son âme intrépide et excentrique avait trouvé son asile, que sa tendresse pour les idées et sa curiosité face à l'amour, qui avaient été plus fortes qu'elle, résidaient désormais ici, à l'abri des hommes, à l'abri des dieux.

L'eau se retira, le sable se mit à s'enfoncer sous les pieds de Karan, l'attirant vers le fond.

Mais non, se dit-il, il n'était pas temps de s'enfoncer, pas encore, pas ici.

En rentrant chez lui, il s'arrêta au puits jaïn. Des tortues nageaient dans ses eaux émeraude, lançant des ondulations sur l'eau lorsqu'elles relevaient leurs hideuses têtes coniques à la recherche d'air. Un jour, Samar était venu là avec lui et ils avaient long-temps contemplé, à la surface de l'eau, une grosse touffe de fleurs blanches aromatiques qui avaient osé fleurir sur les branches calleuses d'un frangipanier nain. Karan pensa à Samar promenant Mr Ward-Davies sur le front de mer de Worli ; il pensa à Samar nageant dans sa piscine, ses longs bras exécu-tant des mouvements puissants et précis. Où se trouvait-il maintenant ? Karan avait lu des articles sur de nouveaux médicaments qui permettaient de contenir les ravages du sida. Peut-être permettraient-ils à Leo et Samar de s'en sortir…

Invariablement, ses pensées retournaient à Zaira. Si son absence suscitait en lui une souffrance à ce point lancinante et fulminante, alors elle devait ren-dre Samar fou de douleur. Karan devait bien admettre que, contrairement à ce que la sagesse convention-nelle aurait voulu lui faire croire, il n'avait pas réussi à oublier Zaira ; au contraire, il se souvenait de mieux en mieux d'elle. Les détails la concernant étaient désormais précis et resplendissants, comme la pointe d'une lance. Innombrables, ils voletaient dans l'air, telles des poussières dérangées avant qu'elles ne se figent peu à peu et s'agrègent pour former un ensem-ble composite et compact, en contradiction directe et cavalière avec la brume de la mémoire.

À son cœur défendant, avec une infinie tristesse, Karan en était venu à accepter qu'un être humain fût constitué non seulement de tout ce qu'il avait acquis au fil du temps, mais aussi de tout ce qu'il avait perdu.

30

Deux ans passèrent.

Karan se rendait souvent à Chor Bazaar, mais il ne retrouva ni le fornicateur de Bombay que Rhea lui avait offert ni le singe en laiton qu'elle y avait oublié.

Par une paresseuse soirée dominicale, il avait étalé les journaux par terre pour s'informer des dernières nouvelles ; la lumière faiblissante dans sa chambre lui fit penser à un aquarium. Un entrefilet dans la section mondaine du *Bombay Times* attira son attention :

Vous souvenez-vous de Samar Arora, le pianiste qui avait témoigné au procès à la suite du meurtre de l'actrice Zaira ? Devinez quoi ? Cette vieille racoleuse est de retour, avec une tête de déterré shooté aux amphétamines. Selon la rumeur, il a quitté San Francisco après le fiasco de son expérience américaine. Le *has-been* qui n'a jamais rien été est de retour sur nos circuits. Il téléphone à toutes les hôtesses en ville, mais il semblerait qu'aucune ne daigne répondre à ses appels. Quelqu'un devrait dire à ce pauvre hère qu'à Bombay loin des yeux, loin du cœur, et loin du cœur, près de la nécro.

Karan reposa le journal ; il préféra ne pas continuer : il avait l'impression de faire du crawl dans du vomi.

Le lendemain matin, il se présenta à la porte de Samar. C'est Saku-bai, plus maigre qu'autrefois, qui lui ouvrit. Dès qu'elle reconnut Karan, elle laissa libre cours à ses larmes, sans retenue.

Quand elle l'emmena dans la chambre de Samar, Karan comprit d'un coup la raison de la douleur qu'il avait lue dans ses yeux.

« Samar… C'est moi, Karan. »

Samar, réduit à un tas d'os et à un haillon d'esprit, était allongé sous une couette en patchwork. « Karan ?

— Oui. »

Le lit était jonché de livres de poche, de crayons, d'un magazine, d'un étui à lunettes. Samar se redressa avec grande difficulté. « Karan Seth ?

— Lui-même.

— Oh, mon chou. Où étais-tu passé pendant tout ce temps ?

— Je travaillais. À Londres. » Presque involontairement, Karan se mit à trembler en voyant Samar si maigre qu'on aurait pu le glisser dans une enveloppe : ses os avaient une drôle de façon de sculpter la peau par en dessous, sa peau plissée qui ressemblait à du cuir ; sur son crâne osseux, ses cheveux étaient fins et ternes.

« Quand es-tu rentré ?

— Il y a quelques années. Je travaille dans un centre d'appels maintenant.

— Ça doit être dur. » L'angoisse faisait briller les yeux de Samar.

« J'ai dû faire un stage de neutralisation de l'accent.

— Ouahh ! » Samar sourit et tapota son drap pour inviter Karan à s'asseoir sur son lit.

Karan s'exécuta. « Ça va ?

— Je pète la forme », répondit Samar avant d'ajouter : « Je ne me mets plus en frac pour dîner, voilà tout… Je pensais à toi, justement, aujourd'hui même.

— C'est vrai ?

— J'ai retrouvé une vieille photo que tu avais prise de Zaira et moi. Elle me l'avait donnée. Elle disait que c'était sa préférée. » Se tournant lentement de côté, Samar tira une photo d'entre les pages d'un des livres posés sur son lit. Zaira était assise, la tête sur l'épaule de Samar. Karan savait qu'ils se trouvaient au bord de la piscine, même s'il était difficile désormais de le voir, dans la mesure où la photo avait été (mal) découpée pour obtenir un gros plan du visage de Zaira. Le cliché n'avait rien d'original, mais la profondeur de l'intimité perceptible entre les modèles était étonnante. Karan prit ce souvenir trompeur d'un passé presque parfait ; son excellence brisée ridiculisait le moment présent sur fond de rire d'hyène. Il déglutit. « Pourquoi était-ce sa photo préférée ?

— Elle ne me l'a jamais expliqué. Mais… regarde… »

Au dos, Zaira avait griffonné les mots suivants : *Je sais que je ne suis qu'une star de films B, mais avec toi j'ai l'impression de jouer à guichet fermé.*

Karan reposa le cliché.

« Pourquoi as-tu attendu si longtemps pour venir me voir ? s'enquit Samar.

— J'ai seulement lu l'autre jour dans les journaux que tu étais rentré à Bombay. » Karan posa délicatement la main sur les genoux de son ami ; il eut peur qu'elle passe à travers. Il lui faisait penser à une fleur coupée qui aurait continué à fleurir, désobéissante, bien après avoir été cueillie. « Je n'ai pas oublié ce que tu as promis, il y a des années.

— Qu'est-ce que j'ai promis ?

— De nous servir du pétillant et que tout s'arrangerait. »

En fin de semaine, Karan revint dîner à Worli.

Dégustant un classique de Saku-bai, le riz à l'*amti*, une purée de lentilles liquide, sucrée-salée, Karan s'aperçut que la maison, qui baignait dans une lumière froide et ruminante, était plongée dans une tranquillité pesante, quasi religieuse, une paix volatile qui ne se supportait pas elle-même. Face à la mer, la ville résistait vaillamment, enveloppée dans un sombre smog de bruit et de névrose, grondant et hurlant sa suprême honnêteté.

« Tu te plais à Juhu ? s'enquit Samar.

— C'est un quartier agréable. J'habite tout près de l'immeuble de Zaira.

— Ah.

— La plage est à deux pas. Il y a un marché sous mes fenêtres. Quel raffut ! Mais après un certain temps ça tient compagnie.

— Alors qu'ici tout est silence, dit Samar, l'air abattu. Un silence tellement omniprésent qu'on sent bien que rien ne viendra plus jamais combler le vide. »

Karan remarqua que Saku-bai avait quitté la cuisine ; un fort parfum de mélange d'épices s'échappait d'une casserole sur le fourneau. Il y faisait effroyablement chaud, alors que Karan se souvenait que, la première fois qu'il était venu dans cette maison, elle était d'une fraîcheur tropicale, comme une pépinière d'orchidées.

Il dit : « Je t'ai écrit.

— Karan, j'ai gardé toutes tes lettres. » Samar lui versa une autre cuillerée d'*amti* sur un tas irrégulier de riz.

« Je n'aurais pas dû dire ce que j'ai dit.

— Je suis sûr que tu ne le pensais pas. »

Karan inspira profondément. De sa main droite il fit un poing, qu'il passa sur son torse en décrivant des cercles réguliers. « J'ai même appris à le dire dans la langue des signes.

— Quoi ?

— Désolé.

— Oh, ne t'excuse donc pas !

— Mais si, Samar, si.

— J'aurais dû te répondre, mais, à ce moment-là, à San Francisco, hum… ce n'était qu'une succession d'enterrements.

— Je n'arrive pas à l'imaginer.

— Cette période a dépassé les limites de ma modeste imagination, mais pas, hélas, celles de la réalité. » Samar retourna mentalement à ses premiers mois à San Francisco : installation dans le petit appartement de Leo sur Telegraph Hill, repérage des bons traiteurs du coin, acquisition d'une carte de membre à la bibliothèque, promenade dans Golden Gate Park par un froid après-midi de dimanche : le bison en captivité qui l'avait dévisagé avec une rage stupide, diabolique. Parallèlement à ce genre de nostalgie prosaïque, l'insurmontable horreur : emmener à toute vitesse Leo en taxi au San Francisco General Hospital ; attendre, attendre toujours les bilans sanguins dans des cliniques froides et laides ; laver les draps souillés. « Je n'oublierai jamais cette période. »

Au quatrième enterrement auquel Samar avait assisté, la pluie battante n'avait pas empêché des manifestants de se réunir. « CE QUE LA LOI NE FAIT PAS, LE SIDA LE FAIT. » « VOUS MÉRITEZ DE CREVER. » Pancartes suintant la haine. Visages des manifestants suintant la haine.

À l'intérieur de l'église, baignée dans une lumière filtrée par de grands vitraux, il était impossible de ne pas être emporté par l'ardeur *affettuoso* du chœur, bouillante de tristesse, épaisse de rage. L'ami de Leo, Lance, banquier d'affaires, était mort, cramoisi et fou, dans son lit. Restaient pour le pleurer son petit ami, un poète d'une irrécupérable médiocrité, et son père, qui avait refusé d'assister à la cérémonie ; son absence courait entre les bancs comme une plinthe. Un échantillon flamboyant de *drag queens* – robes longues en satin et assez de maquillage pour tout Bollywood – ployait au vent comme une rangée d'exotiques digitales dégingandées ; non seulement elles contrebalançaient toute *gravitas* inutile, mais elles hissaient aussi la mort au rang de *nec plus ultra* du *camp*. Sur le parvis de l'église, on parla de nouveaux médicaments bientôt disponibles, susceptibles de commuer la sentence de mort en Cauchemar de Longue Durée.

Samar, lisant l'inscription sur la tombe de Lance *(Lance Nichols : qui vit le paradis dans un tourne-*

sol), se tournant vers Leo, s'était exclamé : « Quelle merde !

— Je suis d'accord. » Les deux hommes savaient que Lance n'avait jamais aimé les fleurs, sauvages ou autres, et, de toutes les notions conventionnelles, le paradis était la plus inadaptée à des hommes comme lui. « Je suppose que la mort transforme toute folle excentrique en star d'opéra. »

Le répit, dans cette saison d'infinies calamités, vint à la fois tout d'un coup et tout en douceur. Un matin, des perroquets sauvages, gang audacieux et fort sonore de vandales à plumes, se posèrent sur le rebord de leur balcon. Leo expliqua à Samar que, des années auparavant, un vol de perroquets sud-américains s'était échappé de la volière d'un collectionneur fou. Ils s'étaient reproduits dans Golden Gate Park et les générations suivantes s'étaient parfaitement acclimatées au climat de San Francisco. Samar était tout excité à l'idée de nourrir les volatiles qui, chaque matin, dès qu'il avait déposé sur le balcon un plateau de goyaves et de kumquats coupés en cubes, fondaient dessus en un ample mouvement flamboyant.

Quelques semaines plus tard, les oiseaux s'accrochèrent à la balustrade, grattant leurs jolies plumes et criaillant en protestation ; on ne leur avait pas sorti leur nourriture. En effet, la veille au soir Samar avait dû emmener Leo en catastrophe à l'hôpital : il claquait tellement des dents qu'il se faisait saigner les gencives. Trois draps trempés de sueur parvinrent presque à convaincre Samar que le corps humain était entièrement composé d'eau. Après avoir vaincu zona, diarrhée et infection pulmonaire, Leo fut pétrifié par ce nouveau face-à-face avec l'enfer. Or, à l'hôpital, le Dr Smith se montra optimiste et lui prescrivit un traitement prometteur, censé réduire le hurlement terrifiant de la peste à un bourdonnement à peine audible. Quand Leo rentra chez lui la semaine suivante, en bien meilleure forme, il put mettre de côté ses cauchemars jonchés de tombes et imaginer que la vie s'était poursuivie quasiment sans interruption.

« Comment as-tu supporté tout ça, Samar ? demanda Karan d'un ton empreint d'une admiration catastrophée.

— Mal. J'avais envie de t'écrire.

— Tu aurais dû m'appeler.

— Je l'ai fait, un jour. Mais l'opératrice, au bureau d'*India Chronicle*, a dit que tu étais parti, que tu avais déménagé sans laisser d'adresse.

— J'imagine que j'étais déjà à Londres.

— Ensuite, j'ai tenté d'obtenir tes coordonnées en m'adressant à Iqbal, mais on ne me l'a pas passé.

— Iqbal est mort pendant les émeutes, Samar, dit Karan, le rouge lui montant aux joues.

— Il a été tué ? » Le choc fut tel que Samar en resta bouche bée.

Karan eut la nausée en se remémorant sa visite à la morgue pour identifier les restes de son mentor. « Déshabillé, puis arrosé de kérosène. Ils lui ont mis le feu. Un homme à poil en flammes… » Karan regarda ses pieds. « Je suis allé récupérer le corps. Son bras gauche n'était plus qu'un tas de cendres. Sa mère s'est évanouie devant la morgue.

— Est-ce la raison pour laquelle tu es parti vivre à Londres ?

— Qui sait ? » Après une pause, Karan ajouta : « En fait, je voulais bronzer et on m'a fortement recommandé l'East End. » S'ensuivit un rire baroque, fou. « Mais pour revenir à San Francisco... qu'est-il arrivé lorsque la santé de Leo s'est améliorée ?

— Du bon temps. Je suis devenu *trader* quand le marché s'est envolé. »

Un été, Samar et Leo avaient loué une bicoque perchée sur une colline, dans une petite ville de la côte réputée pour ses vues imprenables sur l'océan. La propriété était dominée par un bosquet de séquoias immémoriaux. Des daims gambadaient dans le jardin indiscipliné et broutaient l'herbe perlée de rosée ; un colibri voltigeait, rêve pris dans les rets d'une douce panique, picorant un chèvrefeuille de la couleur du beurre. La deuxième nuit qu'ils y passèrent, ils entendirent un ours donner des coups de griffes à la porte arrière, puis vider la poubelle. Aux aurores, Leo fit le café et ils rirent de la visite de l'ours. Samar remarqua que Leo avait meilleure mine que jamais. Après le petit déjeuner, ils montèrent au sommet de la colline et, assis sous un séquoia, contemplèrent le panorama : l'horizon majestueux de l'océan, le ciel fin et délicat, piqueté de nuages de la teinte des huîtres... Les maisons du cru, en bois et verre, se fondaient dans le paysage ; à intervalles réguliers, entre des amas de roches noires aux contours aiguisés, perçaient des tapis velouteux de fleurs violettes, épaisses et lustrées, dont, lorsqu'on les écrasait, émanait le parfum rafraîchissant du fenouil.

Après cette semaine passée au bord de l'océan, Leo et Samar reprirent le chemin du retour.

Ils ne roulaient pas depuis une demi-heure que Leo s'endormit. Samar admira le paysage. En chemin, il vit : un abri blanc en ruine, envahi par une caravane d'abondantes floraisons rouges ; une famille de jeunes phoques qui s'ébattaient dans la baie ; une plage, plate, lisse, beige, quasiment déserte. Le vent fort mais doux, rincé par l'océan, charriait une imperceptible odeur de soufre. Des fragments de ce paysage sain et somptueux défilaient sur la musique qui emplissait l'habitacle. Certains airs étaient ceux de bandes sonores de films de Zaira. Dans de tels moments opaques de solitude, les souvenirs d'elle étaient accompagnés d'élancements d'une douleur cuisante. En pensée, Samar revoyait fréquemment ses derniers moments : elle était allongée sur ses genoux, sang suintant de l'impact à la tempe, yeux suffoquant s'efforçant de rester ouverts, paroles tremblantes tombant de sa bouche. Sous la gaine de ce souvenir courait le douloureux délire des regrets. Il se rappelait le loisir qu'il avait de l'appeler pour parler pendant des heures de politique, s'extasier sur un film ou descendre en flèche un livre ; avec elle, il avait volé des fleurs à minuit et bu des Bellini sur les toits ; ils étaient chacun devenus l'arbitre intrépide des excentricités de l'autre. Zaira l'avait encouragé à croire que sa vie, jusque-là insaisissable, irréelle, était bien palpable et lumineuse, pas un effet sournois et éthéré de son imagination fertile. Sans Zaira, le rire n'avait plus sa place : Samar était contraint d'accepter que le temps se réduise à la façon dont on se consacrait à l'amour – tout le reste n'était que le décor.

« C'était surprenant… de comprendre à quel point Zaira… me manquait… », avoua Samar après le dîner. Sa langue s'attarda sur le nom de son amie comme la main d'une mère sur le front de son bébé endormi.

« Comment as-tu surmonté son absence ?

— Je ne l'ai pas surmontée. Penses-tu souvent à elle ?

— Au début, elle croyait tellement à mes photos, d'une façon si implicite, qu'elle m'a permis de croire en moi-même. C'est un cadeau extraordinaire pour un débutant dévoré par le doute. Avec elle, je n'avais pas besoin de me composer un personnage ; elle acceptait mon humour noir et mes vaines tirades contre l'amour. Elle était rigolote, avait les idées claires et savait exactement ce qu'elle voulait. » La voix de Karan était pétrie d'émotion. « Mais toi, tu dois supporter sa perte et, en plus, affronter la mort de Leo…

— Sa vie, plutôt… »

Karan se redressa sur son siège. Il avait cru que la maladie avait lentement, cruellement détruit Leo. « Je ne te suis pas, Samar…

— Leo n'a pas passé l'arme à gauche, il est simplement retourné vivre sur la côte est. » Leo était bien en vie, il écrivait une biographie de New York dans une belle demeure en briques rouges de Brooklyn. « Aimer quelqu'un, dit Samar doucement, ne t'assure pas que cette personne ne va pas te quitter un jour. » Samar et Leo s'étaient rencontrés une dernière fois sur les marches de Grace's Garden, non loin de la maison qu'ils avaient partagée pendant près de cinq ans. Leo avait dit : « La mort, je fais ça mal », et Samar avait répondu : « Moi, c'est la vie que je fais mal, mais ça ne m'a jamais empêché d'essayer. » Ensuite, il avait détourné le regard, et des choses indicibles s'étaient mises à osciller dans son esprit entre ironie et colère.

« Leo voulait faire un livre sur le mort de Zaira.

— Ah bon ?

— Oui. Mais je lui avais demandé de ne pas écrire sur elle, le meurtre ou le procès…

— Tu ne m'en avais jamais parlé. » Karan comprit mieux la raison du départ de Leo. « Est-ce pour cela qu'il est retourné à New York ?

— Par-dessus tout, il ne voulait appartenir à personne. Il ne voulait pas qu'on lui dise quoi écrire.

— Donc il a mal pris que tu l'empêches d'écrire sur Zaira.

— Nous cherchons les excuses les plus absconses pour nous rappeler que nous ne sommes plus amoureux ; sa clause de sortie était écrite en petits caractères.

— J'ai toujours eu un doute à son propos… Il était jaloux de Zaira… Elle avait de l'ascendant sur toi.

— Tu as probablement raison. »

Karan adressa à Samar un regard interrogateur. « Je me demande comment tu as fait pour survivre à ces dernières années à San Francisco.

— Avec un peu de pratique, on s'habitue à tous les enfers imaginables. » Portant la main à la bouche, Samar bâilla. « L'amour est un drôle d'oiseau, aucun doute là-dessus. Certains jours, Leo me manque tant que j'en saigne du nez ; à d'autres moments, je voudrais qu'il se fasse fister par un gorille. Cela dit, le connaissant, il ne dirait sans doute pas non à une petite séance de zoophilie. C'est ça, l'horreur : connaître quelqu'un à fond, la foutue connaissance de l'autre… et puis quand ce quelqu'un se barre, il laisse derrière lui une montagne d'informations dont on ne sait tout simplement pas quoi faire. »

Karan supposa que Samar parlait de gracieux instantanés qui auraient émaillé les années passées avec Leo : bribes éclatantes et spirituelles de conversations à bâtons rompus ; promenades en amoureux sur un ponton embrumé ; repas dispendieux dans des restaurants où les bougies, plantées dans des goulots de vieilles bouteilles de cognac, fondaient et, à la fin du repas, ressemblaient à des pieuvres de cire. Mais Karan avait tort. Samar faisait allusion à bien autre chose, qu'il ne souhaitait pas lui révéler : tout le mal que Leo pensait de lui. Lui, Samar, son partenaire de cinq ans, que Leo, doutant de sa propre moralité, n'avait placé secrètement dans le rôle ingrat du moralisateur professionnel que pour mieux le rejeter.

« Donc, reprit Samar, quand il s'est senti mieux, il est reparti à Brooklyn. Avant de me quitter, il a tout de même lâché que notre relation, pour lui, avait fini par puer la mort. »

Dégoûté, Karan fit la moue. « Je suis certain que ses mots ont dépassé sa pensée.

— J'aurais aimé lui demander à quelle mort il faisait allusion.

— Pourquoi n'es-tu pas resté à San Francisco ?

— La plupart de mes amis étaient morts et visiter les cimetières perd de son charme après un temps. Tout me rappelait Leo. Son amour, mais aussi sa colère. Cela dit, la raison principale est que les bons plats de Saku-bai me manquaient. J'avais envie de riz aux lentilles cuisiné maison. D'*aloo paratha*. De *raita* aux concombres. J'avais envie de tout ça, je voulais fuir.

— Je suis content que tu sois revenu. Et toi ?

— Je crois... Mais, ici, j'ai retrouvé les photos de Zaira sur mon piano. Des photos que tu avais prises le jour où nous nous étions rencontrés. Et j'avais oublié de jeter la laisse de Mr Ward-Davies... »

Les premiers jours après son retour à Bombay, Samar avait été traumatisé par la façon dont le passé avait jailli du silence de la maison pour lui mettre son poing en pleine figure.

« Au début, à Bombay, je me suis senti encore plus seul qu'à San Francisco, où j'avais fini par compter sur les perroquets sauvages. »

Karan eut l'air surpris : comment Samar, lui qui connaissait tant de monde à Bombay, pouvait-il se sentir seul ?

Samar se caressa le menton avec l'index. « Je suis revenu amaigri et amoché ; je n'étais plus vraiment joli à voir. Et puis ma maîtrise des claquettes n'est plus ce qu'elle était. Sans compter que je n'avais plus personne avec qui voler des fleurs.

— Mais tu as tant d'amis ici !

— Je n'ai jamais cru que mes compagnons de soirée étaient de véritables amis, à quelques exceptions près. Parmi celles-là, à mon retour, Diya s'était acoquinée avec un peintre et était partie à l'étranger, Mantra enseignait l'écriture romanesque à l'université de Londres, et ainsi de suite. Je suis revenu dans une ville fantôme. » Samar admit à contrecœur que certains l'avaient vu une ou deux fois avant de le mettre à distance, craignant qu'il soit contagieux ou parce qu'il fallait absolument qu'ils se rendent à une fiesta du diable quelque part dans une ruelle poisseuse de Colaba. « Comme tu peux l'imaginer, je suis vraiment ravi que tu sois passé. J'espère que le dîner a été à la hauteur ?

— Si seulement j'avais su plus tôt que tu étais revenu !... Le dîner ? Super comme d'habitude, merci. »

Ils se levèrent de table ; reconnaissants l'un envers l'autre, chacun répugna à extraire de la soirée, jusqu'à la dernière goutte, tout son charme bancal. Le dessert, des portions crémeuses de glace au chikoo de chez Naturals, fut vite expédié, en silence. Ils adressèrent des compliments dûment et follement élogieux à Saku-bai. Lorsque Samar raccompagna Karan à la porte, ils marquèrent une pause au salon. Le regard de Karan se porta sur le canapé cabossé, le fauteuil en osier, les palmiers en pot, les bougies qui lançaient des ombres au plafond ; l'atmosphère était chaleureuse, familière, mais d'une familiarité empreinte de méfiance, et fragile.

« Te rappelles-tu qu'un jour je t'ai dit que ce qu'on aimait, on pouvait le sauver ? demanda Samar.

— Oui. N'était-ce pas une formule de ta grand-mère ?

Samar ouvrit la porte. « Oui. Mais... » Il se décomposa. « Je crois qu'elle avait tout faux.

— Non, Samar, ne crois pas ça.

— Tout ce à quoi j'ai cru... »

Karan attrapa de l'index le bord de la porte d'entrée. « Ne les laisse pas t'enlever ça aussi.

— Ça ne rimait à rien.

— Samar... »

Le vent remua le jasmin qui grimpait le long du mur à côté de la porte d'entrée ; il en arracha une mutinerie de minuscules feuilles sèches, dont certaines volèrent sur Karan et son hôte. Une voiture klaxonna dans la rue. Après une pause, Samar dit d'un air guilleret : « J'aimerais beaucoup aller m'asseoir au bord de la mer le soir. M'accompagnerais-tu ?

« Tout ce que tu voudras, mec ; tout ce que tu voudras. »

Ni Karan ni Samar ne se risqueraient jamais plus sur le front de mer de Worli ; la seule autre option était donc Marine Drive. Bientôt, ils en firent une habitude. Le samedi soir, Karan allait chercher Samar en taxi et ils demandaient à être déposés sur la promenade grouillant de monde. Sur un brasero noir, des vendeurs à la sauvette faisaient rôtir des épis de maïs blanchâtres ; chaque fois qu'ils éventaient le charbon, des braises s'en échappaient, miettes floconneuses au cœur rougeâtre. Au milieu du va-et-vient de ménagères cancanières, de sportifs, d'amants enlacés et de marchands de cacahuètes, les deux hommes s'asseyaient sur un banc public, spectateurs d'une tragi-comédie anodine et néanmoins profondément touchante, qui, tout en semblant exprimer le sens profond de leurs vies, ne réussissait pas à cerner les erreurs communes et inconnues qui les avaient mutilées. Le succès de cette pièce dépendait de l'art avec lequel elle décrivait l'existence comme une chose supportable, qui n'arrivait qu'aux autres, comme un bec-de-lièvre ou un billet gagnant de la loterie.

« *Sir*, tu veux ? » Un marchand de cacahuètes tendit à Samar un petit cône en papier journal empli de cacahuètes chaudes.

« Pourquoi ? » demanda Samar d'un air amusé.

Le marchand prit un air sérieux : « Pour faire passer le temps, *sir*. »

Mâchant une délicieuse cacahuète avant de tendre le cône à Karan, Samar fut tout à coup très reconnaissant à ce dernier de lui offrir sa compagnie ; et, du coup, il regretta d'avoir mis un terme à leur amitié des années plus tôt au champ de courses. À San Francisco, l'absence de Karan s'était fait ressentir dans des zones vitales, précieuses ; Samar en était venu à accepter qu'entretenir des rancœurs ne constituait pas seulement une perte de temps, mais empêchait aussi l'amour de s'épanouir de bien des manières illicites et imprévisibles.

« Merci, Karan, de m'avoir accompagné ici...

— Je m'amuse comme un fou ! » Karan était on ne peut plus sincère.

Leurs soirées sur Marine Drive ne marquèrent pas le retour à leur vieille amitié – les deux hommes étaient assez adultes pour comprendre qu'on ne pouvait ressusciter le passé. Mais la perte de ce qui naguère avait été profond et si particulier n'excluait pas qu'ils puissent repartir de zéro, encouragés par le simple fait qu'une vie sans amitié était possible mais manquait d'élégance.

Un soir, en rentrant à Worli, Karan aborda le sujet de la santé de Samar. De quels moyens disposaient-ils pour l'améliorer ?

« J'aurais dû suivre les précautions d'usage. Je n'ai jamais pris mes pilules à temps. J'ai été négligent.

— Eh bien, maintenant que tu es à Bombay, nous devrions aller consulter. »

Leur taxi était emporté par le flot de la circulation de Mahalaxmi. Ils venaient de dépasser la vitrine rutilante d'un concessionnaire de voitures étrangères, puis un temple où des centaines de pigeons froufroutaient dans une véritable cour des miracles.

« Tu veux que je consulte ? demanda Samar, sérieux.

— Oui, je...

— Voyons, je n'ai pas l'intention de sortir avec qui que ce soit ! » Samar se tapa sur la cuisse en lâchant un rire joyeux.

Le chauffeur de taxi se retourna et fusilla du regard le squelette rebelle qui ricanait sur la banquette arrière.

Déterminé à obtenir l'opinion d'un professionnel, Karan prit un rendez-vous avec une spécialiste à l'hôpital de Breach Candy.

« À quoi cela servira-t-il ? demanda Samar lorsqu'ils descendirent le couloir incolore de l'hôpital.

— À rien. » Karan recula pour laisser passer une infirmière à la démarche insolente et au visage sans plus d'expression qu'un œuf au plat. « Nous sommes simplement venus voir le paysage.

— Eh bien, c'est moche ici.

— Chhhhut ! »

Ils s'installèrent sur le canapé en rexine de la salle d'attente.

Après une consultation, brève et cordiale, le Dr Taraporevala, une femme menue et voûtée comme un jockey, donna son pronostic. S'évertuant à chasser de sa voix le désespoir qu'elle éprouvait, elle leur expliqua qu'en s'abstenant de prendre les médicaments qui auraient pu lui procurer un sursis, sans doute infini, Samar avait gâché ses chances de survie.

Karan sentit ses muscles de la nuque se raidir.

Samar arbora un sourire neutre ; le verdict du médecin, énoncé avec le langage châtié des vains propos, ne lui apprit rien, mais il reçut comme une gifle ce rappel brutal de sa mortalité.

« Je crains pour votre foie », déclara le Dr Taraporevala. Elle avait un visage parfait, très doux ; manifestement, elle devait avoir été jadis d'une grande beauté.

« Mon foie a peur pour moi aussi. »

Le Dr Taraporevala posa sur Samar un regard appuyé. « Mr Arora, dit-elle, vous êtes pianiste, n'est-ce pas ? Un jour, par hasard, j'ai assisté à l'un de vos récitals. Vous jouiez à Santa Barbara ; j'y terminais un cours à l'époque. J'étais allée à votre récital avec ma cousine. Je crois que vous aviez quatorze ans. » Elle ajouta qu'elle avait oublié le contenu du programme, mais elle se rappelait que sa virtuosité frisait l'impudence. Elle était revenue à sa musique des années plus tard – après la perte de sa petite fille de cinq ans, morte d'un cancer. Rien ne l'avait préparée à cette tragédie et elle s'était retirée dans un silence mortel d'où elle avait peu de chances d'émerger un jour. Elle avait perdu tout appétit. Son taux d'hémoglobine était tombé si bas qu'on avait dû la transfuser. Elle était devenue mélancolique et insomniaque. C'est alors qu'elle avait recherché la musique de Samar, sa brûlante dextérité. Ses ombres sensibles n'avaient pas apporté de solution à son chagrin, mais elles avaient été de discrètes et capables compagnes de sa solitude. Un réconfort inattendu. Le Dr Taraporevala se leva, alla à la fenêtre, où elle se tint pendant un moment. Sur quoi, elle revint s'asseoir et s'éclaircit la gorge. « Je suis désolée. J'aurais voulu pouvoir vous aider davantage. Je suis navrée, vraiment navrée. »

Samar n'entendit pas les paroles – sincères – du médecin ; il fixa du regard Karan, dans les yeux duquel vacillait une lueur. Il s'était passé quelque chose ; il se disait que l'art n'avait sans doute aucune justification, politique ou autre ; et s'il en avait une, c'était justement de ne pas en avoir. Mais fournir à une mère éplorée quelques instants de consolation, fussent-ils épars, fussent-ils imparfaits, justifiait qu'on mette la beauté au service de la vérité. L'art visuel (photographies, statues, tableaux) pouvait magnifier le chagrin, de manière à l'exorciser et à éclairer l'extase, que l'on pouvait ainsi ressentir pleinement.

« N'hésitez pas à m'appeler si vous avez d'autres questions. » Le médecin se leva pour leur serrer la main. « Mon numéro de portable figure sur ma carte. »

Tout ce que Samar ne pouvait exprimer afflua à la surface, réclamant d'être libéré.

« Merci, docteur, dit Karan, tentant de déloger la pierre qu'il avait dans la gorge.

— Si seulement j'avais pu faire quelque chose…

— Vous avez fait bien davantage que ce que j'espérais trouver en venant ici, docteur. » Samar serra la main du Dr Taraporevala. « Vous nous avez appris que la vie valait la peine d'être vécue. »

Le Dr Taraporevala fut manifestement intrigué.

D'un ton très chaleureux, Samar dit : « Merci du fond du cœur. »

Le médecin ôta ses lunettes. « Votre musique, Mr Arora… je l'ai vraiment beaucoup appréciée.

— Bizarrement, moi aussi, répondit Samar, avançant pour lui faire l'accolade, moi aussi. »

Sur le chemin du retour, Karan demanda au chauffeur de taxi de s'arrêter un instant devant l'entrée de Silver Oaks Estate.

« C'est ici que Rhea habitait autrefois.

— À l'extrémité de l'impasse ?

— Oui. Son mari et elle occupaient le dernier étage de leur immeuble. Sur la terrasse, ils avaient aménagé deux pièces : l'atelier de Rhea et la bibliothèque de son mari.

— Je ne l'ai croisée qu'une seule fois. Le jour du verdict. Elle m'a fait penser à un oiseau ; elle avait un regard mystérieux, les paupières lourdes comme si elle venait de se réveiller en sursaut après avoir rêvé de quelque chose de tendre et d'imperceptible. Si seulement j'avais pu la connaître, ajouta Samar, sachant fort bien qu'il était trop tard désormais. Merci de m'avoir emmené chez le Dr Taraporevala. »

Karan avait posé la main sur la poignée de la portière, comme s'il avait voulu l'ouvrir et se jeter dans la torpeur citadine. « Tu aurais dû prendre les médicaments dès que tu as été au courant, Samar ; tu n'aurais pas dû être aussi négligent.

— J'espère que tu pourras me pardonner. Je ne regrette qu'une chose : mourir m'ôtera le plaisir de savoir que tu me manques. Je sais que tu te demandes pourquoi je plaque toujours tout… la musique, notre amitié, les villes où je vis. Je n'ai plus la force de tout te raconter. Mais certaines choses ne me laisseront pas tranquille si je ne te les confie pas. Dès que j'ai eu l'impression de seulement *jouer* mon personnage sur scène, j'ai renoncé au piano ; j'avais l'impression de faire passer une audition à quelqu'un d'autre. *Le Pianiste*. Karan, je suis peut-être cinglé et prétentieux, mais je ne suis pas bidon. J'ignore comment t'expliquer ça sans paraître imprécis ou brouillon.

— As-tu renoncé aux médicaments parce que Leo t'avait abandonné ? » Karan bouillait intérieurement ; la main sur la poignée de la portière, il la poussa à peine.

« Je n'accuse personne sinon moi-même. Un matin, après avoir nourri les perroquets sauvages, je me suis assis sur un banc. Il faisait un froid de canard, le brouillard tombait des grands pins, j'étais anéanti. À cette époque-là, Leo était parti pour de bon. Il ne me manquait pas ; son comportement m'avait stupéfait, mais, en réalité, j'étais soulagé.

« Le vide laissé par son départ fut peu à peu remplacé après un certain délai par une prise de conscience terrible : la seule personne que j'avais vraiment aimée n'était pas Leo. C'était quelqu'un d'autre. Zaira avait deviné la présence de quelque chose de permanent, pas en moi mais en *nous*. Mon éducation m'avait porté à croire que l'honnêteté sexuelle primait sur tout le reste ; j'ai viré ma mère quand elle a essayé de me "guérir". J'étais si sûr de mon fait que je n'avais pas compris une réalité aussi viscérale que sereine : le cœur se moque du corps et de l'âge. La flèche vibre selon son rythme propre. Ce qui m'a détruit, m'a *anéanti*, c'est mon incapacité à déceler les prémices d'une histoire d'amour. »

Samar poussa un soupir et ajusta son col. « Je te l'ai dit lors de nos retrouvailles : je savais que je n'allais pas gagner le gros lot dans cette vie, mais, mon chou, on ne m'a même pas laissé la possibilité de participer à la loterie. À moins que… finalement, on a peut-être tout de même appelé mon numéro. Mais je ne l'ai pas entendu et maintenant je n'ai plus de pièces pour le parcmètre. » Sa voix avait la qualité d'une goutte d'eau parvenue au bord d'un glaçon, juste avant qu'elle ne tombe. « Je suppose que c'est ça que je voulais dire quand tu es revenu me voir : ma grand-mère avait tort. *Ce qu'on aime, on peut le sauver…* Moi, j'en ai été incapable, et ce qui est pire, c'est que ce n'est pas le seul domaine dans lequel j'ai échoué. Qui sait si je n'ai pas échoué dans tout ce à quoi je croyais ! » Il détourna le regard et se massa la nuque.

« J'ignore ce que je pourrais dire pour te rassurer quant à ta relation avec Zaira, murmura Karan. Un jour, elle m'a avoué qu'elle croyait qu'en amour elle avait un bon jeu, mais pas de jetons. Je lui ai répondu qu'elle se trompait et elle a ri.

« Le problème, avec une quasi-histoire d'amour, c'est qu'on ne sait pas quand elle commence, mais qu'on sait qu'elle ne se terminera jamais. Avant de mourir, ma mère m'a écrit une lettre : elle me disait que les gens s'aiment de façons si étranges qu'il faudrait plus d'une vie pour comprendre comment cela fonctionne. »

Samar regarda par la fenêtre. Une femme vendait des fraises à un feu rouge. La silhouette d'un corbeau perché sur un poteau télégraphique se découpait, sinistre, sur fond de ciel d'un bleu effronté. Samar songea que son idéal, désormais, c'était d'être chez lui, dans sa chambre, sous sa couette.

31

Un soir, après dîner, Samar et Karan se promenèrent dans le jardin. Personne ne s'occupait plus de la
piscine : feuilles et brindilles tourbillonnaient dans
les rets marbrés de l'eau saumâtre, dans laquelle un
rat s'était noyé. Son volumineux cadavre brun flottait à la surface, queue relâchée, dents minuscules,
menaçantes.

Les deux hommes allèrent jusqu'à la tombe de
Mr Ward-Davies ; on pouvait aisément la manquer
car elle n'était indiquée par aucun signe, aucune
dalle, et l'herbe l'avait recouverte. Mais tous deux
savaient exactement où se trouvait ce rectangle irrégulier, misérable.

« Quand je suis rentré à Bombay, j'ai voulu savoir
ce qui était arrivé aux autres témoins impliqués dans
le procès, dit Samar.

— Et alors ?

— Un mois après mon retour, par hasard, j'ai vu
Bunty Oberoi à la télé. Lors d'une rediffusion du
défilé de clôture de la Semaine de la mode à Delhi. »
Plus séduisant que jamais, visage d'une maigreur
émaciée et lustrée acquise au prix d'années de

fumette, Bunty Oberoi défilait après que sa carrière cinématographique ne l'eut emmené nulle part. Il arpentait le *catwalk* avec un air d'ennui étudié, observant, le regard absent, la même congrégation chic et peinturlurée qui se trouvait avec lui au Maya Bar un certain soir d'été, il y avait de cela des lunes.

« Je ne lui en veux pas vraiment de poursuivre comme si de rien n'était, dit Samar, assis en tailleur sur l'herbe, mains sur les genoux.

— Ah bon ? » Karan fut surpris par le détachement qu'il perçut dans la voix de son ami.

« D'accord, ça a toujours été une ordure, mais c'est un simple figurant dans une galaxie inimaginablement tordue.

— Et Malik ?

— Il n'a plus son entreprise d'événementiel.

— Que fait-il ?

— Il dirige un studio de production, Shree Durga Telefilms ; il produit des *sitcoms*. » Samar ne put s'empêcher de sourire.

La maison de production de Malik sortait à la chaîne des feuilletons haut du pavé qui connaissaient un immense succès : des sagas en saris, larmoyantes, peuplées de ménagères ornées comme des sapins de Noël, qui avaient plus de liaisons que leurs orifices pouvaient raisonnablement en héberger. On appelait Malik « le Maharaja de l'Audimat » depuis que plusieurs de ses feuilletons sur Zee et Star TV battaient des records d'audience. Il se sortait avec brio de cette vocation télévisuelle inattendue : il concevait la trame des feuilletons et son équipe de scénaristes les développait pour lui, à grand renfort de dialogues insipides, façon Bollywood.

Malik avait épousé une pilote de Chandigarh aux yeux de biche, qui lui avait donné une fille rondelette et courageuse. Pour un concours de déguisements dans son école, Malik avait voulu que sa fille se déguise en Blanche-Neige. La pauvre gamine, noire comme le mazout, s'était vaillamment saupoudré le visage de farine blanche avant de faire son numéro. Son deuxième prix avait récompensé sa redoutable ténacité, sa totale absence de timidité, sa concentration dévastatrice. Une fois son visage blanchi, elle n'avait plus vu aucune différence entre qui elle était et le personnage qu'elle était censée représenter ; à l'instar de son grand-père, elle pensait qu'on devenait ce qu'on croyait être. Dans la salle, les parents avaient snobé Malik, ne sachant si c'était un bandit ou une célébrité, la distinction entre les deux s'effaçant vite dans la psyché très tabloïd de l'Inde contemporaine.

« J'ai aussi vu le défilé de Tara Chopra dans la même émission. La présentatrice disait que la ligne Chopra était désormais distribuée dans tout le Moyen-Orient ; Tara a sacrément réussi ! »

Samar ignorait que Tara Chopra avait fait une fausse note en présentant, quelques années auparavant, sa « Ligne Z » fort décriée. *Une saison haute couture inspirée par notre bien-aimée première dame du Bollywood d'hier*, annonçait le catalogue. Difficile de trouver à redire aux vêtements eux-mêmes — robes en feuilles de cuivre, robes-tentes brodées dos nu, robes du soir en organza à empiècements matelassés ; quant à la reproduction de la robe argentée dos nu que Zaira portait le soir de son assassinat, elle était d'une fidélité sans faille et spectaculaire à souhait. Mais sans doute la musique était-elle inappropriée : un remix dernier cri et tourmenté de la chanson *Je suis morte dans tes bras ce soir* ; on aurait dit qu'un diablotin avait surgi de sa malle et s'était caché dans un coin pour ricaner. La rédactrice de mode Diya Sen, dont les pendentifs en cascades d'argent lançaient des faisceaux furibonds, avait fait sensation en sortant avec panache au beau milieu du défilé. Empruntant le pas à cette dénonciation du défilé de Tara Chopra, les applaudissements avaient été épars et frileux. Reconnaissant son erreur, Tara s'était immédiatement mise en mode contrôle des dommages, racontant d'une voix étouffée à la correspondante de l'*Indian Express* que sa collection avait été pour elle avant tout une façon de surmonter le meurtre de Zaira, qui, avait-elle ajouté, l'avait bouleversée, faisant vaciller à jamais sa foi en ce monde. « Après avoir beaucoup médité l'enseignement de mon *Guru-ji*, avait-elle déclaré avec des intonations feutrées, je suis enfin prête à aller de l'avant. » La presse goba son numéro de repentie du chiffon et elle décrocha ainsi des mètres linéaires de colonnes dans la presse mode. Tara Chopra avait donc réussi à faire ce que sa mère, Nalini, avait accompli de son côté, dans un registre de subtilité aux antipodes de celui de sa fille, tout à fait inattendu de la part de la Maharani des ratons laveurs aux yeux cernés de khôl.

En effet, celle-ci s'était creusé une niche médiatique dans la catégorie martyre de la nation.

Dans un nombre faramineux de débats télévisés, elle répétait qu'elle avait été le seul témoin au procès à avoir eu le courage de dire à la police qu'elle avait vu Malik Prasad au Maya Bar ce soir-là. Personne ne lui demanda pourquoi elle ne l'avait pas affirmé clairement à la barre – sans doute parce qu'elle réussissait à faire jaillir une petite larme bienvenue avant que l'accusation ne puisse se former dans la gorge du présentateur ou de la présentatrice. Écharpe nouée autour du crâne, on aurait cru qu'elle débarquait d'un lointain régime dictatorial criblé de champs de mines et de maris polygames tringleurs d'ânes – dans l'unique but de clamer la vérité. Parlant très bas, articulant de manière exagérée, prononçant parfaitement chaque voyelle, Nalini Chopra dévoilait sans cesse qu'elle se consacrait désormais à l'amélioration de la condition des femmes et à l'éducation des gamins des rues ; durant son temps libre, elle présidait aussi la première Commission indienne sur le réchauffement climatique. Après avoir passé deux ans à Pondichéry dans un relatif isolement, elle avait récemment refait surface avec un recueil de Mémoires initiatique, *La vérité vous libérera*, que son agent littéraire de la William Morris Agency à New York présentait aux meilleurs directeurs de collection des meilleures maisons d'édition dans le monde.

« C'est extraordinaire, s'exclama Karan, les médias ne l'ont jamais contredite ! Elle organise une soirée mondaine sans licence de vente d'alcool. Elle ne loue même pas les services d'un videur. Et voilà qu'elle nous fourgue ses Mémoires.

— Les médias avaient besoin d'un porte-parole. Ils avaient besoin d'un visage. D'une suffragette professionnelle. Ils avaient besoin de quelqu'un là-bas dans la nuit, au plus profond du sang de Zaira. Cela dit, j'aurais préféré qu'elle choisisse un meilleur titre pour son livre. Du type : *Comment ressembler à une drag queen en cinquante leçons.* »

Karan éclata de rire. « L'autre jour, j'ai lu dans un journal que le ministre Chander Prasad avait eu une crise cardiaque.

— La troisième, oui ! Et je parie qu'il peut en affronter trois autres sans dommages et encore tous nous enterrer. Il est aussi résistant qu'un bloc de latrines en béton. » Ils firent le tour de la piscine ; le rat continua de flotter au milieu d'une désolante couronne de feuilles mortes. La belle piscine n'était plus qu'un égout de luxe. « Rien ne l'atteint. »

Après avoir fait ses adieux à la politique, le père de Malik s'était retiré sur ses terres dans son Haryana natal, là même où il avait conquis sa virilité aux dépens d'une bufflesse. Le PPH l'avait relégué aux oubliettes. La politique a la mémoire courte et les politiciens n'ont aucune mémoire du tout ; d'ailleurs, en Inde, les corrompus ont tant d'héritiers qu'il est difficile de faire le compte des empereurs détrônés.

L'épouse du ministre Prasad l'avait quitté. Il ignorait totalement où elle se trouvait, mais, de temps à autre, elle lui manquait comme une dent arrachée. Le cœur formait de ces alliances, tout de même ! Le ministre avait souvent envie de rendre visite à son fils à Bombay, surtout pour voir sa petite-fille, mais Malik n'avait guère de temps à lui accorder et ne répondait pas à ses coups de fil. Si le ministre Prasad détestait être devenu un vieux papi sentimental, il réussissait néanmoins à se convaincre qu'il ne tenait tellement à voir sa petite-fille que parce que Malik lui en refusait le droit. Il avait plusieurs photos d'elle sur son bureau et lui envoyait de somptueux présents pour son anniversaire – colliers en or ou maison de poupée digne d'une petite princesse.

Quand, en privé, il méditait sur la façon dont il avait géré l'acquittement de son fils, il n'y trouvait rien à redire ; il avait agi par amour, et rares étaient ceux qui pouvaient s'en vanter. Jeune homme, il avait accepté une réalité brute : le monde ne lui avait pas été livré sur un plateau ; en fait, il ne lui avait pas été livré du tout. Ce qui ne l'avait pas empêché de faire dudit monde le meilleur petit bordel de Delhi. Tous ceux qui étaient passés chez lui, Bunty Oberoi, D.K. Mishra, le juge Kumar, en étaient sortis en chantant *Qui est ton maquereau, baby ?*

Tout ce dont il avait envie désormais, c'était passer du temps avec sa petite-fille.

« Il y a aussi eu du bon. » Samar et Karan s'adossèrent au tronc d'un amandier. « J'ai eu mon lot dans ce domaine, que j'ai appris à engranger comme des joyaux. »

Mrs Prasad (mère de Malik, épouse du ministre Prasad, désormais aux abonnées absentes) était venue rendre visite à Samar peu après avoir lu dans les journaux qu'il était malade.

« Elle m'a annoncé qu'elle avait quitté son époux. Elle avait eu sa dose. Il la tabassait. Il lui avait même provoqué une fausse couche. » Il lui avait cassé les dents, lui avait tapé la tête contre les murs. Il traitait sa belle-mère de putain et son beau-père de porc. Elle était persuadée que son départ n'affectait en rien son époux, mais elle s'en moquait car, de son côté, elle avait découvert un monde nouveau et avait l'impression de revivre. Elle avait pleuré en évoquant ce que son fils avait fait. La chair de sa chair ! Comment avait-il pu commettre un tel crime ?

« Elle est venue plusieurs fois. Elle m'apportait une gamelle de riz aux lentilles. Elle restait assise, en silence, au pied de mon lit. Elle m'a donné des talismans pour conjurer le mauvais œil. Elle a prié pour moi, cette vieille femme battue, cette mère, cette femme. Elle voilait sa face avec le pan de son sari pour ne pas me montrer, je crois, combien mon état l'horrifiait ; en me voyant, elle avait l'impression de voir toutes les victimes que son mari et son fils avaient laissées dans leur sillage afin qu'elle les ramasse à la petite cuiller. Elle pensait que Zaira et moi étions amants et me traitait comme elle aurait traité un veuf. J'ignore où elle était allée pêcher cette idée-là, mais je ne la détrompai pas, au point que je finis par le croire moi-même. Parfois, elle pleurait des larmes si pures qu'elle soulageait la douleur de mon cœur. Elle me massait les pieds. Elle disait qu'elle allait au temple et priait pour ma santé. » Stimulé par ces souvenirs, Samar se pencha en avant. « C'était une femme simple et vraie. Courageuse comme personne. Il existe toutes sortes de courage, Karan : ce que nous en savions autrefois ne représentait que la pointe de l'iceberg.

« Mrs Prasad est rentrée à Delhi à peine un mois avant que tu réapparaisses. Aujourd'hui, elle est vendeuse au Metropolitan Mall de Gurgaon. Elle me connaît, Karan, et, bien que cela ne compte sans doute pour rien, elle connaît aussi toute la vérité. »

32

Cette table vous convient-elle, *sir* ? » Le major-dome du Gatsby avait souvent vu Samar, mais jamais aussi squelettique. Il ajouta : « C'est un espace non-fumeur, comme vous l'avez demandé.

— C'est parfait ! » répondit l'ex-pianiste dandy en s'installant. Sur le mur au-dessus de la table : un tableau représentant des poires dans un saladier en bois ; sur la table, des lis dans de petits vases carrés en verre. « Tout est toujours parfait ici.

— Merci, *sir*. Nous sommes toujours ravis de vous servir.

— Oh, un seul suffira, dit Samar, refusant le menu que le majordome lui tendait.

— Dois-je comprendre que vous ne prendrez rien, *sir* ?

— Mon ami fera plus que compenser ; c'est un glouton refoulé. »

Karan jeta un coup d'œil circulaire au restaurant, quasiment vide si tôt le soir ; les gros culs - menu fretin de Bombay-Sud étaient encore devant leurs glaces. La décision de sortir dîner, pas du tout pré-méditée, Karan et Samar l'avaient prise après une promenade sur le front de mer ; miteux et incongrus dans ce cadre raffiné, ils avaient un air plutôt sinistre de rebuts de la société. Karan songea à la première fois où, à la demande d'Iqbal, il était venu au Gatsby photographier Samar, lequel s'était mis à faire des claquettes sur le comptoir devant un public qui comprenait un réalisateur en sarong orange et une rédactrice de mode vêtue en tout et pour tout d'une culotte blanche et d'un collier de perles. Cette soirée-là avait beau remonter à un passé lointain, ce qui était terrible, lorsqu'on avait une mémoire photographique, c'était le fardeau du souvenir scrupuleux.

« J'ai décidé de m'aimer un peu, annonça Samar en sirotant un verre d'eau. Principalement parce que personne d'autre ne le fera à ma place. Qui pourrait faire ça mieux que *moâ*, hein ?

— Et si tu te trompais ?

— Tu es tenté par quelque chose dans le menu ? » Samar avait mal aux mollets ; son thorax était engorgé. « Je vois qu'ils l'ont changé. »

Le regard de Karan survola la liste des plats, du risotto à la langouste en passant par la salade asperge-fenouil et le poulet grillé. Mais était-il décent de manger sous le nez de Samar qui pouvait tout juste avaler un bol de soupe ? Néanmoins, Samar insista tant, jusqu'à choisir pour lui, que les plats apparurent sur la table en moins de vingt minutes, exquisément présentés et appétissants.

« La nourriture est correcte ?

— Rien d'extraordinaire.

— Combien tu donnes à la salade ?

— B plus.

— Quel salaud ! Et le risotto ?

— On y survivra.

— La survie n'est pas au menu de cette soirée.

— Elle ne figure sur aucun menu.

— On dit que l'approche de la mort chavire, qu'elle fait progresser, qu'elle dévoile toute la profondeur de l'individu. Je crains, continua Samar avec une lueur dans le regard, qu'elle ne fait qu'accentuer ma superficialité. Non seulement des notions comme le pouvoir, la justice, le destin ou la mortalité me sont désormais totalement indifférentes, mais je me surprends aussi à rêver à la nourriture à laquelle je ne goûterai plus jamais. La liste s'allonge tous les jours et je ne compte pas sur une épiphanie qui me redonnerait le goût de pâtes à vous faire baver, alors voilà... je me demande, dit-il presque à part soi, si j'ai fait tout ce qui était en mon pouvoir... avec Zaira. Avant et après, si tu vois ce que je veux dire.

— Tu en as fait plus que tout autre.

— Crois-tu ?

— Tu as bataillé pendant le procès. Tu t'y es dédié corps et âme. Et, en fin de compte, tout le monde a compris que tu avais une volonté d'airain.

— Ils ont vraiment su que j'étais coulé dans l'airain ?

— Oui.

— Ça ne les a pas empêchés de me prendre mon bébé. »

Karan déglutit. « Tu as été son véritable ami...

— Je te dis qu'ils me l'ont pris, *lui*. *Lui*. »

Le majordome regarda Samar du coin de l'œil : pourquoi était-il si agité ?

« Elle n'aurait pu espérer plus.

— Ils l'ont traîné dans la rue. »

Karan picora la nourriture dans son assiette.

« Son œil gauche m'est resté dans la main !

— Samar... » Karan baissa la tête.

Un autre air sortit alors des baffles, dans lequel le DJ avait mis tout son désir vibrant, tendu, frustré ; il avait jeté toutes ses hormones dans la balance. Au milieu de ce flot de musique gonflée à la testostérone entra une femme en robe couleur étain fendue sur le côté, très osée, très décolletée, dévoilant ses omoplates telles les ailes déployées d'un oiseau ; lèvres rouges — rouge grenade. Penchant la tête de côté, elle considéra les clients avec dédain. C'est mieux comme ça, proclamait son expression hautaine, c'est mieux comme ça. Après avoir pris en compte son arrivée, suprêmement distante, à la fois diabolique et séraphique, le restaurant enveloppa la femme dans son tohu-bohu sophistiqué et poursuivit son cours.

Samar faisait un bateau avec sa serviette, pliant et repliant le coton empesé comme il aurait fait un origami. Bientôt, il posa le bateau sur la table, entre Karan et lui.

Karan le prit. « Regrettes-tu parfois que Leo ne soit plus ici... à ton côté ?

— Je n'ai jamais souhaité que quiconque reste près de moi une seconde de plus qu'il n'en a envie. Mais j'aurais voulu savoir alors ce que je n'ai découvert que récemment : il ne faut jamais aimer quelqu'un au point de mettre son propre bonheur en péril.

— Ce n'était pas un mauvais bougre, mais il avait sans doute peur de la mort.

— En fait, je crois qu'il avait peur de la vie.

— Je suis désolé qu'il t'ait rendu si malheureux à la fin.

— Suis-je malheureux ? » Samar tapota la table. « Il y a des jours... la plupart, en réalité... où la douleur semble faire le vide dans ma tête... C'est peut-être d'ailleurs la raison pour laquelle nous tombons malades : pour pouvoir détester la vie à laquelle nous aspirons tant. Plus j'avance, moins j'ai de certitudes. Je ne parle pas de la validité d'entités comme le destin ou l'amour. Je ne parle pas des grandes questions de l'existence. Je dis que je ne suis plus certain que le bus va être à l'heure, que les fleurs vont fleurir quand elles sont censées le faire ou que mon horoscope pour la journée va s'avérer… Sans doute faut-il accepter ça. » Un sourire illumina son visage. « Ce qui est étrange, dans ces petites disputes insignifiantes qu'on a avec soi-même, c'est qu'on ne sait jamais de quel côté on est.

— Moi, j'ai pris le parti de ne plus jamais prendre parti. »

Samar démantela le bateau, redonnant à la serviette ses plis d'origine. « Mais je suis redevable à Leo. Il m'a laissé l'aimer, ce qui n'est pas rien. Je suppose que ce que j'ai retiré de cette histoire, c'est la conscience que plus tout fout le camp, moins tout fout le camp… Un dessert ? »

Non, Karan avait l'estomac plein. Mais Samar insista et, l'espace d'un instant, Karan eut la sensation qu'il était de son devoir de manger pour deux. Le serveur, après avoir ramassé plats et assiettes, apporta la carte des desserts. Tout en l'étudiant, Karan déclara que, lors de leur première rencontre, il n'aurait jamais imaginé qu'ils finiraient par devenir de si bons amis. Samar rit et dit que tant de garçons hétéros l'avaient fourré dans la catégorie « homo » et rejeté comme un rebut qu'il était immunisé contre les rejets. Karan lui adressa un regard plein de regret et répondit que lui aussi avait été stupide au début.

Samar avala péniblement une gorgée d'eau. « Tu es trop dur avec toi-même ; si je ne pouvais pas me raccrocher à mes préjugés, je tomberais par-dessus bord. Tu ne serais jamais resté si j'avais été seul à te proposer de prendre un Bellini chez moi, je suis donc très reconnaissant à Zaira d'avoir insisté.

— Je suis resté ce soir-là parce que Zaira a insisté, mais je doute que je serais revenu dîner rien que pour elle. »

Samar leva les yeux du menu, le regard pétillant. « Tarte Tatin au romarin… Ça a l'air bon, non ?

— En effet. Je vais prendre ça. »

Au moment où Karan plantait sa cuiller dans sa tarte, le restaurant s'anima. Le regard de Samar passa sur les suspects habituels : l'actrice de théâtre avec son gros *bindi* rouge au front ; des Indiens expatriés, rougeauds, un gin-tonic à la main. Son regard alla se poser ensuite sur un petit groupe bruyant : de joyeux drilles installés à une table circulaire, sans doute défoncés, dégageant une énergie charmeuse, pulsant avec toute l'assurance obscène d'une érection. Ils semblaient appartenir à un autre royaume, imperméables à la malveillance ou au mépris, chastes dans leur innocence terrestre, abrutis par des privilèges qu'ils n'avaient pas eu besoin d'acquérir. Ils rappelèrent à Samar des gnous traversant un gué : ceux qui se débrouillent pour arriver sains et saufs sur l'autre rive, face à la plaine resplendissante sous les pluies de la mousson. Certes, il y aurait d'autres rivières à traverser, d'autres plaines à parcourir, mais, pour l'heure du moins, ils étaient passés. De l'autre côté.

Samar se tourna vers Karan. « As-tu vu Mrs Dalal depuis ton retour ?

— Elle vit désormais à Singapour. Avec mari et enfant.

455

— Elle a donc bien eu un enfant. » Samar savait qu'il abordait un sujet délicat ; au cours des derniers mois, Karan n'avait parlé d'elle qu'avec parcimonie, à contrecœur. Par comparaison, son affection pour Claire avait été manifeste et ardente.

« Ouais, je suppose. C'est ce qu'elle a toujours voulu.

— T'a-t-elle fait signe quand tu étais à Londres ?

— D'après toi ? »

Samar nota qu'une fois de plus, à la mention de Rhea, Karan s'était refermé comme une huître. « Je doute que tu aurais résisté aussi longtemps à Londres sans la présence de Claire. »

Karan garda le silence pendant un moment. Il avait pris beaucoup de temps, songea-t-il, à accepter ses sentiments pour Claire, prenant son indifférence de principe face à l'amour pour une incapacité spécifique à l'aimer. « Quelle créature ! Elle avait du *vroom*… six cylindres, tous chargés à bloc. Son cosmos, la scène artistique londonienne, m'a fait évoluer ; j'ai appris ce que ma vie aurait pu être si j'avais continué dans la photographie, et j'ai compris que je ne ratais pas grand-chose. » Les traits de Karan se tendirent. Tout ouïe, comme s'il avait perçu un bruit au loin, il se pencha en avant. « Cela m'a aussi fait comprendre l'art ici. En Inde. Nous n'allons pas le chercher dans les musées ; nous ne l'appelons pas toujours par son nom. » L'art, en Inde, c'étaient : des motifs de henné sur la paume de la main d'une jeune mariée ; un raga libéré au matin ; les dessins en dentelle de *rangoli* saupoudré sur le seuil d'une maison. « Un soir, nous assistions à une soirée dans le quartier de Belgravia, lorsque j'ai compris que la photo ne m'intéressait pas en soi, mais que j'aimais *regarder* les choses longuement. »

Ce regard insistant, Karan l'avait découvert pour son plus grand plaisir, l'apaisait. « Je ne désirais rien de plus.

— Il semblerait que Claire t'ait beaucoup apporté. Je me demande donc pourquoi tu as renoncé à une si bonne conquête. »

Karan croisa les mains et se cala contre le dossier de sa chaise. Il regarda, sur sa droite, de jeunes mariés, une bouteille de vin entre eux. Leurs visages, inexpérimentés et souriants, étaient aplatis par le plaisir : deux filets amoureux en goguette. L'esprit de Karan retourna à la créature qu'il avait laissée en Angleterre.

Ils s'étaient séparés dans un restaurant grec de Hoxton.

Ils avaient dîné avec un ami de Claire, Aly Khan, directeur d'un institut d'art sur Brick Lane, et son assistante, Sara. Aly avait parlé avec feu d'une plasticienne qu'il allait exposer, Shazia Alam. À ses yeux, elle sortait « tout droit des fourneaux infernaux de Damien Hirst à Southall ». Claire lui demanda de décrire plus longuement son exposition, ce qu'Aly, manifestement, mourait d'envie de faire. Se frottant les mains, il se lança : dans l'installation de Shazia, des femmes d'ethnies différentes, debout dans des caisses en bois, seraient totalement cachées à la vue du public, à l'exception d'un trou qui permettrait de voir leurs sexes. Les visiteurs seraient invités à passer le nez dans le trou et à deviner, rien qu'à l'odeur, la nationalité de chaque modèle : Pakistanaise, Nord-Américaine, Ukrainienne, et ainsi de suite. Bref, une « exploration du Royaume-Uni multiculturel à travers le con ». Karan s'était maintenu à l'écart de la conversation. Il ne supportait plus le mot « multiculturel », que journaux et magazines employaient avec une révérence ravageuse. Les gens « de couleur », en dehors de tenir l'épicerie du coin, couvaient leur colère, étaient borderline, parlaient à leurs miroirs, mangeaient en silence, trompaient leurs maîtresses, dansaient comme des dieux et chantaient bizarrement sur la sixième octave : ces informations avaient été diffusées avec une vélocité phénoménale, surprenant les esprits britanniques blanchis au fil d'innombrables générations par le mauvais temps, le thé tiède et des mers glacées de toutes parts. La conversation avait bientôt dégénéré, les convives se lançant dans la recherche d'un titre pour l'exposition ; alors que Claire et Sara faisaient leurs suggestions, Karan sentit son esprit se fermer à la scène présente, partir à la dérive. S'extrayant de lui-même, son être physique contempla la table à laquelle il était assis, jouant à l'humble instituteur de couleur, inepte dans les mondanités, bouillant intérieurement, séduit par l'éblouissante conservatrice blanche. Il s'aperçut que tous les rôles de sa vie lui étaient attribués avec des particularités modestes et des banalités fort prosaïques : ce qui s'affichait comme farouchement authentique à un moment donné se révélait faux le suivant, sujet au contrôle d'autrui, voire à être revu par lui – tout cela parce que le temps, soulevant sa jupe, avait poursuivi sa course folle.

Karan sortit de sa rêverie lorsque Aly et Sara applaudirent au titre proposé par Claire : *Con-cept*. Alors Karan demanda qu'on l'excuse car il avait besoin d'aller aux toilettes. De retour à la table, il ne se rassit pas et, prétendant qu'il se sentait mal, dit qu'il préférait rentrer chez lui. Claire se leva, ils se toisèrent tels deux léopards dans la jungle, ne sachant s'ils devaient se sauter à la gorge ou passer royalement leur chemin, sans s'adresser un autre regard.

Lorsque Karan téléphona à Claire, la semaine suivante, ils bavardèrent comme de vieux amis, chacun reconnaissant que leur relation avait changé inexplicablement, irrévocablement. Ils décidèrent de se rencontrer à Hampstead Heath, où Karan annonça à Claire qu'il allait rentrer à Bombay : il ne pouvait être photographe à Londres.

Claire lui rappela qu'il n'était pas photographe à Londres, puisqu'il avait choisi d'y être instituteur.

Il sourit et dit qu'elle ne l'avait sans doute pas compris.

Un chêne géant, dévasté par la foudre, leur barrait le chemin. Un merle était perché sur sa dernière branche vivante. Après un instant, Claire se tourna vers Karan et lui dit qu'il ne partait que parce qu'il déclarait forfait face à la nourriture anglaise. Il sourit encore et lui dit qu'elle avait raison : elle l'avait démasqué. L'authenticité, fit-elle remarquer, pouvait être effroyablement prétentieuse, et il ne put qu'acquiescer. Alors il se mit à pleuvoir et ils se réfugièrent sous un arbre, loin l'un de l'autre, frissonnant légèrement.

« Reviendras-tu ?

— Je l'ignore, Claire, mais toi, tu devrais venir me voir en Inde. »

Elle ne réagit pas à son offre : elle sentit son cœur se briser.

L'averse fut de courte durée. Instinctivement, elle lui essuya les cheveux avec son mouchoir. « Merci », dit-il, touché.

À la fin, lorsqu'ils allèrent chacun de son côté, elle exprima des regrets : « Ce qui est terrible dans les histoires d'amour anglaises, c'est qu'on ne sait jamais quel tour le temps va vous jouer. »

« Elle t'a fait du bien, non ? demanda Samar.

— D'une certaine façon, je ne m'en rends compte que maintenant.

— Je suppose que, tout comme nous ne comprenons jamais pourquoi nous tombons amoureux de quelqu'un, nous ne savons jamais pourquoi nous le quittons. » En esprit, Samar remonta à la soirée où il avait revu Leo pour la dernière fois, sur les marches de Grace's Garden. Samar voulait savoir pourquoi Karan avait quitté Claire parce qu'il essayait de comprendre ce qui avait foiré dans sa propre vie. Pourtant, une partie de son itinéraire avait consisté à apprendre à accepter que les départs aussi inattendus que définitifs étaient toujours explicables, mais que les raisons invoquées n'étaient jamais d'un grand secours sur un plan purement pratique.

« Les divergences artistiques. Sont-elles des raisons suffisantes pour se séparer ?

— Si on veut qu'elles le soient, dit Samar doucement. Vas-tu reprendre la photo maintenant ?

— Je ne sais pas.

— Si tu as dit à Claire que tu ne pouvais pas travailler sur tes photos à Londres, c'est que tu as réfléchi à la question. Maintenant que tu es revenu, tu vas certainement retenter ta chance, non ? »

Lentement, péniblement, Karan expliqua que, depuis son retour, et notamment depuis qu'il avait quitté l'école de Juhu, il avait essayé de reprendre son Leica. Mais il était toujours la proie d'une espèce d'inertie indéfinissable, effroyable. Cependant il ne souhaitait pas rendre qui ou quoi que ce soit responsable d'un échec qui n'était dû qu'à son absence de volonté ; ça n'avait rien à voir avec la mort de Zaira, avec Rhea, avec le procès ou même avec les années qu'il avait passées à Londres. À ce moment de son exposé, le regard de Samar se brouilla d'ennui. « Est-ce que je dois commander du fromage ?

— Pourquoi ?

— Parce que tu es en train de faire… tout un *fromage* ! »

Karan rougit. « Je ne sais pas vraiment ce que je veux dire, mais, en gros… il arrive qu'une photo ne soit pas seulement une photo.

— Je ne voulais pas paraître désinvolte, pardonne-moi. » Samar se redressa sur son siège. « Mais, un jour, tu découvriras que seule la fin du monde est la fin du monde. »

Karan posa sa fourchette et fixa du regard son compagnon, mémorisant son visage, les pattes-d'oie au coin des yeux, délicates, sages, comme le tracé d'un affluent sur une carte : c'était la plus belle carte qu'il eût jamais contemplée.

Le serveur apporta l'addition.

Ils se levèrent après avoir laissé un généreux pourboire. C'était désormais le coup de feu au Gatsby. Ils durent se faufiler à travers les clients du bar pour rejoindre la sortie, où Samar marqua une pause, afin de jeter un dernier regard à l'intérieur du restaurant. La femme charismatique à la robe décolletée couleur étain était flanquée de deux hommes aussi athlétiques que débonnaires. L'un d'eux était manifestement ivre : il menaçait de verser du champagne sur la coiffure artistement hirsute de la femme et elle l'implorait de n'en rien faire, avec une expression mi-scandalisée, mi-tentatrice, gesticulant dans ses efforts pour éluder les débordements désinvoltes de son partenaire.

Samar se retourna. Il n'avait pas envie de la voir dégoulinante de champagne. « Ils ont gardé ces foutues suspensions ! s'exclama-t-il. Un jour quelqu'un va se cogner dedans et s'estropier. »

Il n'en fallut pas plus pour que le spectacle de Samar faisant des claquettes sur le comptoir revienne à l'esprit de Karan.

« Tu portais un tee-shirt blanc *grunge* ce soir-là, Karan.

— Ah bon ?

— Et un blue-jean. Je ne sais pas si tu le savais… mais je te regardais déjà depuis un bon moment quand tu m'as vu. »

Samar s'arrêta sur la dernière marche ; il déclara n'avoir jamais remarqué que le merveilleux parfum à l'intérieur venait des lis.

Karan leva les yeux vers la lune : un simple croissant. Difficile de dire si c'était la lune montante ou descendante. Mais, oh, quelle jolie petite lune c'était !

33

2001

La semaine où Rhea eut cinquante ans, le Tout-Bombay ne parlait plus que d'une certaine exposition de photos. Au sujet de la série de photos de la ville en noir et blanc, le *Times of India* déclara qu'elle était « techniquement sans faille, émotionnellement irrésistible, acérée et tendre, sous-tendue par une vision affûtée au fil des ans ». Plusieurs clichés accompagnaient la critique ; Rhea songea qu'ils étaient comme une belle tristesse jetée à la tête de grands ciels bleus. Un chat noir marchait avec élégance sur un cageot de mangues ouvert, où la belle disposition des fruits avait été dérangée : danseur félin, amateur des mangues *alfonso* de Crawford Market. Un cadavre – un accident de train de banlieue – sur un quai de la gare d'Andheri, drap blanc remonté jusqu'au cou, était reniflé avec grand intérêt par un chien noir au regard de prédateur. Rhea sourit lorsqu'elle vit le portrait d'un potier âgé de Kumbharwada, peau plissée par le soleil, yeux jaunis : l'homme, qui aurait pu passer pour un spectre, avait les traits durs mais fins, parfaitement en phase avec sa mortalité. Rhea tenta de se rappeler si elle l'avait vu lors de ses virées à Kumbharwada, et elle se demanda aussi ce qui avait poussé Karan à se rendre dans son vieux quartier.

L'exposition, à la Galerie nationale d'art moderne, était d'autant plus admirée et sur toutes les lèvres que les médias s'intéressaient beaucoup à la personnalité du photographe. Les rumeurs couvaient comme des charbons en feu. Quelqu'un rapportait que le photographe était un jeune génie alcoolique à la dérive. Le *Bombay Times* citait « une source » selon laquelle Karan Seth était l'ancien amant d'un pianiste jadis célèbre. Preeti Modi, mondain et collectionneur de renom, affirmait que Karan avait touché le jackpot grâce au soutien d'une puissante conservatrice londonienne. L'information la plus scandaleuse révélait que le photographe avait été réceptionniste dans un centre d'appels. Le *Mumbai Mirror* avait interviewé les ex-collègues de Karan, qui le disaient « plutôt timide, ce type-là » – ils avaient d'ailleurs le mot de la fin : « Il était du genre à pas savoir envoyer un texto ! »

Par deux fois, Rhea se rendit au musée et ne gravit l'escalier monumental que pour tourner les talons au dernier moment, repoussée d'un coup de poing par une présence invisible. Il s'était passé plus de dix ans depuis sa passade avec Karan et elle voulait tellement le revoir que la rencontre en devenait impossible. Quand elle eut enfin le courage de visiter l'exposition, celle-ci venait tout juste de fermer ses portes : elle déménageait à Tokyo. Rhea resta donc à l'extérieur de la salle, à regarder par les vitres, de son regard affamé et avec son cœur noir, les grands cadres enveloppés dans des feuilles de papier paraffiné, attachés avec du rotin, sécurisés par du ruban adhésif. Il restait une seule photo visible contre un mur ; Rhea ne put la contempler que quelques minutes avant qu'elle aussi ne soit emballée.

Elle représentait un attrapeur de rats émergeant des égouts de Bombay, un bataillon de *bandicoots* ensanglantés pendus sans vie sur son épaule maculée de sang. Les bras maigres du personnage étaient égratignés, sans doute par des *bandicoots* qui avaient voulu le mordre en lui résistant ou parce qu'ils avaient pris peur ; debout dans l'aube couleur de prune, l'homme contemplait un camion de laitier. Son expression n'exprimait pas tant l'épuisement que l'acceptation, l'acceptation du fait que la vie, parfois, se résumait à tuer des rats pour cinq roupies la pièce, et qu'il n'y avait rien à en dire. Rhea se réjouit de voir que, enfin, Karan y était arrivé… Ce qu'elle avait tenté de lui faire comprendre quand ils s'étaient rencontrés avait crû en lui de manière organique ; il n'était tombé à la renverse, il n'était tombé de côté que pour finalement repartir et foncer droit devant.

Quelques mois plus tard, elle découvrit un album de photos de Karan à la librairie Crossword de Kemps Corner. Il était intitulé *Le Singe en laiton*. Une préface succincte expliquait le titre du recueil plus qu'elle ne précisait le contexte des photos qui ornaient ses pages.

Des années plus tôt, écrivait Karan, il était allé à Chor Bazaar, où une amie avait trouvé un ancien talisman en laiton, en forme de singe. Le talisman était censé protéger ce qu'on aimait. Mais ils s'étaient laissé emporter par leur conversation et l'amie avait oublié le talisman dans la boutique. Quand elle avait exprimé son regret d'avoir perdu le singe en laiton, il lui avait promis de lui en procurer un autre. Or il était parti vivre en Angleterre pendant plusieurs années. À son retour, il s'était souvent rendu à Chor Bazaar et avait recherché un talisman représentant un singe chez tous les marchands – en vain. *Hélas, je n'ai jamais retrouvé le singe en laiton de mon amie. J'ai pris les photographies de cet album en cherchant ce talisman,* écrivait Karan en conclusion. *Je le cherche encore. Mais voici ce que j'ai trouvé en chemin.*

Posant l'album sur ses genoux, Rhea étala ses pages, caressa chaque photo, lentement, doucement, comme si elle avait touché Karan, son visage… nuque, poignet… Dans la splendeur pointilliste des images : un homme démantelé. La flaque de sang. Un soupir, un regret. Pour saisissantes qu'elles fussent, Rhea savait ce qui manquait à ces photos : Karan avait peint autour d'un vide, il n'avait pas peint le vide. Retournant aux premières pages, elle découvrit la dédicace : *Pour Samar Arora.* Elle ne put s'empêcher de songer aux rumeurs qui les prétendaient amants, qu'elle avait trouvées impossibles à croire. Tout en réglant son exemplaire à la caisse, elle se rappela le monticule net et paisible de la tombe de son nouveau-né, elle entendit la musique dans laquelle Adi avait tenté de se perdre, labyrinthe dont la cellule centrale, secrète, l'eût-il découverte, aurait pu le sauver. Elle sortit de la librairie pour se jeter dans les grands bras musclés de la mégapole : les rayons de soleil qui tombaient du ciel gris perle comme autant de dards étincelants lui donnèrent le vertige.

Dans son cœur, elle entendit les pas de Karan, et ces pas se rapprochaient d'elle, et elle sut alors qu'elle devait l'attendre.

En remontant la rue vers le temple de Sai Baba, dans Forjett Street, elle médita sur sa sottise : elle avait été incapable d'anticiper l'ampleur de la vie, ses détours, ses impasses. Obliquant, elle gravit la ruelle en pente, étroite, sale ; mais elle dut s'arrêter brusquement et poser la tête contre un mur au plâtre moulé, recouvert d'épaisseurs lépreuses d'affiches de films criardes. Une vieille avec de gros trous aux lobes des oreilles s'arrêta pour lui demander si elle se sentait bien. Rhea fut incapable de lui répondre. Elle continua de pleurer, complètement désarmée, comme si quelque chose pleurait par son intermédiaire. Si seulement elle avait pu se calmer, elle aurait dit à la vieille interloquée que, si elle était encore là, à parcourir les rayons des librairies, à se rendre au temple, à marchander le prix des fruits et à assister à des concerts, c'était parce qu'elle voulait rencontrer encore une fois Karan Seth, lui dire combien elle était désolée ; follement, énormément, indiscutablement navrée de ce qu'elle avait fait. Si elle avait pu repousser la conscience de l'abomination de ses pertes, si elle n'avait pas encore été avalée, mastiquée, recrachée sur le même trottoir que Mr Ward-Davies avec ses côtes cassées et son œil exorbité, c'est qu'elle attendait Karan Seth, camarade soldat face à la même nuit colère et odieuse.

De retour chez elle, après avoir pris une douche, Rhea mit une robe noire décolletée d'une étoffe très fine et se prélassa au lit. Ses ongles, sur lesquels elle avait appliqué quelques jours plus tôt un vernis sang de bœuf, avaient un air macabre. Allongée, cédant au charme de la musique, elle songea aux roses qu'Adi lui offrait le jour de son anniversaire ; aux concerts auxquels ils se rendaient ; à son visage qui s'illuminait tout à coup lorsqu'il mordait dans une tranche de gâteau qu'elle avait préparé pour lui après un séjour de deux semaines à Singapour. Talisman ou pas, ç'avait été le bon temps. *L'amour*, songea-t-elle, *porte chance*. Puis son regard tomba sur la photo que Karan lui avait donnée la première fois qu'il était venu chez elle. Montée, encadrée, elle était désormais installée au-dessus de son lit. Les flamants en vol, ignorant le ciel et le soleil, les avaient éblouis ; dans leur mouvement, un sens ineffable, puissant, d'infinitude. Au dos de la photo, l'écriture paresseuse de Karan : *Les derniers flamants de Bombay*, des mots qui avaient marqué le début de la fin de leurs vies respectives, telles qu'ils les avaient connues jusque-là.

34

2005

Par un beau matin de juillet, sur Marine Drive, Karan se dirigeait vers un banc bien précis lorsqu'une silhouette, approchant, fit sursauter son cœur.

« Te voilà !

— Rhea ?

— Quelle belle matinée…

— Que fais-tu ici ?

— Je pourrais te poser la même question.

— Je cherche un banc.

— Celui que tu as fait installer en souvenir de Samar ?

— Comment es-tu au courant ?

— Je suis tombée dessus il y a quelques mois. » Rhea avait remarqué la plaque en métal qui, au dos, portait le nom de Samar, et elle s'était remémoré l'article nécrologique rédigé par Diya Sen. Comme une veine tailladée de frais. « J'ai toujours aimé la façon dont tu te souvenais des gens.

— J'ai toujours envié la façon dont tu les oubliais.

— Il s'est écoulé plus de dix ans depuis notre dernière rencontre ; je ne m'attends pas à une réception en fanfare, mais dois-je accepter une insulte ?

— Tu n'as jamais consulté personne avant de prendre tes décisions… Pourquoi le faire maintenant ?

— J'ai décidé de donner une chance à la civilité. »

Karan crut entendre une note de regret nocturne dans le rire familier, enchanté. « Ah… la civilité ne cadre pas du tout avec ta personnalité.

— Les risques de l'âge, j'imagine. Ne veux-tu pas t'asseoir un instant ? Nous pourrions échanger quelques mots. »

S'approchant d'elle, il nota un reflet aluminium dans ses cheveux noir de jais. « Échanger quelques mots ?

— Oui. En fait, je voulais te demander pourquoi tu avais choisi d'installer un banc pour Samar. Ici tout particulièrement…

— C'était l'endroit… c'était l'endroit où il se sentait heureux. » Karan regarda la mer, surpris par la franchise de son explication.

« Tu venais ici avec lui ? » Le visage de Karan, son angularité juvénile, songea Rhea, avait été passé au papier de verre par les ans : galet désormais, lisse, intemporel.

« Très, très souvent. »

Karan n'avait qu'à fermer les yeux pour se trouver transporté au temps où Samar et lui venaient, le soir, sur le front de mer, à Marine Drive.

Un jeudi, à la suite d'une longue promenade, ils s'étaient assis sur un banc, pour contempler le ciel serein, veiné d'un orange de braise ; la mer était d'un calme inexplicable. Les joggers passaient pantelants devant des vieillards voûtés, installés sur des bancs en ciment. Une femme borgne vendait des ballons. Un troupeau de ménagères, chair débordant de la ceinture de leur jupon de sari, paradait, la démarche dangereusement assurée. Les voitures fusaient sur la promenade en hideux rubans de métal. Avec un taux de lymphocytes T4 inférieur à cent, Samar était si maigre qu'un coup de vent l'aurait emporté. Assis à côté de Karan, d'une voix douce encore mais cassée, il avait déclaré : « Je peux tout supporter. Tout. Sauf la solitude. Je suis incapable de la chasser à coups de pierres, de prières ou de cris. Je ne me rappelle plus quand elle a gagné la partie. » Il avait marqué une pause, s'était massé les mollets ; bouche ouverte, comme si la douleur enfumait les mots pour les expulser. « Parce que je connais Bombay, les cloches de Babulnath, les aurores tigresques et les ravages de la mousson, parce que j'ai marchandé dans les souks, parce que je suis sorti de soirées les jambes flageolantes et ai marché le long de la mer d'Oman au crépuscule, je m'interroge : est-ce trop demander que d'être inscrit dans les mémoires ne fût-ce que d'une manière infime ? Non... pas une pierre tombale ; ce serait trop. Quelque chose de plus discret. De simple. Un tas de pierres. À l'écart. »

Quelques jours plus tard, Samar était mort pendant son sommeil, sa couette en patchwork rouge enroulée autour du cou.

Karan vivait alors chez son ami. À sept heures du matin, il monta dans la chambre de Samar. Avant d'entrer, il ressentit une décharge électrique le parcourir des mollets jusqu'au sommet du crâne ; il sut alors que jamais plus il n'entendrait la voix de Samar. Lorsqu'il entra dans la chambre, il se sentit prisonnier d'un silence sépulcral ; il régnait là une odeur bizarre, froide, menaçante. Il alla jusqu'au lit et resta debout à côté. Samar avait les yeux fermés ;

il était si maigre que la couette paraissait avoir plus de corps que lui. Karan la retira et demeura assis près du cadavre, observant son désert tragique. Un désir incxplicable le força à toucher toutes les parties du corps inerte de son ami. Doucement, lentement, ses doigts caressèrent les paupières de Samar avant de descendre jusqu'aux doigts de pied, en passant par la clavicule, les côtes, la hanche, les genoux, l'os prononcé des chevilles. *C'est Samar*, songea-t-il. *C'est ici que tout commence. Ici que tout finit.* Ensuite, il palpa ses propres membres. *Ça, c'est moi.* Cartographie du souvenir. Il regarda par la fenêtre et vit un rectangle scintillant de mer, les branches poussiéreuses d'un amandier. Au bout de plusieurs minutes, il se leva pour descendre au rez-de-chaussée et prévenir Saku-bai, mais, parvenu au palier, il tomba à genoux et se plia en deux. *Ça, ce n'est pas moi.* En entendant ce bruit inhabituel, caverneux, porteur de douleur, Saku-bai se précipita dans l'escalier, en haut duquel elle trouva Karan, effondré en un tas suffocant, anéanti, inconsolable.

« Allons jusqu'au banc.

— Ce n'est pas important, vraiment. D'ailleurs il est loin d'ici.

— Je peux te laisser si tu préfères être seul.

— Non », dit Karan. Et il répéta : « Non. » Il était déçu de n'éprouver aucune rancœur envers Rhea ; leur affinité n'avait fait que mûrir avec le temps, sa force dévastatrice était restée la même. « Non, tu as raison, allons le voir. Tu m'as montré tant d'endroits dans Bombay, à mon tour maintenant de te retourner la faveur. »

Marchant à côté de lui sur la promenade, Rhea fut immuablement consolée par la présence de Karan, cette apparition suscitée par la force démente de son infini désir. Le soleil qui filtrait à travers les nuages épais, chargés de pollution, les enveloppait dans une lumière lisse, beurrée. Les bourrasques dissimulaient la colère du ciel violacé : la mousson, qui avait déroulé sa saison dans une fougue rugueuse, irrégulière, était près d'éclater sur la terre avec une violence catastrophique.

« Je le vois ! » Karan plissa les yeux.

Le banc, à l'extrémité de la promenade, était assailli par la lumière, gonflé par la pluie, égratigné, éclaboussé de traces d'anciens crachats ; il était *parfait*. « Le voici. » Lorsque Karan tendit le bras, fierté et tristesse se confondirent en lui.

« Quel bel endroit pour se reposer ! Samar a dû beaucoup souffrir.

— C'est son foie qui a lâché. Sa dernière attaque de tuberculose a été terrible ; je lui mettais une serviette contre la bouche et, quand je la retirais, elle était toute rouge. »

Rhea hocha la tête. « Ne prenait-il pas des médicaments permettant d'endiguer l'infection ?

— Après avoir découvert sa maladie, il a négligé les précautions nécessaires. Quand Leo l'a quitté, il n'a pas pu rester seul à San Francisco. Il est revenu à Bombay, chez lui, où il a retrouvé les photos de Zaira, la laisse de Mr Ward-Davies... » Karan poussa un soupir. « Il se plaignait d'avoir perdu tous ses repères, et ses convictions, qui, à son retour à Bombay, ne valaient plus une roupie. Mais je voulais qu'il vive assez longtemps pour qu'il voie une chose... » Karan, tête renversée, regarda Rhea. « Même s'il n'a pas pu sauver ceux qu'il a aimés... les aimer l'a sauvé, lui. »

Rhea posa une main sur le banc. « Qu'est-ce qu'une bonne mort ? »

Karan hocha la tête. « Il rêvait de flamants. Il parlait d'eux tout le temps, alors qu'il ne les avait jamais vus. Je lui avais promis de l'emmener à Sewri, mais ça ne s'est jamais réalisé. Nous n'avions eu le temps de rien faire que, déjà, il était parti.

— Alors nous devrions retourner les voir. » Le murmure de Rhea avait été aussi discret qu'un tout petit poisson qui met la tête hors de l'eau pour avaler un peu d'oxygène. « En souvenir de Samar.

— Il ne se passe pas un jour sans que je pense à lui. » Karan porta lentement les mains à la bouche.

« Tu es resté avec lui jusqu'à la toute fin ? »

Karan retira les mains de sa bouche. « Je le transportais dans la maison. Je lui montrais son piano, le toit, la terrasse. Je lui montrais la mer. Il adorait la mer, Rhea, vraiment, il l'adorait. Il était si... » Le chagrin malmenait tant la voix de Karan que les yeux de Rhea s'emplirent de larmes. « Je nettoyais sa merde. Il a vomi sur moi. Je chantais pour lui et le tenais dans mes bras. Nous allions nous promener sur Marine Drive, nous sortions dîner au Gatsby.

— Tu lavais ses draps ?

— Je lavais ses draps.

— Tu le tenais dans tes bras ?

— Aussi fort qu'il le souhaitait.

— Tu le berçais ?

— Je le berçais. » La voix de Karan se brisa en éclats tellement innombrables, tellement infimes qu'il sembla impossible qu'elle puisse jamais se reconstruire. « C'était mon ami. » Agrippant ses épaules, Karan se mit à se balancer d'avant en arrière. « C'était mon ami. C'était... mon ami. »

35

Durant plusieurs jours, après avoir rencontré Karan sur Marine Drive, Rhea dériva dans la mare sombre et stagnante du regard réminiscent du photographe, imaginant ce qu'il avait vu : de sveltes chatons noirs dans un palanquin poussiéreux, une sirène abandonnée, les visages parcheminés de vieilles femmes, des places à minuit dans une ville antique, les ailes transparentes d'insectes nocturnes bruissant vite, pris d'une fièvre surnaturelle. Bientôt, ses visions s'enhardirent, se firent plus macabres ; percevant un immense battement d'ailes lancé contre les ténèbres, elle parvint à s'en extraire pour aller rencontrer les spectres qu'il avait appelés par leur nom. Elle vit un corbeau sur un poteau ; elle vit une flèche d'église ; elle vit une rue froide et détrempée ; elle vit le vert sombre, resplendissant, d'un pré éclairé par le clair de lune. Dans son lit, se remémorant le réconfort de sa promenade sur le front de mer en compagnie de Karan, elle sentit sa voix tranquille, éclatée, se reconstituer et la recouvrir comme une mantille.

Vers la fin du mois de juillet, après une averse particulièrement virulente, Rhea téléphona à Karan. Il fut étonné qu'elle confirme son invitation d'aller à Sewri voir les flamants.

Pour écarter tout doute quant à ses intentions, elle ajouta que cette escapade était, comme elle l'avait déjà précisé, organisée en souvenir de Samar.

Il accepta, non pas pour céder à une ruse de la sentimentalité — il ne s'agissait pas de revivre le passé —, mais parce qu'il avait des questions à poser à Rhea.

« À quelle heure devrai-je passer te prendre ? » Elle regarda par la fenêtre le ciel lourd et menaçant.

« J'habite à Juhu maintenant... Je prendrai le train.

— Le célèbre photographe n'a pas de chauffeur ?

— Je ne sors presque jamais de mon antre. Il y a si longtemps que j'y suis que je suis figé comme de la gelée.

— Fort bien, je te prendrai à la gare.

— Merci.

— Si besoin, je pourrai te raccompagner chez toi.

— Je pourrais bien accepter ta proposition s'il continue de tomber des trombes.

— À mardi alors. » Lorsque Rhea reposa le récepteur, l'exaltante angoisse dont elle fut la proie lui rappela ses émois d'adolescente, même si la perception qu'elle en avait était beaucoup plus solennelle.

Le train n'eut pas plus tôt déposé Karan à la gare qu'une annonce retentit dans l'atmosphère détrempée : tous les trains étaient annulés en raison d'abondantes inondations dans les banlieues nord. Karan fut pris au dépourvu. Lorsqu'il était monté dans la rame, la pluie n'était qu'un diamant brut, un murmure au loin, or, en moins d'une heure, les voies avaient été inondées. Il ne sut que faire : continuer ou prendre un taxi et rentrer à Juhu ?

Il sortait à peine de la gare, parapluie noir retroussé par une bourrasque, lorsqu'il vit la voiture s'immobiliser le long du trottoir. Il étudia le profil de la conductrice, sévère et élégant ; marchant sur des charbons ardents, il se remémora la première fois où Rhea était venue le chercher à Ban Ganga, puis le trajet jusqu'à Sewri. La répétition d'une telle entreprise, c'était à la fois une insulte à la magie du passé et un signe qu'il avait été incapable de profiter des leçons que le destin avait livrées à sa porte. Malgré tout, sa curiosité brûlait plus fort que les brûlants souvenirs du passé. Il devait absolument interroger Rhea sur son enfant. En était-il le père ?

Il ouvrit la portière de la voiture, prit rapidement place à l'intérieur. « Toutes les voies de chemin de fer en banlieue sont inondées. Tous les trains sont annulés. »

Rhea lui lança un regard intrigué. « Il n'a pas tant plu que ça ici…

— Quand j'ai quitté Juhu, on devinait vaguement l'orage au loin ; mais, entre-temps, apparemment tout le nord de la ville a été inondé.

— Raison supplémentaire pour ne pas habiter au nord de Bandra…

— Voilà qui est parlé en bourgeoise type de Bombay-Sud !

— Karan, je plaisante. » Le visage de Rhea, rincé par la douleur et l'âge, rayonnait d'une paix angulaire et sombre, comme la dernière rangée de bancs dans une église.

« Je n'aurais pas dû venir, je ne suis pas sûr de pouvoir rentrer maintenant...

— Je te ramènerai. Je te l'avais proposé. » Elle démarra.

« Et si les routes aussi sont inondées, ce qui est sans doute le cas ? Comment parviendras-tu jusqu'à Sewri avec toute cette eau ?... Sans parler du retour... » Il aperçut des banlieusards qui déboulaient de la gare, l'air perdu et tracassé, ignorant comment ils allaient rentrer chez eux.

« Eaux troubles et Rhea Dalal..., répondit Rhea, enroulant son majeur sur son index. Toi et moi en avons vu d'autres. »

Karan s'enfonça dans le siège du passager tandis que Rhea poursuivait sereinement sa route. « Si Bombay a été si rude et cruel avec toi, pourquoi es-tu restée ?

— Sais-tu, toi, pourquoi tu es revenu ?

— Je suis maso, mais je croyais que toi, tu avais plus de discernement. »

Rhea ressassa la question de Karan pendant un long moment. Elle avait souvent songé à quitter Bombay. Elle avait imaginé s'installer à Pondichéry pour se joindre à l'importante communauté de potiers là-bas ; elle avait réfléchi à l'éventualité de vivre à temps plein dans sa maison de campagne à Alibaug. Mais son cœur n'avait pu rompre avec Bombay.

« Il y a plusieurs années, dit-elle enfin, j'étais au refuge, un matin, lorsqu'une femme parsi en robe noire à pois blancs est venue nous trouver. Elle avait dans les soixante-dix ans. Elle avait noué un foulard bleu marine sur ses cheveux blancs. Elle portait un panier en osier. » La femme expliqua à Rhea qu'elle traversait la colonie parsi de Dadar lorsqu'elle avait vu un serpent sur la chaussée. Il était passé sous une voiture et se tortillait de douleur. Elle l'avait récupéré.

Elle affirma ne pas avoir eu d'autre solution que de le porter au refuge dans l'espoir que les vétérinaires pourraient le sauver. Tendant le panier à Rhea, elle déclara qu'elle devait partir aussitôt parce que son mari était très malade et il fallait qu'elle le retrouve à l'hôpital Bhatia, à l'autre bout de la ville. Rhea jeta un coup d'œil dans le panier. Le serpent était déjà mort. Elle regarda la femme et lui assura qu'elle ferait de son mieux pour sauver l'infortunée créature. « Promettez-moi que vous le soignerez », dit la vieille femme sur un ton d'une insondable gravité. Rhea lui prit la main. « Je vous le promets », dit-elle avant de tourner les talons. Saisie d'effroi et révulsée, un étrange bourdonnement dans son crâne, elle resta plantée là dans le dispensaire, où un vétérinaire piquait un chiot errant. Si cette femme édentée, avec sa robe à pois et son foulard bleu marine, pouvait abandonner momentanément son mari mourant à l'hôpital pour venir jusqu'à Parel dans le seul but d'y déposer un serpent victime de la circulation routière, alors Bombay n'était pas perdu. Les jours où la ville brûlait, était malade, en proie à des démangeaisons ou encore faisait la forte tête, Rhea fermait les yeux et se remémorait la vieille femme parsi avec son panier en osier.

« Cette femme est-elle revenue s'enquérir du sort de son protégé ?

— Non, mais elle m'a téléphoné.

— Que lui as-tu dit ?

— Je lui ai dit que nous avions sauvé le serpent. Elle m'a appris que son mari était mort.

— Pourquoi lui as-tu menti ? »

Rhea s'abstint de répondre.

Au cours du silence qui s'immisça alors entre eux, Karan décela plus clairement que jamais le tempérament de Rhea, et il comprit que c'était ça qui l'attirait chez elle : son tempérament d'artiste, d'une curiosité sans bornes, effroyablement détaché, insondable, réfléchi et pourtant enfantin, fantasque, abstrait, d'une générosité et d'une ampleur sans limites. Il la connaissait mieux maintenant parce que, enfin, il se connaissait lui-même ; peut-être était-ce la raison pour laquelle ils s'étaient rencontrés : pour qu'ils soient révélés l'un à l'autre dans le miroir argenté de leurs âmes.

Tandis que, au volant, elle louvoyait entre de mortels rideaux de pluie, il la questionna enfin sur l'enfant.

« Le singe… il avait la rage. Il est entré dans la clinique par une fenêtre ouverte. L'infirmière qui portait mon fils était sa troisième victime. Elle a laissé tomber mon bébé.

— Elle l'a laissé *tomber* ? » L'expression de Karan fut telle une page qu'on déchire.

« Au sommet d'un escalier. Il a dégringolé les six étages. » Le spectacle de son fils, enveloppé dans des langes blancs, dévalant l'escalier lui revint à l'esprit ; elle sentit sa gorge se serrer.

Karan ferma les yeux. « Je ne sais que dire.

— J'avais toujours cru qu'il fallait connaître quelqu'un pour l'aimer », dit Rhea, marquant une pause pour se donner le temps de s'étonner de l'intensité de son désir à l'égard de son bébé. « Dieu m'en soit témoin, j'ignorais que certains amours sont un savoir à eux seuls. »

Elle lui décrivit les jours après la mort du bébé ; la réserve glaciale dans laquelle elle s'était dès lors enveloppée, la dépression d'Adi, leur confrontation. Mais elle garda un point crucial du récit en suspens : l'identité du père de l'enfant.

« Adi a dû avoir une attaque quand tu l'as mis au courant pour toi et moi.

— Il l'a pris avec calme. Extérieurement en tout cas.

— Pauvre homme. Comment va-t-il maintenant ? »

Elle lui raconta sa dernière dispute avec lui. « Je suis partie à Alibaug pour essayer de faire le point. J'avais décidé de tout lui dévoiler à mon retour. J'ai réfléchi pendant une semaine à la façon dont je pourrais exposer les faits. J'ai soupesé les mots que j'emploierais. Je suis rentrée en pensant que je trouverais bien une façon d'avouer. Mais, quand je suis revenue, dit-elle en poussant un soupir qui ressemblait au dernier souffle d'un oiseau qu'on étouffe, la maison était vide.

— Où est-il parti ?

— Je l'ignore.

— Après tant d'années ?

— Il s'est tout simplement…, dit-elle en fendant l'air de la main, évaporé. » Des années avaient passé depuis la disparition d'Adi, mais, en parlant de lui, tout son amour lui remonta dans le gosier comme le goût d'un aliment.

— As-tu essayé de le retrouver ?

— Et comment ! Parfois, tard le soir, quand je n'attends personne et qu'on sonne à la porte, mon sang ne fait qu'un tour. » La mémoire, ses rappels cinglants, la terrorisait : les moindres petits *flash-back*, le bourdonnement masculin, fracturé, d'un air de Duke Ellington, un tube mal replié de dentifrice

Tom's of Maine pouvaient l'anéantir. « Mais ce n'est jamais lui. Il n'est jamais à la porte. »

Soudain, Karan eut l'impression de regarder dans un puits de solitude assez profond pour s'y noyer.

« J'ai cru qu'il était parti parce que je l'avais trompé, dit-elle tout bas. Mais peut-être était-ce tout simplement parce qu'il avait l'impression qu'il ne m'avait pas assez aimée pour me garder à lui seul.

— Tu as la peau dure, Rhea.

— La douceur ne mène pas loin. Et puis, que veux-tu dire, de toute façon ?

— Tu t'en es sortie entière.

— En réalité, ils ont cousu de si petits points qu'on ne les voit même pas. »

Après la disparition d'Adi, Rhea avait contacté une agence de détectives. Les enquêteurs avaient passé tout Bombay au peigne fin, puis le reste du Maharashtra et, par la suite, une grande partie de l'Inde. Tous les quelques mois, elle recevait un appel l'informant qu'on avait aperçu un homme « répondant exactement à la description d'Adi » ; elle prenait immédiatement l'avion pour l'endroit où il était censé avoir été aperçu. La cinquième fausse alerte avait émané de Delhi, d'où, une fois de plus, elle était revenue déçue.

Dans le vol du retour, elle avait réfléchi au fait que l'homme qui avait été aperçu à Khan Market était un fou et un sans-abri : pourquoi l'avait-on pris pour Adi ?

« Et puis, il y a quatre ans, poursuivit-elle, j'ai reçu un coup de fil m'informant qu'on l'avait vu à Shirdi. »

Elle avait pris la voiture et dévoré les kilomètres, conduisant comme une folle, au mépris du danger.

Arrivée à l'ashram avant l'aube, elle avait attendu devant l'enclos aux allures de forteresse autour de la crypte de Sai Baba. Au milieu de la foule de plus en plus fournie de marchandes de fleurs, de fidèles mutilés, de faux fakirs, de cordonniers et de quelques politiciens, elle avait attendu, pleine d'espoir, transpirant abondamment dans la chaleur bestiale du plateau. À la tombée de la nuit, après avoir observé presque tous les présents, elle était entrée dans le sanctuaire, avait prié et était ressortie. Elle descendait l'allée bruyante qui mène au temple lorsqu'elle avait été brusquement terrassée par la fureur ; elle aurait aimé pouvoir attraper sa vie, lui arracher les cheveux et les yeux, la rouer de coups, la jeter à terre et s'asseoir dessus jusqu'à ce que ce monstre la laisse enfin en paix. Mais elle s'était contentée de s'asseoir en tailleur, avant de remonter les genoux jusqu'à la poitrine, de se recroqueviller comme un mille-pattes effrayé. Certains fidèles avaient cru qu'elle était saisie par la présence divine ; en réalité, elle était paralysée par une colère bien plus forte qu'elle.

Incapable de prendre le volant, elle s'était installée au Sun-n-Sand Hotel.

Allongée sur le grand lit, elle avait observé la chambre : les fauteuils recouverts de chintz vert ; les rideaux épais ; un portait au fusain de Sai Baba épinglé au mur. Bien qu'elle n'eût rien de spécifiquement répugnant, c'était exactement le genre de chambre qu'on aurait pu choisir pour y mourir, une chambre sans les détails rédempteurs ou les aspirations esthétiques qui pourraient vous inviter à demeurer sur cette terre, à tenir bon. *Ma vie entière m'a abandonnée. Tout le monde est parti.*

Après quelque temps, son cafard s'estompant, Rhea s'était assise dans le lit. Elle avait ouvert les rideaux pour laisser l'agonie de la nuit sauter dans la chambre tel un chaton jouant avec une balle de laine. Un champ de maïs ondulait sous les soupirs du vent ; Rhea avait entendu des clochettes sonner tout près : le *kakad aarti*, la prière du réveil. Ses pensées s'étaient tournées vers Karan, le dernier du quartette, dont le rôle n'était pas aussi clair que ceux des trois autres, le seul qui courût encore, quelque part là-bas, dans le vaste monde... La lumière du jour avait émergé à l'horizon et bondi effrontément dans la chambre d'hôtel sans âme. Rhea avait tremblé d'anticipation. Persuadée qu'elle rencontrerait à nouveau Karan, elle avait eu alors le courage de rentrer à Bombay ; elle le verrait, elle lui demanderait pardon. Elle lui dirait combien leurs conversations lui manquaient, elle le remercierait pour la photographie avec la charmante dédicace au dos.

« Tu savais que nous nous reverrions ?

— Oui.

— Comment ?

— Instinct maternel ? » Rhea lâcha un rire amer. « Comment savoir ? Je le savais, voilà tout. Je te recherchais bien avant que nous nous rencontrions à Chor Bazaar.

— J'espère qu'Adi est en sécurité là où il est », dit Karan. La pelote serrée de la colère qu'il ressentait envers le mari de Rhea se dévida, fondit, s'évanouit ; elle fut remplacée par la bienveillance et un certain respect. « J'espère qu'il va bien. »

Rhea déglutit. « J'aimais l'entendre m'entendre ; son écoute, c'était comme être tenue par des bras vigoureux. »

Karan la regarda ; elle était encore amoureuse de cet homme. Mais sa jalousie roula de côté : désormais, elle était vidée de toute passion. Rhea devina son renoncement, mais aussi son indifférence ; elle garda le silence. Vingt minutes passèrent avant qu'elle ne lâche : « Eh bien, nous y voilà, de retour à Sewri.

— De retour à ces beaux volatiles perdus. » Un flamant s'envola, criaillant, battant de ses ailes rosâtres.

« Ça fait un bail… »

La même puanteur écœurante des marécages. De vieilles fabriques en fond. Au premier plan, une ville nouvelle, toute luisante.

« As-tu remarqué que presque tous les oiseaux sont partis ?

— La plupart partent dès le mois d'avril », dit Rhea. Leurs épaules se rapprochèrent sous son immense et solide parapluie. « J'ai entendu dire qu'ils se rendent en Afrique.

— La dernière fois que nous sommes venus, ils devaient être au moins cinquante mille. N'est-il pas extraordinaire que ceux-ci (il désigna le modeste groupe d'environ un millier d'oiseaux) soient encore là ? »

Cette volée n'avait pas la présence spectaculaire des flamants de jadis, mais la tranquillité qu'ils affectaient n'était pas exempte d'une certaine force, d'une certaine dignité.

« Tu as raison. Ils auraient pu partir eux aussi », dit Rhea. Un vent humide, décousu, fit onduler l'ourlet de sa robe noire de deuil. « Mais ils sont encore là. Je suppose que nous sous-estimons toujours le pouvoir de l'endurance. »

Le vent se renforça. Des quadrillages sporadiques d'éclairs fendirent le ciel. Karan et Rhea rebroussèrent chemin, repartirent au pas de course dans la direction de la voiture tandis qu'une pluie d'une puissance inhabituelle approchait au loin tel un miasme.

« J'ai lu dans les journaux que Samar et toi étiez ensemble à la fin, dit Rhea.

— Rien de la sorte.

— Pourquoi n'as-tu pas fait taire les rumeurs ?

— Elles étaient bien trop flatteuses ! » Karan lui ouvrit la portière pour qu'elle puisse se réfugier à l'intérieur de la voiture ; il sourit. « Je ne suis pas insensible à certaines formes de vanité. »

Elle démarra. « Qu'est-ce qui t'a fait revenir à la photo ?

— Samar m'a demandé de m'y remettre. » Karan observa l'habitacle autour de lui. Une breloque pendait au rétroviseur. De vieux numéros d'*Art India* et de *Tehelka* traînaient sur le siège arrière.

« Il te l'a demandé ?

— Pas textuellement. » Karan raconta la visite au Dr Taraporevala, qui avait autrefois découvert dans les récitals de Samar un baume pour panser ses pertes. Les façons subtiles, étonnantes, que l'art avait de rafistoler un individu. La poursuite solitaire d'un artiste pouvait procurer à un tiers une compagnie, un savoir, une vérité. Karan dit à Rhea ce que Samar lui avait confié au Gatsby : *Un jour, tu découvriras que seule la fin du monde est la fin du monde*. « Ce qu'il n'a pas dit m'a permis d'aller de l'avant.

— C'est pourquoi *Le Singe en laiton* lui est dédié. » L'expression de Rhea fut comme une clé qui a finalement trouvé la serrure à laquelle elle correspond.

« Il me manque tant, dit Karan. Tant et tant. » Il hocha la tête.

Il n'existait pas de consolation pour un tel manque : elle le savait d'expérience. Elle examina brièvement le ciel menaçant. « Il nous faudrait une éternité pour aller jusqu'à Juhu ; veux-tu venir dormir à la maison ?

— Merci de le proposer, mais je ne veux pas abuser de ton hospitalité.

— C'est horrible…, dit-elle, prenant la route, d'avoir à être si poli ! » Agrippant le volant, elle ajouta : « Sais-tu au moins tout le bien que je pense de tes nouvelles photos ?

— Tu les as vues !

— J'ai manqué l'exposition de Bombay. Mais, l'année suivante, j'ai réussi à la voir dans une galerie de Los Angeles. J'ai un exemplaire du *Singe en laiton* à l'appartement.

— Elles doivent te paraître familières.

— Pas du tout. Ton regard est différent, aujourd'hui. Y en aura-t-il d'autres ?

— Je n'en sais rien. » Il en était venu à penser que, dans son travail, il s'attachait moins à extraire du sens à la vie qu'à garder celle-ci intacte ; l'art, ce n'était pas ce qu'il prenait, mais ce qu'il laissait tel quel, pour ainsi dire : complet en soi. « Je ne sais pas encore si ces photos sont le résultat d'une vieille ambition ou un coup du hasard. Assise au bord d'un lac, as-tu déjà vu des bulles remonter à la surface et éclater ? Ces photos, c'est un peu ça, en fait.

— La préface est généreuse.

— Y a-t-il une photo que tu aimes en particulier ?

— Celle du vieillard debout sur un balcon, les mains sur la balustrade. Avec, devant lui, un slip mis à sécher.

— Oui…

— Le petit accroc du slip.

— J'ai pris cette photo à Kurla, où j'ai travaillé dans un centre d'appels.

— On dirait qu'il contemple le monde à travers l'accroc du slip sur le fil tendu à sa fenêtre. Tu as saisi ce qui est blessé et oublié, et tu l'as rendu quasiment joyeux. Sans jamais tomber dans la banalité.

— Je l'observais tous les jours. Il était toujours là. Une drôle de sentinelle ! Mon concurrent dans l'élection de M. Horizons bouchés. »

Rhea attendit que les roulements du tonnerre se taisent. « En faisant son portrait, tu as rendu sa solitude si réelle qu'on dirait un cours d'eau ou un arbre ; en outre, tu as gommé sa douleur juste ce qu'il faut pour qu'elle soit identifiable. Et qu'on puisse le voir, *lui*. »

Dans l'isolement de la voiture, Rhea parla des dernières années, de sa vie sereine, sans incidents, non entachée par le prestige du succès, du genre qui avait vandalisé Karan, l'avait fait se réfugier sous terre. Lila-bai, sa bonne, l'avait quittée deux ans auparavant. Miss Cooper, sa voisine de l'étage du dessous, avait émigré à Toronto parce qu'un devin avait prédit que l'Inde entière disparaîtrait dans un tremblement de terre. Rhea avait essayé de se faire des amies, mais s'était rétractée à la périphérie d'intimités significatives ; tant de choses dans son passé demeuraient inexplicables à ses propres yeux qu'il semblait carrément impossible de les expliquer à d'autres. Le refuge disposait à présent d'un nouveau dispensaire, construit en partie grâce à une donation qu'elle avait faite. Elle ressentit le besoin d'expliquer pourquoi elle pouvait se permettre de continuer de vivre sa vie comme avant, alors que son époux n'était plus là. « Adi m'a laissé suffisamment d'argent. Une fois par mois, j'ai rendez-vous avec mon merveilleux "conseiller financier", qui s'occupe de mes fonds, réinvestit mes dividendes ou collecte mes profits. Je m'aperçois seulement maintenant de tout ce qu'Adi avait prévu, bien à l'avance, pour moi. Oh oui…, ajouta-t-elle en se tapant le front, j'oubliais… J'ai enlevé la peau de tigre dans le salon. Je l'ai fait brûler.

— Pourtant elle était splendide !

— Oui. Mais dépourvue de toute vie, désormais. Quand je m'asseyais dessous sur le relax, j'avais souvent l'impression qu'elle allait tomber sur moi. Elle était belle mais c'était une coquille vide. »

La maison d'Alibaug, dont les murs venaient d'être repeints en vert pistache, lui avait permis de se régénérer ; elle s'y rendait tous les mois. Dans cette résidence de bord de mer, elle lisait voracement les romans qu'Adi aimait, elle trouvait dans leurs pages une compagnie, de soyeuses ruminations, des détours tragiques, la sombre et douloureuse résonance d'une vie imaginaire. Elle s'arrêtait sur certaines scènes, trouvant que, grâce à ces lectures, elle découvrait quelque chose d'Adi, dans un passage particulier qu'il avait relu, une ligne qui avait suscité son admiration.

Rhea jeta un discret coup d'œil à Karan. Quasiment tout ce qu'elle avait dit était d'un grand prosaïsme. Or, de toute évidence, il était captivé, comme si ce qu'elle racontait était fascinant. Sa propre vie, pourtant métamorphosée depuis son retour à Bombay et à la photo, semblait à ses yeux pâlir devant le récit de la vie de Rhea.

Lorsqu'ils eurent dépassé Worli et que, malgré le déluge, il ne leur parut plus tout à fait impossible de faire le détour par Juhu, Karan lui posa, comme en passant, la question qui le torturait depuis longtemps concernant l'identité du père de son fils. Rhea sentit les muscles de sa mâchoire se raidir, elle resta silencieuse, et il dut insister : « Je préférerais que tu me le dises.

— Est-ce pour ça que tu as accepté de me voir ? » Le ton qu'elle avait employé trahissait son extrême déception.

« J'ai besoin de savoir ce que j'ai perdu, ne fût-ce que pour être capable de faire mon deuil.

— Un enfant est mort, Karan, importe-t-il qu'il ait été le tien ou celui d'Adi ?

— Oui, cela importe. »

Le visage de Rhea s'emplit d'un chagrin trop vaste pour être évacué par les larmes.

« Les banlieues nord ont dû morfler. »

Une heure passa.

À Mahim, où ils furent accueillis par le spectacle intimidant de rues inondées et d'effroyables bouchons, il suggéra : « Nous ferions bien de prendre les petites rues de Bandra.

— Les petites rues seront forcément inondées !

— Les artères principales seront complètement bloquées.

— Je suppose, en effet, que les ruelles seront moins encombrées. »

Dans les ruelles de Bandra, l'eau montait jusqu'à hauteur de cheville. La voiture de Rhea persévéra, dépassa des arbres dont d'énormes branches avaient craqué comme des cure-dents. Les éclairs formaient dans le ciel des crinières lumineuses d'étalons en fuite. Régulièrement, les échos du tonnerre étaient si bruyants que Karan et Rhea devaient répéter ce qu'ils venaient de dire.

« Rhea, tu devrais me déposer ici, faire demi-tour et rentrer directement à Bombay-Sud. J'irai à Juhu à pied.

— Non ! » Il y avait comme de la folie dans l'insistance que Rhea mettait à vouloir le ramener chez lui, comme si son dévouement devait restaurer la confiance de Karan en elle ou témoigner d'une gentillesse dont elle avait été incapable par le passé.

« Il a dû y avoir un énorme orage ici, dit Karan, abasourdi par le volume d'eau charrié dans les rues.

— Je continuerai à conduire tant que ce sera possible.

— Et quand tu ne pourras pas aller plus loin ?…

— Nous irons à pied. Ou à la nage. Mais je te ramènerai chez toi. Tu boiras un bon thé bien chaud. Et demain matin tu liras le journal. Tout ira bien. »

Les dernières demeures anciennes de Bandra étaient inondées ; fauteuils en rotin, tableaux, lampes, dictionnaires et livres étaient catapultés pêle-mêle en amas méconnaissables par des rivières bouillonnantes. Des femmes rondelettes à la peau sombre se hâtaient de sauver leurs biens, fours blancs, canapés deux places, saris en soie et fougères en pots, sans compter de vieux gramophones.

« Je suis désolé, dit Karan tandis qu'ils avançaient au pas, de m'être mal comporté à la fin de notre relation. Je n'arrêtais pas de t'appeler. Je te suivais. Je me suis même présenté à ta porte, je me suis battu avec Adi. Ma conduite a été abominable.

— Oh, fit Rhea, fronçant les sourcils. C'est moi qui voudrais être suffisamment virile pour m'excuser de ce que je t'ai fait, Karan. »

Il lui fut reconnaissant de ne pas lui demander pardon directement ; il se serait senti incroyablement gêné. « Le verdict t'a changée, n'est-ce pas ?

— C'est exact. » La perspicacité de Karan impressionna Rhea.

« Le verdict en soi ?

— Non. Ça s'est passé dehors, dans la cour, quand j'ai vu Malik brièvement, juste avant qu'il ne monte dans sa voiture avec ses avocats.

— Oui, je me rappelle… Tu m'avais dit que tu trouvais qu'il n'avait pas l'air d'un assassin.

— Longtemps je n'ai pas compris pourquoi son visage m'avait troublée à ce point. J'ai ressassé ça pendant des années. Puis, il y a plusieurs semaines… j'étais dans ma cuisine, je me préparais du thé… quand j'ai compris que quelque chose avait alors changé en moi pour toujours et… la cause en était que… » Rhea posa une main sur l'épaule de son passager. « La raison en était que, lorsque j'ai vu le visage de Malik, je me suis reconnue en lui. »

La pluie ne cessait de tambouriner sur le toit de la voiture.

Les hommes qu'elle avait aimés ne se signalaient désormais que par leur absence dans sa vie. Son père avait péri dans un terrible accident de voiture. Des adieux en bonne et due forme lui ayant été interdits, elle continuait de regretter le Dr Thacker, sa patience, son acuité, sa capacité à interpréter ses rêves. Bien qu'elle n'ait jamais eu le temps de construire une véritable relation avec son fils, il était difficile d'ignorer les allégeances forgées dans le ventre maternel. Adi, avait-elle finalement accepté à l'ashram de Shirdi, ne lui reviendrait jamais, et son plus grand regret était bien qu'elle ait été incapable de lui dire qu'aimer n'était pas seulement un acte moral mais aussi un instinct grégaire. « Ma solitude aujourd'hui est si vaste, dit Rhea, qu'elle sourd de moi à gros bouillons ; régulièrement, quand je me réveille, la nuit, je plonge droit dedans. Je ne trouve plus en mon for intérieur la volonté de combattre ce vide. Alors je me suis demandé si, de temps à autre, nous pourrions dîner ensemble ou peut-être faire une promenade, le matin, si ça ne te dérange pas trop. »

Sa requête stupéfia Karan.

Rhea, qui jadis protégeait si férocement sa solitude, venait de lui demander de l'aider à soulager cette même solitude. Il sourit intérieurement mais ne laissa rien paraître. Si le mot *ironie* ne pouvait s'appliquer dans le contexte, son sens n'en était pas moins attrayant, démocratique, suffisamment vaste pour englober toutes les choses qui fusaient autour du langage mais jamais à l'intérieur. La mère de Malik, Mrs Prasad, avait confirmé à Samar un doute qu'il n'avait jamais su identifier lui-même : sa perte était celle d'un veuf, dans sa colère résonnait le chant funèbre d'un amant. Zaira, naguère visible partout, n'était plus qu'une note de bas de page dans la mémoire du public, otage seulement de mémoires individuelles. Adi, à qui Rhea avait confié son cœur et en qui elle avait eu une totale confiance, était parti sans un mot, annihilant à jamais sa foi dans une loyauté qu'elle avait crue invincible. Leo, dont tout le monde s'était attendu à ce qu'il disparaisse sans laisser de traces et se dissolve dans des tableaux statistiques, écrivait à tour de bras dans son bureau de Brooklyn, ne mettant un point final à une phrase que pour en commencer une nouvelle. Sur la même longueur d'onde, Malik Prasad, ex-harceleur, meurtrier, dingue, était désormais producteur de *sitcoms*, heureux en mariage, entouré par sa jolie épouse ambitieuse, pilote dans l'aviation civile, et une fille qu'il adorait. Les photos de Karan, que celui-ci avait crues souillées par la gangrène de la politique, étaient désormais libres d'être elles-mêmes, prodigieuses, légères, spirituelles et authentiques. Or voici que Rhea, muse, folie, objet de son amour fou, lui demandait sa main d'ami.

« La batterie vient de rendre l'âme.

— Oh ! » Karan parut secoué par cette nouvelle.

« Tes pieds sont aussi mouillés, Karan ?

— Oui, l'eau a traversé le plancher.

— Nous devrions abandonner la voiture.

— Puis-je regarder tes mains d'abord ? »

Elle les lui tendit.

Il étudia ses veines, l'élégant quadrillage sur ses poignets.

Elle retint son souffle.

Quand il lâcha ses phalanges, elle pensa à une ancre qui s'écrasait au fond de l'océan. *Je veux que l'amour me laisse tranquille pendant quelque temps.*

« Je ne sais pas si je durerai longtemps à Bombay, dit Karan, rendant la géographie responsable de son indisponibilité. Il se pourrait bien que je parte. Que je voyage. Bombay m'a perdu, Rhea.

— Oui, j'imagine que l'éclat des paillettes pâlit après un temps…

— Il n'y a pas de grands espaces ici. Rien que des immeubles partout. Je ne sais où regarder, sauf à lever la tête vers le ciel. »

Rhea fut stupéfaite ; quelques années plus tôt, cet homme rôdait dans son quartier dans l'espoir de l'apercevoir, il s'était battu avec son époux, or voici qu'il cherchait une issue de secours. Ce qui attirait pouvait, en fin de compte, répugner ; elle savait d'expérience, d'ailleurs, que cela n'était pas réservé à Karan. « Où ton chariot t'emmènera-t-il après Bombay ?

— Shimla, peut-être.

— Ah ! s'exclama-t-elle. Karan Seth a fait le tour du cercle.

— Ai-je le choix ? Mon père est mort, il m'a légué la maison. Je la restaurerai peut-être et passerai quelque temps là-bas.

— Je t'imagine bien vivant à la montagne, Karan. Je crois que tu y seras heureux. Mais qu'y feras-tu ?

— Je ferai une formation pour devenir conférencier non motivationnel ; je crois qu'il y a un marché, dit-il en souriant.

— Quoi que tu fasses, au bout du compte tout ira bien pour toi, la vie te sourira. Peut-être pas comme tu l'aurais imaginé, mais il en sera ainsi.

— C'est bizarre, mais j'en suis venu à le croire plus que jamais auparavant. Mais toi, Rhea, que vas-tu faire ? Où iras-tu ?

— Je n'ai jamais eu d'autre destination que Bombay. » Elle savait que Karan avait toute la vie devant lui, une vie riche de possibilités ; sa propre vie, par contraste, ressemblait à un train déraillé. « Même si je ne l'ai jamais su, même si j'ai toujours été perdue, Bombay, c'est chez moi.

— Je suis content que ce soit ce que tu penses.

— Si tu crois ça, dit-elle, rire rauque fusant comme une dague, alors tu peux croire n'importe quoi. » Elle mit le contact, mais il ne se passa rien. « La vérité, c'est que, toi, quand tu es tombé, tu es tombé de toutes tes forces. De mon côté, je me suis tout bonnement cassé la figure sans fanfare. Le côté négatif, dans le fait d'être une épave, c'est qu'après un moment on s'en lasse. »

Le cœur de Karan fit un bond. Rhea avait-elle vraiment l'impression d'être une épave ? Il savait qu'un geste tendre, à ce moment-là, aurait été ambigu, c'est pourquoi il s'en dispensa. « Tu es courageuse.

— Mais pas pleine de bonté. Cela dit, je suppose que le courage me permettra au moins de survivre à la mousson.

— Nous allons devoir abandonner la voiture ici. » Mais pourquoi trouvait-il impossible d'ouvrir la portière et de sortir ?

« Oui. Nous allons devoir marcher. » Elle aussi était comme accrochée au volant. *Je dois attendre quelques minutes encore*, songea-t-elle. *Peut-être changera-t-il d'avis.*

« Je vais rentrer à Juhu à pied. Ne prends pas la peine de me ramener.

— Je suis navrée de ne pouvoir tenir ma promesse. Je t'ai fait défaut. J'avais pourtant promis de te ramener.

— Ce n'est pas ta responsabilité, Rhea. Et tu ne m'as *jamais* fait défaut. »

Des hallebardes argentées frappaient la rue inondée avec une hargne sinistre. Ils virent passer un veau emporté, impuissant, par le torrent.

« Tu vas devoir marcher dans l'eau jusqu'à Juhu. Nager même.

— Toi aussi, jusqu'à Breach Candy. » Il s'étonna : « Que nous vivons loin l'un de l'autre !

— Par temps d'orage, peu importe où l'on vit. Ce qui compte, c'est de rentrer chez soi sain et sauf. Je t'avais promis de te ramener chez toi.

— Tu m'as dit un jour que les orages étaient imprévisibles.

— Je n'ai jamais dit qu'ils étaient impossibles.

— En fait, je ne savais pas si je devais te croire.

— C'était peut-être un problème de plus d'un point de vue.

— Tu rentreras chez toi sans encombre.

— Ce sera une drôle de promenade, mais j'y arriverai. Il y a pire. » Sur quoi, elle sauta de la voiture, féline.

Karan ouvrit la portière et mit les pieds dans l'eau.

Rejoignant des milliers d'autres banlieusards, ils entrèrent de plain-pied dans la mousson, son délire comme son purgatoire. Il y avait là : des femmes en sari et des filles en jean ; des banquiers en costume-cravate et des porteurs en *dhoti* ; des garçons chahuteurs et des vieillards perplexes ; des chiens, des souris, une vache sacrée. Certains visages trahissaient la peur ; d'autres, exempts de toute crainte, une certaine excitation ; les gens n'avaient qu'une chose en tête : survivre à l'orage. Karan tint brièvement la main de Rhea, mais la pluie ne leur permit pas de rester ensemble longtemps ; ils furent bientôt séparés par ses poignards. Ils réussirent à se diriger vers une impasse qui, bizarrement, était plus ou moins déserte. Ensuite, Karan retourna sur ses pas vers la foule dont ils s'étaient éloignés un instant. Quant à Rhea, elle préféra attendre là. Hurlant pour se faire entendre, elle dit : « Cela n'a jamais rien signifié... » L'eau lui monta jusqu'aux hanches, de sorte qu'elle dut batailler pour rester debout, prise dans des courants contradictoires. « ... les gentillesses... et les cruautés...

— Alors... qu'est-ce qui était vrai... Rhea ? » Karan mit la main en visière lorsqu'il se retourna pour la regarder. « Qu'est-ce qui était vrai… dans tout ça ?

— Il y a des années de cela… au marché de Dadar… la folle que tu avais photographiée.

— En robe de satin violette, répliqua-t-il du tac au tac. Délirante… cheveux emmêlés. Je m'en souviens… parfaitement.

— En réalité, elle n'était pas folle, pas le moins du monde. Elle savait… que rien de tout cela… n'est jamais arrivé.

— Même pas ça ? » Karan écarta les bras pour indiquer la tempête, son théâtre du chamboulement.

« Pas même… ça.

— Quelque chose… doit bien être… vrai dans tout ça, Rhea.

— Seul l'ins… tant pré… sent. » Sa réponse fut si haletante qu'il ne l'entendit peut-être jamais. « Tout est… du chi… qué.

— Rhe… a… » Le regard de Karan s'attarda brièvement sur la vision floue, provocatrice et condamnée derrière lui.

Le nuage qui éclata au-dessus de Rhea l'envoya valdinguer dans ses ramages. Elle devina, lorsqu'elle se sentit couler, qu'il était partout, il était tout. L'amour. C'était cette ville, ses bâtiments immondes et la mer. Les sombres pétales de roses rouges dansant au vent et les toits d'anciennes demeures menaçant ruine. Un coquillage sur la plage et les psalmodies d'un mendiant aveugle. La lueur ambre des lampadaires et un chien hurlant à la lune. Tout était fait d'amour. Tout en était issu, comme tout y retournerait un jour. *L'amour.*

Cheveux flottants, bras écartés, jambes prises dans des gerbes d'eau, refaisant surface une fois à travers les tentures ridées de la pluie, Rhea regarda le ciel. Le monde, en dépit de son trouble, ou peut-être à cause de lui, n'était autre que lui-même, or désormais ce monde-là n'était plus ni menaçant ni laid, et elle fut heureuse de savoir que, après tout, tout allait bien.

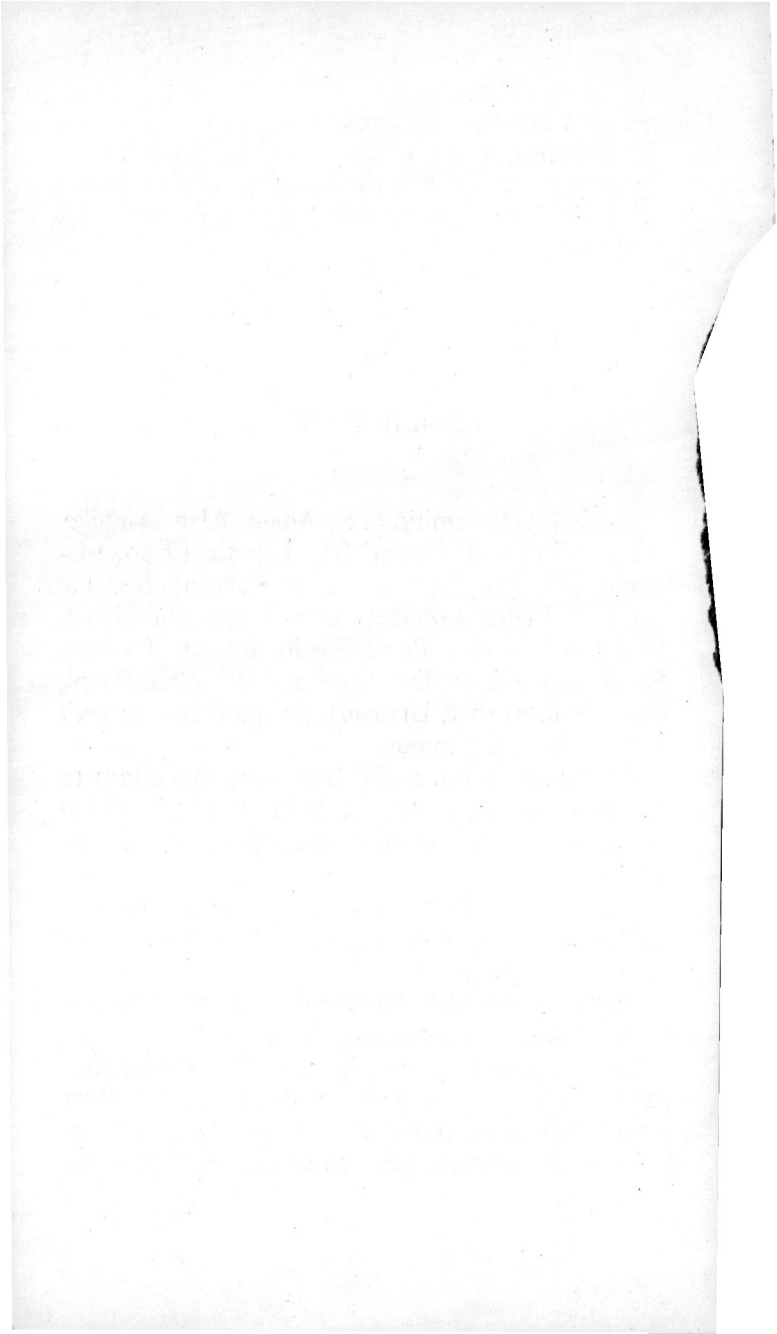

REMERCIEMENTS

Grâce à votre amitié (a.a., Adam, Alan, Ambika, Anjali, Bhavesh, David, DT, Elnora, Erico, Flaviano, Heather, Hemali, John, Kalyani, Kanika, Kaushik, Laura, Lorenzo, Meenu, Namrita, Nehal, NG, Nina, Nonita, Parul, Paolo, Raman, Rashmi, Sandip, Saraswathi Devi, Satya, Siddhartha, Sooni, Pico, Tinu, Tushar, Urvashi), j'ai pu écrire un petit livre sur le grand amour.

Ce roman a nécessité une certaine quantité d'huile de coude de la part de Poulomi Chatterjee et Danielle Durkin, deux rédactrices extraordinaires.

Les agents du livre, Jonny Geller et Lisa Bankoff, ont été de formidables et singuliers modèles d'allégeance et d'énergie.

Nandini Bhaskaran a merveilleusement préparé le tapuscrit dans des conditions difficiles.

La plus grande partie de ce livre a été écrite : dans la retraite des pèlerins de Meher ; à Barr House, Matheran (où Francis Wacziarg a créé un havre pour artistes, géré avec une merveilleuse efficacité par Surendra Singh) ; et au 815, Evelyn Avenue.

Je dois énormément à Swami Vignanananda, fondateur de Yogalayam, à Berkeley.

Ce livre est dédié à Sai Baba et à Meher Baba.

[handwritten:] Au bout du monde (meubles)
deco Antic.
tabourets : castorama

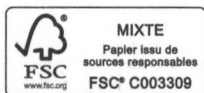

10/18, une marque d'Univers Poche,
est un éditeur qui s'engage pour
la préservation de son environnement
et qui utilise du papier fabriqué à partir
de bois provenant de forêts gérées
de manière responsable.

[handwritten:] heth.fr   collect. H et H créateur
de meubles

[handwritten:] mobilierde
france : chaises + biblis.

Impression réalisée par

CPI
BRODARD & TAUPIN

La Flèche (Sarthe), 68368
Dépôt légal : mai 2012
X05460/01

Imprimé en France